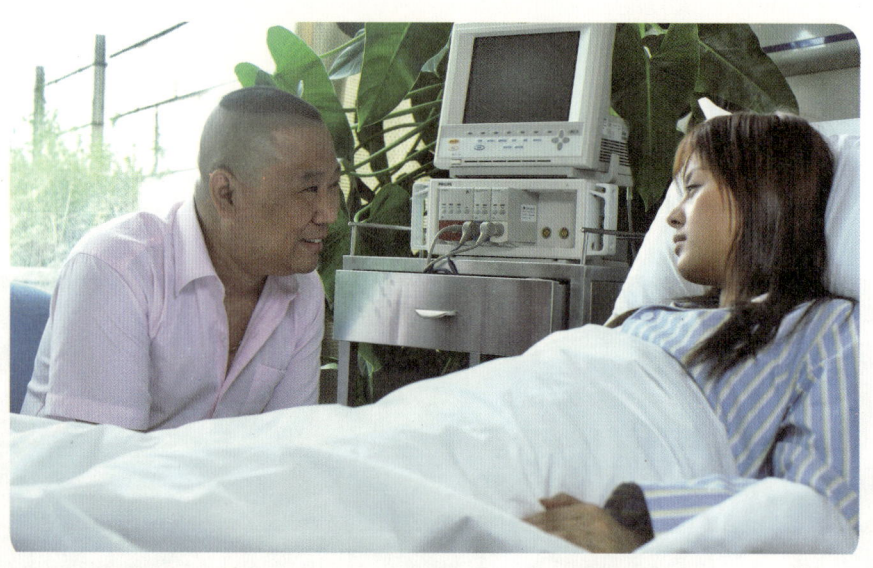

梦回唐朝

下

袁帅 泓仁 韩静 著

新星出版社 NEW STAR PRESS

图书在版编目（CIP）数据

梦回唐朝. 下 / 泓仁, 袁帅, 韩静著. —北京：新星出版社, 2013.3
ISBN 978-7-5133-0676-8

Ⅰ. ①梦… Ⅱ. ①泓… ②袁… ③韩… Ⅲ. ①长篇小说 - 中国 - 当代 Ⅳ. ①I247.5

中国版本图书馆 CIP 数据核字（2012）第 082795 号

梦回唐朝. 下

泓仁　袁帅　韩静　著

特约策划：许　侃
责任编辑：向小佳
特约编辑：王楷威
责任印制：韦　舰
装帧设计：笑笑生

出版发行：新星出版社
出 版 人：谢　刚
社　　址：北京市西城区车公庄大街丙 3 号楼　100044
网　　址：www.newstarpress.com
电　　话：010-88310888
传　　真：010-65270449
法律顾问：北京市大成律师事务所

读者服务：010-88310888　service@newstarpress.com
邮购地址：北京市西城区车公庄大街丙 3 号楼　100044

印　　刷：北京京都六环印刷厂
开　　本：660mm×970mm　1/16
印　　张：22.5
字　　数：356 千字
版　　次：2013 年 3 月第一版　2013 年 3 月第一次印刷
书　　号：ISBN 978-7-5133-0676-8
定　　价：39.80 元

版权专有，侵权必究；如有质量问题，请与出版社联系更换。

目 录

第二十一章	1
第二十二章	17
第二十三章	33
第二十四章	51
第二十五章	67
第二十六章	83
第二十七章	99
第二十八章	119
第二十九章	133
第 三 十 章	149
第三十一章	167
第三十二章	183
第三十三章	199
第三十四章	217
第三十五章	233
第三十六章	249
第三十七章	267
第三十八章	283
第三十九章	301
第 四 十 章	317
结　　尾	335

第二十一章

南昌王摇了摇头,没有说话。让他说什么?难道说他看到一个人正走向悬崖而不能提醒,否则那走向悬崖的或许便会是自己的朋友和亲人。这个时候他突然痛恨起自己对唐史的了若指掌,那就仿佛一个人拥有未知能力,却无力改变未来一样,知道的越多越是一种负累。

如果说武顺的死让南昌王确定他现在所经历的一切与史书记载并不是那么相同的话，那么李君羡的出现以及在宴会上道出自己的小名为五娘子的时候，则又让他感到了一种迂回之后梦境与命运的惊人契合。

李君羡为玄武门守将，因为救了出宫为李治烧香祈福的武媚娘而出现在南昌王的视线中。南昌王当然知道这个人，只是他所知道的是，这个人早应该在太宗朝便因李淳风的谶语而遭祸了。但是他却活到了现在，偏偏又在《推背图》闹得沸沸扬扬的当儿出现在李治眼中，这就让南昌王不得不认为这是一种注定好的命运。即便这种注定有可能是人为的，但也依然是注定的。

那一日，因救武昭仪有功，李治特地设宴奖赏李君羡，另外还邀请了李淳风等近臣。南昌王自然也在受邀之列。

当酒过三巡菜过五味，李淳风突然提议行一个特别的酒令时，自在御书房初次见到送武媚娘回来的李君羡后便一直在等待某一刻的南昌王不由打了个机灵，看向李淳风的目光变得复杂起来。他自然知道李淳风正受皇上之命寻找"女武"，也一直在思考要怎么做才不会令武媚娘遭祸，却没想到事情的转折会等在这里。

"规则很简单，就是每个人必须报出自己的别名，不管是绰号、乳名、自封别名等皆可，但必须够趣味才行，只要在场有一人觉得无趣，就须罚酒一杯。"李淳风如此说。

南昌王却在想着那日在御书房李君羡所说的救武媚娘的经过。李君羡说他是在天仙楼吃饭时见到几个身着黑衣行踪鬼祟的人，觉得不对，于是尾随其后，从而发现他们意图刺杀武媚娘。人是救了，刺客却逃之夭夭，断了线索。

"妙哉，这个主意新鲜。既然是李卿家发起，就由你先吧！"耳旁响起李治赞成的笑声。

南昌王回过神，目光从已经显露出些许醉态的李君羡身上扫过，又转回仍然清醒的李淳风身上，手指无意识地划过杯缘。

"当然。"李淳风颔首，面带微笑抛砖引玉，"微臣自幼儿时期，头就比一般婴孩大上许多，所以乳名大头，别名下雨不愁。"

众人皆笑。南昌王只是扯了扯嘴角，看向旁边的殷浩："你师父的乳名倒是有趣。"既然是刺客，自当低调行事，又怎会在闹市中被李君羡发觉，这里面若说没有古怪，他绝对不信。

殷浩觉得他的神色有些奇怪，也不由收住了脸上的笑，"我也是第一次听说。你怎么了？"

南昌王摇了摇头，没有说话。让他说什么？难道说他看到一个人正走向悬崖而不能提醒，否则那走向悬崖的或许便会是自己的朋友和亲人。这个时候他突然痛恨起自己对唐史的了若指掌，那就仿佛一个人拥有未知能力，却无力改变未来一样，知道的越多越是一种负累。

"臣则是每每酒足饭饱后，肚子特别圆滚滚，所以贱内总戏称臣是肚正圆。"那边杜正伦抢着说道，又惹来一阵哄笑。

李淳风连连摇头，揶揄道："不成不成！正伦兄该罚！"

"为何？大伙都笑啦！"杜正伦瞪大眼，不解。

"你在嫂夫人背后取笑她替你取的别名，这一杯酒，是替嫂夫人罚你的！"李淳风笑道。

众人哈哈大笑，杜正伦没辄，只好自干一杯。

"臣就很普通啦，家母生我的时候，正值夏夜，外头青蛙鸣叫声不断，说到这儿，你们也猜出来了吧？"薛元超接道。

李治呵呵笑了起来，"呱呱，你还是自己先喝一杯吧！"

在笑声中，薛元超倒也爽快，一饮而尽。而后便轮到了李君羡，南昌王的心微微提了起来，目光不着痕迹地扫过李淳风，发现他虽笑着，然而那笑意却没达到眼底，不由捏紧搁在膝上的左手，右手则端起面前酒倾入喉中，强压下心中的沉重。

"臣小名五娘子……"李君羡道，话未说完，众人已哄堂大笑起来。

南昌王头皮一紧，就听李治轻笑着问："为何堂堂大丈夫，会唤作五娘子呢？"

"末将排行家中五子，上有四位姐姐，小时双亲请相士算过命，说末将命中有劫，童年须唤女子名，穿女装，方解此难！"李君羡解释。

李治点了点头，示意众人继续，而他脸上的笑却渐渐敛去，目光不由自主地瞟向李淳风。李淳风知道他在看自己，却只是将手中酒饮尽，笑得意味深长。李治微微皱起了眉。

一直留心两人的南昌王自然将这一切看进眼底，然而他也只是微垂了眼，闷头自斟自饮。

武连郡公李君羡私募兵马，意图谋反，论罪当诛九族，然当今圣上念其昔日护国有功，特赦无辜宗亲，赐鸩酒一壶，以儆效尤。

当南昌王得到李君羡亡故的消息时，已于府中闭门不出两日。听到这个消息时，他正与殷浩在下棋，结果手一抖，棋子落错了位置，堵死了自己的一片棋。殷浩哈哈大笑，赶紧捻起一粒黑子落上去，连说落子无悔落子无悔。原来他正被杀得丢盔弃甲，还差一点就要认输了，却没想到会来上这么一个天赐的转机。

南昌王愣愣地看了眼棋盘上空出的那一块，再抬头看向报告李君羡之事的泰常。泰常眼中隐隐流露出关切之色，他自然不像殷浩那样粗神经，只是从这小小的一个举动便察觉到了自家王爷的异常。

南昌王心中微暖，摇了摇头示意自己没事，然后决定重振旗鼓，要把殷浩杀个片甲不留。

"李君羡谋反……之前为什么一点风声也没听到？"殷浩得以缓口气，此时突然想起刚听到的消息，怎么想都觉得没可能。

南昌王笑了下，没有回答。棋子落下，步步蚕食对方的地盘。

"既是谋逆大罪，为何审也未审便赐死了？"殷浩看着自己再次陷入窘境的棋势，手中拈着子迟迟不下，只是一味地思索李君羡之事。

"玄武门守将、武连郡公、武安人……只是这三个武字便够了。"南昌王淡淡道，说完突然烦躁起来，推秤而起，"罢了，今日便到此为止罢。"

殷浩心中一凛，显然也想起那日李君羡的小名，再回想到自己师父对他所说以命换命之话，不由脱口道："莫不是与那《推背图》有关！"

南昌王似笑非笑地看了他一眼，原本想嘲弄两句，却想到自己与他何尝不是一样，于是又忍下了，只是道："你与他又没什么交情，你管他是因什么获罪。"说到这儿，他突然觉得有些悲哀，为李君羡，也为自己。

殷浩正想辩驳，他已挥了挥手，道："唉，时候不早了，你再呆下去，武昭仪要是又想出什么奇怪的点子去折腾萧淑妃，你……"

他话还没说完，殷浩已经跳了起来，急吼吼地说句我走了，便冲出了门。

南昌王喷了一声，看向静候一旁的泰常，莫可奈何地道："你看你看，这般无礼，他还拿我当王爷吗？"

"那是王爷虚怀若谷，平易近民。"泰常一板一眼地道。

南昌王摇头失笑，拍了下泰常的肩膀，道："行啊，你小子也学会拍马奉承了。走，陪我骑马去。"

黄昏前，两匹马踏过朱雀大街，一出明德门，便撒开蹄子狂奔。夕阳如血，马蹄踏风，倒真有一番畅快淋漓。

等到两人到达石砭峪的时候，太阳已经沉入了地下，青霭霭的雾气弥漫在山林石壁间，直到一轮圆月破开这层静谧，洒下清辉。

勒停马，看着眼前镀上一层银光的山林，南昌王长长吐出一口气，然后翻身跃落地上。泰常跟着下了马，尚未开口说什么，南昌王已扔了缰绳往前走去，任马儿随意吃草。

山中青松劲拔，竹林飒飒，偶可见一条时隐时现穿行于山间的石径通往不知名的某处。南昌王循着石径缓步而上，泰常安静地跟在后面，直到攀至山峰之腰，将远近莽林尽收眼底。南昌王突然跃上山径旁的一块大石，张开双臂，迎风长啸。

啸声清越，刺透苍穹，震动山林暮气，宿鸟惊飞。

泰常站在巨石之下看着上面反常至极的男子，眸中浮起一抹深思。

啸声停下，南昌王又在上面站了良久，凝目苍莽起伏的山岭，心中郁结之气稍舒。

"可惜无酒。"半倚于溪畔白石之上，南昌王看着几步远外熊熊燃烧的篝火，遗憾地叹气。

他无月下叩僧门的喜好，所以并未顺着山径而上，寻访那据说位于云雾深处的寺院，而是寻着一岔道来到这山坳间的溪水边。

浅瀑藏踪，泉清如碧，山菊漫径，夜萤妙舞，这笼罩在月色当中的一切都美妙得不可思议，让无意闯入的两人都不由放轻了呼吸，生怕惊扰了什么。于是南昌王便倚在了身下的石上，仔细地分辨着空气中泉水的清甜，野草山木的气息，以及菊香与不知何处飘来的桂香混融的味道……

如果没有夜蚊的话。如果没有一咬一个大包让人疼痒难耐的夜蚊的话，就完美到极点了。所以说，世事总是有不如人意的地方。

泰常生起了火堆，也不知他在里面放了什么东西，那蚊子竟在片刻之后便绝了踪迹。

听到他的叹惜，正站在水中弯腰摸鱼的泰常直起腰来，扔给了他一个葫芦。他接住，拔开塞子，一股酒香扑面而来。

"是桑落！"清香醇厚的酒液入喉，他惊喜地叫了出来。"泰常你竟然……"他们出来得匆忙，也不知泰常是什么时候将酒带在身上的。

"去取马时，让瑞和准备的。"泰常淡淡解释。他看自家王爷心情似乎不好，想着带点酒在身上会比较妥当。这在他看来是再平常不过的事，如今见王爷露出欢喜的神色，突然间有些庆幸自己凡事总会想多一点。

南昌王又喝了一口，便塞上了塞子。桑落酒虽然入口不似烈酒那般考验人的味蕾，但后劲却是极大的，他可不想自己到时醉醺醺地被泰常弄回去。何况经过这一番策马驰骋，又经山林晚风涤濯，他心中闷气早已散去，当然更用不着借酒浇愁了。

"泰常啊泰常，幸亏有你在啊……"他感慨。只有他自己才知道，在这游离于真实与虚幻的梦境中，泰常的存在给了他多大的支撑。

哗啦水响，泰常在扔了两条鱼上岸之后，手中抓着另外两条也走了上来。

"王爷可是为李将军的事烦恼？"他这时才开口问，手上则忙着处理起鱼来。两人未进晚膳便出来了，他自己饿着倒没什么，但总不能饿着王爷。

南昌王见状，走过去蹲在他身边拔出匕首也帮着剖起鱼来。他不是真正养尊处优的王爷，自然无法在别人忙碌的时候还在一边吟风弄月，袖手旁观。

泰常看到他的动作，只是顿了一下，倒是什么也没说。

"我明明能拉他一把，可是……"可是却眼睁睁看着他踏进李淳风的陷阱，只为了让武媚娘脱离《推背图》所营造出的劣境来。隔了好一会儿，南昌王才缓缓道，声音低沉迷茫。

泰常显然也从李君羡那莫名其妙的罪名上推测出了他致死的真正根源，听到此话，并没有太大的反应，淡淡道："没有他，也会有其他人，到时或许就不只是一个了。"

南昌王愕然停下手上掏鱼脏的动作，抬头看向低着头忙碌的男人，月光阴影中可以见到他的侧面轮廓坚毅而冷漠，就如他说这句话的语气一样。

定了定神，南昌王才收回目光，继续处理手上的鱼。

"我何尝不知，只是心里不舒服罢了。"他低语。他的处世原则自进入这个奇怪的梦境之后便受到了极大的考验，这让他在努力辨别真实与虚幻的时候，还不得不竭力抵抗着原有道德观被颠覆的危险。

对于此，泰常不予置评。他动作利落地将已掏洗干净的鱼串上削好的木棍放到火上烤着，然后再开始处理剩下的。

"会习惯的。"直到一条鱼烤好后，他才突兀地冒出这么句话。

看着他递到自己面前的鱼，沉默许久的南昌王呆了下，而后方才反应过来他的话意，不由笑了起来。伸手接过那鱼，举着木棍就这样吃起来。

是啊，处在这样的位置，总是要习惯才行的。

殷浩从南昌王府出来，原本是想直接回内教坊的，却莫名想起李君羡的事，越想越觉得不对劲，于是脚下不由拐了个弯，奔向李淳风的宅子。

李淳风正一个人在那里吃晚饭，见到殷浩进来，已猜到他是为何而来，眉头一皱，先一步背过了身去。

"师父！你知道那个李君羡将军被杀之事吗？"果然，殷浩一开口便是此事。

"那是皇上之命。"李淳风连头也没回，爱理不理地应着，就是希望自家徒儿能知趣离开。

这么明显的态度殷浩当然不会看不懂，但不过也仅仅是看得懂而已，理不理又是另外一回事了。他事情没弄清楚，又怎么可能甘愿就这样离开。

"听说是和《推背图》有关？"他走到李淳风的对面坐下，继续问。

"你就别问了,总之皇上已经确认《推背图》中所写之人就是李君羡将军。这件事,就此了结了。"李淳风不耐烦地道。

"可是《推背图》中所说是女武,李将军明明是个男的。"殷浩不依不饶,心里总觉得不大妥当。

啪地一声,李淳风将筷子砸在案上,愠怒地道:"叫你别问那么多了,这件事,就到此为止!"

殷浩被吓了一跳,怔怔看着李淳风半晌,脑中浮起那日自己求他时,他所说过的话,突然间就明白了。

李淳风看到他眼中的恍然,心中一凛,赫地站起身,气呼呼地背着手走了。

殷浩仍呆呆坐在原地,一时也不知是什么感觉。媚娘从此安全了,那自然是好事,但是为何他心中却并没感到一点轻松?

不过他并没能为此事烦恼太久,因为没过几天,宫里传出消息,武媚娘怀孕了。

乍听到这个消息,殷浩脑袋空白一片,愣怔了好久,缓过神后,也说不清心里是欢喜多一些,还是酸楚多一些。对此,他并没容自己深想,而是直接去探望武媚娘。

路上恰好遇到进宫请安返回的南昌王,南昌王自然也得知了武媚娘身怀龙胎一事,于是便与他一道去了明月殿。

武媚娘正在内房休息,过了一会儿,在柳儿的搀扶下走了出来。

她脸色发白,脚下无力,从内室出来不过短短的距离,坐下时竟已有些微喘。两人都不由微惊,暗道怀孕怎么会变成这个样子。

"媚娘,我不知道你不舒服,要不要回去躺着,我和王爷改天再来看你。"殷浩忐忑不安地道。

武媚娘无力地侧倚向柳儿给她垫好的软枕,闻言摇了摇头,脸上带起浅笑:"无妨,我躺了一个早上,都快闷坏了,出来坐坐反而比较舒服。"

"是吗?可是看你好像挺虚弱的……"殷浩有些不确定。

柳儿闻言,忍不住插嘴,"那是因为昭仪胃口不好,从昨天到现在,也没吃什么东西,只在刚才喝了一点粥。"

"那怎么成?"殷浩一听,眉头大皱,"你现在肚子里怀了孩子,就算没胃口,也得勉强吃一点。"

武媚娘叹了口气,苦笑道:"我又何尝不知道?只是,我一闻到油腻的味道就想吐……"话未说完,突然以手捂唇,一阵干呕。

柳儿见状,赶紧递上痰盂。又是抚背,又是递漱口水,折腾了好一会儿才消停下来,直看得两个男人目瞪口呆。

"怎么又吐了?该不会吃坏肚子了吧?要不要去请御医来?万一影响到腹中胎儿的健康就不好了……"殷浩心惊胆战地道。

南昌王本来也被这情况吓得不轻,但一听殷浩的话,那点担忧顿时烟消云散,哈哈大笑起来。武媚娘也不由莞尔。

殷浩被两人笑得莫名其妙,瞪眼看向南昌王:"你笑什么?"

南昌王笑够了才鄙视地看他一眼,慢吞吞地道:"你不知道这是女人怀孕的正常反应吗?"

"正常?媚娘她吐成这个样子,还叫正常?"殷浩不高兴了,感觉到自己的心智遭到了侮辱,"你别欺负我没见过孕妇,我婶婶怀孕的时候,我可没见她这样吐过。"

南昌王摇头叹气,像安抚无理取闹的小孩一样拍了拍殷浩的大头,道:"唉,这跟个人体质有关,我一时也很难跟你解释清楚,总之武昭仪绝对不是吃坏了肚子,你放心好啦!不过老是吃不下东西,胎儿的营养恐怕不够,还是得想个办法才行。"

殷浩半信半疑,但没跟他在这事上纠缠,而是转头问柳儿:"柳儿,尚食局难道都没有派人送补品过来吗?"

"有,但补品只能养胎,没办法减轻昭仪孕吐的痛苦……喝了也是吐掉,等于没喝……"柳儿忧心忡忡地道。

"这样下去可不行……"南昌王皱眉思索。

"我没关系,不好劳烦王爷为媚娘费神。"武媚娘柔声道。

南昌王看了她一眼,笑了笑,没有说话。这女人早孕反应的事,他确实没什么必要头疼,身怀龙胎,又是正得宠的女人,还怕没人给她费神吗。

当然,殷浩自不会作此想,他已经在开始思索要怎么样帮武媚娘才好。

两人并没在明月殿呆多久便告辞离开了,南昌王要去找李治要袁天罡那治头痛的药丸，而殷浩心里挂着武媚娘的事，因此一出来两人便分道扬镳了。

殷浩并没多想，直奔尚食局而去。然而到了尚食局门外，他却并未立即进去，而是停在了外面，背转身去。

"等一等，还是练习一下好了……"想到自己要求的是那个凶巴巴的丫头，他觉得自己不能就这样莽莽撞撞地跑进去，要是不小心哪句话得罪那丫头了，只怕要被用扫帚打出来。

摸了摸喉咙，他咳了两声，将语气放得很柔软很柔软，"咳……春喜，如果有人吃不下饭，什么样的料理，可以使人脾胃大开……"摇了摇头，"不对，媚娘又不是胃口不好，她是容易恶心反胃……咳……春喜，我最近呢，容易反胃，一闻到肉的味道就恶心……"

他继续摇头，"这样说也不好，怪怪的……"

他这边正专心致志地寻摸着要怎么说才妥当，春喜恰好走了出来。见到他，不由有些惊讶，心道这人怎么不进去，站在这儿干嘛呢？见他似乎在自言自语着什么，心里好奇，当下也没叫他，而是蹑手蹑脚地走到他背后，侧耳偷听。

"春喜，是这样的……"殷浩还在练习。

春喜却被吓了一跳，以为他发现自己了，接口道："怎么样？"

殷浩赫地一声转过头，看到春喜，也不知她听进去了多少，不由结结巴巴地道："啊？你……你什么时候来的？"

"什么来不来？这里是尚食局啊……我本来就在这里。"春喜奇怪。

"喔，对啊……哈哈……哈哈……"殷浩挠头，也觉得自己的话有些太过奇怪，不由干笑了几声。

"不要傻笑！"春喜没好气地白了他一眼，"你刚刚说什么？说春喜怎么来着？我没听清楚。"

"喔，没有啦，没什么事……"殷浩也说不清为什么，一下子心虚了。

"什么没有？明明就有！殷浩，你这个人不会撒谎，还是快点老老实实地给本姑娘招来，你刚才提到本姑娘的名讳，究竟是想说什么？"春喜哪里肯信他，目光咄咄逼人地瞪着殷浩，仿佛想看穿他的心思。

"好吧，春喜，是这样的……"殷浩做了个深呼吸，决定豁出去了。"我呢，有一件事情想要问你，可是又怕你拒绝我……"

春喜目光一凌，"怕我拒绝的，一定不是什么好事……"

"不不，是好事……"殷浩赶紧道，生怕说晚了又被误会，谁知越急越说不清楚，"这是关于一个女人一生中最重要的事……不，一个家庭最重要的……唉，怎么讲比较好呢？"要是南昌王在场，只怕已经一巴掌给他拍了去，耻笑他把简简单单的一件事偏偏弄得这么复杂起来。

女人的一生？家庭？春喜心中一动，目光微微柔软了下来，不由自主往自己所期待的方面想去。难道这个殷浩，他回心转意了，想要跟她告白？

思及此，她脸开始发烫，有些羞涩起来。

"你……你都还没开口，怎……怎么知道我会拒绝？"说完这句话，她心口怦怦跳得厉害。

"唉，都是我不好，嘴笨，不会说话，动不动就得罪你，惹你生气。"殷浩还在那里搞不清状况地自责。

"你就直接说嘛……只要你是真心诚意的，就算说错了，我也不会生气。"春喜的声音已经柔得快要滴出水来了，脸越发地滚烫起来。

"我当然是真心诚意的。"殷浩昂然道。

"那你就说啊……"春喜忸怩地催着，若不是按着胸口，只怕心脏都要跳出喉咙了。

"我……"正当殷浩打算说出来意时，小葫芦突然冒了出来。

"师父，你来这里干什么？"小葫芦瞪大眼睛，惊讶得很。

"我有件事，要拜托春喜……"莫名地，殷浩松了口气，他怎么总有些觉得之前与春喜两人之间的气氛有些奇怪，此时见到自家徒儿，竟然一下子就不紧张了。"哎呀，你别打岔。"

"是啊，你打什么岔啊？"春喜狠狠白了小葫芦一眼，在那小子还是一头雾水不知道自己做错了什么的时候，转过眼继续催促殷浩："殷浩，快说，别理他。"

"那我说了……"殷浩这时也觉得没什么不好开口的，于是老老实实地问："是这样的，我想春喜你是女人，应该知道，女人如果怀孕了，害喜反胃，吃什么就吐什么的话，应该煮什么东西给她吃会比较好？"

"啥？"春喜愕然，几乎要以为自己听错了，任她怎么也想不到殷浩是要问这个问题。

"怀孕？谁怀孕啦？"小葫芦大吃一惊，问。

"哎呀，不是叫你别打岔……"殷浩没心思理会他，目光只是巴巴地看着春喜，满心期待她能给自己出一个好法子。

"不是啊，我在想，不知道是哪一户人家的媳妇怀孕了？居然惊动师父在宫里找御厨帮忙炖补品？"小葫芦一点也不知趣，还在那里追根究底。就这一点来说，他学到了他师父的十成十。

殷浩终于也体会到了李淳风的感觉，不耐烦地道："谁问你意见了？又不关你的事，你管那么多干什么？"

"是啊，又不关我的事，我管那么多……"小葫芦挠头，而后眼睛突然一亮："难道关师父的事？"

"什么？"殷浩终于被他岔开了心思，疑惑地问。

小葫芦露出一个了然的笑，用手肘撞了下自己的师父，埋怨道："师父，你真不够意思，什么时候跟师母孩子都有了，也不介绍给大家认识……"

殷浩瞠目结舌，不由伸手给了他一个爆栗，在他的呼痛声中，恼道："你胡说什么啊！"

春喜却是越听越怒，一把将殷浩掰转过来，怒声道："殷浩！葫芦都招了，你还否认！"

殷浩莫名其妙，无奈道："招什么啊？别听葫芦胡说。"那一刻他突然有些疑惑，自己怎么会教出一个尽会搅局的徒弟。

"他是你的徒弟，你们是最亲近的人，你的事情他最清楚，原来你在外边把人家姑娘的肚子搞大了，居然想利用我帮忙炖补品是不是？"春喜越说越气，越说越委屈，恨不得把殷浩咬上几口。

"不是这样的，你误会了，我这……"殷浩着急，想要辩解。

春喜哪里肯听，狠狠一脚踩在他脚背上，在他抱脚原地痛叫不已的时候，走过去一顶，竟然将又胖又结实的男人给顶摔在了地上，由此可见她心里有多气愤。

"我得要去端膳食给各宫嫔妃了，抱歉，请让一让！"说着，人已转身回了尚食局。

小葫芦见状，不由捂了眼睛，噌地一下转身跑了。这个时候他可不敢上前去扶人，否则只怕又要挨上一顿胖揍。

春喜将午膳送到明月殿，柳儿刚扶武媚娘出来坐下，终于缓过气来的殷浩也追了来。

"春喜……你听我说……"

一见到他，春喜的脸立即板了起来，不悦地斥责："你干什么？教坊使，这里是昭仪娘娘的寝宫，你有规矩没有啊？"

殷浩一向是这种想要做什么就一定要做到，决不会看场合的人，闻言并没有丝毫犹豫："你误会我的意思了，我非得要把话说清楚……"

武媚娘觉得两人之间的气氛很怪异，不由出声问："什么事啊？"

"没事的，昭仪娘娘，别理他……"春喜不看殷浩，冷冷道。

"是这样的，我想帮昭仪弄一点比较不腻的饮食，没想到春喜误会了，以为是我在外边乱来……"殷浩自顾解释，并未注意到自己为什么会这么在意春喜是否误会，甚至会追到武媚娘这里来澄清事实。

"殷浩，你居然拿武昭仪来当挡箭牌，真不害臊啊你！"春喜打断他，怒道。事实上，她会如此生气，并不只为这一个原因，另外还是为自己自作多情而恼羞成怒。

"我不都说了，这是误会！"殷浩当然不会知道这情窦初开的少女的心思，只是一味地在旁边着急。

武媚娘听罢，恍然大悟。虽然看到素来只在意自己的殷浩如此着紧另外一个女子而觉得不太舒服，但仍然笑道："噢，原来如此，我明白了，春喜，你是真的误会殷大哥了……"

"昭仪娘娘……"春喜愕然。

"我害喜得厉害，吃什么吐什么，所以殷大哥在替我想办法……"武媚娘微笑，说这句话时的心情很微妙，似乎是真心想要帮助两人解除误会，却又莫名地有那么一点炫耀的意思。

"昭仪娘娘，你别替殷浩说话了，我知道你们两个是同乡……"春喜还以为武媚娘是在帮殷浩解围，不由又转过脸狠瞪了他一眼。

殷浩被瞪得无辜至极，试图再解释，她却又转开了眼。

"不是的，你听我说……恶……"武媚娘笑，觉得这姑娘其实直率得可爱,还想说点什么,哪知刚一开口,胃里一阵翻搅,又开始吐起来。

柳儿赶紧端过钵盂接着。因为一直没吃进东西,她吐出来的都是些清水。春喜见了,这才知道原来她真是孕吐得严重,想到自己之前的无理取闹,不由有些尴尬,小心翼翼地问:"昭仪,你都还没吃呢……你真的害喜得厉害?"

柳儿端清水给武媚娘漱了漱口,又拿帛帕给她拭了嘴。

"我闻到你送来的午膳味道,就这样了……"武媚娘叹气,苦笑。以前一直想要怀上龙胎,如今真怀了,没想到竟是如此折磨人。

"知道了吧,我是为了昭仪才去问你的。"殷浩见春喜终于信了,不由松了口气,没好气地道。顿了下,语气又变得温和起来:"你有没有什么方法可以让昭仪轻松点?例如说什么样特殊的膳食之类的?"

误会虽然解开了,春喜却并没有任何轻松喜悦的感觉,只是觉得有些心灰意冷。

"我家代代相传,有一味可以减轻孕吐的秘方,可是其中有一样食材,比较难取得……"她轻声道,目光落在只是短短几日便消瘦了许多的武媚娘身上,并没看殷浩。

"有方法就好了,是什么食材?我来弄。"殷浩大喜,也没在意她的冷淡,追问。

春喜心中微苦,垂下眼,道:"是塞外的雪绒草……这种药材在塞外虽然很常见,但在大唐却默默无闻,就连我也仅仅是看过医书里的记载跟图样,没见过实物,更不知道要去哪里买……你来弄?你去哪里弄啊?"说到后来,她难忍心中郁积,语气里不免带上了些许火气和轻蔑。

"这……"殷浩被她连着的两句质疑问住,不由抓了抓头,而后脑中灵光一闪,"有了,我虽然弄不到,但我知道该去找谁帮忙!"说着,转身就跑了,连招呼也没打一个。

见他还没过河就先拆桥了,春喜气得狠狠一跺脚。武媚娘失笑,安抚道:"殷大哥向来说风就是雨,你别生他的气。"

春喜回过神,看着眼前就算憔悴了也一样风姿动人的女子,心里也说不出是嫉妒还是苦涩,只是低头应了声是。

南昌王拿到从李治那里弄来的两粒药丸，先去了李淳风那里一趟，说明了自己的意思。

"下官并不擅长制丹。"李淳风道。虽是如此说，他还是留下了一粒药丸。

南昌王回到王府，正要换上常服，殷浩便急匆匆地来了。

两人才分开没多久，他此时来，必然没什么好事。事实上，但凡殷浩主动来找他，一般都不会有好事。这应该算是典型的无事不登三宝殿吧。

南昌王并没理他，只是由着泰常给自己更衣。

"王爷，你见多识广，定然知道哪里能找到雪绒草吧。"果然，殷浩不用他问，直接就说明了来意。

"雪绒草是什么玩意儿？"南昌王闭上眼，自己整理衣襟，泰常则在给他束好腰带，又挂上鱼符玉饰等物。

"春喜说她那里有一个祖传治疗孕吐的方子，里面需要一种药叫雪绒草。但这雪绒草生长在塞外苦寒之地……"殷浩解释。

他还没说完，就被南昌王打断了，"你去找春喜了？"

"是啊。我想她在尚食局多年，定然会做一些清淡的适合孕妇吃的菜肴。媚娘什么都吃不下去，怎么行呢。"殷浩浑然不觉自己做得有什么不对。

"你可以再蠢点。""也可以再残忍点。"南昌王没好气地给了他一个白眼，却没在此事上多说。毕竟这感情的事，外人是没法掺合的。"既然是长于塞外苦寒之地，那么找胡商，或是从长年居于边塞之人中，也许能找到。"

此话刚说完，两人同时想到一人，对望一眼。

"苏定方。"殷浩已先喊了出来。

南昌王点了点头，"那就先去他那里看看吧。"

"但是，我与他平素并没什么来往，这样贸然上门，会不会……"殷浩有些迟疑。

"你什么时候变得这样顾虑重重了？"南昌王失笑，见殷浩想反驳，挥手打断了他，"行了，本王便陪你走一遭吧。"反正又不费什么事。

殷浩大喜。

第二十二章

　　进了官,先去了尚食局。南昌王懒得进去,便让殷浩快去将药拿给春喜,自己则抱臂靠在外面官墙上,欣赏满院渐渐带上苍色的草木。马上又要到八月了。去年八月,他到感业寺接武媚娘回宫,短短一年间发生了那么多事,每个人的脚都踩在生死边缘,稍一不慎就万劫不复。

他们运气不坏，苏定方那里竟然真有雪绒草。听说是武昭仪害喜需要，加上又是南昌王亲自上门讨要，他自然不敢怠慢，当下便着人拿出了足够的量来给两人。

"你跟我一起入宫吧，看看春喜这方子怎样，要真不错，等你媳妇儿害喜了也好用。"拿到雪绒草，殷浩十分高兴，有心情调侃起人来。

不料南昌王摸了摸下巴，做出若有所思状，而后竟果断答应："也好。"

殷浩怔愕，南昌王已一脚踢在他的马屁股上，那马长嘶一声，扬蹄便跑，差点没把他给摔下来。南昌王笑眯眯地策马慢腾腾地跟在后面，看他胖墩墩的身体在马上扭来摆去寻找平衡，脸上的笑越发开怀起来。

进了宫，先去了尚食局。南昌王懒得进去，便让殷浩快去将药拿给春喜，自己则抱臂靠在外面宫墙上，欣赏满院渐渐带上苍色的草木。马上又要到八月了。去年八月，他到感业寺接武媚娘回宫，短短一年间发生了那么多事，每个人的脚都踩在生死边缘，稍一不慎就万劫不复。如今平安度过，究竟是他们努力的结果，还是冥冥之中的天定？若是按历史来推测，再过一年，武媚娘就能登上皇后的位置了。那个时候，他是否能唤醒姐姐？还是一定要等武媚登上帝位？

但是若武媚登上帝位，以他李氏皇族的位置，当真会很麻烦和尴尬。想到此，他的头又开始隐隐作痛起来，忙挥开那些乱七八糟的念头，闭上眼睛，伸手按揉额际。

殷浩进入尚食局的时候，春喜正带着一群人在准备晚膳。砍柴的，切菜的，配菜的，烧火的……众人各司其职，虽然忙碌，却井井有条，并不混乱。

"春喜，你瞧我带来了什么？"走到正在炒菜的春喜身后，殷浩轻轻拍了下她肩膀，道。

春喜回头，看清他手中的东西，不由得有些惊讶："是雪绒草！你真找到啦!"早上才说要,下午就找来了,这速度真不是一般的快啊。

"是啊。"殷浩喜孜孜地重重一点头,将包着雪绒草的纸包递给春喜,"喏,你确认看看,没错吧……"

春喜拈起一枝仔细看了看,然后确认:"是雪绒草没错!"说着,将那包雪绒草放到了一旁。

"剩下的工作就交给你,我先过去媚娘那里,看她身子有好些没?"殷浩放下心来,嘱咐道。

"好。等会儿补药炖好了,我就给武昭仪亲自送去。"春喜答应。

殷浩道完谢便转身离开,没有丝毫留恋不舍。春喜看着他的背影,不由微微黯了眸子。什么时候这人才会像这样将她放在心上……

正当她暗自神伤的时候,一个娇脆的声音打断了她。

"夏掌膳,淑妃娘娘想吃一点咸的点心,不知道有没有?"青衣少女走进来,却是萧淑妃的贴身侍女寻儿。

春喜收回心思,叫了旁边的人去给她取,自己则开始准备起治疗害喜的其他药材来。

"对了,娘娘还想喝银耳莲子汤。"寻儿又道。

"真不巧,张典饎正在煮呢。稍后再替你送去吧!"春喜头也不抬地道。

"对了,甜的糕点也要。免得淑妃娘娘反悔,我就得多跑一趟。"寻儿再次道。

虽然早已知道这寻儿事最多,春喜还是有些不耐烦,停下配药的动作,抬起头来,耐着性子道:"目前甜糕就剩桂花糕,可是那桂花糕上有个红点,不好看。"

"不打紧的,总比娘娘吃不到发脾气来得好。"寻儿连忙道,笑得一团和气,让人没办法生气。

"好吧!我去拿……"春喜无奈,只能转身去点心房取。

片刻后,她将甜的桂花糕与咸的馅饼装好盘拿了过来,又叮嘱甜汤会晚一些送过去,这才算打发了寻儿,方得安心配药熬煎起来。

殷浩与南昌王两人到了明月殿,武媚娘见他们一日之中竟来了两次,殷浩更甚,这已是第三次,不由又是好笑又是好奇。只是没说上两句话,她又开始作呕。

见她难受的样子，两个男人都有些手足无措，第一次知道女人怀孕竟如此辛苦。

"瞧你的害喜症状还真不是普通的严重，好在我们已经向苏将军求来了雪绒草，希望那会有些作用。"南昌王感叹道，突然觉得自己老妈真伟大，一次孕了他和姐姐两个，那只怕比这更加辛苦了。

"雪绒草？"武媚娘好了一些，闻言有些愕然，"就是春喜说有助于安胎养神的药草？"虽然殷浩说要去找，但是她并没想到他能这么快就找到。

"是啊！等春喜把补药煮好，拿来给你喝下以后，你孕吐的情况就不会那么严重了。"殷浩笑嘻嘻地道，颇有邀功的意思。

"谢谢你们，竟如此关心我，为我张罗这些事……"武媚娘心中感动不已，一时竟不知要说什么好。

"这是我应该的……"殷浩慌忙摆手，害怕听她说那些感激的话，"媚娘，你也知道我对你始终……"

"就像对待妹子一样好。"武媚娘抢先接道，而后在殷浩愣怔的时候笑了，"殷大哥，能有你这样的大哥疼爱着，是媚娘今生有幸……"

南昌王早已习惯他们这种对话，一个随时不忘表白自己的爱意，一个则总是适时将这种爱意引至兄妹情分上去，因此此时见到殷浩有苦说不出的样子，并没有太大感觉。终究这算得上是一个愿打，一个愿挨吧，关他这外人什么事呢。

果然只见殷浩苦笑道："哪里，有你这个妹妹，也是我的福分啊……"说着这些话的同时，他的眼神隐隐透露出一丝哀伤。

武媚娘摸着自己尚平坦的肚子，满目憧憬，"将来孩子们平安出世长大，我这做娘的，也一定会要他们好好孝顺你这舅舅不可……"

"舅舅？你这么说，我还真有几分要当舅舅的感觉……"殷浩挥去心中的忧伤，对着武媚娘的肚子，逗趣道："两个小外甥千万要乖点，别让你们娘亲太难过啦！"

见他一脸搞怪的样子，其他两人都不由莞尔，南昌王心里更是佩服他的痴心。

正说话间，春喜端着熬好的补汤来了。殷浩连忙上前接下，端到武媚娘面前。

"媚娘，你赶快喝了它，保准你就不会这么难受了。"

武媚娘接过汤药，并没立即喝，而是看了眼在场之人，眼中流露出感激之色，柔声道："谢谢你们大家这么费心。春喜，你也辛苦了。"

春喜忙道："春喜不敢当，运用妥善的食材，照顾好娘娘的身子，本来就是我们的职责所在。"她这话说得倒也没错，尚食局中也设有食医数名，专门负责以药膳等物调养皇上以及后宫诸妃嫔身体等事。

武媚娘颔首，端起碗正要就口饮下时，却突然眉头微微一皱。殷浩见状，不由露出关心之色，"媚娘，怎么了？"

武媚娘松解眉宇，微微一笑，道："没什么，只是这补药闻起来的味道，似乎……"

"似乎怎样？"殷浩问。

"苦味似乎太浓了些……"武媚娘以手掩鼻，显然有些为难。

南昌王扫了眼那碗里黑褐色的药汁，隔着老远都能闻到苦涩之味，知她说的是实情，不由有些好笑，道："正所谓良药苦口，想必这碗药的功效一定很强大。"想到当初为了让母妃原谅自己，他施展苦肉计后，连着数日被逼着喝下药汁，那种滋味让他仍心有余悸，因此现在分外同情武媚娘。

"是啊是啊，媚娘你就快趁热喝了吧！"殷浩连连点头，催促道。

见大家催促，武媚娘只好放开掩着鼻子的手，然而只喝了一口便放下了，一边拿手帕擦嘴，一边道："有些烫口呢！"

南昌王脸上露出笑意，只道她是在故意拖延。而殷浩却没想那么多，端起碗道："这样啊，那我替你吹凉一些。"说着，当真仔细地吹起来。

春喜在旁边看到，不由拧紧了手中的帕子，恨不得连碗带药盖在他头上，心道皇上的妃子，用得着你这样献殷勤么。

正当诸人各怀心思的时候，武媚娘突然神色一变，啊地一声按住小腹，蜷缩成一团，脸上露出痛苦之色，"我的肚子……好痛啊……"

众人大惊，殷浩和柳儿最先反应过来，同时扑上去想要去扶她，殷浩甚至因此打翻了手中的药碗。

"媚娘！媚娘！你没事吧？"他惊惶至极。

"好痛……"武媚娘似乎疼痛难当，无助地靠在殷浩身上，呻吟道："殷大哥……我的肚子好痛啊……"

"怎么会这样?"殷浩和柳儿慌了手脚,只知抱着她,似乎以为这样就能减轻她的痛苦一样。还是南昌王仍然保持着冷静,当机立断地吩咐:"柳儿,快去请太医!"

柳儿这才反应过来,慌忙应了,撒腿向外跑去。

春喜不过是个未出阁的姑娘,何尝见过这种情况,也有些慌了,但也比完全没了主张的殷浩好些,道:"先让武昭仪躺到榻上吧!"

"哦哦……"殷浩现在是别人说什么就做什么。一把抱起武媚娘,走进内室,小心翼翼地放到榻上。

南昌王本来碍于身份不方便进去,但又想到殷浩此时肯定不会愿意离开武媚娘半步,不想让他沾染上麻烦,只好也跟了进去,又叫上了春喜一道。

并不意外,太医前脚到,刚施针给武媚娘止了痛,李治后脚便到了。这么大的事,若不惊动皇上,那才奇怪。

众人见过礼,李治的全副心神就投在了武媚娘身上,走过去坐在榻边,一边怜惜地握住她的手,一边问太医:"太医,昭仪的情况如何了?"

"启禀皇上,武昭仪尚未脱离险境,至少需要再观察十二个时辰,才能确定昭仪腹中的孩子到底有没有受到影响。"太医说出诊断的结果。

"什么?"李治震惊,低头看向面色苍白的武媚娘,柔声问:"媚娘,你究竟是喝了什么补药,怎么会搞成这样?"

"这……"武媚娘有些迟疑,想要撑起身,却因太过虚弱,又倒了回去。李治忙扶住她,让她靠在自己胸前。

武媚娘歉意地看了眼春喜,轻声道:"这补药是夏掌膳熬的,但媚娘认为不一定是汤药的问题……"

春喜被她看得心中一跳,赶紧跪下,道:"请皇上明察,奴婢也不知道为何会发生这样的事……"

李治冷哼一声,冷然道:"用不着你说,朕自会查个分明!"说着,目光落向王公公,"查药的御医怎么还没回来?"

"老奴这就去催。"王公公慌忙道。正要出去,小太监已经带着陈太医走了进来。陈太医手中拿着一包东西,也不知是何物。

"陈太医,查证得如何?"不等陈太医行礼,李治已开口问道。

"启禀皇上，据微臣查验，娘娘服用的补药中有一味是孕妇忌食的恶露草，此药性至寒，服用后，易致妇人小产……"陈太医道。

此言一出，众人皆露出震惊之色。

"怎么可能……"殷浩低喃，他绝不相信春喜会害媚娘。

"小产？"李治勃然大怒，指着春喜，喝道："大胆刁奴！你涉嫌谋害皇子，罪无可赦。来人啊，拖下去砍了！"

春喜心中惊惧，也顾不得什么了，大叫道："不！奴婢是冤枉的……那药每一样都是奴婢亲手挑选的，并没有什么恶露草啊……奴婢也并不识得什么恶露草！"

"还敢狡辩，莫不是御医冤枉你？"李治根本不愿听她说下去，正想挥手让人将她拖下去，南昌王忙跨前一步，拱手道："皇兄，事关龙胎，还是查清楚好，以免让武昭仪再次身陷险境。"

李治心中怒气未消，见到他，不由道："十五弟怎会在此？"

南昌王心道来了，知自己若是回答得不好，必然要遭到牵怒。虽是明白，倒也不惧，从容笑道："臣弟闻说武昭仪害喜得厉害，无法进食，需要服用一种止孕吐的补药里欠缺一味叫雪绒草的药。苏将军那里恰恰有这种药，所以臣弟特地去讨了来，送进宫里。"

李治脸色稍霁，道："十五弟有心了。"说罢，沉吟了一下，对陈太医道："你可将那药渣带来了？"

陈太医应了声是，然后摊开手中的纸包，里面是黑乎乎的一堆药渣。他将其中一种已软成一团的药挑出来，道："皇上，此便是那恶露草。"

李治冷冷看向春喜，"你还有什么可说的？"

春喜凝目仔细看了半响，而后蓦然瞪大眼，无措地看向南昌王和殷浩，迟疑了一下，才咬牙道："皇上，这药是奴婢下的，但这是雪绒草，怎会是恶露草？"

南昌王和殷浩也吃了一惊，踏前一步，那草虽然熬煎过，但若细心辨认，还是能看出正是他们带回来的雪绒草。两人一下子也愣了，有点弄不清问题出在哪儿。

"陈太医，可是你弄错了？"南昌王看向陈太医，疑惑，手心却隐隐冒出了冷汗。

"回王爷,这雪绒草确实是安胎养神的良方,跟恶露草作用完全不同,但此二者外观十分相似,普通人稍有不察,便容易产生混淆……"陈太医道。

"所以也可能根本是你们弄错药草了?"李治看向南昌王,不悦地道。

这种莫名其妙的罪名南昌王怎肯背,当下拱手道:"皇兄,可请苏定方将军作证,证明臣等拿的的确是雪绒草……"

武媚娘此时似乎也感觉好了些,开口道:"皇上,此事非同小可,还请皇上仔细查明真相。"

李治倒真是宠爱她,闻言,当下便应了。

招见苏定方当然不方便在明月殿,加上武媚娘也需要静养,当下几人转至了御书房。李治又让人去将春喜熬药时在场的典馐、典膳、掌馐都传了来,跪了一地。

"苏卿家,南昌王说他与殷浩曾向你要过雪绒草,可有此事?"李治问匆匆赶到连口气都没来得及喘的苏定方。

苏定方并不知道发生了什么事,刚踏进御书房便被这阵仗唬住了,心里既莫名,又忐忑,此时闻问,也无心多想,应道:"回皇上,确有此事。"

"你确定你没弄错?将恶露草误认了雪绒草?"

苏定方一惊,忙道:"回皇上,末将常年远征在外,所以对于这两种塞外药草,能够轻易辨识二者之别,绝不会有误。"

南昌王和殷浩都松了口气。李治点了点头,显然已经相信苏定方的说辞,继而转向典馐等人,"今日是你们当值?"

三人战战兢兢地应是,显然也被这无妄之灾给吓住了。

"那朕问你们,当时夏春喜独自一人熬煮汤药,可曾经过他人之手?"

"未曾。"三人异口同声。

李治脸色一变,看向春喜,厉声道:"夏春喜!这几个人的证词只说明了一件事,你是唯一有机会在补药中动手脚的人,你还不招认吗?是不是要用刑才肯说实话?"

"没有!奴婢真的没有动任何手脚啊……"春喜被吓得软倒在地,身体不由自主地哆嗦起来。

"没有?"李治大怒,"那你如何解释给武昭仪的补药里竟然掺有恶露草?"

"我、我……"春喜一时也不知要怎么解释药渣里的恶露草,就在南昌王和殷浩都为她着急的时候,她脑中灵光一现,突然想起一事来,叫道:"对了,当时还有寻儿来过!"

一听到寻儿两字,南昌王和殷浩不由对望一眼,心里隐约有了猜测。

"有这回事?"李治皱眉,问典膳几人,"你们三人可曾见到寻儿去过尚食局?"

三人点头,张典膳鼓起勇气答道:"回皇上,当时奴婢正煮着寻儿要的甜汤,所以有这个印象。"

春喜精神一振,大声道:"那就对了,动手脚的人一定是寻儿!"

"喔?"李治眼中露出奇怪的神色,"你凭什么这么认为?"

"因为寻儿来拿点心的时候,当时尚食局里剩下的桂花糕,上头沾了个红点,我说不好看,要寻儿不要拿,但寻儿却非要不可……现在想来,寻儿的用意,就是在支开奴婢啊……"想到寻儿在那里一会儿要东一会儿要西的,春喜越想越觉得可疑。

"这也不过是你的臆测之说……"李治皱眉,显然并不是很相信她的言辞。

"皇兄,在场之人皆有嫌疑,寻儿自也不能例外。"南昌王适时道。虽然他心中已有定见,但却并未表现出来。

李治闻言觉得有理,当下着人去传唤寻儿。

没过多久,寻儿来了,一同前来的还有萧淑妃。寻儿是她的贴身侍女,若真犯了事,她自然不能袖手旁观。

一踏入御书房,不等李治开口,萧淑妃已先指着春喜厉声道:"夏春喜,你别诬陷我的寻儿,自己做的错事自己就赶紧认了吧!"说着,又转向李治,"皇上,你可别误信小人,冤枉了寻儿啊!"

李治不喜她这般失仪,皱眉道:"淑妃,此事关系到媚娘与朕的皇儿安危,事关重大,你就先稍安勿躁,别干扰朕问案!"

萧淑妃虽然不甘,但仍不敢真的惹怒了他,只好闭上嘴。

"寻儿,朕问你,是不是你在武昭仪的补药里,下了恶露草?"李治转向寻儿，问。

听到他这样问，南昌王不由啼笑皆非，却又觉得有趣，在事情暂时牵扯不到自己身上之时还是很愿意看上这么一出闹剧的。

"回皇上，寻儿绝对没有这么做，也没胆这么做，请皇上明察。"寻儿不负所望，严辞否认。

"可春喜说你到过尚食局，尚食局的女官也可以作证，这你怎么解释？"

"对啊，当时你来拿点心，我说桂花糕有红点，但你硬是要拿走……"春喜在旁边插嘴，看着寻儿的目光中满是愤慨。

"那……那又怎么样？我本来就是奉娘娘之命去取点心的，我不拿那桂花糕还能怎么办？你没有证据，就别乱栽赃人，简直是做贼的喊捉贼……"寻儿却是伶牙俐齿，开始还有些胆怯，越到后面越理直气壮。说罢，不再理春喜，向李治叩了一个头，道："请皇上明察！"

春喜被气得连说了两个你，却再没办法反驳。确实，单凭取点心一事，并不能证明下药的人就是寻儿。

南昌王往后退了一步，靠在殿旁柱子上，脑子里飞快地转着念头，想着要怎么样才能让春喜脱身。怎么说两人也算有些交情，何况这姑娘性情直率爽气，颇让人喜欢，绝不能让她凭白给人背了黑锅。

就在他转着念头的当儿，门外突然传来武媚娘特有的柔媚声音。

"我有证据！"

简简单单一句话，御书房内众人却神色各异。

武媚娘在柳儿的搀扶下缓缓走了进来，李治见到，紧张地走上前扶住她。

"媚娘，你身体不是不舒服吗？怎么还跑来御书房？"

殷浩脸上也露出担忧之色，但却并不敢像私下那么放肆，只能忍着。南昌王心里却浮起怪异的感觉，太医都说了她要观察十二个时辰，那么在这段期间，她自不该到处走动。以后宫女人对龙胎的看重程度，又怎会如此大意，才差点小产，就敢到处跑的？想到此，他的目光不由仔细看了看武媚娘的脸色，发现确实苍白虚弱。不过这苍白虚弱，在之前因为无法正常进食和严重的害喜反应下也是有的……他缓缓眯起了眼，心中掠过一丝不悦。

"皇上，因为柳儿发现了寻儿搞鬼的证据，所以臣妾才要来请皇上为臣妾作主啊……"武媚娘依偎在李治怀里，抓着他的袖子，红了眼圈。

她本来已经很憔悴了，此时看上去更加楚楚动人，让人不由心生怜惜。殷浩的手在袖中捏紧，好容易才抑制住上前安慰的冲动。他也知道，这个时候她想要的并不是自己的安慰。

李治安抚地拍了拍她的背，柔声问："什么证据？"

武媚娘喊了声柳儿，柳儿会意，端上一块被咬过的桂花糕，淡黄色的糕点上面有一个十分醒目的红点，让人能一眼便注意到它的不同。

春喜一眼看到，激动地跳了起来，指着那块点心道："对！就是那块桂花糕！"

李治并没有任何表示，显然在等着武媚娘解释。

"皇上，这是柳儿在臣妾寝宫外的草丛里发现的，如果寻儿没有对臣妾的补药动手脚，那她没事跑到臣妾寝宫来干什么？"武媚娘缓缓道。

"寻儿，这你怎么解释？"李治看向寻儿，眼中露出了之前没有的寒意。

寻儿脸色微变，却并不肯承认，只是道："奴婢根本没去过昭仪寝宫，那块桂花糕奴婢在从尚食局回淑妃寝宫的路上，就已经掉了，也许是有人捡去吃了，才会掉在昭仪寝宫……"

这话一听就让人感觉像是在强辩，武媚娘冷笑道："事到如今，你还想抵赖？"

南昌王突然有些意兴索然，要不是自己也被牵连在内，只怕已经找借口离开了。

见人这样逼问自己的侍女，萧淑妃不干了，拔高声音道："妹妹你这是什么话，是说我的寻儿说谎啰？"

一直在旁边冷静听着几人对话的殷浩突然哈哈大笑起来，就在几道不善的目光落向他身上时，他从容笑道："淑妃娘娘难得说话中肯，寻儿是说谎没错啊！"

南昌王看了他一眼，心道以他的痴心，即便知道自己被利用了，只怕也不会在意吧。

"大胆殷浩，你在瞎说什么？"萧淑妃没想到殷浩说话这样不客气，不由涨红了脸，怒斥。

殷浩却没理会她，而是敛起笑容，朝李治拱手一拜。

"启禀皇上，微臣有法子证明寻儿是否说谎。"

"哦？"李治微感好奇，"你有何办法？"

殷浩没有立即回答，而是走向柳儿，取过她放在盘中的桂花糕，指着上面的牙痕道："很简单，这桂花糕上面有个牙印，只要咱再拿一块桂花糕来，命寻儿咬一口，如果牙印一样，那就代表这个桂花糕是寻儿自己咬过的，也就是说，出现在媚娘寝宫外的人，就是寻儿。"

"这并不公正，也许寻儿是先咬了一口桂花糕才掉了，让人拣去的呀！"萧淑妃抢白道。

南昌王冷冷看着她，知道这个女人因为心虚而失了方寸，否则怎会被这样粗糙的验证方法搅得说出如此幼稚的话来。

"可是方才寻儿并没有提出自己曾咬过桂花糕的说法，而是直接否认吃过桂花糕……"殷浩再次发挥他不折不挠追根究底的精神。

萧淑妃语塞，李治已转过头去吩咐王公公，让他去取一块桂花糕来。

寻儿看向萧淑妃，萧淑妃却并未回望，只是恨恨地瞪着胸有成竹的殷浩。片刻后，王公公拿着一块桂花糕回转。殷浩取过，递至寻儿面前，寻儿却并不接。

"你不敢吃，是不是代表你怕了？"殷浩笑。

寻儿不得已，将桂花糕接过来，咬了一口。南昌王注意着她咬的方式，心想若她聪明，只需稍稍咬偏一些，那齿印便会有所不同。

但是不知寻儿是不是慌了神，竟然傻乎乎地以最正常自然的方式去咬那块糕，那么结果自然没有悬念。

"皇上，这两个牙印果然一模一样，证实寻儿确实去过媚娘寝宫。"殷浩将两块糕放在一起做了对比，然后得出结论。

寻儿脸色惨白，求助地看向萧淑妃。萧淑妃显然也觉得形势于己不利，忙站出来道："皇上，寻儿一定是受人陷害的，请皇上明察啊！"

"淑妃，寻儿虽然是你的人，但你也不能不分青红皂白，物证在此，还能说是遭人陷害的吗？"武媚娘先李治道，然后转向寻儿，厉声喝问："寻儿，只要你快点认罪，供出幕后指使者，我会替你求皇上开恩的！"

寻儿猛摇头，吓得眼泪都快掉下来，什么话都不敢再说。

"一块桂花糕算什么证据，有谁亲眼看到寻儿在你的汤碗下了药，叫他出来指认啊。"不知道是想到了什么，萧淑妃一扫之前的气急败坏，从容地道。

武媚娘沉不住气了，气恼地道："你根本是强辞夺理！要是有人证，皇上还需要在这儿审案吗？"然后，又转向李治，不依地摇了摇他的手："皇上，你不能纵放寻儿，这事一定要有个交代！"

她越失控，萧淑妃越高兴，见状撇了撇嘴，淡淡道："皇上，都说了没有人证，怎么能凭三两句话就定寻儿的罪？"

两人你来我往争得好不热闹，直看得旁人都有些呆了。李治不由按住额头，脸色不大好地喝止她们："好了好了！你们这样一人一句，朕听得头都疼了！"见两人都听话地停了下来，李治语气稍稍缓和，叹了口气："这事暂且搁着，王公公，先把寻儿押入大牢，朕择日再审。"

说着，示意武媚娘自己回去歇着，然后挥挥手，撇下众人走了。

萧淑妃脸上露出一个得意的笑，与武媚娘脸上的不甘相映成趣。南昌王也揉了揉额角，正想离开，却被殷浩一把抓住。

"陪我送媚娘回寝宫……我不放心她。"他说。

那一刻，南昌王真想甩袖而去。但是看着他可怜巴巴的眼神，想到他的痴心，又不由有些心软，只好捺住性子，再陪他们走一遭。

或许，他其实也想听听武媚娘怎么说。

大约是李治真的被吵得有些头脑不清，忘记了让人押下春喜，因此春喜与其他几个人都回了尚食局。离开前她看了眼殷浩，嘴唇动了动，似乎想说什么，但殷浩全心都扑在武媚娘身上，所以她终究什么也没说，只是黯淡了目光。

南昌王看在眼里，却也只是沉默。与殷浩一道将武媚娘和柳儿送回明月殿，一路上就听到殷浩在那里关切地问东问西，武媚娘只是支支吾吾地应付着，直到回到她的地方，殷浩坚持让她到榻上躺着，她才突然狡黠地一笑。

"我其实一点事儿都没有。"她在席上坐下，看着两人，正色道。

南昌王心中早已猜到，倒没什么，殷浩却以为她在逞强，不是很放心地道："可是太医说……"

武媚娘抿嘴笑，道出实情："其实我根本没喝那补药。"

"怎么可能，我们亲眼看你喝下的啊！"殷浩诧异不已，但看她神色虽然因为害喜的原因仍然有些虚弱，精神倒真没有更差。因此虽然嘴里说着疑惑，心却已放下了。

武媚娘看了眼神色莫测的南昌王，并没有直接回答殷浩，反而问道："殷大哥，你记不记得，我以前曾经提过，我小时候在巴蜀生活过几年？"

"好像有这件事……"殷浩想了下，点头，"但是，这和你没喝补药有关系吗？"

"当然有。"武媚娘笑，接过柳儿递来的热汤喝了一口，方才缓缓道明原由。"巴蜀地近西域，跟塞外民族常有交流，所以我对于雪绒草熟悉得很。它有一股淡淡的香味，若对此物不够熟悉的人，绝不可能闻得出来……"

南昌王与殷浩对视一眼，皆在想自己拿到雪绒草时有没有闻到什么香味，耳中则听到武媚娘继续说："那补药不只没有香味，还发出阵阵恶臭，那个时候，我就知道其中有异。但是，若不抓出罪魁祸首，我一日也不能心安。所以，我决定将计就计……"

南昌王脑海中突然浮起她喝了一口即拿帛帕拭嘴的情景，恍然大悟，知她定然是趁那个时候将入口的补药吐到了帕子上。

"不对啊……"殷浩想想觉得不对劲，又追问："媚娘，陈太医明明就说你生命危急，必须观察一天一夜啊……"

"那是我为了调查真凶，想着不能打草惊蛇，才贿赂陈太医，要他把我的病情说得越严重越好。这都是为了要皇上彻查严办此案真凶，才会出此下策。"武媚娘微笑道。

殷浩松了口气，苦笑道："你把咱们瞒得好苦啊……"

武媚娘看了眼垂眼不语的南昌王，语含歉意地道："对不住了。若要把这出戏演好，就得越少人知道真相越好。连柳儿也是因为我为了赶去御书房，才告诉她真相的。"

见她如此，南昌王倒也不好再计较了，淡淡笑道："武昭仪无事便好。"心中虽然有被利用的郁闷，但若站在她的立场上来想的话，这却是保护她自己最好的办法。而事后她还能坦承以告，这却是最难得的了。

听他如此说，武媚娘松了口气。虽然她不知道南昌王为什么屡屡帮助自己，但是却明白得罪了此人，就算他并不记恨，只需与己疏远，便对她极为不利。毕竟回宫这余年发生的事她都看在眼里，虽然殷浩四处着急奔走，但真正在里面使得上力的却是南昌王。没有此人相助，她只怕不是仍居于冷宫，便是已嫁去吐蕃，哪里会有如今的风光。

心中大石放下，三人又随便聊了几句，南昌王起身告辞。武媚娘也有些疲惫，便不再相留。殷浩不得已，只好跟着离开。

第二十三章

　　武媚娘摸了摸眼前的礼单,然后目光落向殿外,突然想起前几日所做的那个古怪梦。那里面,她记得长得跟南昌王很像的那个男子叫她姐姐。若她记得没错的话,三年前,她因护身符获罪,被打下大牢时,南昌王跟着殷浩一起来看她,也唤过她一声姐姐。

既然武媚娘心中早已有了主意，药草偷换之事的追查南昌王便没打算再参与。他相信以她之能必然能处理好此事，若真有什么不妥，殷浩也会来找他。因此，除了早朝和入宫给太妃请安外，无事的时候都是带着泰常在长安城周遭寻幽探胜，赏风游景。

殷浩却没他这么逍遥了，除了为没找出换药的幕后主使而担忧武媚娘的安危外，还对受到无辜牵累的春喜满怀愧疚。

是夜，他辗转反侧难以入眠，脑子里乱糟糟的，一会儿是武媚娘说自己没喝药时的狡黠笑脸，一会儿又是春喜跪在御书房时惊恐茫然的样子。他不敢想，如果寻儿没在明月殿外落下咬过的点心，会是怎么样的结果。

他突然坐起身，心里一阵阵的后怕。有的东西他不愿意往深处去想，却由不得他不想。媚娘不相信他们！春喜治疗害喜症状的方子是她祖传的秘方，从提及需要雪绒草到他去找南昌王一同上苏定方那里讨要来一共也不过半日的工夫，只是在这短短时间内便被掉换了，任谁都会最先往他们身上去想。只怕媚娘也是如此，所以才会在无其他人在的情况下仍假装饮下补药，直到确定寻儿也有嫌疑的时候，方对他们坦言。

他并不怪媚娘这样做，只是想到她对自己也开始耍弄心机，不免有些心寒。还有春喜，只怕也被吓得不轻。

想到此，他掀被下床，穿好衣服，然后挑着灯笼往尚食局而去。尚食局守门的宫监识得他，并没多做为难，给他开了门便自去睡了。

殷浩走进厨房，看了看现有的食材，然后挽起袖子烧起火准备煲一锅鱼汤。

就在他手忙脚乱地又是烧火又是剖鱼的时候，身后突然传来一声惊疑不定的轻唤。

"殷浩？"

他回头,一眼看到春喜举着个大木棍站在厨房门口迷惑地看着自己,他不由得有些尴尬:"春喜?哎,这大晚上的,你不睡觉跑厨房来干吗啊?"一边说,他一边将剖鱼的盆子和燃起的灶火挡在身后。

"我还想问你呢。"春喜拧眉,放下木棍,上前一把将他拉开。待看清他背后的东西,不由疑惑地问:"你做什么?"

"呃,这……"殷浩脸有些红,支支吾吾地什么也没说出来。

春喜却突然反应过来,心口微酸,强笑道:"这是打算给武昭仪熬汤吧?想给她补补身子?那你也不用亲自来煮,吩咐我一声就是了。"顿了顿,想到白日的事,心中咯噔了一下,脸色黯淡下来,"还是你已经不放心我?"

殷浩一惊,连连摇头,"不是,不是。怎么会?"这误会可闹大了,他要不相信她又怎会一有事便想到找她。

"你还想骗人!要不是你不放心我,怎么会大晚上亲自跑过来熬汤?"春喜凶巴巴地质问。

殷浩被吓了一跳,但随即注意到她眼圈发红,心中一软,叹口气道:"算了,我就不藏着掖着了。其实这汤是为你煮的。"

"为我?"春喜愕然,一时竟有些反应不过来。

殷浩不自在地别开眼,但仍点了点头,"嗯,白日因为媚娘的事情,把你吓得不轻。我就想说晚上来煮锅汤给你,好让你明天一早喝个热汤,压压惊。"话说出来,他登时觉得浑身松快起来。

"真的?"春喜慢慢缓过神,还是有些不敢置信,"对我这么好?"

"哎,就是我不太会烧,怕你嫌难吃。"殷浩笑了笑,不好意思地道。

春喜看着他傻愣愣的样子,眼眶突然有些发热,也没多想,蓦地伸手一把抱住了他。

娇小柔软的身子贴进怀中,殷浩被吓住,张着两只沾了鱼腥的手,一动也不敢动。

好一会儿,春喜大约也意识到了自己胆大的举动,慌忙放开手,羞赧不已地背过身去。殷浩也觉得脸有些发烫,但总得有人打破这尴尬的气氛,只好讪讪地开口,"既然你在,那就帮我烧火吧,我一个人忙不过来。"一边说,一边又蹲下去剖鱼。

春喜悄悄回头瞥了一眼,见他低着头在忙,不由松了口气,"哦"了一声便坐在了灶边，用烧火棍拨了拨火，让它烧得更旺一些。

"你怎么这么晚都没睡？"殷浩抬眼看了下她，火光映着她红通通的脸，竟是说不出的艳丽，他心中一悸，慌忙又低下头去。

"睡不着。"春喜慢慢恢复正常，想到武媚娘之事，情绪一下子又低落了下去。

"还想着白天的事？"殷浩了然。

"嗯。若不是我粗心大意，又怎会让人换了药去。"

感觉到她的自责，殷浩想了想，然后道："媚娘没喝那补药。"不管别人怎么想，他是相信春喜不会做这种事的。

"啊？"春喜愕然看向他。

殷浩便将白日武媚娘所说的话重复了一遍。春喜听完，不由拍了拍胸脯，心中大石落下。

"好在武昭仪聪慧，及时发觉，否则我的补药若真是害得娘娘失去龙胎，那可就真是罪该万死了！到那时，恐怕连干娘都要被我连累了！哎呀，想想就害怕……"

见她彻底放下心来，殷浩也不由跟着松了口气，心里那点愧疚散去了许多。直到春喜捧着炖成乳白色的鱼汤喝得眉开眼笑，他才算彻底地安心。

审讯寻儿之事并不顺利，她一口咬定自己什么都没做，加上萧淑妃的袒护，过了好几天都没有结果。

武媚娘担心时间拖得太久，皇上的注意力被其他事分散，这追查幕后指使者之事会不了了之。偏巧这段时间南昌王总是不见踪影，倒只有殷浩还是如以往那般每天都到明月殿看她。但是殷浩的脑子直来直去，学不来这些弯弯绕绕，加上又心地善良，在这件事上根本帮不上她的忙。正在她为此焦虑不已的时候，柳儿给她提供了一个如同雪中送炭的消息。

柳儿和寻儿是同乡，关系又好，因此知道寻儿家有一老母。由此，她猜测寻儿之所以在严刑之下也不松口，只怕是为了自己的母亲。

有了这个消息，武媚娘心中立即有了主张。当下派人去宫闱局打探消息，不意竟探知寻儿的母亲病重，而她数次出宫探亲的申请都被萧淑妃暗中压了下来。这消息登时让她看到了解开眼前困局的希望。

数日后，当寻儿正因连着数日无人来审讯而惶惶不安叫着要见萧淑妃的时候，一个狱卒走了进来，扔给她一套宫女服，让她换下身上已破烂不堪的衣服。然而无论她怎么问，那狱卒都不回答。

等她换上衣服，便被带到了一间厢房外，然后被一把推了进去。正当她被吓得差点尖叫出声的时候，竟看到了一个她怎么也没想到的人。

她的母亲正穿着一身新衣等在里面，看上去虽然比以前瘦了许多，但却还算精神，显然病已经好了。

那一瞬间，寻儿的眼泪不由夺眶而出。

次日，寻儿招供，是萧淑妃指使自己用恶露草调换了雪绒草的。另外，李治派去的人又在萧淑妃的寝宫里搜到了剩余的恶露草，原本还想负隅顽抗的萧淑妃再狡辩不得。

"我只是给她的母亲治好了病，再让柳儿将萧淑妃压下她出宫申请的事漏给了她听，让她看清萧淑妃的真面目而已。"武媚娘一边优雅地煮茶，一边跟殷浩说，秀美的脸上含着志得意满的笑。

她虽然使了手段，但却并不恶毒，反而有助于人，殷浩自然开心。

"媚娘你真善良！"他赞道，说话的同时又不由为自己之前对她所做的猜测而感到惭愧。

武媚娘扬睫瞟了他一眼，本来笑得好好的，却突然又叹了口气，"可惜皇上心地仁厚，顾念旧情，不忍处罚于她。交给皇后娘娘处置，皇后却只是削断了她的发簪，说什么节儿需要娘，只让发簪代她受过……"说到后面，她脸色渐渐变得不好，甚至是有些咬牙切齿。

殷浩这时才知道竟是这样的处罚，不由有些惊讶，"皇后娘娘不是恨不得扒掉萧淑妃的一层皮吗，如今有了机会，为何反而轻易放过？"

武媚娘冷笑一声，将煮好的茶端了一杯递给他，自己则端着另一杯缓缓啜了一口。

"她无非是怕我成为第二个萧淑妃罢了，枉她平日里对我说什么姐妹情深。"

殷浩看着她脸上的寒意，一时也不知要说什么话安慰她才好，只能默默端起茶，一直到喝完，才笑道："不管怎么说，萧淑妃失了圣宠，短期内都翻不起什么风浪了，媚娘你也能安心养胎了。"

武媚娘见他茶碗见底,于是又端起茶壶给他注得八成满,才缓缓道:"若真能如你所说,那倒也是好的。"她语意未尽。他既看不出来便也罢了,她何苦去把那些污浊险恶的人心剖开来摊在他面前。

"能,肯定能的。"殷浩呵呵地笑,看上去有点傻。

"对了,这一阵子怎么没看到南昌王?莫不是他生我的气了?"武媚娘也跟着微笑,而后貌似漫不经心地问。

"啊?生啥气?"殷浩有些懵,被武媚娘没好气地白了一眼才赫然反应过来,摇摇头,"哪能啊!王爷不是这么小气的人,他闲得慌,游山玩水去了。"说到这儿,他不由有些感慨,"真没见过像他这么成日无所事事的王爷!"

武媚娘放下心来,笑道:"我看你是嫉妒吧。"

殷浩嘿嘿笑了两声,没有反驳,显然被说中了。他监管内教坊,大小琐事都要他亲自处理,连武媚娘这儿都是他抽空来的,还不能待久了,因此自然分外嫉妒能到处游玩的南昌王。

"媚娘,等有空了,我带你去城外的石贬峪玩儿,听王爷说那里风景美极了。"

武媚娘本想没好气地问他是不是上次私自出宫的教训还不够,但见他一脸期待的样子,又不忍心打击他,于是淡淡"嗯"了声。但是其实心里知道,那是根本不可能的。因为她现在怀孕了,自然无法跟着他四处乱跑,而等她生了孩子之后,就更没可能出去了。

殷浩却没想这么多,见她应了,差点没高兴得跳起来。

看他这样,武媚娘不由在心中暗暗叹口气,知道自己此生必然是要有负于他的。

李宇凡被一阵剧烈的摇晃弄醒,大约已经适应了梦境与现实的转换,这一次他并没花太久时间便彻底清醒了过来。

"宇凡,你姐醒了!"大刚兴奋的吼声传进耳中,让毫无准备的他一下子从沙发上跳起来,若不是被一只胖胖的手扶住,只怕要摔跌在地上。

"姐……"他撇开大刚的手,想要冲到床边去,却又被抓住。

"等会儿。"大刚道。

李宇凡呆了一下，这才注意到医生还站在床边正在给李冰荷做检查。而李冰荷果然已经醒过来，正一脸懵懂地坐在病床上，木然地发着呆，仿佛仍在半梦半醒当中，丝毫没有注意到病房里的其他人。

　　李宇凡看着睁开眼的她，激动地攥紧了拳头，眼眶里盈满了泪水。

　　过了一会儿，医生检查完，收起工具走到他跟前，脸色凝重地道："你跟我来一下。"

　　李宇凡原本欣喜的心情在见到医生的神情时，一下子淡了许多，一股隐隐的不安浮了上来。点了点头，他嘱咐大刚看好李冰荷，才跟着医生走了出去。

　　在值班室里，医生指着灯箱上新拍的颅脑 X 片，面色严肃地道："你姐姐现在的情况很复杂，你看这里，她虽然苏醒了，但情况并不乐观。她颅中瘀血板结的现象仍然存在，如果瘀血压迫神经过于强烈，就会有再度昏迷的可能。"

　　李宇凡心中一冷，不知所措地问："那要怎么办？"

　　医生沉吟了一下，道："目前只有两种办法，一种就是继续观察，希望瘀血能够慢慢地减退。"

　　"那另一种呢？"李宇凡急迫地追问。

　　"另一种就是做开颅手术，直接取出瘀血块。"

　　"那就做手术啊！"李宇凡果断地道。

　　医生苦笑了一下，摇头，"没那么简单，这种开颅手术的成功率都很低。"

　　"有多低？"

　　"很难说，百分之三十左右吧。"医生沉声道。

　　李宇凡愕然，之后他也不知是怎么走出值班室的，迷迷瞪瞪地回到李冰荷的病房前，听到里面大刚正在那里口沫横飞地说话，方才稍稍回过神。

　　"刚说到哪儿了？哦，对，馆长！这事儿一出，他可是吓坏了，还好我们所有展品都有保险，不然就死定了！宇凡呢，见你昏迷，也是什么都不顾了，整天在查各种资料想办法唤醒你，最后竟然想到个用做梦来影响你的意识唤醒你的办法，说是做了个唐朝的梦，咱们都在里面！嘿，也不知道是不是真起了作用，你还真醒了！"

李冰荷呆呆地看着他，神色迷惑而茫然，仿佛不认识他似的。李宇凡推开门，她的目光就移了过来，等他走到床边，像是突然想起了什么，终于开口，说了醒来后的第一句话。

　　"王爷？"她的语气中充满疑惑和不确定。

　　两人挨得很近，李宇凡清晰地听到了她的话，不由惊愕在原地。

　　"姐，你……你叫我什么？"他怀疑自己要精神错乱了。

　　李冰荷奇怪地看着他，似乎对他的称呼很不能适应，但仍然道："王爷啊！"顿了一顿，又看了眼殷浩，有些迟疑，"殷大哥，你和王爷怎么……怎么这样打扮？"短头发，露出胳膊的薄衫，还有与众不同的裤子，这些连普通百姓也不会穿的东西。要不是干干净净的，她真以为是遇到叫花子了。

　　李宇凡和大刚对望，傻眼。

　　良久等不到两人的回答，李冰荷终于回过神，打量了一下身处的环境，而后惊道："这是什么地方？我怎么会在这里？柳儿……柳儿！"一边说，她一边掀被就要下床。

　　李宇凡听到她喊柳儿，更是惊出一身汗，还没等他有所反应，便被大刚给拖到了门外。

　　"宇凡，你姐是不是……"他指指自己的脑袋，"这里有问题了啊？"

　　"你让我想想。"李宇凡心中一团乱，紧张地道。

　　"她为什么会叫你王爷，还叫我殷浩？这不是你跟我讲的梦里面的事情吗？还有，谁是柳儿啊？"

　　李宇凡被大刚的话一提醒，恍然大悟，却是更为震惊，"柳儿是武媚娘的贴身丫鬟……难道，难道姐姐虽然醒来了，但她的意识却是梦里武则天的意识？"说出这个结论，他登时一阵手足发寒。

　　大刚惊得张大了嘴，好一会儿才讷讷地问："那怎么办？"

　　李宇凡看看大刚，又看看正在屋内惊疑不定打量着四周的李冰荷，那神情姿态分明是梦里的武媚娘，他突然感到一阵无力。

　　有着武媚娘意识的李冰荷明显更亲近长得像殷浩的大刚一些，因此李宇凡只好回家去给大刚收拾了洗漱用具，又煲上汤，准备好了送去医院。

　　煲汤的时候他便上网搜索各种有关于失忆和梦境的资料。网上的资料当然是五花八门，寻摸了好一会儿，一条消息引起了他的注意。

"安妮·霍顿，英国爱丁郡人，1983年曾因登山摔伤而陷入昏迷，醒后一度失去原有的自我意识，而自称是来自瑞士南部的一个男性钟表商人！"他摸了摸下巴，喃喃道："这是借尸还魂吧。"倒跟他自己在梦里占据南昌王的身体有些相似。

"只是不知是不是跟姐姐的情况是相似的……"

他一边思索着一边继续搜索，正在这时，电话铃声紧促地响了起来。他随手接通电话，目光仍落在网上的各种消息上，就听到大刚在另一头焦急地喊。

"赶紧来啊！你姐出事了！"

李宇凡心口咯噔一下，来不及应声，抓起外套就冲出了门，以飞快的速度赶到医院。还没进病房，就听到里面李冰荷不安的喊叫声。

"我要找皇上！我要见皇上！柳儿呢？柳儿！殷浩，你别拦着我啊，你告诉我，我为什么会在这里？这里究竟是什么地方？"

李宇凡推开门，见李冰荷正挣扎着想要下床，却被大刚给拦住了。

"冰荷，你正常点啊，别吓我啊，你是李冰荷啊，天海博物馆的李冰荷！"大刚急得都快哭了。

"李冰荷？"李冰荷瞪着大刚，眼中满是不悦："谁是李冰荷？你认错人了，我是武媚娘……让开！"

"姐……你没事吧？"李宇凡跑得太急，一边说话一边直喘气。

武媚娘看到他，眼睛一亮，"王爷！王爷你来了就好，这人非要拦着我，还说我是什么李冰荷！"显然她已经不确定。

李宇凡眉头皱了起来，耐心地道："姐，你听我说，你不是武媚娘，你叫李冰荷。"

哪知李冰荷一听，竟发起脾气来，疯狂地冲下床，就想往外面跑，还怒气冲冲地喊道："我不是李冰荷！我不是李冰荷！我是武媚娘，武媚娘！我要见皇上，你们不要拦着我！"

李宇凡和大刚都被吓了一跳，赶紧上前拦住她，但是她却如同疯狂了一般挣扎着，两个大男人竟然有些压制不住，大刚不得不大喊医生。

他声音尚未落地，医生已经带着四个护士匆匆走了进来，显然之前已经发现了这间病房的异常。进来后,他扫了一眼情绪暴躁的李冰荷,果断地下了医嘱:"病人现在情绪很激动,快准备阿米拉嗪。"

两个护士按住一直在大喊大叫的冰荷,一个拿出镇静剂准备打针,另一个则把李宇凡和大刚推出病房。

"你们在外面等着!"那个护士说罢,便转身走了进去,同时关上了门。

门里传来武媚娘的叫喊声,李宇凡和大刚担忧地面面相觑。

"你姐姐完全把自己当成那个武媚娘了!"

"嗯,人醒来了,但显然她的意识还没醒来。"李宇凡情绪低落地喃喃道。

"这样下去,可怎么办啊?"大刚忧心忡忡地叹气,抱着头蹲下,一下又一下地敲着自己脑袋,冀图能想出办法来。

李宇凡眼中浮起迷茫之色,"我也不知道……都不知道她这样醒来,到底是好事还是坏事……"

两人久久没有说话,沉默笼罩着这小小的一片地方,附近病房家属大声的说话声,护士吼不听话的病人的声音仿佛来自于另一个空间。

面前病房的门从里面打开,大刚唰地一下站了起来,跟李宇凡一起围上去。

"病人已经睡了。"没等他们询问,医生已先一步开口,"她现在情况很不稳定,等她醒来,你们别再刺激她,一切都先顺着。"

两人连连点头,直到医生和护士走远,他们才进了病房。李冰荷如同之前一月来的每一天那样,静静地躺在床上,丝毫看不出开始的疯狂,唯一不同的是,她的脸色因为激动而变得红润许多,不再苍白得吓人。

两人尽量不发出太大的响动,以免惊扰到刚睡过去的人。

"大刚,你回去休息一下吧,我在这里看着。"李宇凡伸手顺了顺李冰荷有些凌乱的发丝,轻声道。

大刚摇了摇头,"我不放心,还是你回去,我守吧……对了,你给我拿的东西呢?"

他这一问,李宇凡立即想起自己还煲在火上的汤,不由轻呼一声"糟了","出来得急,什么都没带,那你在这里等着,我再回去拿。"一边说,他一边往外面跑去。

43

看着他消失的方向，大刚叹了口气，伸手轻轻戳了戳李冰荷的脸，语气中满含宠怜地道："冰荷啊，你再不好起来，我和你弟弟就要疯了。"

好在李宇凡用的是温火慢慢炖熬，加上离开也不过一两个小时，回去的时候，还剩下大半锅汤，汤汁还不算浓稠。他想了想，决定再熬半个小时。然后趁着空闲的时候，洗手做起饭来。

自早上李冰荷醒来后，两人就处在一团忙乱当中，午饭都没来得及吃。

利落地做好饭菜，用保温饭盒盛了，又装了补汤，他这才拎着给大刚准备的东西再跑向医院。

两人心事重重，也没说什么话，吃罢饭，大刚担心李宇凡在这里守着，假如一不小心睡着又入了梦，会照看不到李冰荷，索性将他赶回了家。

李宇凡知道自己现在的情况，也不推辞，拎着饭盒走了。

他没打车，而是慢慢地步行回去，也好在这期间想想目前诡异的情况。

他看得出，李冰荷现在说话的语气情态都是梦里武媚娘才会有的，她怎会出现在这里？莫不成是因为自己入梦所引起的蝴蝶效应？

揉了揉发紧的眉头，他暂时将这个可能性踢到一边。

这次醒来是因为被大刚推醒，梦里武媚娘刚刚取得入宫以来的首场大胜，将萧淑妃反击得失去了圣宠。这与她占据冰荷的意识是否有关系？

之前几次醒来都是因为武媚娘面临危机的时候，如今又值她意气风发的时候……如果自己是和姐姐做的同一个梦，若说是因为情绪剧烈波动而醒转，那么这个情绪剧烈波动的人若不是他，那么便是姐姐了。姐姐因为武媚娘的遭遇而情绪剧烈起伏，那会不会说明一件事？

说明姐姐在梦里扮演的角色正是武媚娘，只是与他不同，她完全融入了那个角色，忘记了李冰荷。

想到这个可能，他神色不由凝重起来。若是武媚娘的意识占了主导，那么李冰荷有可能就会如梦中的南昌王一样，被人鸠占鹊巢。唯一不同的就是，南昌王是被他占据了，而李冰荷则是被武媚娘占据了。

李宇凡停下脚步，伸手按向额头，仿似这次醒来连带着梦中的头痛之症也跟了过来。深吸口气，他不敢再继续想下去。害怕自己有一天会将梦境与现实完全搅在一起，再也分不开来。

这次殷浩复职回内教坊，小葫芦并没跟回去，据他说，相较于歌舞技艺，自己更喜欢做饭。自然，这里面也有一部分因为春喜的缘故，不过他在做饭上确实有些天分，殷浩便也由得他了。即便如此，小葫芦还是会天天跑到内教坊帮殷浩做些杂事。

这日师徒俩正在教坊的院子里说着话，小葫芦在扫地，殷浩在修剪院子里长得过于繁茂的野草。

春喜端着东西走了进来。小葫芦一见她，立即丢了扫把迎上去，"春喜姐！"滴溜溜的眼睛扫到她盘中的东西，不由惊喜地叫了出来，"哇，怎么这么多好吃的点心啊！"

"嗯。"春喜笑眯眯地应。

这时殷浩也走了过来，"春喜，你怎么来了？"一边说一边就伸手往她盘中拿点心。

春喜也不阻止他，笑道："皇上的寿辰快到了，咱们尚食局正在试做点心呢。我来是想要你们帮我试试味道。"虽是这样说，但事实上自那夜殷浩给她炖汤之后，她便常常找着各种借口来内教坊看他。

殷浩也不以为意，将点心放进嘴里，一边吃一边点头，"唔，不错……好吃！"

"真的吗？"春喜眼睛亮了起来，伸手拿起另一种点心，递到他面前，"那你再试试这个，看看怎么样！"

小葫芦一看急了，赶紧凑上来，叫道："师父师父！这个我来，我来！"

殷浩一巴掌拍在他头上，立眉竖目地道："来什么？扫地！"

小葫芦郁闷了，委屈地看着他。他不理，还故意吃得吧唧吧唧地响，赞不绝口，"春喜做的点心，款款都是佳品，个个好吃啊！"

春喜看他吃自己做的点心吃得如此开心，面上不由露出甜甜的笑容，"喜欢就多吃点。"

殷浩偷偷睨了一眼萎败颓丧的徒儿，不由哈哈大笑起来，又拍了拍他的头，从盘中拿起点心塞进他嘴里。

点心入口，小葫芦怔了下，而后立即精神一振，眼睛晶亮晶亮地看着自己的师父，完全忘记了之前刚被欺负过。

春喜也被小葫芦的表情逗笑了,将装点心的盘子递给他,在小葫芦大喜过望的时候,转向殷浩道:"我来还想跟你商量一下寿宴安排的细节。"

听到是这事,殷浩一把将手中剩下一半的点心扔进嘴里,含糊道:"跟我来。"

眼睁睁看着两人并肩走向殷浩的书房,小葫芦一下子觉得手中的点心失去了滋味,想了想,撒腿追了上去,"师父,春喜姐,等等我,我也去。"

"你跟来干什么?"殷浩瞥了他一眼,虽是这样说,但并不是真心不让他跟。

小葫芦自然看得出来,笑嘻嘻地道:"两人计短,三人计长嘛。说不定徒儿也能想出什么新奇的主意呢。"

"就你……"殷浩故作轻蔑地上上下下扫视他一遍,才慢吞吞地道:"别捣乱,我就该烧香拜佛了。"

春喜见两人又斗开了嘴,也不插嘴,只在旁边瞧得高兴。

进了书房,殷浩神色立即一整,不再插科打诨,拿出纸笔,又抱出一堆书籍,一边翻一边跟春喜商量起来。小葫芦坐在一旁,一边吃着点心,一边看两人几乎是头挨着头地讨论,心里不由酸味直冒,似乎连点心吃出来都是一股酸味。

"若在这两个表演之间,让咱们尚食局把酒的种类做更换,岂不更为绝妙?"春喜道。

殷浩沉吟片刻,不是很同意,"虽然不同的歌舞献艺配上不同味的酒,这个想法是不错,但是酒若喝得杂了,很容易醉,到时若有人酒品不好,闹出事来,那可麻烦……"

春喜听得直点头,正想说什么,突然有人来报,说皇后娘娘驾到。三人一惊,赶紧出迎。

"殷浩,你来为本宫挑选一些身段漂亮、舞姿优美的舞伎。"免了三人的礼,王皇后直接道明来意。

殷浩有些意外,不解地问:"娘娘怎么突然需要舞伎?"

"皇上要本宫在寿宴上献舞,本宫想弄得盛大些,所以想要一些优秀的舞伎一齐配合演出。"王皇后在席上坐下,语气柔和地道。

"是。"殷浩明白过来,转头对小葫芦道:"葫芦,去叫咱们最优秀的舞伎出来。"

小葫芦应声而去，片刻后，内教坊拿得出手的舞伎都等在了书房外面。

"你们五个一组，出来给娘娘试舞。"殷浩走出来，对她们道。

然而连着看了好几组，王皇后都没找到合意的，反而脸色越来越差，最终忍不住喝道："够了。"

殷浩心中一突，惶恐地躬身询问："娘娘，这些舞伎都不合您意吗？"

"你也看到她们的身段了，殷浩，这样不行，你帮本宫去民间挑选一些出众的女子回来训练吧，本宫要让皇上寿诞那天的表演精采绝伦。"王皇后站起身，将不耐压下，淡淡地吩咐道。

"是。"殷浩赶紧应声。

"越快越好，本宫还要跟她们一起排练呢。"王皇后严厉地道。语罢，拂袖而去。

"微臣恭送娘娘。"殷浩道。直到王皇后出了内教坊，看不到影子了，他才直起腰，抹了把额上的冷汗，又挥退了所有的舞伎，脸上露出一抹苦笑。

"殷浩，你没问题吧？"春喜见到，不由关心地问。

殷浩摇了摇头。

当然没问题，皇后都吩咐下来了，就算有问题也要变得没问题。既然如此，还能说些什么呢？

然而，他也再没心情继续商量寿宴细节，只好让春喜改日再来，要不等他去找她。

春喜虽大大咧咧，还是看出了他心情不好，不好再多说什么，当下告辞离开，小葫芦立即殷勤地自告奋勇要送她，顺便也回尚食局。殷浩挥了挥手，算是同意。

两人离开后，殷浩登时如霜打过的茄子，蔫败了下来。正在这时，明月殿那边有人过来传话，让他过去一趟。

一听是武媚娘叫他，殷浩跟打了鸡血一样，瞬间精神起来。

殷浩到明月殿的时候，武媚娘和柳儿像是等了很久似的，身边还放着许多礼单。

"媚娘，你找我啊？"殷浩似乎极力想要表现得沉着一些，但仍然掩不住眉眼间的欢喜。虽然这并不是武媚娘第一次主动唤他来，不过只要她想见他，无论多少次他都一如最初听到时那般开心。

"是啊，皇上寿诞在即，各宫嫔妃都要送礼，但我和柳儿研究了礼单好久，还是拿不定主意要送什么好。"武媚娘示意他坐下，然后指了指面前案上放着的礼单，颇为无奈地道。

殷浩挠了挠头，沉吟地道："皇上什么稀奇的东西没有？要的，应该是有心意的礼物……"

听到他此话，武媚娘极是赞同，"我也是这么想的，你快帮我拿个主意吧。"

"亲手炖煮点心？"殷浩道。

"平时就在做了，没有新意。"武媚娘摇头否决。

"嗯……那……"殷浩犯难了，对于他来说，无论媚娘送他什么，他都会很喜欢，所以根本出不了什么主意。想了半天，他眼睛一亮，道："对了，皇后娘娘要表演歌舞，反正你们感情好，你就随她一起吧。"

武媚娘和柳儿同时一愣。

"姐姐要在皇上的寿宴上表演歌舞？"武媚娘讶然问。

"是啊。"殷浩不疑有他，想到此事，他又不由烦恼起来，"内教坊准备节目就够咱们受了，现在还要替皇后娘娘去民间选人加上排练，真快忙不过来了。"

"这样啊……"武媚娘神色冷淡下来，道："不然，你先去忙吧，我想好了再跟你商量。"

殷浩心中有事，也没注意到她的神色有异，爽快地答应："好啊，有问题随时找我商量。"说着，起身去了。

"我还以为皇后娘娘是真心对昭仪好，真没想到……"柳儿在旁边小声嘀咕道。

"柳儿，别说了。"武媚娘打断她。

"可是娘娘……"柳儿心有不甘。

武媚娘叹气，"深宫之中本就是这样，谁不想得到皇上的宠爱，她也是，毕竟也是……"她没说完，侧脸一眼看到柳儿脸上的同情，心中升起些微的不悦。顿了一下，她道："你去给南昌王传个信，请他到明月殿一叙。"

"是，娘娘。"柳儿领命而去。

武媚娘摸了摸眼前的礼单，然后目光落向殿外，突然想起前几日所做的那个古怪梦。那里面，她记得长得跟南昌王很像的那个男子叫她姐姐。若她记得没错的话，三年前，她因护身符获罪，被打下大牢时，南昌王跟着殷浩一起来看她，也唤过她一声姐姐。

第二十四章

对于一个教坊使来说，找到并培养出一个又一个出色的乐舞伎是其责任与本能，因此当点头收纳陶筑的时候，他并没有去想过这样的女子一旦进入皇帝的眼中，会对他放在心尖子上的武媚娘产生多大的威胁。

武媚娘邀请入宫一叙的消息传来时，南昌王正揪着泰常询问关于梦境与现实的事。

　　事情的起因是这样的，南昌王被武媚娘突如其来的穿越给吓坏了，虽然他自己的意识也占据着别人的身体，但同样的事发生在自己亲人身上还是很惊悚。然而医生无法给他提供帮助，大刚也不能，他不得不求助于在梦中一直很依赖的泰常。

　　"泰常，假如……我是说假如，也不是……"南昌王欲言又止，这时他才发现想要将这件事情条理分明地表述出来，却又不会让人怀疑到自己身上，真是一件很困难的事。

　　泰常看着自一觉醒来后便一直烦躁不安的王爷，并不催促他，只是耐心地等着。

　　南昌王对上他平静而宁和的黑眸，原本纷乱的心绪微稳，定了定神，他重新整理好说辞，然后才道："是这样的，我先跟你说一个故事。"

　　"王爷请说。"泰常并没有因为他突然说起故事来而露出丝毫异色，淡淡地道。

　　"有一对孪生姐弟，他们出去游玩的时候发生了车祸……啊不，是两人同时从马背上摔了下来，结果弟弟只受了点外伤，没什么大碍，姐姐却摔到了头，从此昏迷不醒，连大夫也无能为力。"南昌王一边说一边还要将发生的事转换成古人能明白的意思，说得速度很慢，但也因此给了人更多思索的空间。

　　泰常静静听着，并不打断。

　　"弟弟想救醒姐姐，却无处入手，直到他做了一个梦。弟弟和姐姐不知是不是因为是孪生子的关系，从小时候开始两人就经常做同样的梦。"说到这儿，南昌王顿了顿，不知想到了什么，眼中流露出缅怀的神色。好一会儿，他才继续，"弟弟做的是一个关于前朝宫廷的梦，梦里有他自己，也有姐姐，但他们都不是自己原来的身份，而是前朝宫廷里的人。"

"泰常，你听懂没？"南昌王有些不放心，害怕自己表述得不够明白。

"王爷请继续。"

泰常并没说听没听懂，南昌王却放下心，道："因为姐姐一直对前朝宫廷的事很感兴趣，念叨着希望能亲眼看看。所以弟弟不由地猜想，昏迷不醒的姐姐是不是也正和他做着同样的一个梦。如果自己帮姐姐做完这个梦，看到与姐姐长得一模一样的那个女人的一生，是不是就能唤醒姐姐。"

"梦到一次便也罢了，难道还能接二连三地继续做那样的梦？"泰常询问，虽然明知王爷说这个故事必然有其用意，但他还是觉得故事中的弟弟这样的想法太过荒谬。

见他在用心思索自己的话，南昌王很高兴，点了点头，道："弟弟开始也是没把握，但是后来连着做了几次相同的梦，而且每次梦到的都是与前一次的梦境相续，如同真实发生过的一般。只是梦里那个与姐姐长得相像的人并不像弟弟那样清醒地知道自己在做梦，她在梦里认真地过着自己的生活，挣扎在危机四伏的宫闱之中。"

泰常似乎是听出兴趣来了，眸子里隐隐有光华在流动。

"弟弟虽然不知道她是否真是自己的姐姐，但仍然在她遭遇危险的时候出手相助，希望她一帆风顺地达到至尊之位。也许那样，姐姐就会醒来。"

"后来，姐姐果真醒了。然而，醒来的姐姐却保留着梦里那个女人的意识，完全忘记了自己。"南昌王苦笑，如愿看到泰常眼中露出惊讶之色，而后才终于道出自己的问题："泰常，如果你是那个弟弟，到了这个时候，会怎么办？"

泰常的眉头微微地锁了起来，显然觉得这个故事匪夷所思到了极点，但让他皱眉的却是南昌王说这个故事时的表情，那让他觉得这似乎是真实发生的事，而非一个故事。

"到目前为止，可以证明的一件事就是，弟弟的设想是正确的。姐姐与他正在做同一个梦，且梦中所发生的事会直接影响到姐姐是否能醒过来。"良久，他缓缓开口。

南昌王听得连连点头，眼中不由露出期待的神色。然而泰常却并未继续说下去，而是问道："敢问王爷，那梦境与真实如何？可怪诞否？"

"一般无二。"南昌王毫不犹豫地道，"醒后并不觉怪诞，甚至会分不清何为梦何为非梦。"

泰常定定地看着他半晌，而后露出淡淡的微笑，"可似那庄周，不知周之梦为蝴蝶还是蝴蝶之梦为周？"

"没错。"南昌王不得不承认，游走于现实与梦境之间真是需要极强的自控力才能不神经错乱。

"既是如此，又怎能知道姐弟二人非是那弟弟的梦境？"泰常突然问了一个出乎人意料的问题。

"怎么可能！"南昌王脱口否认，但随即发现自己反应过激了，不由尴尬地笑了下，才有些语无伦次地解释，"姐姐落马昏迷在先，方始做那个梦，自然能分清……弟弟对自己从小到大的事都记得清，但不知道梦中那人的过去啊……"他越说声音越小，显然连自己也无法说服。

"若是我，"见他神色沮丧、恍惚，泰常蓦地打断了他的辩解，"若那女人真是姐姐在梦中的化身，那么我也只能助她完成心愿，同时让她意识到尚有另一个自己的存在。"

"嗯嗯嗯嗯……我也正是这样想的。"发现他与自己想到一块去了，南昌王一扫之前的消沉，眉眼飞扬地道。

泰常觉得有趣，忍不住道："不知王爷与那弟弟是何关系？"

这石破天惊的一句话震得南昌王好半会儿缓不过神来，正当他讷讷地想要澄清自己跟那个弟弟绝无关系的时候，为武媚娘传递消息的人来了。他不由暗暗松了口气，几乎是落荒而逃。

若有所思地看着他离去的方向，泰常心中隐然有了答案，虽然这个答案听上去实在是太过离奇。

直到骑马快到宫门的时候，南昌王才"啊"地一声叫出来，终于反应过来泰常所问那两个看似平常的问题的真实用意所在。只怕以泰常的智慧，早就开始怀疑他了吧，自己这次主动提起，无疑是间接解开他心中的疑惑而已，所以他才会委婉地用两个简单的问题来证实。

思及此，南昌王的心反而慢慢平静下来。他倒并不怕被人知道自己身上所发生的事，只是这事太过匪夷所思，只怕就算他明明白白地告诉身边的人，也没什么人会相信，就如殷浩一样，顶多以为他发癔症而已。至于泰常，无论他信不信，终究都不会害自己吧。

想明白此点，他心中顿觉大石落地，登时觉得自己之前竟然仓皇而逃是多么狼狈与可笑。摇了摇头，在宫门处停下，验了牌子，然后仍然骑着马进宫。直到御马所的人来牵住马，他翻身下来，把缰绳扔给牵马的宫监，信步走向明月殿。

武媚娘找他会有何事？他的思绪转到了这个上面。直到李冰荷带着武媚娘的记忆醒来，他才算是真正地了解到这个女人的存在意识有多强烈，让他再不敢疏忽大意。

"助她得到她想要的，再让她意识到自己的另外一个身份"，这两条看似简单，但要真正实施起来不必想也知道困难重重……

不知不觉已来到明月殿前，南昌王揉了揉额角，将混乱的思绪抛开，举步走了进去。

有人传禀，武媚娘亲自迎了出来。

大约是已经确定了她可算是李冰荷的化身，虽然两人除了容貌一模一样外，再无其他相似之处，南昌王心中仍然感到了些许亲近之意。

"昭仪如今身子沉重，不需如此多礼。"他阻止了武媚娘的行礼，示意柳儿扶她进殿。

武媚娘也不虚礼客套，一边在柳儿的扶持下缓缓往里走去，一边笑道："前次多亏了王爷出面向苏将军求得雪绒草，饮过补汤之后，媚娘如今已能吃下东西。一直想感谢王爷，却始终寻不着机会，故此次特意劳王爷大驾入宫来，以能当面致谢。"

扶她坐下后，柳儿便进了内室。

听她提到雪绒草，南昌王就想到如今备受冷遇的萧淑妃，突然觉得如果没自己相助，眼前这个女人仍然有能力将自己的对手不动声色地打击得翻不了身。她忍得了辱，吃了得苦，有魄力，够聪慧，还有适当的正直和善良，这样的人如果都不能笑到最后，还有谁能笑到最后？

"不过是举手之劳而已，昭仪不必放在心上。何况即便没有小王，苏将军若知道是昭仪需要，也会亲自送入宫中来。"他笑着道。

这时柳儿走了出来,手中捧着一个锦盒。

"这是媚娘亲手做的几样点心,不值什么,王爷带回去尝尝。"武媚娘伸手接过,轻轻放到南昌王面前的案上。

既然不是什么贵重之物,南昌王便也不客气,笑道:"恭敬不如从命。一直听殷浩那家伙嚷嚷武昭仪做的点心如何如何美味,今日小王有口福了。"

"王爷不嫌弃便好。"武媚娘笑得妩媚动人,但在殷浩的事上却并不接口,话题一转,"听说王爷这段时间在城郊探幽访胜去了,不知可有什么有趣的发现?"

"哈哈,不过是随便走走散散心罢了,不过石砭峪倒是一个游玩的好去处。"南昌王见她有意闲聊,大约是整日待在宫中闷得慌,所以才找自己来说说话,当下也不惜言,将这些日子去的地方可玩赏的景致一一道来,让武媚娘以及正在煮茶的柳儿直听得津津有味,眼中浮起向往的神色。

这一说便是大半日,眼看着时近傍晚,南昌王觉得不宜再留,正寻思着准备告辞,便听到武媚娘幽幽叹了口气,道:"若有机会,真想也去游玩一番。"

"待昭仪产下皇子之后,自可与皇上同去。"南昌王安慰道,语罢,站起身,"时候不早……"

"王爷,媚娘昨日得一怪梦。"武媚娘突然打断了他,微仰头目不转睛地看着眼前长身玉立的男子,脑海里却浮现他短发奇装打扮的样子,缓缓道:"我梦见在一个四周皆是雪白的房间里,王爷和殷浩都一头短发,穿着怪异的服饰。"

南昌王僵住,就听她继续道:"你们都将我当成另外一个人,说我是……是什么李冰荷,我想出去,你们拦着我,然后进来几个穿着白色衣服的人,他们按住我,用尖锐的针扎我……我大声地喊救命,可是你们谁也不来救我。

"这个梦太真实了,就像是真正发生过一样,我醒来后累极了,手臂上似乎还能感觉到针尖扎入的疼痛。王爷,你见多识广,你说这梦是否预兆了什么?"

武媚娘眼中有着说不出的惶恐以及淡淡的希冀,仿佛眼前的人能给她安心的答案似的。南昌王觉得垂在身边的两只手手心都在冒冷汗,他没想到她还能记得曾发生过的一切，而对于她来说，似乎那就是一场梦。难道正如泰常所说的，他曾经以为的清醒说不定真是南昌王的一场梦。

"梦本怪诞的多，昭仪如今身怀龙胎，情绪容易波动，做的梦稀奇点也不算什么，切莫为之伤神。"神思恍惚中，他听到自己语气镇定地说，"叨扰了这许久，昭仪身子不便，必然已经累了，小王这就告辞！"说罢，也不等武媚娘说话，转身大步而出。

武媚娘叫了两声，他好似都没听到。她的目光从他远去的背影转到案上忘记拿走的点心盒子，美眸中浮起一抹深思。

这是一天之中第二次落荒而逃了。

南昌王骑在马上，由着马儿慢慢穿行于闹市当中，脑子里一片空白。

何为梦，何为真实，在这一刻，他突然完全分不清了。若说如今的是梦，为何每一分每一秒的流逝都那么清楚，也会有生离死别，也会有恐惧惊忧，也会痛会饿，甚至病得起不来身……若这不是梦境，那么那个为让姐姐苏醒而着急担忧的李宇凡是什么？

果然，他还是错乱了……

头疼如裂，眼前阵阵地发黑，胃中一阵翻搅，南昌王不得不禁止自己继续想下去，无力地趴伏于马背上，静静等待着那种烦闷的感觉消失。

也不知走了多久，马停了下来，耳边仍然喧闹之声不绝，他缓缓直起身，发现面前是一家酒肆。一个异族青年机灵地迎上前牵住他的马，他也没阻止，跃落地，步入酒肆。

酒肆中只有寥寥几个人，都是锦衣玉裘的少年，然而迎客斟酒的却是高鼻深目发瞳异色的男女。一个圆台设于酒肆中间，上面一个美艳的异族少女正在伴歌起舞，异域风情迎面扑来。却原来无意间来到了一家胡姬酒肆。

南昌王捡了一个角落坐下，立即有个绿眸红发的胡姬走过来为他斟酒，丰腴婀娜的身体有意无意地轻蹭着他，充满了挑逗与魅惑。他心中一动，伸手揽住她的腰，她顺势便倒进了他的怀中。

深红的酒汁注入碧绿的盏中，浓烈的酒香在空气中弥漫，未饮他已先醉，目光朦胧地看着眼前的一切，不知是梦非梦，是醒非醒。

笑春风，舞罗衣，君今不醉将安归？

他要了一壶酒，却只饮了一盏，然后将身上所有的银两连着钱袋一并当成小费给了那个侍酒的胡姬，便脚步不稳地出了酒肆。

牵着马，踽踽独行于人群中，仿似天地间唯他一人。

"王爷！"马被人牵住。

南昌王回过神，发现不知不觉竟已回到王府，牵马的人是泰常。他没有说话，任由泰常将马往马厩牵去，自己则默默地跟在后面。

走了一会儿，泰常发现他仍跟在后面，有些意外，但什么也没说。直到他将马拴在马桩上，准备要给它洗刷身体，南昌王才开口。

"泰常，跟我打一架吧。"

说话间，破风声响，泰常扭腰侧身避开了那挑衅的拳头，与南昌王正面相对。

"王爷？"他想问发生了什么事。却见南昌王解下腰上的佩剑扔在地上，然后转身又攻了过来。

泰常不敢反击，只好连连闪避，直到一拳擦过他脸颊，带起生疼。

"还手！"南昌王怒喝，再不留情，飞脚直取对方心窝，出手狠辣，如不小心被他打中，不死必伤。

泰常仍然以四两拨千斤的方式避过，并不接招。他自小在军中生存，所学的都是出手致命的招式，哪敢将这个用在自家王爷身上。

南昌王连攻数招都被轻易化解，对方又偏偏不反击，他怒极，也不管什么招式不招式了，一个纵身扑了过去。

泰常一时没看出他的后着，只是那微一愣的当儿，便被南昌王抱了个正着，两人翻滚在地，然后一拳揍上了他的面门。泰常慌忙伸手架住，南昌王也不管，张嘴就咬向他的鼻子。被他这种无赖的打法弄得没辙，泰常只好开始反击，反掌弹到他的面上，虽然免去了被咬掉鼻子的危险，肚子上却被狠狠揍了一下。

于是你一拳，我一掌，你一爪，我一脚，两人就像两个市井之徒那样在马场上翻滚厮打起来，直到南昌王力竭，瘫在那里不再反击，这才算罢休。

"王爷，你没事吧？"泰常可不敢就这样瘫在地上装死，一个翻身跃了起来，单膝半跪在仰面躺在草地上的南昌王身边，看着那张被自己揍得鼻青眼肿的脸，关切地问。

南昌王浑身都疼，只是转动眼珠看向俯视着自己的人，发现那张素来如同棺材板一样没什么情绪的脸上如同开了染坊一样又青又紫，又红又黑，滑稽至极，不由哈哈大笑起来。然而只笑得两声，便倒抽了一口冷气，抬手捂住了嘴角，却原来那里也破了皮，想来自己比眼前之人也好不到哪里去。

"也是会痛的，又怎么是做梦呢……"他用舌顶了顶破裂的嘴角，咕哝着。

泰常耳力极好，听清了他的话，终于明白他为什么这么失常了，不由暗悔自己问出那样的问题。想了想，开口道："属下有时会想起父母兄妹在世的情景，然而回过神后，却还是自己一人。我也不知道那些过往，是不是我在做梦。又或者，正在怀念着那些的我，其实也是在梦中。"

这是他第一次说自己的事，南昌王不由专心听起来。

"我想也没人能弄清这个问题。"泰常微笑道，"所以，眼下是怎么样便是怎么样罢。"

活在当下。南昌王如同醍醐灌顶，一撑手坐了起来，却因起得突然，差点撞上闪躲不及的泰常，他自己也因为动作剧烈牵扯到身上的伤而疼得龇牙咧嘴。

"王爷，容属下扶你回房上药。"泰常伸手扶住他。

南昌王"嗯"了一声，由着他扶起自己，几乎是将全身的重量压到了他身上，嘴里还抱怨着："你小子下手可真狠啊！"

"彼此彼此。"泰常苦笑，心道以王爷你那狠劲儿，属下就是想留手也不行啊。

南昌王一巴掌拍在泰常的肩上，感觉到他肩膀微微一缩，显然是被碰到了伤处，不由得意地嘿嘿笑了起来，但很快又转成了哎哟哎哟的呼痛声。

泰常看他捂着嘴眯着眼又痛又想笑的样子，忍不住也笑了。

连着几日，殷浩一边要为王皇后在民间挑选容貌舞艺俱佳的人选，一边要安排寿宴各项事宜，直忙得马不停蹄，连武媚娘那里都没时间去了。然而报名的人虽然多，但其中姿色以及跳舞都胜过内教坊的却没几个。

小葫芦每天都被殷浩拉着坐在那里挑选人，几日下来，最开始为能看到美人而生出的兴奋早消散得干干净净，只剩下说不出的疲惫与麻木。

这日是最后一日选拔，来参选的人仍然排过了街头拐角。看着眼前众多妍媸不一的女子以及手中厚厚的名册，小葫芦无精打采地趴到了桌案上，有气无力地喊着名字。

看着面前许多明明不会跳舞，却还要搔首弄姿半天的女人，小葫芦真想冲她们大吼这不是为皇上选秀，长得再漂亮不会跳舞也没用。至于那种连两分姿色都没有的，他更是理都懒得理了。

殷浩比他好不到哪里去，但是因为身负选拔重任，自然不能如小葫芦一样坐没坐相，想趴就趴。

终于，眼看着楼外的人越来越少，他心中舒了一口气，正想跟小葫芦说些什么，耳边突然传来鼾声。侧脸看去，小葫芦早侧趴在案上睡得昏天黑地，唇角有一缕可疑的透亮液体正缓缓往下掉落，就在快要断落的时候，哧溜一声，又被吸了回去。

殷浩看得脸都黑了，伸手推了推他的肩，"喂，葫芦，别睡了，口水都下来了。"

葫芦咕哝一声，动了动，就在殷浩以为他要醒过来的时候，他转过头去，又打起鼾来。

殷浩气得抬起手想敲他，眼角余光突然瞄到前面正在跳舞的女子，又悻悻地收起手，想想不甘，低下头凑到他耳边，悄悄道："春喜来了！"

"啊！春喜姐！"显然这两个字比任何方法都好用，小葫芦唰地一下坐正了身体，眼睛都还没睁开，已先一步露出了傻笑。

殷浩心中暗笑，不再理他，抬手让那个女子停下，"回去吧。"

那女子垮下脸，还想哀求两句，却在看到殷浩冷漠的脸时作罢，失望地退了出去。

事实上要让爱笑的殷浩一直摆出张冷脸，实在是难为了他，但无奈第一天的教训太过惨烈，因此他宁可板得脸都僵了，也不肯放松露出一丝笑容。

"师父，春喜姐呢？"小葫芦此时已经完全清醒过来了，但找了半天，却没看到自己想见的女子，不由疑惑地问。

"你睡昏头了，春喜怎么会在这里。"殷浩拿起名册敲了一下他的脑袋，然后丢给他，"看看还有多少人？"

"哦。"小葫芦揉了揉脑袋，满脑子迷惑地翻开名册。他明明听到有人喊

"春喜来了"的啊,难道真是睡糊涂了?"还有一人,陶苋。"

"让她进来。"殷浩松了口气,心想终于要完了。

"请陶苋姑娘进来!"小葫芦对着外面宣人的内监道,内监依言喊名。

对于这最后一个人,师徒俩并没抱什么希望,只想着早弄完早回去休息。然而当一个身姿曼妙的女子袅袅婷婷地走进来的时候,原本还在有一句没一句聊着天,坐得懒懒散散的两人倏地坐正身体,安静下来,目光灼热地看着那女子。

那女子长得眉目如画,身体婀娜,虽然是粗衣布服,却丝毫遮掩不住那迎面扑来的青春气息以及优雅气质。

"小女子陶苋见过教坊使。"女子欠身盈盈一礼,举手投足间皆是风情。

咻溜——殷浩耳边又响起了吸口水的声音,他下意识地摸了摸自己的嘴角,干的,幸好幸好!他暗自庆幸。

"陶姑娘免礼,请跳一段你拿手的舞吧。"他努力维持镇静,却不知自己嘴角已经咧到了耳根处,眼睛弯成了一条缝。毕竟是行家,一看这女子走路的姿势,他便已推断出她必然是擅长舞蹈的。

果然,当那女子缓缓比划出一个单腿着地、曲膝合掌的飞天起势的时候,两人的心神便被吸引过去了。虽然没有音乐,但随着她舞姿的变化,两人仿佛被带入了一个美丽的幻境之中,眼前似有香花散落,耳边似有仙乐飘渺。

直到陶苋一舞跳完很久,两人都没缓过神来。

对于一个教坊使来说,找到并培养出一个又一个出色的乐舞伎是其责任与本能,因此当点头收纳陶苋的时候,他并没有去想过这样的女子一旦进入皇帝的眼中,会对他放在心尖子上的武媚娘产生多大的威胁。

这时他只是如同伯乐见到良马,怎么也不舍得错过。

人已找齐,自然要让皇后过目。

殷浩并没立即禀报王皇后,而是先给搜罗来的诸女编排好舞,又训练了数日,一切安排妥当以后方才请王皇后驾临内教坊。

王皇后看着眼前众舞伎全是新面孔,微微点了点头,显然是满意的。

殷浩一直留意着她的反应,见状暗自松了口气,等众女舞毕按序站好,他招手让陶苨过来，然后亲自领到王皇后面前。

"娘娘，此女名叫陶苨，是下官此次出宫，最晚寻找到的善舞者，但舞艺也是最纯熟之人。"如同发现了一个宝贝便想要展现在人前一样，殷浩只是单纯地想让皇后见到自己挑选出来的最出色的舞者，却从来没考虑过女人的心思。

"参见皇后娘娘。"陶苨行礼如仪。

王皇后目光落在她身上，打量了半晌，微笑道："不错，方才本宫也觉得你是这群舞伎之中跳得最好的。"说着这话的同时，她的笑意并没达到眼底。

"多谢皇后夸奖。"陶苨道谢，神色不卑不亢。

王皇后眉头微皱了一下，却没说什么，而是转过头对殷浩道："好了，殷浩，那咱们就抓紧时间，快些开始练舞吧。"

"现在？"殷浩有些诧异，"可是娘娘只看过一遍这舞步……"

"放心，这难不倒本宫！"王皇后淡淡一笑，脸上有说不出的自信。

殷浩无奈，只好令乐工奏起乐来，看王皇后解下披肩，翩翩舞入众女之中，水到渠成地成了领舞之人。那一刻，他才知自己小瞧了皇后。

只是，即便王皇后的舞技不俗，终究还是不及陶苨亮眼。尽管殷浩知道自己必须纵观全场，以便找出不足之处，但目光还是不由自主被她吸引，直到一曲舞完，才反应过来。那个时候他不由地想，如果是由陶苨领舞，此舞必然大放异彩。只可惜这事不是由他说了算，何况挑选舞伎，排练舞蹈，本来就是为了王皇后，此时说什么也不可能换成其他人。

他不知道的是，王皇后在排练结束回寝宫的时候曾问过贴身侍女香筠，她与陶苨谁跳得好看。

"当然是娘娘跳得好看。"香筠自然是这样答，"那陶苨不过是个庸脂俗粉，怎堪与高贵的娘娘相比。"这话香筠答的是言不由衷，因为在群舞的时候，她的目光也是落在陶苨身上，只是在皇后面前，又怎敢说。

也正因为香筠这一番话，加上王皇后过于膨胀的自信心，陶苨才免了被换下的危险。

就在王皇后全心准备寿宴献舞的时候，明月殿里，武媚娘却在用刀认真地雕刻着一块绿檀木。

柳儿从外面拿点心回来，一眼看到，惊呼出声，"娘娘，你这是在做什么？"在她的观念中，孕妇动刀总是不吉利的，因此乍见到不由被吓了一跳。

"傻柳儿，这都看不出来，我正在做木雕啊！"武媚娘动作不停，头也不抬，轻笑道。

"唉呀！这我当然知道……我的意思是……"柳儿着急起来，一时说不清，索性先一把抢过武媚娘手中的刀子。

武媚娘诧异地抬起头，还没开口询问，就见柳儿拿着那把刀子，认真地说："孕妇是不能拿刀的。"

"这是为何？"武媚娘不解。

"这是禁忌，万一因此见了血光、动了胎气怎么办？"柳儿煞有介事地道。

武媚娘失笑，不以为意，"不会的，我会小心。"说着，向柳儿伸出手，"给我吧。我还要赶着雕出来呢。"

"可是……"柳儿为难，不愿意将刀交给她，只好顾左右而言他，"对了，娘娘可否先告诉柳儿，怎么会突然想起要做木雕啊？"

见不说清楚是休想从她手中拿过刀子来的，武媚娘只好解释，"你也知道皇上的寿辰快到了，所以这几天我就一直在想该送皇上什么寿礼才好……"说到这儿，她摇了摇头，皱眉道："可是皇上是一国之君，要什么珍奇宝贝没有……"

"所以娘娘才打算亲自制作贺礼？"柳儿恍然大悟，接口。

武媚娘颔首，笑道："是啊。说来也真巧，昨晚我才有了这个想法，但却不知道该刻点儿什么。结果夜里做梦，竟梦见了一个国色天香的美人！于是，我就想，干脆亲手把这梦中的美人刻出来送给皇上。"

"娘娘对皇上真是有心思。"柳儿赞道，而后眼珠一动，狡黠地笑道："娘娘难道不怕万一这美人雕得太美，勾了皇上心魂？"

"再美，也不过是块木头罢了，我怕什么？"武媚娘哑然失笑，而后仿佛看穿柳儿的心思，温柔却坚持道："你别再劝我放弃雕木头了，我一定要赶在皇上大寿之前完成这件礼物。好柳儿，把刀还给我吧。"

她再次伸出手，柳儿不便再推托，只好不甘地将刀小心地放到她手里，无奈地道："好吧！那请娘娘务必要小心啊……"

"我会的。"武媚娘点头，拿起刀子低下头继续专心地雕刻起来。

敞开的窗子有风吹进来，柳儿转身走进内室，去拿了件披风，刚出来便听到一声惊呼，吓了她一跳，紧走两步来到武媚娘身边。

只见武媚娘雪白细嫩的手指上有鲜红的血珠冒出，然后缓缓汇聚成一条滑入掌心，她不由变了脸色，慌忙挑出帛帕给武媚娘按住出血的伤口，嘴里还忍不住叨念，"哎呀，这可不得了，真流血了！真是的……早听我的话，不就没事了……"

武媚娘没有说话，目光落在失手划伤的手指上，又看了眼染血的绿檀木，心中隐隐升起一股不祥的感觉，让她不由缓缓蹙紧了眉头。

第二十五章

　　李治坐在大殿正上，从开宴起便一直笑个不停，显然心情极好，在他两旁，分别坐着萧淑妃和武媚娘。由此安排便可知，萧淑妃虽然一时失宠，但在他心中地位仍然不低，随时都有可能翻身。至于皇后，原本是与他同席，此时却不见人影，想必是去准备舞蹈了。

下朝的时候,南昌王被李治留住了。李治没有乘辇,两人一同往御书房走去。

"这几年先后有数州官员皆上疏称百越多族酋长欲谋反,朕欲派大军前往平叛,十五弟看何人适合领兵?"李治自登基以来便为此事困扰,如今终于下定决心。

早朝时吏部侍郎韦正浩上奏百越酋长阿史南屯集兵力意图谋反,南昌王也是听到的,当时李治没有任何表示,没想到心中竟然已做了决定。

想了想,南昌王停下,拱手道:"皇兄三思,阿史南反状不明,实不宜大动干戈。"

"阿史南自朕登基以来便不曾入京朝见,若非想谋反,意欲何为?"李治自是不信,淡淡道。

"启禀皇兄,虽然上告阿史南谋反之人很多,但数年来阿史南既未攻掠州县,也不曾占据险要之地,他辖下军队并未出他自己的领地,这已说明他并无意谋反。"南昌王分析道,"只怕是因为诸多官员状告他谋反,朝廷又不曾派使者前去安抚劝慰,他害怕被治罪,所以才不敢入朝。"

李治听罢此话,只觉大为有理,问:"依十五弟看,此事当如何解决?"

"臣弟以为,可令大臣前往安抚,向他表明朝廷的诚意,他必然也乐于免祸,如此不用发兵便能令其臣服。"南昌王思索了一下,道。

"派何人去好?"李治紧接着问。

百越乃湿热蛮荒之地,多瘴气虫蚁,素来是大唐贬谪官员的去处,想来也没什么人愿意前往,既然他出了这个主意,便没想过把责任推到别人身上去。南昌王笑了笑,道:"臣弟愿请旨前往!"

李治呆了呆,而后眼中浮起激动的神色,伸手拍了拍南昌王的肩,大笑道:"好!好!哈哈……"他本不喜擅动干戈,如今事有转机,加上一直护在翼下的兄弟已能为他分忧，又怎会不心怀大畅。

南昌王自那日想通之后，为人处事积极了许多，既然处在了这个位置，享受着地位身份所带来的尊荣，自然也该尽力做些力所能及的事，方不负来这世间走这么一趟。

"走吧，随朕去拟旨。"李治呵呵笑道，语音未落已继续前行。

"是……"南昌王正欲举步，侧面长廊突然冲出一条人影，直直撞向他。他闪躲不及，两人撞了个正着，直磕得他踉跄后退了两步方才稳住。

"十五弟，你没事吧？"一只手扶住了他，李治关切的声音在耳边响起。

没想到自己竟然会被一个不谙武功的人给撞到，南昌王揉着被撞痛的胸口，苦笑着摇头，"没事没事……"目光落向那莽莽撞撞的人，却发现竟然是春喜。春喜捂住额头，眼睛红通通的，像是哭过。

他还没说话，王公公已经严厉地喝斥了起来，"大胆春喜，竟敢在皇宫走廊上奔跑，成何体统，而且还撞上王爷，惊吓皇上，该当何罪！"

春喜这时才发现自己冲撞了什么人，吓得跪到了地上，慌道："奴婢不是故意的，请皇上、王爷恕罪……"

李治不悦地道："要是每个奴才都像你这般，一句不是故意的，就能免去责罚，宫里还有没有规矩？"

南昌王怕他真的降罪春喜，赶紧道："皇兄，夏掌膳这人性子率直天真，绝非有心的，还请皇兄看在臣弟的面上，饶过她这一回吧！"

李治见南昌王无事，又难得开口为人求情，加上他心情本来就好，也就不再追究，淡淡地道："好罢，便看在南昌王替你求情的份上，朕就不追究了。"说到此，他不由仔细打量了两眼春喜，而后落向南昌王的目光中便含了一种似笑非笑的神色，显然是想歪了。

"谢皇上开恩、谢皇上开恩！"春喜连忙谢恩。

南昌王没注意到李治看他的目光，看了看春喜跑来的方向，奇怪道："对了，这里跟尚食局是相反方向，怎么你会从内教坊的方向跑出来啊？"还红着一双眼睛，一看就是受了欺负的样子。这句话他却没说出来。

"这，我……"春喜支支吾吾，似乎有什么难言之隐。

南昌王笑，也不追问，而是调侃道："怎么？莫非是偷懒去了？"

春喜一听，慌忙摇头，"不是的，是为了皇上寿宴的筹备工作，所以去找内教坊使商议事宜……"

果然是去找殷浩了。南昌王心中已然料到，嘴里却还故意质疑："真的？"

"奴婢不敢说谎，就是因为看教坊使排练节目，看得太入迷，一时忘了时辰，这才连忙赶回尚食局……"春喜胡乱找了个借口，想到之前看到的一幕，心里又是一阵揪紧。

这话南昌王绝对不信，若是看入了迷，怎会红着眼一脸的悲伤委屈，只怕又是殷浩做了什么。虽然明白这点，他却并未点破。倒是李治听出了兴趣，笑道："喔？真有这么精采？听你这么一说，倒勾起朕的兴趣了，十五弟，陪朕去一趟内教坊，咱们先睹为快吧！"

南昌王也正有此意，于是让春喜先离开了，自己则陪着李治往内教坊走去。

进入内教坊，幽幽的琵琶声如水般从教习房倾泄出来，李治与南昌王对望一眼，含笑走了过去。

房内，殷浩盘腿坐于角落席上，怀抱琵琶正在专注地弹奏。屋心，一个容色倾城的女子正手执羽扇翩翩而舞，羽衣飞扬，如蝶戏花，如雀饮露。

王公公正要出声，却被李治抬手阻止了。

李治目不转睛地看着那清灵脱俗的踏舞女子，眸子里射出炙热的光芒。南昌王也看得有些愣怔，暗忖殷浩这小子真不简单，竟然能找来这样美丽的女子，连武媚娘和萧淑妃都要逊色一筹。

直到琵琶音落，女子弯腰匍匐于地，裙角散开，如同一朵绽放到极致的牡丹。

啪啪啪——李治情不自禁地鼓起掌来。屋内两人这时才发现门外站着的人，慌忙起身迎上行礼。

"臣参见皇上。"

"奴婢叩见皇上。"

"免礼免礼！"李治哈哈大笑，竟踏前一步亲手扶起殷浩，然后是那个女子。

南昌王见他如此亲切热情，心中突然浮起不妙的感觉。果然，便听他毫不避讳地看着那女子，柔声问道："朕怎么没见过你？你是新来的舞伎？叫什么名字？"

那女子雪肤上浮起浅浅的粉色，低着头，含羞带怯地道："回皇上，奴婢名叫陶苁……"

以殷浩的迟钝，此时竟也感到了些许不妙，插嘴道："皇上怎么会突然驾临内教坊，是否有事要交待微臣？"

"无事，不过是好奇你为朕寿宴准备的节目进展得如何……"李治并没有看殷浩，目光仍定定地落在陶苁身上，满含深意地道："这下看来，朕可是益发期待寿宴那日的到来了……呵呵呵……"

殷浩和南昌王对视一眼，看出彼此心中的担忧，就听李治继续道："光是彩排就让朕看得如此舒心……有赏有赏！"

一边说，他一边取下手上戴的玉戒指，将色泽饱满柔润的戒指捻在指间。在场诸人皆为他这突如其来的举动吃了一惊。

殷浩知他肯定不是想给自己，因为以往做得再好也不曾有过这种赏赐，索性识趣地躬身道："这是微臣的本分，不敢居功，受禄有愧……"

李治笑了起来，"好吧！要是教坊使谦虚的话，那这美玉……"说着，他冷不防拉起陶苁的手。

"皇……皇上……"陶苁吓得说不出话来。

"只好转赠给美人啰！"李治接道，看着陶苁的眼中射出爱怜的光芒，同时亲自将戒指套在她手上。

殷浩心中剧震，不安地再次看向南昌王。这一回南昌王没有看他，也没看正一团暧昧的两人，而是将目光移向了天际，仿佛眼前发生的一切都与他无关似的。

"如果不是了解你的为人，我真要怀疑你是故意的。"南昌王随着李治从御书房转了一趟，又回到了内教坊。

殷浩正处于焦虑的状态，闻言茫然地"啊"了声，不明白他在说什么。

南昌王"啧"了一声，笑道："故意找来一个美人，把皇上的注意力从武昭仪身上引开，你好趁虚而入啊。"

殷浩蓦然瞪大眼，眼中喷出悲愤的火焰，在他想要扑上来前，南昌王赶紧伸手阻止。

"别激动别激动,我知道你不是那种人。"

殷浩垮下肩,神色看上去有些沮丧,嘟囔了句,"我害怕自己心里其实是真想这样做呢……"

南昌王哑然,而后失笑,拍了拍他的肩,安慰道:"不会,我知道你宁可自己难过也不愿她伤心。"说着,话题一转,"我过两日便要去百越了。"

殷浩一惊,顾不得自责,急问:"怎么突然想要去百越?"

南昌王摸了摸鼻子,笑道:"本王食国家奉禄,也当为国效力才是。此次出使百越,实为安定众夷之心。"

殷浩皱眉,眼中露出担忧的神色,"那百越山高路远,森木深茂,毒蛇虫蚁横行,王爷此行凶险重重……"

"我心中有数。"南昌王打断了他,"你莫学那小儿女之态。"

殷浩被说得不好意思起来,挠了挠头,笑道:"也罢,那什么时候出发?"

"这才对嘛!"南昌王狠狠地拍了下他的肩膀,哈哈笑道:"待皇上寿诞一过我便起程,到时给你们带好玩的回来。"

"东西倒不必了,王爷自家保重方是。"殷浩真心诚意地道。

"自然自然……"南昌王笑,而后话题一转,正色道:"不过话说回来,殷浩你这回的事办得可不妥当啊,怎会找一个如此美貌的女子来?"

一提这话,想到李治看到陶筑时的反应,殷浩又颓丧了。

"我见她舞跳得好,当时也没多想……"他讷讷地道,也清楚自己这次做了什么好事,若被媚娘知道,只怕要怨死他了。

见他这个样子,南昌王也不好多说,只好道:"事已至此,再说什么都是多余,我起程前就不去见武昭仪了,你帮我给她带两句话。"

殷浩稍稍振作精神,问:"什么话?"

南昌王沉吟了一下,道:"见皇兄今日之情态,那陶筑受宠只怕就是近日的事。真到了那时,你就对她说,让她静心调养,护好龙胎,这是第一句话。第二句话就是,着急的大有人在,让她只需冷眼旁观便是。"

殷浩虽然听得似懂非懂,但仍然点头答应了。

南昌王当下告辞,说要回去为出使做准备,刚走了几步,突然想起什么,又停下,回头笑问:"你对春喜那丫头做了什么?"

"春喜?"殷浩讶然,莫名其妙地道:"没、没什么啊?我今天连她人都没见到。"

"哦?"南昌王扬眉,"那她方才从内教坊跑出去时眼睛红红的,像哭过一样,心不在焉地还撞到了本王,除了你,还有谁能让她这样?"

"不能吧……"殷浩迷茫,努力思索自己今天都做了什么。

"殷浩,当珍惜时需珍惜,切莫让自己后悔。"南昌王看他一头雾水,不由摇了摇头,丢下这句话便走了。

殷浩正在苦思,并没听到他的话,等回过神时,人早已不见了。

李治寿诞前一日,武媚娘终于将那绿檀木雕了出来。是夜,等李治到明月殿的时候,她便将那木雕拿了出来,藏于身后,笑盈盈地偎进李治怀里。

"皇上,臣妾有一物要献给皇上作贺礼……"她声音娇软,让人听得浑身发酥。

"哦?"李治揽住她的腰,小心翼翼地将她抱于膝上,蹭着她的鼻子宠溺地问:"媚娘怎么会想提前在今晚送贺礼?"

"因为此物是由臣妾亲手一刀一划雕刻出的,技法比不上专业的工匠漂亮,所以不好意思在明日筵席中拿出,怕让人笑话了……"武媚娘一只手抓紧李治衣服的襟口,笑中含着淡淡的羞涩,显然很喜欢被人如此宠爱。

李治闻言有些意外,但心中也是欢喜的,笑道:"哪儿的话,谁敢取笑朕的媚娘啊?快快拿出来,让朕瞧瞧是什么宝贝。"

"那媚娘献丑了。"武媚娘闻言,这才将藏在身后的手拿出来,将木雕递过去。

李治伸手接过,道:"媚娘光有这份心思,朕就已经很感动了,不论这木雕是美是丑,在朕的心中,都是个宝……"说话间,目光落在木雕上,不由一呆,眼中露出惊艳的光芒。

绿檀木雕的美人栩栩如生,薄纱轻衣,如烟云笼月,还散发着淡淡的香味,让人移不开眼。

"这美人是数日前,臣妾夜晚做梦梦到的……媚娘以为是天仙入梦,所以才想趁记忆犹新之时,雕刻出这天上仙子,赠予皇上,以期皇上开心……"见他看得目不转睛，武媚娘心中得意，解释道，"而绿檀又有'圣檀'之称，随身佩带可提神醒脑，邪气不侵。媚娘希望能借此保佑皇上吉祥平安！"

李治一听，不由得啧啧称奇，心情大悦，赞道："嗯，果然是个国色天香的美人儿啊！媚娘有心啦。"

"皇上喜欢就好。"武媚娘笑容璨若云霞。

李治看着手中木雕，爱惜地轻抚着，脑海中突然浮起陶苋的样子，心里突然升起一股急切的渴望。

武媚娘见他久不言语，似有所思，忍不住问："皇上在想什么？"

李治回过神，心思却仍然有些飘忽，微笑道："朕看到媚娘你为朕雕的这尊美人，忽然想到前几日在内教坊看到的舞伎陶苋，那也是个有倾城之姿的美人啊。"说到陶苋，他连自己都没察觉语气柔软了许多。

武媚娘笑容微僵，问："陶苋？内教坊的舞伎里有这个人么？臣妾怎么没听殷浩提起过？"

"是殷浩为了朕的寿辰新招来的。"李治解释，"她很快就会在朕的寿辰上献舞了，到时候媚娘你就能见到她那曼妙的舞姿了。"

他的眼中露出期待的神色，直看得武媚娘心中微冷，却强作笑颜道："是吗？那臣妾真是要好好欣赏了……"

李治再次沉浸在自己的思绪中，并没听到她的话。

武媚娘见他心不在焉，眼中露出不悦之色，也闭口不再说话。这时，王公公趁机出声提醒，"皇上，时候不早了，该前往皇后娘娘寝宫了。"

武媚娘心中暗恨，李治抬起头，注意到她神色不对，忍不住关切地问："媚娘，在想什么呢？是不是朕最近都让皇后侍寝，没留在你这儿，觉得委屈了？"

武媚娘一惊，赶紧堆出笑容，温柔地道："怎么会呢，臣妾与皇后娘娘情同姊妹，皇上能宠幸皇后，媚娘自然也为姐姐高兴，哪有什么委屈不委屈的。"

"好好好，朕就知道你识大体……"李治闻言，赞赏不已，"不愧朕如此宠爱你啊。"

"这是臣妾应该的。"武媚娘暗自苦笑，却还得从他怀里站起，做出体贴的样子,"不如让臣妾送皇上一程吧?"

李治摆了摆手,"不了,你有身孕,还是多待在寝宫休息吧!"说着,起身负手缓步而去。

武媚娘欠身相送,直到再看不到人影,她的脸色才变得越来越难看,双手紧握成拳,久久没有松开。

陶筎?她倒要看看是何等样的人,竟然将皇上的魂儿都勾去了。

皇帝的寿诞就在筹备宴会,各自准备别出心裁的礼物以及出使百越等一切事宜的忙碌状态下来到了。是日,寅时未到,承天门内的广场上就开始忙碌起来,每隔两丈左右搭起一座台子,为民间艺人表演作准备。

此次皇上寿诞,除了内教坊要安排麟德殿内主宴的相关节目外,还搜罗了各地出色的民间艺人来为皇上庆贺。

广场上以大红色的绸缎隔离出一块一块的空间供表演的艺人换衣休息,结了彩带,点了宫灯,一片喜气洋洋。

到了下午酉时三刻,大慈恩寺塔的洪钟敲响,幽远的钟声一声接着一声远远传来,接着是雁过长空的尖啸,之后,在嘭嘭嘭的炸裂声中,绚烂的烟花点燃半边天空,与天际一抹即将消失的明黄色余晖交相辉映。

在传旨公公一段抑扬顿挫的普天同庆之后,寿宴的帷幕被拉开。广场上的歌舞杂耍班子各展所能,在灯火通明的台子上表现起喜庆的节目来。

入皇宫与宴的众大臣以及随身人员不时驻足而观,兴致盎然。许多无资格进入麟德殿的,便都在这承天门的广场上设有宴席,不仅可供他们吃喝,还能欣赏各地来的奇趣节目,实比那些参与主宴的更随意尽兴。

戌时正,麟德殿开宴,在宫廷庆寿大型乐舞之后,殷浩拿着小鼓上去讲了几个段子,直逗得在场诸人笑得直不起腰。

"从前,有一个老文人,他老来得子,很高兴,把自己的儿子取名为'年纪';一年后,老婆又生了一个儿子,他就把他的第二个儿子取名为'学问';又过了一年,他又有了一个儿子,他觉得这像是一个笑话,于是把他的第三个儿子取名为'笑话'。十几年后,有一天,老文人叫他的三个儿子上山去砍柴,当他的儿子们回到家时,老文人就问他的老婆,说:'儿子们砍得怎么样?'老婆答道:'年纪有一大把,学问一点也没有,笑话倒有一箩筐!'"

虽然早已有人笑得将嘴里的酒给喷了出来，殷浩却仍一脸的严肃。这也算是他的一个特色，无论说什么样的故事，也许会扮演故事里的人用滑稽的语调说话，但是他本人是绝不会笑的。因此，有的故事明明不好笑，但是却会因为他的表情而让人忍俊不禁。

南昌王喝了一口酒，笑眯眯地将目光从他身上转开，缓缓扫过在场诸人。

李治坐在大殿正上，从开宴起便一直笑个不停，显然心情极好，在他两旁，分别坐着萧淑妃和武媚娘。由此安排便可知，萧淑妃虽然一时失宠，但在他心中地位仍然不低，随时都有可能翻身。至于皇后，原本是与他同席，此时却不见人影，想必是去准备舞蹈了。只是，这次她花费了不少心血的舞蹈恐怕是为他人做嫁衣裳。

目光从主位滑开，扫过几个不算熟的王爷，一下子看到了袁天罡，不由顿住。自上次煽动吐蕃娶武媚娘不成，这个人就低调下来，让人几乎要忘了他的存在。

袁天罡此时正低着头自斟自饮，并不与周围的人交谈，仿佛在刻意弱化自己的存在。大约是感觉到被人注视，他头微动，似要抬起。南昌王先一步转开目光，与坐于自己下首的李淳风闲聊起来。

就在这时，就听王公公高声道："皇后娘娘率领教坊宫人舞伎，要为皇上献上一曲：喜寿庆善乐!"他声音尖细高昂，吓了南昌王一跳，这时他才发现殷浩不知何时退到了旁边。于是招手让其过来与自己同席，也算是行前最后一次为自己饯别。

殷浩坐到他旁边的同时，王皇后身着彩衣领着众舞伎翩然而入，随着乐工奏起的音乐而舞了起来。

南昌王微愣，与殷浩对视一眼，低声问："你这是两人领舞吗？"

"不是啊。"殷浩茫然摇头，看着身着与其他诸女不同舞衣饰品、艳光四射的陶苡，有些张口结舌，"我……我怎可能让她穿成这样，那明、明摆着是抢皇后的风头啊!"说到最后，他不由自主看向坐于皇上右侧面色不太好看的武媚娘，眼中全是懊悔。

"哦？"南昌王眯眼，注意到李治所有的注意力果真都在陶苡身上，眸中射出淡淡的嘲讽之色,"那看来……这个女子也不简单。"王皇后这算不算自食恶果?

"怪我……都怪我!"殷浩恨恨拍了自己两巴掌,几乎要捶胸顿足。

南昌王伸手阻止他继续自虐下去,淡淡道:"她既有心,就算没你,她也有其他办法进来。"说话时,他突然注意到一直不太理会人的袁天罡抬起了头,正目光专注地看着殿心的舞蹈。

这个牛鼻子老道也喜欢歌舞?南昌王心中升起一丝疑惑,等到顺着他的目光落到舞姿婀娜的王皇后身上,那抹疑惑更深了。

再看了眼周遭的人,发现除了别有心思的外,几乎所有人都是在看着陶苪的,再回头去看袁天罡,他却仍然看着王皇后,眼中满含炙热的感情。

南昌王心中想到一个可能,不由打了个哆嗦,正想佩服自己想象力的天马行空,就听殷浩在耳边道:"快要结束了,我先过去安排……"

南昌王"嗯"了声,将目光中袁天罡身上挪开,落到王皇后身上,似乎直到此时才发现,原来她也正青春美貌,只是一直以来被风头正劲的武媚娘和萧淑妃给压得黯然失了色。如今又出了一个陶苪,也不知是不是她运气太差,怎么都出不了头。

他这边胡思乱想的当儿,舞蹈已经结束,喝彩赞扬之声四起,于是也跟风抚掌赞了两句。

"好,好个喜寿庆善,朕要行赏……"李治龙颜大悦,哈哈笑道:"皇后以千金之躯,为朕辛苦编舞,劳苦功高,赐明珠十斛,锦缎十匹,黄金百两。"

王皇后满脸喜色,上前领赏谢恩。

"教坊使也辛苦了,赏银百两,内教坊人人赏俸三个月!"李治继续道。

殷浩也领着一班献艺之人,上前谢恩。

就在众人以为赏赐得差不多的时候,李治出乎意外地道:"最后,朕要特别奖赏一个人……"

此言一出,在殿上诸人神色各异,除了寥寥几个心中有数的人外,余者皆露出好奇之色,不知道是什么人竟然特殊到让皇上另外行赏,就连王皇后也有些疑惑。

"陶苪上前!"李治朗声道。

不知道陶筑名字的人都窃窃私语起来，猜测着是什么人，知道她的却都微微变了脸色，其中包括殷浩，以及武媚娘和王皇后。

陶筑似乎也被吓了一跳，慌忙上前跪下。

"朕要封你为美人。"

王皇后愣住，似乎不明白事情为什么会变成这样，不应该是她最受关注吗？

其他人虽然也会有些惊讶，但早已习惯了，气氛很快便恢复了开始时的热闹。就在陶筑谢恩退下之后，李治侧身对王公公低声耳语了几句，不用猜，大约也知道是让陶筑晚上侍寝之事。

南昌王微微笑了下，对走过来满脸颓丧的殷浩说了句"别忘了我的话"，又同李淳风告了辞，便起身借故离开宴会。他次日就要出使，自然没人留难。

南昌王离开之后，殷浩想想觉得心中不安，于是也离开了宴会场所，回到内教坊。

与前面的热闹不同，内教坊就像与世隔绝一般，安静至极。陶筑的房间亮着灯，殷浩犹豫了一下，还是走了过去。

门未关，房内陶筑正坐在梳妆台前，已换下了舞衣，一个俏丽的小丫头正在一边为她打扮，一边叽叽喳喳地赞扬她的美貌，却是内教坊的舞伎小蝶。

不知为什么，殷浩一直都不太喜欢小蝶这个丫头，此时见到她这一副阿谀谄媚之态，心中厌恶更甚。伸指轻叩了两下门，两女回头，见到是殷浩，陶筑慌忙起身见礼。

"教坊使！"

虽然明知她心计颇深，殷浩仍无法对她升起恶感，大约是因为她并没有因为受皇上金口亲封而表现出丝毫骄矜之色，仍保持着初见时的优雅。

"陶美人这可不敢当！"他侧身闪过，不敢受她这一礼，却忍不住语重心长地告诫两句："美人今晚就要伺候皇上了，宫里的规矩多如牛毛，但总归一句，多看少说，烦恼总为强出头，美人天资聪颖，相信无需殷浩多言。"他明明不是为这而来的，却不知怎么就说出这番话来，不由有些懊恼。

"教坊使一番好意,陶苪自然理会得。"陶苪眼中露出感激之色,接着语气一转,淡淡道:"不过想来有皇上的眷顾,人不犯我,我不犯人,旁人也未必能对我如何。"

听她话中隐露锋芒,殷浩心中微突,瞬间明白到眼前的女子并不是如看上去那样柔弱,不由长叹一口气,无心再说下去,"唉……一入宫门深似海,你……好自为之吧。"

陶苪眸光一闪,似欲说什么,旁边的小蝶已笑眯眯地抢先道:"教坊使过虑了……陶美人是一块美玉,即使在这深宫之中也不会被埋没,飞上枝头当凤凰也是早晚的事。"

殷浩不欲与她说话,只作没听到,此时王公公走了进来。

"陶美人不知准备好了没?轿子已在外候着了。"

陶苪忙行了一礼,"公公稍候,妾马上就好。"说着,又坐回妆台前,对着镜子仔细地修饰了一遍,方才起身跟着王公公往外走去。在经过殷浩身边时,又盈盈行了一礼,算是告别。

"陶美人!"殷浩突然出口叫住了她。

"教坊使还有何吩咐?"陶苪疑惑回头。

"你……"殷浩迟疑了一下,然后毅然问出,"今日跳舞时的妆扮为何……"为何什么,他没说出来。

陶苪却听明白了,微微一笑,扫了眼突然紧张起来的小蝶,缓缓道:"那是淑妃娘娘赏赐,妾不敢不受。说起来,还要多谢小蝶姑娘呢!"语罢,转身而去。

竟然是萧淑妃……殷浩一愕,目光落向小蝶,发现她先时还有些怯意,此时却大约想到了自己的靠山,不屑地回瞪了他一眼,冷哼一声,就这样大摇大摆地从他面前走了。

原来小蝶是萧淑妃的人。显然上次之事后,王皇后并没将萧淑妃安插宫中各处的人全拔除干净。相较于这个事实,小蝶的无礼已算不上什么。

殷浩心中一沉,突然转身往外面走去。

明月殿中,武媚娘正在吃一碗栗子鸡汤面。她在宴席上并没吃什么,回来后,柳儿特意跑了一趟尚食局,端了这碗面来。

"今晚尚食局难得准备了栗子鸡汤面,昭仪最近害喜,什么都吃不下,今晚是柳儿看昭仪吃得最多的一次了……你快趁热多喝点汤……"柳儿见她吃了几口面,心中欢喜,道。

哪知武媚娘听着这话,却忽然停下了吃面的动作,悲从中来,眼泪滚落面颊,直把柳儿吓了一大跳。

"昭仪,怎么了?汤里有鸡骨头吗?"

"没,没事……"武媚娘伸手拭了拭眼泪,"我只是想到皇上最爱吃栗子鸡汤面。以前皇上要我侍寝的时候,常常会命人做栗子鸡汤面,因为我的食量比较小,皇上便令人只做一大碗,两人一起共食……"她的眸中浮起怀念之色,叹息道:"可是现在,因为我有孕在身,无法伺候皇上,所以已经好久未曾跟皇上一起享受那样温馨甜蜜的时光了……"

没想到一碗栗子鸡汤面竟然勾起这样的回忆,柳儿心想坏了,赶紧安慰道:"昭仪实在毋须难过,皇上后宫佳丽三千,难免厚此薄彼,可昭仪娘娘你不一样,你是因为身怀龙子,皇上才不方便过来的,是那些未怀龙胎,又遭冷落的娘娘们不能比的。"

武媚娘垂眼苦笑,"话虽如此,可是这深宫里不就是如此,只闻新人笑,不见旧人哭。"说此话时,她脑中浮起李治看陶茝的目光,心中不由一痛。

柳儿怕她思虑太重伤身,笑道:"娘娘,你别想那么多了,当心自己的身子,你放心吧,只要捱过这段时日,等皇子或公主平安生下,还怕得不到皇上的宠幸吗?"

"你年纪小,不会明白的。"武媚娘叹了口气,"世事如棋难预料,就算当了皇后又如何?远的不说,就说姐姐,忙了半天,盘算的倒好,到头来还不是竹篮打水。本宫看得出,这个陶茝不简单啊。"

柳儿顿时不知要如何接话,正想劝她早点歇着,有宫人来报,殷浩来了。

听到殷浩两字,武媚娘眼中浮起一丝不悦,但想到那人历来直肠直肚,必然不是有意的,加上他为自己做的一切,又释怀了。

"让他进来。"她开口,着柳儿扶自己起身,在屋内慢慢来回走动。

殷浩大步走入,见她似未生自己的气,不由悄悄松了口气。

"媚娘!"

"殷大哥，这么晚，你怎么来了？"武媚娘一扫之前的沉郁，依然如平时那样温柔。

"我……我是来向你请罪的……"殷浩支吾，脸色窘迫。

武媚娘见他这样，反而笑了起来，打断他道："殷大哥你别说这话，此事不是由你能决定的。"顿了顿，神色微微黯然，"就算今日没有陶苋，以后也会有其他女人。"

见她如此，殷浩也不由有些难过，但却再说不出要带她离开的话。沉默了片刻，才突然想起自己来此的目的，忙将陶苋临行前说的话告诉了她。

"萧淑妃！"武媚娘直听得眼中冒火，咬牙切齿地道："看来她所受的教训还不够啊。"

"媚娘，你别激动，我还有话说……"殷浩怕她气坏身子，想要伸手安抚，却觉得不妥，只得又收了回来。"王爷还有话让我捎给你。"

听到王爷二字，武媚娘压制住心中的愤怒，竭力保持平静道："王爷说什么？"

殷浩回忆了一下，才慢慢将南昌王那日的嘱咐道了出来。听罢，武媚娘已经冷静下来，开口却是问："王爷要出使百越？什么时候走？"

殷浩点了点头，"明日就要出发。"

武媚娘眸色微沉，沉默半晌，方道："我知道了。"顿了顿，又璨然一笑，"别担心，我有分寸，不会再像上次那样冲动的。"有的教训只需要一次就够。

"那我就放心了。"见她似乎是真正释怀了，殷浩也跟着笑了起来，庆幸自己没白跑一趟。

第二十六章

翌日清晨,南昌王带着使节团以及朝廷赏赐给众酋长的物品离开了长安前往百越。他只随身带了几名精锐的侍卫,泰常被留了下来。他虽然是自己请旨去的百越,但实际上并不放心武媚娘,毕竟武媚娘的安危事关李冰荷是否会清醒,而袁天罡异常的沉寂,如同暴风雨前的宁静,这让他不得不心生警惕。

翌日清晨，南昌王带着使节团以及朝廷赏赐给众酋长的物品离开了长安前往百越。他只随身带了几名精锐的侍卫，泰常被留了下来。他虽然是自己请旨去的百越，但实际上并不放心武媚娘，毕竟武媚娘的安危事关李冰荷是否会清醒，而袁天罡异常的沉寂，如同暴风雨前的宁静，这让他不得不心生警惕。因此尽管不舍，还是把泰常留了下来，还将自己出入宫的腰牌给了他，让他帮自己打理长安的一切事宜，并在武媚娘需要时暗中出手相助。除了泰常，他找不到更合适的并让他放心信任的人选。

他不知道自己前脚离开，皇宫里紧跟着便发生了一起异常精彩的争宠事件。

萧淑妃一身盛装打扮，身后跟着端着早膳的梅芳，往李治的甘露殿走去，却没想到已有人比她先到。

同样精心妆扮过的王皇后与侍女香筠已经等在了甘露殿的外厅中，见到萧淑妃来，她脸上露出意味不明的笑意。萧淑妃一愣，很快便恢复正常，带着梅芳趋前行礼。

"见过皇后。"

"免礼。"王皇后端坐不动，淡淡道。

萧淑妃却似乎没看出她的不悦，笑道："本以为妹妹已经起得够早，没想到姐姐比妹妹还心急……"

听出她话中别有所指，王皇后眼中浮起淡淡的嘲讽，不紧不慢地道："本宫不是心急，是怕特别为皇上准备的早膳凉了。佳肴，当然得趁热享用。"

萧淑妃这时才注意到香筠手上竟然也端着一份早膳，心中冷哼，没再搭话。这时，王公公从里面走了出来。

"王公公，不是让你去通报皇上了吗？怎么不见皇上？"见他身后没跟着别的人，王皇后皱眉，问。

王公公面有难色，战战兢兢地回："回娘娘，皇上昨晚过于劳累，这会儿还在睡呢！老奴不敢惊动皇上……"

过于劳累！王皇后与萧淑妃听到这几个字，连想都不必想，便知意味着什么，皆不由露出震惊兼错愕的神色。萧淑妃沉不住气，便要往里闯。

"都什么时辰了？皇上一会儿还要上早朝，你这奴才是怎么办事的，你不敢去叫醒皇上，我去！"

王公公慌忙挡在她面前，"淑妃娘娘请留步！要是触怒了皇上，老奴有九条命也担不起……"一边说，他一边看向王皇后，目露哀求之色，显然希望皇后能出声为他解围。

王皇后也不知有没有接收到他的求助，仍端坐在那里，漫不经心地摸了摸手上的戒指，冷笑道："怎么？动气啦？这会儿就等不了吗？"

萧淑妃心中一凛，察觉到自己的冲动，不由暗自摸了把冷汗，挤出笑容。"哪里，妹妹只是替姐姐担心，怕姐姐的饺子等凉了，不好入口。"

王皇后唇角微扬，笑得从容，"不劳妹妹操心，凭本宫的手艺，就算皇上真吃了冷饺子，相信皇上还是会暖在心窝里的……"

见她如此有耐性，萧淑妃心中暗恨，却不敢再直闯，也坐了下来。

王公公松了口气，心中对王皇后多了两分感激。

殷浩一早起来无事可做，在内教坊来回晃悠了两圈。因为皇上寿诞刚过，近期又没什么庆祝活动，众人可以轻松一段时间，因此内教坊一片安静。大约是突然闲下来，让他有些不自在，一下子就想起那天南昌王说春喜的话，忍不住便往尚食局走去。

走到尚食局的膳房外，鼻中闻到一股香味，他抽了抽鼻子，却有些犹豫。春喜这几天对他总是没什么好脸色，如果这样进去，只怕要被打出来。然而就这样离开，又有些不甘。加上尚未吃过早饭，此时闻到里面飘出来的香味，哪里还移得动脚。

"不管了，就算春喜摆脸色，不愿给我早膳吃，去问一问有没有见到葫芦也好……"他自己给自己找了个借口，然后厚着脸皮往里面悄悄挨近。

刚走到门口，就见到春喜操着汤勺，在那里指挥葫芦。

"葫芦，快去把山药皮给削了。"

葫芦本来在捣蔬菜泥，闻声立即答应着，丢下手上的东西便冲到别处去削山药。春喜走过去看了眼那捣钵里的蔬菜，立即大皱眉头，不悦地嚷道："葫芦，你捣了老半天，怎么还捣不烂，是不是男人呀！一点手劲也没有……"她边叨念边放下了汤勺，卷起袖子，接做起葫芦未完成的工作。

厨房里每个人都在忙，竟没一个人注意到殷浩的来到。殷浩对着葫芦"嘘"了两声，见他没反应，又怕春喜发现自己，于是压低声音喊："葫芦！葫芦！"

然而葫芦正专心做着事，并没听到他的喊声。

殷浩无奈，只好偷偷摸摸地走过去，却不想一脚踢翻了个木盆，发出哐当的响声，不由惊了他一身冷汗，僵在原地。

四周有一瞬间的寂静，然后两声大喊先后响起，大约是看清了是谁，无关的人又各忙各的去了。

"师父？你怎么来了？"第一声是小葫芦的，他看到殷浩，眼中露出诧异之色。

"殷浩！"第二声是春喜发出的。她的声音中充满了兴奋，让人不由想到"见猎心喜"这四个字。

殷浩心中咯噔一下，以为她又想出什么折腾自己的办法了，却又不敢撒腿就跑，只好挤出一个笑容，毕恭毕敬地喊："春……春喜姐！"他自从离开尚食局就再没在春喜后面加上一个姐字，此时下意识地喊出来，显然是被吓懵了。

只见春喜放下钵、棒，随手操起桌上一把菜刀，就朝他走去。他大骇，连连往后退去，嘴里连珠炮似地道："虽然我知道这几天你很明显地在生我的闷气，可是我左思右想，还是不明白自己究竟哪里得罪了你……但你也用不着拿刀砍我吧？春喜姑奶奶……"说到后面，他快要哭了。

春喜已走到跟前，闻言没好气地白了他一眼，一把将菜刀塞进他手中，笑眯眯地道："谁有那闲工夫砍你啊，我是想请你帮我切豆腐。"

"啊？切豆腐？"殷浩这一回是真傻了。

"是啊。"春喜理所当然地点头："你没瞧咱尚食局每个人都快忙不过来了吗?"

殷浩点点头,吞了吞口水,恢复镇静,然而看到她对自己态度的变化,不禁又有些纳闷:"春喜,前些日子你对我都不理不睬,怎么今儿个心情就突然变这么好啊?难道是因为你很喜欢忙碌,所以前几天才闲到对我发脾气?"

春喜听他这样说,也不生气,反而笑得灿烂,娇嗔道:"你在瞎说什么呢?我是因为陶筑被皇上封为美人了,所以才心情特别好啊!"她当然不会告诉他,自己生气是因为那一日看到他和陶筑在一起默契十足地排练舞蹈,误会他们俩有暧昧。如今陶筑都被封了美人,误会不攻自破,心情自然就好了。

殷浩一听,丈二金刚摸不着头脑:"可是陶筑跟你又有什么关系?她被封为美人,你有什么好处了?"

春喜看他一脸认真地询问,俏脸微红,忍不住有些羞涩:"好处我自己明白就行,你就别问了……"

"啊?"殷浩更加疑惑和好奇了,"不能让我知道吗?"

一旁的葫芦听得直摇头,叹了口气,靠近春喜道:"春喜姐,你与其继续喜欢这根大木头,还不如跟了我葫芦算了……"

只是他话还没说完,便被春喜一巴掌拍在额头上,然后狠狠推开,"你少做梦了!"

经葫芦这一提醒,殷浩心中隐约有些明白了,不敢在这话题上继续说下去,目光扫了眼桌案上准备的菜色,随口问道:"对了,是谁要你们一早大费周章,做这些菜啊?"

春喜收回手,道:"是陶美人要咱们做的。"

殷浩惊诧地抬起头,任他怎么也想不到,陶筑前一日才刚被封为美人,今日便敢吩咐尚食局专门为她做菜,这份特权可不是一个美人可以享有的,除非,得到了皇上的允许。

思及此,他不由有些担忧起来。

但春喜并没容他多想,很快便分派下许多杂事来,忙得他跟个陀螺一样,直到日上三竿,将早膳送去甘露殿,方才得到休息。不过春喜也没亏待他们。

面对着一桌子丰盛的菜肴，饿着肚子忙活了大半个早上的师徒两人像饿死鬼投胎一样，你争我夺，狼吞虎咽，只差没把盘子啃下去。当两双筷子齐齐伸向桌上唯一的一个鱼头时，殷浩淡淡地瞥向小葫芦，慢条斯理地道："嗯？有酒食，先生馔。没听过啊？"

小葫芦撇嘴，委屈地道："听过……"于是他不甘地收回了筷子，转向其他菜肴，边吃边道："春喜姐，咱们虽然不能吃御膳，可是能吃上这么一顿丰盛的早餐，也算是值得了。"他是随时不忘拍春喜的马屁。

春喜看两人吃得高兴，自己也欢喜，笑道："是你们不嫌弃这一桌我用剩下的食材做的平凡小菜。"

"什么？"小葫芦做出一副惊讶的样子，狗腿地道："这些都是剩下的食材？完全吃不出来呢！春喜姐的一双巧手，果真能化腐朽为神奇啊！"

春喜好笑地白了他一眼，"别拍马屁了，你们这么帮我的忙，让尚食局能及时完成陶美人指定的菜肴，当然得好好感谢你们不可！"

殷浩听到陶美人，不由被勾起心事，脸上露出担忧的神情，放下了筷子。春喜见状，关心地问："殷浩，你怎么不吃了？不合口味吗？"

殷浩摇了摇头，"不，你做的菜很好吃，只是……"说到这儿，他叹了口气，欲言又止。

春喜着急起来，追着问："只是什么？你倒是说啊，别光是叹气。"

"只是没想到陶美人才侍寝一个晚上，皇上竟然容许她让你们尚食局帮她做这些特别又复杂的菜色，可见得皇上真的很宠幸陶美人吧？"殷浩道。

春喜一怔，突然警觉起来，不悦地问："怎么？你不会斗胆到吃起皇上的醋吧？"

殷浩还没说什么，小葫芦已经笑了起来，"我师父才不是吃醋，他是担心武昭仪啦！"

春喜心中微冷，明知故问："你干吗突然担心起武昭仪，她孕吐症状不是改善许多了吗？"

殷浩摇头，语气中满含无奈，"所谓一朝新人换旧人，如果陶苋这么受宠，那媚娘一定是会被皇上冷落了……"或许他其实希望她被冷落，那样也许她就会不愿待在这深宫之中。但是若造成这样结果的是他自己，他让她不开心，这却绝对不是他想要的。

春喜嗔怒地瞪了他一眼，训斥道："殷浩，我看你不光肚子大，心还挺大，担心这么多干吗啊？"

殷浩重重地叹了口气，说不尽的伤感："生理的病痛还有得医，就怕媚娘现下是心里有结，郁闷难抒了。"

春喜见他不听劝，不由抿紧唇，啪地一下放下筷子，起身走了。小葫芦看她如此在意自己的师父，即便是早已知道，此时还是不由有些难过。

好好一顿饭，最终竟是闹了个不欢而散。

李治起身时已经过了巳时，当他揽着陶茋走出内寝时，发现王皇后和萧淑妃竟然都等在外厅中，不由有些惊讶。

"你们怎么来了？"

王皇后起身，自然而然地凑上前去，挽起他另一边的手，说道："皇上你总算醒了，肚子肯定饿了吧？"说着，喊了声香筠。

香筠上前，将手上托盘上的盖子揭开，露出里面两种颜色的饺子。

"这是臣妾亲手为皇上包的金银元宝，特地送来给皇上当早膳。"王皇后温柔娴淑地道。

"哦？"李治目光落在那精致的饺子上，奇道："金银元宝？这白饺子朕是常见，可是另外这黄澄澄像金子一般的饺子，朕倒是第一次见呢。"

王皇后笑道："臣妾先将金瓜捣成泥，再下去和面，制成饺皮，里头包的是皇上最爱的瑶柱，希望皇上吃了会喜欢。"

李治满意地点点头，尚未开口，一旁的萧淑妃已不甘示弱地走上前，道："皇上，臣妾也带来了一盅滑蛋鸡粥，请皇上务必尝尝……梅芳！"

梅芳走上前，将盛粥的瓷碗盖子揭开，等了这许久，那鸡粥竟然还是热的，冒着薄薄的白色雾气。

李治嗅了嗅，笑了，"挺香的呢。这是你吩咐金尚食熬的？"

"才不是呢。"萧淑妃娇嗔："是臣妾亲自熬的……"说着，她偷偷用手指甲在手背上划出一道血痕，楚楚可怜地递到李治面前，"皇上看，这是早上做粥时给弄伤的。"

"怎么这么不小心？"李治一见，不由有些心疼，抽出被王皇后挽住的手，就要去握她的手。然而另一只手却比他快了一步。

萧淑妃一愣，只见王皇后抽出手帕，往那伤口上一抹，手帕立刻沾上血迹。

"这血都没干呢！可见妹妹的鸡粥果真是现杀现煮，可新鲜了……"王皇后微笑，却话中有话。

"那是当然。"萧淑妃心虚地一把抽出手，看向皇上，"所以皇上，你快趁热喝粥吧。"

"一早吃粥容易胀气，皇上还是先吃金银元宝吧！"王皇后不急不忙地道。

两人谁也不肯相让，都争着要李治吃自己送来的食物，不料李治却看向身旁自出来后便没开过口的陶筑，似在征询她的意见。

陶筑温柔一笑，体贴地道："皇上决定就好，臣妾不敢有任何意见。"

李治此时正对她着迷不已，闻言已有了决定，转向两个正对峙着的女子，摇头道："不管是金银元宝还是滑蛋鸡粥，朕都不吃。"

两女错愕，收回敌对的目光。

"这是为何？"王皇后问。

李治一笑，亲密地搂紧陶筑，看向她的目光中充满了迷恋和宠溺，"因为陶美人早就命尚食局替朕准备好了。"

此话刚落，王公公走了进来，禀报道："启禀皇上，早膳已备好，是否要传？"

"嗯。"李治颔首，"传吧。"

王公公应是，然后转身对着门口大喊了一声："传膳！"

高昂悠长的尾音还在梁间旋绕，尚食局的李尚宫已领着司膳、典膳、典饎等人端着佳肴鱼贯进入。

萧淑妃跟王皇后见陶筑安排的早膳排场如此浩大，既讶异不已又有些不以为然。

"陶美人，原来你替朕准备得这么多啊？"李治也有些惊讶，笑道。他此时宠着陶筑，也不觉得她此举有何不妥，只是觉得她这样做也是把自己放在了心上，因此怎么样看都是让人喜欢的。

"要是知道两位姐姐也会来，陶筑会安排得丰盛些。"陶筑认真地道。

"无妨,这些也够吃了。"李治摆了摆手,然后转向另外两个仍有些呆愣的女人,"来,你们就跟朕还有陶美人一块用早膳吧!"

两女虽然不甘,却还是挤出了笑容应是。

四人坐定,司膳端上第一道菜,下有小火炉持续加热,一打开锅盖,菜肴热气蒸腾,白烟窜出。

李尚宫介绍道:"这翡翠白玉羹,是用米粉、菠菜搅碎后,熬煮成浓汤,再加上山药、芝麻所做成的。"

陶筠挽起袖子,露出雪白的皓腕,替李治舀了一碗,递至他面前,"皇上快尝尝。"

李治低头用勺子舀起尝了一口,立即露出惊喜的表情:"嗯……这羹汤美味极了!"

王皇后和萧淑妃也各自尝了,本想批评两句,却一时又找不出缺点,不免有些郁闷。

"这道菜不只美味,里面还有些含意,不知皇上吃出来了没有?"陶筠轻笑,故意勾起人的兴致。

"喔?让我想想……"李治见她巧笑倩兮,不由有些心痒,于是好心情地陪她玩闹,沉吟道:"这米粉如云,菠菜汤似青溪,芝麻、山药又为道士延年益寿之方,加上盘下以小火炉加热,使得整道菜不断冒出热烟,看来就像是山中之岚……"说至此,他抚掌恍然大悟,"莫非是意味——'青溪千余仞,中有一道士。云生梁栋间,风出窗户里'?"

陶筠点点头,脸上露出欢喜之色,"皇上英明,这几道早膳正是以郭璞的游仙诗为题所设计出来的菜色。"

李治见她神色间如同小女孩般天真烂漫,忍不住伸手拧了下她的鼻子,笑道:"就你鬼灵精,想出这样的花样来。"

王皇后和萧淑妃见状,顿时觉得入口的美食没了滋味。

第二道菜上桌,李治看着盘中的菜色,惊讶地说道:"这用的可是清远重豆腐?"

"回皇上,这豆腐可是陶美人特别交代的。"李尚宫恭敬地道。

"皇上,可猜出来这道菜的含意了吗?"陶筠倚偎进李治怀里,撒娇地问。

李治眼中露出笑意，摸摸下巴，思索道："清远重豆腐，其重量能直沉水谷之底，故又戏称为水鬼豆腐，而金针又称阳花……"说着，他用汤勺一捞，看见里面还有猪耳朵，"而这猪耳沉在汤中，显然是借指洗耳……"他笑了起来，"所以这道菜应当是游仙诗中的'借问此何谁？云是鬼谷子。翘迹企颖ял，临河思洗耳'？"

陶茋笑着点点头。李治登时哈哈大笑，状极得意。"哈哈哈哈……有趣！有趣极了！再来！朕还要再猜。"

最后一道菜上桌，盖子一打开，一阵扑鼻香味迎面而来。王皇后闻到香味，露出诧异之色，"这是豆蔻？"

"竟然用了如此珍贵的香料豆蔻来烹鱼！"萧淑妃同样惊讶不已。

独李治一脸的苦思状，半响，摇头，"这道菜太过隐晦了，朕想不到配得是何诗句。"

陶茋温柔一笑，替李治解惑道："这第三道菜的题目正是游仙诗的第五联：'阊阖西南来，潜波涣鳞起。'阊阖就是西风，从西南吹过来的风，就如同西南之国天竺所产的豆蔻香气一般，让人彷佛尝到了风的滋味。"

李治豁然开朗，连忙点头，"对对对，还有这鱼鳞片未剔，不正像是风掠过后，所起的粼粼波光吗？"

萧淑妃见高宗被陶茋逗得乐极了，心有不快，遂问："郭璞的这首游仙诗明明有七联十四句，为何这却只上了这三道菜？难道是陶美人文思不够泉涌，想不出第六、七联该配什么菜色？"

没想到她此话一出，李治竟温柔深情地看着陶茋，沉声道："何必需要上到第四道、第五道菜呢？因为接下来的句子：'灵妃顾我笑，粲然启玉齿。蹇修时不存，要之谁使？'"说着，他伸手搂紧她的腰，向众人宣布，"这说的不就是朕身旁这位如天仙下凡的陶美人吗？"

王皇后和萧淑妃见状，脸色都有点僵住，陶茋回给李治一个绝美的笑容，眉目含情地道："皇上过誉了，还有两位姐姐在呢！"

王皇后率先反应过来，笑道："臣妾恭喜皇上得到了一个这么有才情又贤淑的佳人，简直就像是老天爷做的媒呢！"

"老天爷做的媒！哈哈哈哈……"李治听着此言极为顺耳，不由哈哈大笑，"皇后说得极是！极是！"

萧淑妃还没明白过来，颇有些茫然，王皇后察觉，微笑道："淑妃是不是不懂？不懂便说出来，没人会笑你的。"

萧淑妃气结，却又不知要如何反驳。李治一笑，为她解围："淑妃，这诗中最后一联所讲的蹇修，就是掌管人间姻媒之事的神仙啊。"

萧淑妃一愣，随即机灵地顺着他的心思道："喔？那看样子，皇上能够得到陶美人，就是天定的姻缘啊！"

李治心怀大悦，"你们两个人嘴巴真会说话！"未等两人因受到称赞而心喜，他语气一转，又道："不过，还是陶美人有巧思，竟然将诗句化为一道道珍馐。"

陶苂倒是没显出沾沾自喜的神色，柔声道："皇上喜欢的话，臣妾下次再安排别的花样？"

王皇后两人一听此话，心中大感不妙，就听李治道："好好好，都依你……今日这顿早膳，朕吃得很开怀，皆归功于你，美人你想要什么奖赏，尽管说出来，朕都允你。"

就在其他人以为她必然会趁机提出什么对自己有利的要求时，陶苂却只是摇了摇头，浅浅笑道："陶苂只想能博君一笑就够了，并不需要什么特别的赏赐。"

李治闻言，对她更是爱怜有加，伸指抬起她的下巴，笑道："你不讨赏的话，那朕就只好先夺你美人之位，再自赏一位爱妃了……"

三女一愣，正在琢磨这话中的含意，他已继续说了下去，"朕打算赏自己一个陶婕妤！"

"皇上……"陶苂脸上露出惶恐之色，似欲推辞。

李治却以手掩住了她的唇，在王皇后与萧淑妃震惊的目光中，缓缓道："陶美人，朕要升你为婕妤！"

不过短短一日的工夫，便又升了一个品级，这速度实在由不得其他人不心生戒惧。

殷浩怏怏地回到教坊，又在院子里晃了两圈，回身突然发现小葫芦竟然一直跟在他身后。

"你怎么过来了？"他奇怪地问。

"师父你以前说过要教我拉胡琴啊，这都好久了……"小葫芦睁着一双无辜的眼睛看着他，语气中充满控诉。

殷浩扒拉一下头发，有些烦躁地道："你现在不是在尚食局学厨吗，还学胡琴做什么？"

"我学了去拉给春喜姐听啊。"小葫芦理直气壮地道。事实上他是在担心殷浩心情不好，别不小心又惹出什么麻烦来。

"你这小子……"殷浩曲指敲了下他的头，然后转身往教习房走去，"来吧，早点学会早滚蛋，别来烦我。"

"师父啊，不带你这样的，徒儿还没出师，你就要赶出门的！"小葫芦跟在他身后，捂着被敲痛的头哀号。

殷浩被气笑，回手又是一巴掌拍在他头上，"是为师赶你出去的吗？是谁说他对做饭更感兴趣，不想回来的？"

"那还不是为了师父你以后有好吃的饭菜嘛。"小葫芦口是心非地嘟囔。

"行了行了，少废话，琴在那里，自己去选一把。"两人已经进入教习房，殷浩指着墙边的乐器架道，说话的同时，走过去拿了专属于自己的那把胡琴。

正式开始学琴时，小葫芦便不再胡言乱语。殷浩最喜欢他的就是这一点，无论学什么，都会全力以赴，决不像他平时表现出来的那么轻佻浮躁。

只是殷浩这日却总是有些心不在焉，教了一会儿，便开始走神，连音拉错了都不知道。

"唉，不对不对，这里不是这样的……"葫芦叫道，说着，哼了一个调子，"应该是这样。"

"抱歉，一时失神。"殷浩下意识地道歉，然而又拉了几次，还是拉错。

"不对啦，刚刚不是跟你说了，这里是……"小葫芦无奈地打断他，哼了个正确的调子，"不是……"他将殷浩拉错的调子也哼了出来，然后果断地道："重来一次！"

"哦哦……"殷浩一脸的歉意，果真重拉起来，然而拉了几声后，突然反应过来，提起琴弓抽了小葫芦一下，"是我教琴，还是你教琴？"

小葫芦哎哟痛呼，跳远了些，苦着脸道："是师父教。"

"是我教琴，你还不快拉？"殷浩瞪他。

"是，师父……"小葫芦委屈地应道，重新坐下，做出拉琴的姿势，嘴里忍不住嘀咕，"明明是自己心不在焉，老是拉错，却把气出在我的头上。"

"你说什么？"殷浩拔高了声音喝问。

"没有，没有……"小葫芦连忙否认，"我说我老是拉错，师父打我头是应该的。"

"知道就好。"殷浩点头，然后开始教琴。不过这一次倒真的没再走神，要再拉错，在徒弟面前就实在太没面子了。

零零落落的胡琴声从教习房传到安静的教坊院子里，其中还不时夹杂着一两句对话声，仲秋的阳光照在院子里含苞待放的菊花上，这样的午后显得宁静而悠然。

就在此时，一阵细碎急促的脚步踏破了这难得的安宁，小蝶从外面奔进教坊，又循着琴声跑到教习房，满脸掩不住的激动和兴奋。

"教坊使！"看到小葫芦也在，她在门口站住了脚，喊道。

"小蝶？"殷浩看了她一眼，并未起身，"看你笑得嘴都要咧到耳根后头去了，什么事这么开心？"

"小蝶特来向教坊使禀告顺便辞行，小蝶不当舞伎了，我要入宫去侍奉陶婕妤。"小蝶语气轻快地道。

"陶婕妤？"殷浩疑惑。

"嗯。"小蝶点头，笑得合不拢嘴，"教坊使不知道啊？陶苋已经从美人晋升为婕妤了。"

殷浩和小葫芦俱是一惊，小葫芦叫了出来："什么？这么快啊！"

"原来如此，那真恭喜她了……也恭喜你，你不是一直想进宫里去的吗？终于达成你的愿望了。"殷浩回过神来，淡淡道，心里不由五味杂陈。

"谢教坊使！"小蝶俏皮地行了个礼，而后突然想起一事，"对了，陶婕妤要我转告教坊使，请教坊使到婕妤寝宫一趟。"

殷浩纳闷，与小葫芦对视一眼，"陶苋找我？不知有什么事？"

"这奴婢也不知道。"小蝶摇头。

殷浩沉默了下，然后将胡琴交给小葫芦，站起身，"好吧，那我就跟你去一趟好了……葫芦，你继续练习，不准偷懒，师父回来验收，拉不好有你好看的。"

小葫芦接过琴,听到此话,忍不住抗议,"可是你刚刚根本也没拉对……"

"少废话!"殷浩斥道,然后转身往外走去,"小蝶,我们走吧。"

"师父真是越来越不讲理了。"看着两人走远,小葫芦一边将殷浩的琴放回原处,一边嘀咕。虽是这样说,他还是坐了下来,自己练起来。

没练两下,脚步声响,显然是又有人来了。

"今天真是热闹!"小葫芦叹气,抬头,发现竟然是柳儿。

"葫芦,你师父呢?"柳儿撩起裙摆跨进门槛,一边问,目光一边在屋内四处溜。

"不用看了,我师父他刚刚才离开。"小葫芦放下琴,道,"柳儿你要是早两步到,就能撞在一起了。"

"教坊使不在?他上哪儿去了?"

"师父他让陶婕好请去了。"小葫芦道,原本想就这样打发了人,但想到殷浩对武媚娘的重视,只好又问道:"柳儿你有什么事吗?"

"那可真不巧了。"柳儿有些遗憾,闻问,随口解释道:"是这样的,武昭仪她最近因为害喜的关系,身子很不舒服,皇上又少去看她,所以我才想请教坊使去瞧瞧昭仪,陪她说说笑,解解闷。"

"这样啊……"小葫芦想了下,而后毅然道:"我去吧。"

"你?"柳儿讶然,还有些不太相信,"你能行吗?"

小葫芦嘿嘿笑了两声,挠头,"我跟了师父这么多年,虽然没学到他的十成技艺,但七八成总是有的。柳儿,你放心了,我保证能给武昭仪解闷。"他又忍不住虚夸起来。

柳儿虽然心中仍是怀疑,但此时也没别的选择,只好点头答应。

殷浩跟着小蝶来到陶筑的寝宫,出乎意料的是,李治竟然也在,正与陶筑依偎在一起,细语呢喃着绵绵不绝的情话。

殷浩两人一惊,慌忙上前拜见。

李治待两人行完礼,方才道:"陶筑跟朕说,她今天要感谢一个大恩人,要小蝶去请恩公过来,没想到那个人竟是殷浩你,哈哈……"

闻言,殷浩心中一阵一阵地发苦,暗道自己要早知道会有这样的结果,当初又怎会将陶筑收进教坊。

"微臣并不知道陶婕妤请微臣来的用意,正要请教。"他撇开心中对武媚娘的愧疚,恭敬地道。

"若非教坊使不见弃,从市井将陶苋带入宫中,陶苋如何能有今天与皇上的缘分?"陶苋笑吟吟地开口,语气中毫不掩饰自己的感激之情。

殷浩此时真可谓是哑巴吃黄连,却还得赔笑道:"殷浩不敢居功,那全是因为陶婕妤天生丽质,又灵慧剔透,方才能与皇上心心相映。"

此话显然让人大为受用,陶苋笑睨了眼正宠爱地看着自己的李治,柔声道:"教坊使的赞誉陶苋愧受,话说回来,今日陶苋请教坊使前来,除了道谢外,还有一事相求。"停了一下,她并没给殷浩推托的机会,继续道:"陶苋自觉舞姿舞艺还是不够完美,因此大胆请皇上恩准,能够让教坊使到后宫来教臣妾舞蹈。"最后一句话,她是对着李治说的,至于殷浩的意愿,显然没在她的考虑当中。

殷浩一听,大觉不妥,李治显然也有些犹豫,"这……"

"皇上,微臣……"

殷浩正想开口拒绝,小蝶已抢先道:"如果是这样,那就太好了!教坊使才高八斗,歌舞技艺样样精通,小蝶亲眼见过的,如果教坊使能继续指导陶婕妤舞艺,皇上就能天天欣赏到曼妙的舞姿了!"

"嗯,有理!"李治点头。

"皇上……"殷浩大惊。

"教坊使切勿推辞,朕已经决定,赏赐你纹银百两,上好瑶琴一口,令你担任陶婕妤的个人舞蹈教习,以后只要内教坊无事的时候,就到后宫来教导陶苋。知道了吗?"李治抬手打断了他,下旨道。

殷浩无奈,只好接旨。

第二十七章

　　那些话如同诅咒一样始终在耳边旋绕，怎么也挥不去。王皇后咬住唇，努力压制住心中的恐惧，好不容易才勉强冷静下来，不敢再独自待着，掀被而起。出去后，让香筠传了内教坊的乐伎舞伎来给她解闷，一直到晚上才让他们散去。

武媚娘看到来的是葫芦，不由愣住。当得知殷浩被陶苋叫去后，原来还带着些笑意的眼慢慢冷了下去。

虽然小葫芦开始拍胸脯说自己学到了师父的七八成能耐，但在说笑话一项上显然没掌握到殷浩的精髓，自己还没开讲，已经先笑个不停了。

柳儿是觉得没什么好笑的，但看到他那样子却也忍不住跟着笑了，但是武媚娘根本没心情听，在他说了两个笑话后，她脸上都没展露出丝毫笑容。

小葫芦尴尬起来。就在这时，王皇后身边的香筠来了，带来一罐醋溜梅子。

"这是皇后娘娘要奴婢送来，皇后娘娘家乡的名产醋溜梅子，特别冰镇过的，听说孕妇吃酸的东西会舒服一点。"香筠道。

"难得皇后娘娘还惦记着媚娘。"武媚娘示意柳儿接过醋溜梅子，又赠了两盒点心作为回礼，"这点心是柳儿托人从东市清和坊买来的，你带回去给娘娘尝尝。"说话间，柳儿已将梅子捞出一些放在碟子里端了过来，她便伸手拈起一粒放入嘴里。

"嗯，酸中回着甜味，冰凉沁心，真是不错。"她赞道。

"太好了，武昭仪果然也喜欢吃。"香筠笑道，"皇后娘娘就说了，都是被皇上冷落的姊妹，心境相同，喜欢吃的东西也一样……"说到此，她倏地掩住唇，眼中露出失言的懊恼。

"什么都被皇上冷落？"武媚娘再次伸向醋溜梅子的手一顿，问。

"奴婢该死！奴婢不该乱说话。"香筠惶恐地跪下。

"起来吧，本宫恕你无罪。"武媚娘心中冷笑，脸上却淡淡的，"你说，皇后娘娘为什么那样说？"

香筠怯怯地站起身，垂着头，柔顺地道："回武昭仪，那是因为皇上宠幸陶婕妤，冷落了昭仪、皇后与淑妃，皇后娘娘有感而发。"

武媚娘眉梢微动，奇道："什么陶婕妤？"

"武昭仪不知吗？陶美人备受宠爱，一夜之间，已从美人升为婕妤了。"香筠恭敬地道。

"什么？"武媚娘惊愕，脸色微白，放在膝上的手倏地收紧，指甲刺在柔嫩的掌心，带来一阵生疼。

"奴婢这就回去向皇后娘娘复命了，奴婢告退。"香筠不敢再久留，曲膝行了一礼，便匆匆离开了。

武媚娘像没听见，微垂着头没有理会她的来去，长睫掩着的眸子里神色变幻，再抬眼又看到了那碟冰镇梅子，眼中飞快闪过一丝厌恶，然后再次伸出手。

小葫芦站在那里，正犹豫着是否继续说笑话，突闻武媚娘"哎哟"一声，面色发白地捂住肚子，蜷缩了下去。

他大惊，就见柳儿飞快地上前扶住了她，焦急地问："你怎么了，昭仪？"

"我……我的肚子好痛……"武媚娘颤着声道，脸上有冷汗在往下落。

小葫芦想上前又不敢，手足无措地站在那里，也不知要做什么好，就见柳儿抬起头冲他喊道："葫芦，赶快去请御医。"

他登时如释重负，应了一声，便撒腿往外面跑去。

小葫芦腿脚灵活，不到一炷香工夫便拖着张太医赶回了明月殿，直把张太医累得差点没趴在地上，喘了好一会儿气才勉强能开始给武媚娘把脉。这边脉还没把完，李治已闻讯来了，身后跟着陶苪和殷浩。

张太医收回手，离开武媚娘的榻边，上前见礼。

"太医，昭仪如何了？"李治一边走向床榻，一边问。

"回皇上，昭仪脉象已经稳定，腹中胎儿亦无大碍，请皇上放心。"张太医道。

李治皱眉，脸色不太好地问："好端端的，怎么会突然肚子痛呢？"

"怀孕妇人，本就忌食生冷，加上昭仪娘娘体质虚寒，吃了冰镇梅子，才会动到胎气。"张太医老老实实地回答。

"皇上……"武媚娘虚弱的喊声从榻边传来。

李治赶紧上前，握住她的手，坐到榻边，"媚娘，朕在此。"

"皇上，都是臣妾贪嘴，多吃了两粒皇后娘娘送来的冰镇梅子……害皇上担心了。"武媚娘苍白着脸，愧疚地道。

"皇后?"李治脸色微变，转身对着王公公道："你去对皇后说，武昭仪如今身怀龙胎，吃食自有专人安排，让她休要再送些闲杂之物过来，若下次再出这样的事，休怪朕不给她留情面。"

"皇上，娘娘也是一片好意……"武媚娘闻言，慌忙要撑起身，急道。

李治温柔地按住她，没在此事上与她相争，柔声安抚道："媚娘，你现在有孕在身，这段时间还是尽量减少下床走动，多多休息，明白吗?"

武媚娘"嗯"了声，露出浅浅的笑靥，看上去乖巧无比，直看得李治心中一动，正想开口说自己就留在这里陪她，陶筑走了上来，手里捧着一件雪白的狐裘。

"武昭仪，陶筑将这件狐裘送给昭仪，希望它能为昭仪保暖身体，平平安安诞下龙胎。"

武媚娘一愣，而后勉强露出微笑，"陶婕妤有心了！今日招待不周，还望见谅，待媚娘身体好些后再去找婕妤说话。"说着，看了眼柳儿，柳儿会意，上前接下了狐裘。

"那昭仪快快好起来吧，平时一个人闷得紧，陶筑有些迫不及待了。等昭仪来，我跳最时兴的舞给你看。"陶筑抚掌道，笑得天真无邪。

李治见她这样，忍不住伸出手拧了把她的脸，佯怒道："没良心的小东西，朕天天陪你还不够吗?怎不见你对朕这样热情?"

"那不一样啊。"陶筑娇笑着闪躲，然后偎到了李治另一边。

见两人在自己面前就打情骂俏起来，武媚娘任是城府再深，脸上也有些挂不住，只好沉默不语。

这时，李治却站了起来，"媚娘你好好休息，朕要先离开了。"

"皇上……"武媚娘一惊，顾不得生闷气，就要起身下床。李治赶紧拦住她。

"不是告诉你，要躺在床上多休息，保养身子吗?怎么又要下床了?"

"让臣妾送送皇上。"武媚娘心有不甘，眼中却露出楚楚可怜的目光。

"不用了，有陶婕妤陪朕就行了……"李治道，然后看向柳儿，"柳儿，好好照顾昭仪，知道吗?"

待柳儿答应之后，他便带着陶苋离开了，没有一丝留恋。殷浩却并未跟着他们走，而是趋近卧榻，看到武媚娘怔怔地落下泪来，不由有些着慌。

"媚娘，怎么了？还不舒服吗？"

"皇上连来探望我，都还带着陶苋……皇上真是有了新人忘了旧人。"武媚娘偏过脸低泣，在殷浩面前，她历来不需要隐瞒自己的想法。

因陶苋的事，殷浩对她本来就心怀愧疚，此时见她伤心，更是难过，忙安慰道："喜新厌旧虽是人情之常，但人与人之间的感情，还是需要时间培养，等到喜新厌旧的心情一过，皇上会再回来的。"说这话的时候，他其实有些心虚，但此时要让武媚娘宽心，却不得不这样说。

"是吗？"闻言，武媚娘果然泪眼朦胧地抬起头看向他。

到了这时，殷浩只好绞尽脑汁继续开解下去，点头道："你要对自己有信心啊。你在感业寺多久时间？皇上都一直记挂着你，现在天天在宫里，肚里还有皇子，皇上怎么可能忘了你……"说话间，他突然双手一错，指缝间多出一朵花来。

武媚娘蓦然睁大眼，看着那朵色彩绚丽的花儿，惊奇至极。

"咦？你怎么弄的？"

"什么东西？"殷浩故作不解，而后看她瞪过来，方恍然大悟地道："哦，你说这个啊……"说着，他双手再一交错，竟然又变成了两朵花。

一变二，二变四，直看得武媚娘忘记了伤心，脸上露出讶异的笑容来。

"怎么会这样？"她看得跃跃欲试，恨不得将殷浩的手扳过来仔细地研究。

殷浩一笑，将花送给她，道："这是我学的新把戏，一直想来表演给你看，却找不到机会。"

"现在你有机会了，我这一阵子都要待在寝宫里，你随时可以来找我，变变把戏，说说笑啊……"武媚娘将那几朵花放到鼻下轻嗅，语气轻快地道。

殷浩闻言，脸色微黯，迟疑了一下，才不情愿地道："媚娘……我，这……哎，皇上刚才命我，只要有空，每日都要去教陶婕妤跳舞……"明知这个时候说这话该死，但他也不想一直瞒着武媚娘。

武媚娘一怔，缓缓将手中的花放下，背过身躺下，没有再说话。

李治的头痛症发作得越来越频繁，每次都必须服用袁天罡给他的药丸才能缓解。陶苀宠冠后宫，李治日日宿在她那里，宫中私下传言四起，都在猜测大约再过不了多久，皇后的位置就该换她坐了。沉寂许久的袁天罡又开始在宫中走动，见的人却不是他的老搭档萧淑妃，而是皇后，两人交谈时曾支开皇后的贴身侍女香筠。陶苀亲自给各宫娘娘都送了礼物以示亲近，萧淑妃的是一盒贵重的珠宝，王皇后则是一盆开两色花的夹竹桃。

泰常面无表情地看着手中收集到的情报，思索着这些情报所反应出的深一层含义以及其可能对武媚娘造成的威胁。

李治的头痛，袁天罡，王皇后，陶苀……

楼梯处传来轻细的脚步声，他眉梢一动，将那几张纸收了起来，然后端起酒杯，刚刚放到嘴边，敲门声响，柳儿推门走了进来。

这里是东市的归雁楼，如同柳儿每过三天便要出宫去清和坊买点心一样，他每隔三天便会在归雁楼的二楼雅间喝酒。

与柳儿的熟识是在帮她处理武顺的尸体那次起，不过两人并没有特别亲近，直到南昌王离开前嘱咐他要照顾好武媚娘之后，他才开始与她来往密切了一些。说是密切，其实也不过是每隔三天见一次面，然后将自己收集到的会影响到武媚娘的情报告诉柳儿，再由她婉转地告之武媚娘。而柳儿则将武媚娘的情况告诉他，若是需要他相助，也会直接去王府找他。

大约是在最无助的时候帮助过她，柳儿对泰常是极为信赖的，对他几乎是言听计从。

"泰大哥，这是我刚买的点心，你也尝点儿吧。"柳儿从篮子里拿出一包点心放在泰常面前，笑眯眯地道。

"多谢。"泰常并不推辞。

柳儿在他对面坐了下来，还没喘口气，便开始抱怨陶苀怎么怎么可恶，霸占着皇上，武昭仪又是如何如何可怜。

泰常并不回答，只是安静地给她倒了一杯水。等她说得差不多后，才缓缓道："你注意照顾好武昭仪，别让她拿自己的身子不当一回事。"如果面对着南昌王，他会说别让她拿自己肚子里的孩子当争宠的手段，但是对象是天真的柳儿，这样说就不行了。

只是从柳儿含带着大量废话的叙述中,他已判断出,那日武媚娘是故意多吃冰镇梅子,一来可以把皇帝引过去,二来就是趁势打压一下王皇后,以回报香筠假作失口说出的那一番话。也算是一箭双雕了。但这在他看来,却极为不智,这不过是刚开始,她便这样大的反应,无疑是成了别人争宠的棋子。事实上,最应该沉住气的便是她,因为她正身怀龙胎,这是其他人都没有的优势。但是假若她拿肚子里孩子的安危当吸引皇上注意力的手段,做得好倒还罢了,假如有个好歹,只怕是得不偿失。

"我会的,我会的……"柳儿端起水喝了一口,连连点头道。

泰常从袖中抽出一张纸,递给她,道:"这些是孕妇忌讳的东西,你好好记下,以后切莫出岔子。"

柳儿接过,看到里面写得密密麻麻的蝇头小楷,眼睛都快要起圈圈了,张了张嘴,垮下肩膀应了声好。

见她这副可怜巴巴的样子,泰常手有些发痒,很想揉揉她的脑袋。不过这只能在心里想想,毕竟对方还是个豆蔻年华的少女。

"白粉交错的夹竹桃在一些地方有忘恩负义的含义。"他沉吟了一下,又道,"你回去对武昭仪说,国师去见过王皇后,两人密谈了许久。至于皇上宠着陶筑这事,萧淑妃和王皇后应该比武昭仪更着急才是,武昭仪在孩子出生前完全不必操心这个。"

柳儿惊讶得张大了嘴巴,好一会儿才知道点头答应。

泰常站起身,拿起点心,"我走了。"看到她傻愣愣的样子,他还是没忍住,伸手摸了摸她的脑袋,"你自己也小心。"语罢,转身大步而去。

直到他的身影完全消失不见,柳儿方反应过来,小脸唰地一下红了。

"袁天罡?"武媚娘听到柳儿带回来的消息,美眸一凌,想到当初他屡次三番想要置自己于死地的事,心中大恨。一直以为他是帮着萧淑妃对付自己,但如今皇后竟然与他密谈,莫不成……

"是啊。"柳儿点头,"是皇后宫里的小宫女说的。对了,陶婕妤送了皇后娘娘一盆粉白双色的夹竹桃,真是古怪。"

"怎的古怪了?"武媚娘被她的话吸引了注意力,问道。

"在奴婢的家乡,粉白双色的夹竹桃有忘恩负义的意思,昭仪你说陶婕妤是不是不知道啊?"柳儿一边道,一边给武媚娘盛了碗补汤。"按奴婢说啊,皇后娘娘和淑妃娘娘肯定讨厌死了陶婕妤,指不定要怎么对她使坏呢,娘娘咱们别去凑这个热闹了,好好地把龙胎养好,到时生了龙子,看谁还争得过你。"

知她是真心为自己着想,武媚娘眼睛微热,伸手抓住她的手,微笑道:"我知道了,柳儿,谢谢你为我这般考虑。"

柳儿脸又红了,"娘娘,你别这样……这是奴婢应当做的啊。"

武媚娘见她脸红得可爱,忍不住伸手在上面拧了一把,在她不满地嘟起嘴时,笑着站起来,"走,柳儿,拿上金丝燕窝,咱们去皇后娘娘那里逛逛。"

"啊?"柳儿惊叫,一把抱住那装炖燕窝的食盒,不舍地道:"这金丝燕窝是难得的稀罕物,是专门给娘娘安胎补胎的,一次才炖这么一点儿,怎么能给别人。"

"你个小吝啬鬼。"武媚娘忍俊不禁,伸指点了下她的头,"走吧,给皇后娘娘的东西,怎么能过于寒酸了。"

柳儿的嘴巴嘟得都快能挂香肠了,却也不敢真的违背武媚娘的意思,只能怏怏不乐地拎着食盒跟在后面。

两人到达王皇后的寝宫时,王皇后正和香筠在寝宫外的花园里种陶筑送的夹竹桃。看得出她很喜欢那花,脸上都是欢喜的笑容。

"姐姐,什么事情这么开心啊?"武媚娘抿唇一笑,微微提高了声音道。

王皇后闻声回头,看到她,先是一愣,而后便笑着迎了过来,丝毫看不出上次冰镇梅子所落下的阴影。

"哎呀,妹妹怎的来了?你有孕在身,当多休息才是。"

"这不是才得了一些金丝燕窝,想着姐姐必也多时没吃过了,所以特地炖好送了过来。"武媚娘一边与她寒暄,一边示意落在后面的柳儿送上前。

王皇后一听,笑道:"我正口渴呢,妹妹你这燕窝来得却是时候,来,进屋去,咱们一起吃。"说着,她拉住武媚娘的手就要往里去。武媚娘却盯着香筠刚种下的夹竹桃,皱了皱眉头。

"姐姐,你怎么会把夹竹桃种在自己寝宫里头呢?"她开口问。

"那是陶婕妤送过来的,说是朋友间的见面礼。看你表情如此奇怪,是这夹竹桃怎么了吗?"王皇后顿住,疑惑地问。

武媚娘做出怔愣的样子,而后方迟疑地道:"不知道那陶婕妤的家乡在哪,但在许多地方,黄色的夹竹桃那是代表着深刻的友情没错,但这种白粉交错的,则有另一个含意……"

"是什么?"不出意外,王皇后露出了好奇的神色。

武媚娘垂下眼似在思索什么,半响,轻轻地道:"四个字,忘恩负义。"

王皇后身体一震,许久说不出话来。

武媚娘神清气爽地回到明月殿,春喜正好将安胎补药端来。那药极苦,她一向不太愿意喝,常要柳儿在旁边劝许久才肯磨磨蹭蹭地喝两口,此时却心情好得端起毫不犹豫地灌下,不过也苦得皱紧了眉。

春喜赶紧要去拿准备好的山楂饼,却发现葫芦正在吃,不由有些吃惊,"葫芦,这是要给娘娘的,你若爱吃,再跟我拿便是。"

"喔……"葫芦不好意思了,赶紧将剩下的一口塞进嘴里,然后在衣上蹭了蹭手。

春喜端过碟子来,送到武媚娘面前,道:"娘娘,这山楂饼能稍解苦味,尝尝吧。"

山楂,山楂……柳儿心中升起一丝不安,努力地回想原因,而后"哎哟"一声,忙在武媚娘伸手拿山楂饼前拦住了,"别,娘娘,你不能吃这个。"

"柳儿?"武媚娘正苦得难受,见状,有些委屈地看着柳儿。

"为什么?"春喜疑惑。

"这、这……"柳儿只知道泰常给她的那张纸上有写这个,但原因却没记住,不由急得抓耳挠腮。就在武媚娘又要伸手绕过自己去拿时,急中生智道:"是,是太医说的,孕妇吃不得山楂,会……会滑胎,对,是滑胎。"她终于想起原因了。

春喜惊愕,慌忙将山楂饼收起,"对、对不起,娘娘,奴婢不知道。"

武媚娘知道她是什么样的人,倒也不介意,"没事,又没吃。"说着,她看向柳儿,柳儿此时递过来一粒蜜枣,她含住,笑道:"柳儿倒是长进了啊。"

柳儿脸微红,忸怩道:"娘娘身怀龙子,奴婢自然要百倍小心啊。"

武媚娘爱怜地摸了摸她的头，然后抬头问道："殷浩今儿又没来？"

见她没有怪罪自己，春喜放下心来，回道："娘娘没听说吗？因为中秋快到的缘故，皇上特别指名陶婕妤在祭月庆典上表演呢。"

"我知道此事，但跟殷浩有关系吗？"武媚娘点头道。

"嗯……这个嘛……"春喜有些为难，不敢直说，望向葫芦。

葫芦立即接道："皇上指名陶婕妤，陶婕妤又指定咱师父，要他教天女散花，准备惊艳四方。最近啊，连内教坊的乐师跟舞伎要见到师父一面，都是难如登天呢。"

武媚娘闻言，脸沉了下来。

春喜见状，偷偷捏了葫芦一下，葫芦惊觉失言，赶紧捂住自己的嘴巴。

"这个陶婕妤实在是太过分了，抢走皇上的宠爱也罢了，居然连殷浩都要霸占，这是个不惹事就活不下去的狐狸精啊！"柳儿突然大声骂道，一副义愤填膺的样子。一边说，她一边偷偷瞄武媚娘，直到见着她神色微微缓和，这才安下心来。

"是啊！柳儿你说的真好！"小葫芦赶紧附和。

春喜看了眼两人，又看向蹙眉不语的武媚娘，眼中露出既同情又有些欣喜的复杂神色。那一刻她突然明白，殷浩并不是不能被从武媚娘身边抢走的。

自从皇上下令让殷浩教导陶筑舞蹈之后，他便再没有了得闲的时候，连着近月都是围着她打转。尤其是她被指名在祭月庆典上跳舞之后的这几日，他更是连内教坊的事都暂时放下了。

天女散花与平常的舞蹈不同，它在对身体的柔韧性与灵活度上要求异常之高，在飘带的操控上更是一绝，极为难练。尤其是最后一动作，要使两根带子在身后飘荡起来，好像御风而行的样子，而后使一个"鹞子翻身"，跟着双手把带子从左往右边抡出一串"套环"纹，两手合掌当胸，不等带子落下，人先蹲下去，这时候两根带子仍旧要保持舞起来的"套环"纹样式，横亘在空中，飘在身子右侧前面，缓缓落下，如同两条长虹一般。这个身段比较难做，全靠着两腕及腰腿的劲头一致，才能得心应手。

为了练这一个动作，陶筑不知被摔了多少跤，直把李治心疼得不得了。

好几次都想让她换一个舞蹈,她却不肯,硬是咬牙练了出来。即便是殷浩心中挂念着武媚娘,但对将他所有时间都占据了的她却怎么也无法生起恶感,相反还有些敬佩。

这日他正在指导她撒花瓣的动作,王皇后来了,身后跟着捧着两匹布的香筠。陶筑边用手帕擦拭额上的汗,边跟殷浩一同迎上见礼。

"听闻妹妹要在祭月庆典上献舞,所以我特地挑了两款上等的布料来,给你裁制新舞衣。"王皇后笑道。

"姐姐有心,陶筑就厚颜收下了。陶筑必勤练舞艺,不负姐姐一番心意。"陶筑也不推辞,示意小蝶接过。自己则将王皇后请至旁边的胡床上坐下。

王皇后目光扫过她的头发,脸色剧变,喝道:"等一等!"

陶筑疑惑地回眸,"怎么了,姐姐?"

"我……"王皇后被她明亮澄净的目光一看,立即反应过来自己失态了,忙勉强扯出一个笑,道:"我上回不是送了你一个步摇吗?怎么你不戴着,反而插了根玉簪啊?"她以为自己够镇静,其实旁人都能听出她的声音带着微微的颤抖。

陶筑却像是没察觉,笑得甜美,"那个礼物太贵重了,我舍不得呢,想着重大场合再戴。再说,今日我要练习舞蹈,自然不必盛装打扮。"

"这样啊……"王皇后唇有些发白,眼神闪烁地问:"那你这玉簪是从哪来的?"

"这个呀?"陶筑随手将头上的白玉簪抽了下来,不是很在意地道:"这是我还在民间的时候,某日偶然在旧物摊上买到的。若是姐姐喜欢,就收下吧。"一边说,她一边将簪子递给了王皇后。

王皇后抽了口冷气,反射性地退后一步,迟迟不敢接。

殷浩见状,脸上露出怪异的神色,口无遮拦地道:"娘娘是怎么啦?大白天的,脸上的表情却像是见鬼了的样子?"

王皇后脸色发白,没有说话,倒是香筠跳了出来,怒道:"殷浩,别乱说!娘娘是因为近日睡不好,脸色才会这样的。"

"原来如此。"殷浩露出恍然大悟的样子,"我还以为娘娘也听说过一些故事,是想到了那些才会有这样的反应呢。"

闻言王皇后瑟缩了一下，陶筑却显得很有兴趣的样子，问："什么故事？你快说吧。咱俩都在市井间待过，我想听听是否和我知道的一样。"

"好啊。"殷浩一笑，而后倏然沉下脸，阴森森地道："传说中，旧物摊的东西时常易主，所以……"

"够了！别说了！"王皇后突然掩耳大喝打断了他，一把接过陶筑的玉簪。

"姐姐怎么啦？"陶筑关心地问。

"没，我忽然想到有别的事情，先告辞了。"王皇后道，语罢，带着香筠匆匆而去。

"皇后娘娘这是怎么了？"殷浩看着她惊惶失措的背影，一头雾水地嘀咕。

"谁知道。"陶筑淡淡道，而后突然抿嘴一笑，轻飘飘地道："也许是心中有鬼呢。"

殷浩倏然转头看向她，心中莫名地升起一股寒意。

王皇后匆匆回到自己的寝宫，将香筠赶了出去，自己一个人缩在被子里直哆嗦，脑海里不停地浮现那日袁天罡的话。

"娘娘，你纵然对我冷淡，有件事情，我还是得警告你。无论如何，千万要小心那新来的陶婕妤！"

"陶婕妤虽美，但面相却是早死之人，这点我是不会看错的。"

"……我觉得，陶婕妤现在那张脸，根本不是她原来的那张脸！"

"我虽然不知道为什么，但我能肯定，这张脸原本的主人已经死了。"

那些话如同诅咒一样始终在耳边旋绕，怎么也挥不去。王皇后咬住唇，努力压制住心中的恐惧，好不容易才勉强冷静下来，不敢再独自待着，掀被而起。出去后，让香筠传了内教坊的乐伎舞伎来给她解闷，一直到晚上才让他们散去。

进罢晚膳，找了个借口支开香筠，王皇后拿着陶筑送她的那支白玉簪走到御花园，趁着四下无人，将其埋在了一株花丛下。刚踩了几脚，就听到一个女子的声音道：

"皇后娘娘，都这么晚了，怎么一个人在御花园里？"

"啊……"王皇后吓了一跳，回头看去，却是萧淑妃笑吟吟地站在一株花树下，不知来了多久。她心中一凛，忙笑道："这不是有些气闷，所以出来散散心。妹妹怎的也在此？"

萧淑妃露出一个意味不明的笑，"最近为了陶苋那个狐媚子的事，妹妹也觉得心情不好，不如咱们聊聊，如何？"

王皇后心中正怕，有人陪着，无论是谁都是好的，怎会拒绝，当下爽快地应了，跟着萧淑妃走到她的寝宫。

两个同样被冷落的女人在一起，自然免不了言语讨伐那个占尽宠爱的女人。她们两人历来大事也斗小事也斗，这样斗了多年，如何会想到有一日竟能心平气和地坐在一起共谋对付另一个女人。

"本来嘛，后宫嫔妃争宠，是很平常的事情，我们之前也那样干不是？但总是还得有尊卑伦理吧？要不然排什么一后四妃九嫔做什么呢？但这个陶苋仗着自己受宠，假装什么都不懂，吃干抹净，根本没把我们放在眼里！"萧淑妃没好气地数落着。

"谁叫皇上宠她呢？但瞧着好了，总有一天她会露出狐狸尾巴的，到时候我舅舅就可以抓住她的把柄，联络朝中大臣，一起把她打下来。"王皇后冷笑道。

"那要多久时间？"萧淑妃不得不承认在后台以及出生背景上，唯一能胜过她的就是王皇后。连王皇后她都想压下一截，何况是家世拿不上台面的武媚娘和陶苋。

"要有点耐心……"大约是发泄了一通，王皇后又恢复了平时的端庄冷静，"一个人觉得自己最得意的时候，就是她最没有防备的时候，只要她出一丁点差错，就要她从天上掉到人间。"

"唉……那得多久的时间？"萧淑妃叹气，只觉得多等一刻都是煎熬，但却又知道这事是急不来的，只好转开话题，"对了，姐姐，不知你注意到没有？"

"注意什么？"王皇后疑惑。

"陶苋这个女人，长得美归美，却有几分怪里怪气的，姐姐，你说是不是？"萧淑妃若有所思地道。

王皇后心中一紧，又想起袁天罡的话，只觉一股寒意由脊梁骨直往上窜。

"你……你也这样觉得吗？"她迟疑地问。

"姐姐的意思是？"萧淑妃目光一闪，问。

"那天袁天罡才跟我说，陶苾的面相很奇怪，而且怪得很诡异。"王皇后犹豫了一下，还是半保留地说了。

萧淑妃一听，不由拍了下桌案，道："那就对啊！连国师都这么说了，可见陶苾一定有古怪，姐姐，你看她才刚来，就把皇上迷的神魂颠倒，会不会真的是什么妖魔鬼怪，狐狸精变的？"

王皇后脸上露出古怪的神色，顿了下，才问："你想做什么？"

萧淑妃扬唇，语气森冷地道："妹妹想过了，只要能把她跟祸国殃民扯上边，不但能马上把她拉下来，还可以让她没命继续作怪！"

王皇后眉头一皱，不赞成地道："这事儿可不能随便乱说的啊！"

"妹妹当然不会乱说，但我有办法一试，要是试不出来就算了，我们也没损失。"萧淑妃胸有成竹地道。

"哦？"王皇后被勾起了兴趣，"什么办法？"

萧淑妃神秘地一笑，起身从箱子的暗格里拿出一盒香膏，回到王皇后身边，低声道："用这个便成。"

王皇后看着萧淑妃手中的香膏，一脸疑惑，"这是什么？"

"这是擦了会让人皮肤溃烂的药膏，我们明天可以借故怂恿陶苾擦在脸上，如果她的脸烂掉了，那她也别想在祭月庆典上出风头，如果她没事……"萧淑妃眼中露出凌厉的光芒，"那就代表她可能真的是只狐狸精变成的！"

王皇后打了个机灵，只觉这个计策毒辣无比，毕竟对于一个女人，尤其是生存于后宫中的女人来说，容貌比性命还要重要千百倍，若容貌被毁，那么永远也别想翻身了。虽然明白了这一点，她却没有开口打消萧淑妃的念头，只是心中对这个女人的戒备更深了一些。

沉默了一下，她道："你这主意虽好，但终究是百密一疏。"

"哦？"萧淑妃挑眉。

"我们突然拿着药膏上门，不管用什么借口理由，她要是心有疑虑，就不会当场擦给我们看。只要她事后随便找个宫女一试，不就没辙了吗？"

萧淑妃一笑，显然已想到了此点，转身拿出另外一个盒子，"这一点我已想过。这里面装的是解药，只要事先把解药擦在皮肤上，再擦香膏就不会有事……只要先有个人在她眼前试过香膏没事，再加上我的三寸不烂之舌，陶苡有什么理由不在我们面前试擦？"

闻言，王皇后脸上也露出了淡淡的笑容。

翌日，王皇后与萧淑妃一同来到陶苡的寝宫。对于她们的同时到来，正在练舞的陶苡和殷浩显得很惊讶，但并未失仪。

见罢礼后，萧淑妃很直接地拿出了香膏，对陶苡道："今日前来，不为别的，都是为了给妹妹在祭月庆典上的表演增添光采。"

"这是什么？做什么用的？"陶苡好奇地问。

"这是从大秦来的润肤膏，只要擦在身上，就能让皮肤变得更光滑细致，而且周身会散发出香味。本来是我打算在祭月庆典上使用的，但现在妹妹身负重任，所以特地拿来给妹妹。"萧淑妃笑吟吟地解释，语气是从未有过的和蔼。

"既是姐姐珍爱之物，妹妹怎敢夺爱……"陶苡欲要推辞。

王皇后阻止了她，"淑妃不是那样小气的人，她想让自己容光焕发，也是为了给皇上挣面子，但现在皇上对陶婕妤期待更深，所以送香膏给你，不为别的，正是为了皇上。"

"这……"陶苡面露为难之色。

"是啊，妹妹，你只要在中秋那天跳舞前使用，整个表演就会更加完美了，这样皇上也开心，不是吗？"萧淑妃顺水推舟道。

"既然如此，那小妹就却之不恭了。"陶苡不再推辞，接过香膏，转手递给小蝶。"小蝶，将香膏好生收起。"

小蝶应了，拿着香膏就要转身上离开。萧淑妃与王皇后对望一眼，心道果真被她们料中了。

"小蝶，等等。"王皇后开口叫住了小蝶。

"姐姐有什么事要小蝶去做吗？"陶苡奇道。

"这……本宫是想，难得淑妃弄来了这么珍贵的药膏，陶婕妤不如现在就搽搽看吧？看好不好用，也好当场跟淑妃说一声，请她下次再让人多带一点香膏进来。"王皇后力持冷静地道。不知为何，一看到陶苡那双清澈得近乎诡异的眼睛，她心里就有些发毛。

陶筑闻言迟疑了一下，一直冷眼旁观的殷浩开口了："婕好，距离中秋已经没几天了，这阵子还是不要贸然使用没用过的香膏比较好……"

萧淑妃柳眉一扬，不悦地道："教坊使此言差矣，这是皇后娘娘特意要我拿来送给陶筑的东西，又是由本宫亲手交给陶婕好，教坊使就在一旁，难道我们还会害陶婕好不成？"

殷浩连忙告罪，语气却不卑不亢："殷浩不敢。只是内教坊的惯例，一般在遇有重大节日庆典之前，内教坊上上下下，不吃之前未曾食用过的食材，不用之前未曾使用过的道具，不在身上涂抹未曾涂用过的胭脂水粉，此乃惯例，绝非针对皇后娘娘与淑妃娘娘，还请恕罪！"

萧淑妃听得心中大恨，只觉这殷浩什么时候都在跟自己作对，以前帮着武媚娘，如今又帮着陶筑，此人真真该死。

"那是一般状况啊，我和皇后娘娘，是一般状况吗？"她声音冷硬地道，明显地表示出了自己的怒气。

"殷浩负责祭月庆典为陶婕好编舞，职责所在，言所当言。"殷浩却昂然不惧。

"你！"萧淑妃勃然变色。

王皇后见状，赶紧打圆场，"好啦！淑妃，你就别为难教坊使了。陶筑妹妹有此疑虑，也属人情之常。香筠，先把香膏拿过来。"等香筠拿过香膏，她挽起袖子，露出手背，"涂一些香膏，在本宫手上试试。"

"是。"香筠应，伸指挑起一坨香膏抹在王皇后手背上，然后轻轻抹匀了。

王皇后将手背展露在众人面前，只见那肌肤细腻白皙，果然没什么事。

"教坊使，皇后娘娘亲自试香膏给陶婕好看，这总该相信香膏没问题了吧？"萧淑妃睨着殷浩，语带嘲讽地道。

"皇后娘娘恕罪。"殷浩神色不动，躬身道。

"教坊使也是尽忠尽职，何罪之有？"王皇后微笑，倒确实有母仪天下的风范。她示意香筠将香膏交给小蝶。

陶筑见状，于是向小蝶拿来香膏，看了一眼，又放到鼻前闻了下，脸上露出甜甜的笑，赞道："真香。"说着，伸指挖了一块香膏，便将香膏盒交回给了小蝶，接着她把指上的香膏放在掌心中搓匀，然后涂抹在自己脸颊与脖子上。

王皇后和萧淑妃几乎是屏息注意着她的一举一动，眼中露出期待的神色。然而过了好一会儿，她都没什么异常的反应。

"确实很好用呢。"陶筑摸着滑腻的肌肤，笑道。"这香膏不仅气味芬芳，清爽不黏腻，整个人似乎也因此精神起来，果然是珍贵的香膏，陶筑真要好好谢谢淑妃娘娘了。"

王皇后看了萧淑妃一眼，心中疑惑不已，萧淑妃尴尬地笑道："看吧，我就说我这香膏真的不错吧……"一边说，她一边走了过去，也伸指挖了一点小蝶手上的香膏，"我自己也常常使用，不仅可以保养皮肤，冬天还可以防止手脚龟裂呢。"说着，她把香膏擦在自己手背上，然后在手背上嗅了嗅，一脸的狐疑，回头给了王皇后一个我也不知道怎么了的表情。

王皇后觉得有些毛骨悚然，赶紧站起身，强笑道："好啦，既然我们已经把香膏送到，那就不妨碍陶婕好练舞了……淑妃，我们也该走了……"

"皇后娘娘与淑妃娘娘多坐一会儿嘛！我这里有皇上御赐的西域花茶，还有许多外邦进贡的珍果点心，留下来一起用嘛！陶筑也好趁机偷懒一下，要不然教坊使还真严格呢！"陶筑赶紧留客。

这样的话听在萧淑妃耳中便似炫耀一样，她当然没有好脸色，淡淡道："我看不用了，那是皇上赐给陶筑妹妹的，我和皇后娘娘可不会那么不识相……啊！"话未说完，她突然痛呼出声，飞快地将手藏在了背后。

陶筑疑惑地看向萧淑妃，"淑妃娘娘，怎么了？你没事吧？"

"是啊，淑妃你怎么了？"那边王皇后也关切地问道。

"没事……"萧淑妃将手背在衣衫上悄悄地蹭了两下，强忍着疼痛，装出一副若无其事的样子，"怎么会有事？我只是肚子突然痛了一下，可能是冰镇醋溜梅子吃太多了，闹肚子吧？"她一边说一边将手缩进袖子里，走过去拉住王皇后便往外走，嘴里还一个劲儿地催促道："皇后娘娘，我们不是要走了吗？赶紧走吧，我肚子不舒服，想请太医看一下。"

"那……那好吧……咱们这就走了。"王皇后心中大奇，不过也没当场戳破她的谎话。

陶筑见状，也不再相留，与殷浩恭送两人出殿。

一离开陶苪寝宫,萧淑妃再忍不住,痛呼出声。等她将藏起来的手拿出来,众人这才发现她擦过香膏的手背已经红肿溃烂,不由都吓了一跳。她的侍女梅芳赶紧拿出解药给她涂抹上。

"你也真是的,明明是要整治那个陶苪,结果不但没整到她,却反过来弄伤了自己。"王皇后皱眉,责备道。

"可恶,那药膏明明就有效,为什么对陶苪就是不起作用?"萧淑妃咬牙恨恨地道。

"是,是……"梅芳似乎被吓了一跳,萧淑妃疑惑地看向她,她立即关切地问:"娘娘没事了吧?"

"不疼了,好多了……"见她没有异样,萧淑妃心中突然升起的疑虑被打消,温和地回,"不过真是奇怪了,我明明看到她挖了好多药膏涂在脸上的,结果却一点事都没发生,难道……"说到此,她脸色倏然大变。

"难道什么?"王皇后不安地问。

"难道她真的不是人?"

此猜测一说出,萧淑妃与王皇后两人的脸色同时变得异常难看。

第二十八章

王皇后突然病倒了,而萧淑妃竟请了道士在陶筑寝宫作法,说是要捉拿什么狐狸精,把陶筑气得不轻,两人直闹到了皇上那里去,又把皇上的头疾给气得发作了。一时之间,宫里被搅得乌烟瘴气,一团混乱。

第三十八章

王皇后突然病倒了，而萧淑妃竟请了道士在陶苋寝宫作法，说是要捉拿什么狐狸精，把陶苋气得不轻，两人直闹到了皇上那里去，又把皇上的头疾给气得发作了。一时之间，宫里被搅得乌烟瘴气，一团混乱。反倒是武媚娘置身事外，拥有了难得的清静。而殷浩一心都扑在授舞上，只要武媚娘没事，这些乌七八糟的事便与他没什么关系。

　　这日，殷浩正在陶苋那里一边打着拍子一边指导陶苋练舞，传说病了的王皇后又来了。王皇后面色暗淡，眉宇间笼着一抹薄愁，看上去气色的确不是很好。

　　陶苋慌忙上前将她迎到胡床上坐下，殷浩也在旁边相陪。

　　"姐姐身子可好些了吗？怎的不好好躺着休息？"陶苋陪坐在对面，关切地问。

　　"已经大好了，谢谢妹妹惦记着。只是一个人待在寝宫里闷得慌，所以想来找妹妹说说话，只怕打扰了妹妹练舞。"王皇后唇角的笑十分勉强，给人郁郁寡欢的感觉。

　　"姐姐说哪里话，姐姐愿意来，妹妹欢喜还来不及呢，说什么打扰这样生分的话。"陶苋赶紧道，说话间，小蝶端着一壶茶走了进来。她于是笑道："姐姐来的真是时候呢，方才吩咐小蝶去为教坊使煮皇上御赐的香茶，这下可好了，姐姐也来尝尝这外邦来的稀罕物儿……"

　　"喔，是吗？"王皇后一听之下，笑着打趣，"教坊使，本宫不小心抢了你的茶喝了，你可莫要心疼。"

　　殷浩忙赔笑道："哪里哪里，能跟皇后共饮一壶茶，是微臣的荣幸。"

　　正客套时，陶苋见到小蝶似要往杯里倒茶水，忙喊住，"等等，我来吧。"

　　"是。"小蝶放下茶壶，退到一边。

陶筑拿起香袋，取了花瓣，各丢了几片在众人的茶杯中，再缓缓注入茶水，花瓣飘在茶汤之上，澄绿醉红，美丽异常。

王皇后见到她的动作，先是露出惊讶之色，而后神色变得有些恍惚，像是陷入了某种回忆当中。

"陶婕妤真是有情趣，竟想到如此品茶方法。"耳边响起殷浩称赞的声音，让王皇后从那让人浑身发寒的记忆中抽离出来，不由自主地仔细观察起陶筑神色的细微变化，似乎想从其中看出点什么。

"就怕有人说我这是故作风雅啊。"陶筑笑道，"其实呢，我这习惯是自小养成的，改不了……"说到这里，她若有意似无意地看了皇后一眼，直把一直注意着她的王皇后看得心里一突。

压下心中发毛的感觉，王皇后赔笑道："怎么会呢？本宫也觉得这种喝茶方式颇有乐趣……"

"姐姐请用！"陶筑将茶端到王皇后面前，似别有所指地道："你应该知道这种喝茶方式不只是为了乐趣，主要还可以使茶中增加不少花香味道吧？"

王皇后接茶的手一抖，差点打翻茶杯。

一旁的殷浩却未察觉两女间的诡谲气氛，闻着香气，惊奇直呼："对！真的有一股花香扑鼻而来啊。"

王皇后力持镇静地放下茶碗，看着陶筑，微笑道："妹妹，不知你是否方便借一步说话？"

闻言，陶筑一顿，缓缓道："教坊使和小蝶都不是外人，姐姐大可直言。"

不料，王皇后却极为坚持："我信得过他们，但此时此刻，我只想跟妹妹你单独谈谈。"

陶筑皱眉，还想婉拒，殷浩却知皇后发了话，自己便不可能不识趣地继续坐下去，于是主动开口道："我突然想到了一个绝妙的动作，我去琢磨琢磨，免得待会儿忘了。婕妤你和娘娘慢慢聊。"说着，起身施了一礼，然后负手往外走去。

陶筑不得已，正要挥退小蝶，不料王皇后看了眼身处的环境，突然道："今日阳光正好，我们去外面走走。"

陶筑一笑，没有反对，于是让小蝶留在寝宫，两人相携而出。

殷浩正在走廊上哼着调子踏着舞步,见她们出来也没理会。

两女一直走到御花园,来到一处幽静无人的凉亭,陶苪看了看左右,道:"姐姐,这里不会有人来,你有什么话就请说吧!"

王皇后也扫了眼周围,确定无人,方在石凳上坐下,然后开门见山地问:"你究竟是谁?"

陶苪正要就座,闻言一愣,愕然道:"姐姐怎么这么问,我是陶苪啊……"说到此,她突然一笑,"要不我还能是谁呢?"

皇后一拍石桌,冷笑厉声质问:"哼!媚娘告诉我,你送的那盆夹竹桃,象征着忘恩负义,还有,陶苪,你可别告诉我你不知道,夹竹桃的别名就是桃竹!"

"姐姐你这是怎么了,妹妹可是真心送花向姐姐示好呢,倒没想到这夹竹桃还有其他含意。至于这花还有别名,妹妹更是不知情……不过跟我的名字读音竟然同样呢,真有趣……"面对皇后的严厉,陶苪并不畏惧,一脸无辜地道。

皇后握紧拳头,气得浑身发抖,"好!这你可以推得一干二净!那我问你,你又为何要拿我姐姐的发簪、还有学我姐姐的泡茶方式给我看,你到底居心何在?进宫有什么目的?"

"咦,原来皇后有姐姐吗?"陶苪惊讶地反问,"怎么没听人说过呢?"

"住口!你不要再狡辩了!"王皇后厉声喝道,倏然站起身,欺近陶苪,"我要听的是真话,你说还是不说?"

陶苪还是一脸无辜,摇了摇头,"陶苪不明白皇后娘娘的意思,你要我说什么呢?"她换了称呼,显然王皇后的不善已让她警惕起来。

王皇后气得一把揪住她的衣襟,拉到凉亭的栏杆边,恐吓道:"你是不见棺材不掉泪是吧?再不说实话,休怪我无情!"

"怎么?打算再把我推下山崖一次么?"陶苪垂下眼,喃喃自语,而后突然冷笑一声,"王淑孝!"

王皇后一惊,仿佛被毒蛇咬了一口,一下子松开手往后连退两步,眼中流露出惊恐之色,"你、你到底是谁?"

陶苪神色一变,脸上露出温柔的微笑,一步步向王皇后逼近,语气柔婉地道:"你看清楚,看看我究竟是谁?怎么?你害怕啦?这不就是你要知道的答案吗?"

"不,不可能……"王皇后吓得脸色惨白,下意识往后退去,恐惧地摇头。

"哈哈哈哈……"陶苉蓦然大笑起来,状极凄厉,"你说啊,你说我是谁呢?"

王皇后被吓得尖叫出声,"你别过来,别靠近我……"说着,就想转身逃离此地。

陶苉却在这时突然扑了过去,一把掐住她的脖子将她压在地上,语气阴狠地道:"这是你逼我的!"

王皇后被掐得直翻白眼,连呼吸都困难,更别提开口求救了。就在她眼前一阵阵发黑,心中被绝望填满的时候,不远处突然传来殷浩的喊声。

"发生什么事了?"

陶苉一惊,蓦然松开手,就这样倒地晕了过去。王皇后甫一挣脱钳制,新鲜空气灌入,刺痛中带着死里逃生的放松,让她不由地捂住胸口一边大口大口地喘气一边咳嗽不已。

"皇后娘娘,你还好吧?"闻声而来的殷浩看到两女一个坐在地上,一个昏迷不醒,不由一惊,"陶婕妤!娘娘,发生什么事了?为何陶婕妤昏倒了呢?"原来他一直在陶苉的寝宫走廊上琢磨舞步,突然听到女子的尖叫声,怕出什么事,所以赶紧跑了过来看看情况。

王皇后眼神有些飘忽。她心中有鬼,不敢说出实情,只好胡诌道:"我就是见陶婕妤突然昏倒才尖叫的,怕她是中暑了,你快扶她回去歇息……"

"啊?"殷浩一愣,"原来是这样?我还以为有人大白天见鬼了,叫得那么凄厉……"

"不准胡言乱语!"王皇后像被踩着了尾巴的猫,惊斥,接着似乎又觉得自己有些失态,于是努力镇定地道:"本宫累了,就先回寝宫去了……"说着,不待殷浩上前相扶,自己站起身,脚步有些踉跄地快速离开。

殷浩看着她显得有些匆忙的背影,眼中露出疑惑的神色,但却没时间多想,弯腰扶起仍昏迷不醒的陶苉将她送回寝宫。然而当他准备让人去请太医的时候,陶苉却嘤咛一声,自己醒了过来。

"陶婕妤,你好些了么?"小蝶赶紧过去,关心地问。

"头有些疼……发生什么事了？我不是和皇后姐姐在御花园的吗？"陶筑满眼的茫然。

"皇后娘娘说婕妤你中暑晕了过去，是教坊使送你回来的。"小蝶解释，"你先躺下，我这就让人去请太医。"

"别……"陶筑伸手抓住小蝶的袖子，语气有些虚弱地道："就是有些热，你去给我弄点冰镇的梅子汤就好，别去麻烦太医，我可不想喝那些苦死人的药……"

"这……"小蝶有些犹豫，不由自主地看向殷浩。

"既然婕妤这样说了，你就按她的盼咐去办吧。"见陶筑这样，殷浩突然想起了武媚娘，心中一软，不由地帮腔。而且，他隐约地感觉事情并不像表面上看到的那样简单，既然陶筑自己不想声张，那么不请太医自然是最好的决定。

听他这样说，小蝶又见陶筑看上去确实没什么大事，于是答应一声，便去端冰镇梅子汤了。

"谢谢你，教坊使。"小蝶走后，陶筑突然道。一语双关。

殷浩怔住，而后淡淡一笑。"不过举手之劳，婕妤不需放在心上。"他顿了一顿，想到武媚娘，"不过，若武昭仪有无意得罪婕妤的地方，她身怀有孕，还望婕妤不要与她计较。"

陶筑愕然，良久方叹息道："武昭仪好福气。"言下之意显然是答应了。

柳儿抓紧胸口，急匆匆地跑回明月殿，仿佛背后有鬼在追着一样。

武媚娘正歪在榻上做孩子的衣服，见她空着手神色惶急地进来，不由有些疑惑："柳儿，不是让你去取些龙涎香吗？怎么空着手回来了？"

柳儿被她的突然出声吓了一跳，拍着胸脯好一会儿才缓过神来。

"你做什么坏事了？"武媚娘觉得好笑，打趣道。

柳儿却没像平时那样被逗得发急，而是左右看了看发现没人，这才挨进榻边压低声音道："娘娘，你可不知道，我刚才去取香的路上，经过御花园，正好碰到王皇后和陶婕妤两个人单独在说话。"

"哦？"武媚娘扬眉，"那又如何？"宫里这一段时间发生的事她大约也是知道一些的，只是自己这边难得的清静，她可不想去趟那一滩浑水。

"可是她们在吵架哎，还吵得很凶！我还听到她们在说一些奇怪的话……"柳儿紧张地解释，总觉得自己听到的是了不得的事。

"奇怪的话？"武媚娘有点兴趣了。

柳儿点头，上前俯在她耳边低语了好一会儿，就见她的眉越挑越高，到最后脸上竟浮现了些许笑意。

"很有趣！"她轻笑，而后放下手中针线坐了起来。

"娘娘你……"柳儿赶紧上前扶住她，不明白她怎么突然起身了。

"你把衣服拿来，咱们去陶婕妤那里走动走动。"武媚娘双脚坐地，穿上鞋子，沉吟了一下，又道："另外，你再去拿个香囊，在里面放些夹竹桃花。"

柳儿不知道她想做什么，有些迟疑，"娘娘，她们斗她们的，你怀有身子，咱们还是别去凑热闹了吧。"

武媚娘曲指轻敲了一下她的额头，笑道："你都快成个小管家婆了！放心，我晓得，又不是要去做什么，出去散散心而已。"

柳儿这才不甘不愿地按照她的吩咐去装了香包，又拿了衣服给她披上，两人慢慢地踱出明月殿，如午后散步一样，悠然地往陶筑寝宫走去。

因为中暑事件，陶筑得到半天休息，而殷浩也难得地没在她的寝宫，回了内教坊处理这一段时间积累下来的杂事。

两人还没走到院子中间，陶筑已迎了出来，笑吟吟地从另一边扶住了武媚娘。

"自从姐姐上回说要来我这里玩后，这些日子以来除了练舞，我天天都在盼着姐姐的到来。今日倒正好得空，可见咱们是有缘分的。"

武媚娘被她连珠炮的一串话给逗笑，柔声道："这不是听说你今天在御花园晕倒了，有些不放心，所以过来瞧瞧。顺便带来一个香囊给你醒脑清神用，妹妹莫要弃嫌！"说着，她拿出临出门前装好的鲤鱼香包递给陶筑。

陶筑欢喜地接过，然后便拿到鼻下嗅了嗅，只觉得淡淡的龙涎香味中夹杂着另外一种香气，并不觉得有清神之效，却是古怪。她努力不让自己皱眉，嘴里还赞道："果然很香呢，劳姐姐费心可如何当得？"

说话间两人已经进了屋子，在胡床上分左右坐下。听到她的话，武媚娘一笑，缓缓道："当然香，这香囊里可装着夹竹桃，别名桃竹，正好与妹妹的名字相衬啊。"

陶苋一惊，而后又笑开，"那可真是巧，姐姐有心了。"

见她并不露声色，武媚娘又不急不徐地道："妹妹可不知道，这夹竹桃还有一个寓意，象征着忘恩负义啊！"说着，眉梢一挑，似笑非笑地看看对面一脸天真无邪的女子。

"啊，姐姐你……你说什么？"陶苋吃惊地轻叫了一声。

"说什么？"武媚娘微微一笑，微微地倾过身，刻意压低声音道："哦，对了，今日上午妹妹与皇后娘娘说的那些话……"

陶苋脸色一变，不再惺惺作态，眼中浮起戒备之色，"你到底知道了多少？"

武媚娘坐正身体，不再相逼，却也没回答她的话，而是道："我知道了多少不重要，重要的是，对于这后宫的一切，妹妹你又知道了多少？"

"你倒想做什么？"陶苋语气不善地问。

旁边柳儿见状，心中一紧，赶紧挡在了武媚娘的面前。武媚娘见状好气又好笑，拍拍她的手，将她拉到身后。

"很简单，敌人的敌人就是我的朋友。对你来说，王皇后忘恩负义，对我来说，也是同样！"她悠然开口。

"王淑孝？"陶苋眼中露出狐疑之色。

"我曾经把王皇后当成后宫中唯一的亲姐姐，处处为她着想，甚至连她的忠儿，都是我帮她推上了太子之位。可到如今，她却放弃了我！"武媚娘淡淡地道，说到恨处，手中的帕子几乎被拧成麻花。

陶苋冷哼一声，撇嘴道："这才是那个贱货的本性！"

武媚娘一笑，"在这后宫中，多一个盟友总比多一个敌人好。我来，就是想与妹妹结盟，不知妹妹又如何想呢？"

陶苋并没有立刻回答，起身在屋内来回走了几步，而后才像是做了什么重大决定似的停了下来，拿起武媚娘送的香囊，笑道："多谢姐姐，你这香囊来得及时，对妹妹实在有用。妹妹又怎可能拒绝呢？"

武媚娘露出如释重负的感觉，回以一个明媚的笑靥，"既然如此，妹妹可否先回答我一个问题？"

"姐姐请讲！"既然做了决定，陶苋便变得极为干脆。

"打算再把我推下山崖一次吗？这句话是什么意思？"武媚娘缓缓道。

闻言，陶筑眼神一变，充满了恨意，"也不瞒着姐姐。王淑孝其实是我爹娘收的义女，我待她如自己的亲生姐妹，却没想到她为了代替我嫁给太子，竟然忘恩负义，将我推下了山崖。"

武媚娘惊呼出声，随即察觉自己的失态，慌忙以手掩唇。她怎么也想不到平日温良贤淑的皇后竟然如此狠毒。

"不过还好我大难不死，被一个云游四海的道士出手相救，不但助我活了下来，还为我换了这么一张国色天香的脸。"陶筑继续道，轻描淡写几句话便将自己与王皇后的恩怨道尽，其中所包含的苦楚以及仇恨却只有她本人才能明白。

武媚娘听得心惊，许久才讷讷地安慰道："妹妹大难不死，必是有后福的。"

陶筑摇了摇头，眼中射出浓烈的恨意，"我不要什么福分，我只要拿回我原来应得的东西。我费尽心思来到这里，就是要看王淑孝痛苦，我要她眼睁睁看着我，重新夺回原本应该属于我的皇后宝座！"

武媚娘心中一突，没有接话。那一瞬间，她竟有一种与虎谋皮的感觉。

有小宫女端上点心和茶，两人没有再继续之前的话题，陶筑热情地给武媚娘倒茶，又招呼她吃点心，自然而体贴，一点也看不出心中藏着那么大的仇恨。

"对了，怎么不见小蝶？"武媚娘随口问。她知道小蝶是陶筑的贴身侍女，说起来陶筑能入宫，小蝶可算是功不可没。

陶筑冷笑一声，淡淡道："那小蝶根本就是萧淑妃的眼线，我把她留在身边只是为了让萧淑妃松懈，根本不可能真的把她当做心腹。"

"哦？妹妹果真聪慧多智！"武媚娘顺着她的语气赞叹道。

陶筑一笑，正想再说点什么，小蝶引着殷浩走了进来。殷浩怀中抱着一大堆桃竹，小蝶手上也拿着一些。陶筑和武媚娘都有些意外。而看到武媚娘，殷浩却很高兴。想想，他们已经很久都没见面了。

"小蝶，这是？"陶筑皱眉问。

小蝶笑着指向殷浩，道："娘娘不是让我去买桃竹吗？半路上遇到教坊使,他说有事找娘娘,就顺道帮我搬这些桃竹回来了!"

殷浩点头。

"怎么能让教坊使帮你拿,快点把这些桃竹都搬到后院去种下。"陶苪不悦地道。

小蝶赶紧应了,从殷浩怀中接过桃竹,匆匆走了出去。

"教坊使,你找我有何事?"陶苪请殷浩坐下后,方才开口询问。

殷浩看了一眼静静斜倚在胡床上的武媚娘,见她笑吟吟的似乎没生自己的气,这才答道:"是这样的。葫芦刚才从宫外回来,告诉我,京城里有人在到处打探婕妤的消息。"

"是吗?这倒奇怪了。"陶苪一脸的疑惑。

殷浩"嗯"了一声,又道:"我就是担心有人可能对婕妤意图不轨,所以来告知婕妤一声。"绝对不是对她有什么想法。他很想在后面加上这么一句给武媚娘听。毕竟相处了这么久,总不能眼睁睁看着陶苪遭人谋算。

陶苪与武媚娘对视一眼,看出彼此眼中的惊色。看向殷浩,她仍然能保持镇静地道:"谢谢教坊使了,我会小心的。"

殷浩看出两人有话要谈,虽然有些舍不得离开武媚娘,但仍然起身告辞离开了。

"已经有人在打听你的消息,会不会是……"武媚娘说着,手指轻点了下王皇后寝宫的方向。

陶苪皱眉沉吟,"看来我们要早点下手才行。"

武媚娘想了一下,然后抬起眼睫,淡淡道:"你知道吗?如果将夹竹桃的枝条拿去烧,烧出来的烟能让人产生可怕的幻觉……"

陶苪闻言,脸上露出讶异的神色,而后微微一点头,心中有了定计。

王皇后的贴身侍女香筠正拿着剪刀在花园里准备剪些花回去插瓶,然而面对争奇斗艳的花朵挑捡得久了,反而不知该选哪一种才好。

就在她全神贯注思索着的时候,肩膀突然被拍了一下,吓得她差点跳起来。回头一看,却是萧淑妃的贴身侍女梅香。说起来梅香其实也算是王皇后的人,自从上次萧淑妃让寻儿给武媚娘的补药中下恶露草事发后,寻儿便被遣出了宫,皇后便将在自己身边侍候的梅香给了萧淑妃。那个时候萧淑妃正是失宠的时候，不敢拒绝，只好收下了，于是一直跟到了现在。

"香筠，你傻愣愣地站在这里干吗呢？"梅香好奇地问。

"原来是你啊……"香筠拍了拍胸口，惊魂未定地道，"没什么啦！只是我看皇后娘娘最近心情很不好，所以想多剪一些鲜艳的花放在寝宫里，看看皇后的心情会不会因此好一点。"

梅香微偏头，赞道："这个主意不错啊。那你为什么一副苦恼的样子？"

"花的种类太多，我也不知道该选哪一种……"香筠有些郁闷。要早知道如此，她还不如一来看到中意的就剪，也不用选来选去，最后看着所有的都觉得好，又都觉得不好。

"嗯，要是刚巧挑到娘娘不喜欢的花，你的一番美意也就白费了……"梅香纤细的手指点了点自己的下巴，像是在为香筠想办法，片刻后眼睛一亮，笑道："对了！前阵子陶婕好不是有送皇后娘娘一盆夹竹桃吗？"

"是啊。娘娘还跟我一起将它种在了园子呢。"香筠点头。

"你瞧！"梅香指着花园里一树开得正艳的夹竹桃，"那夹竹桃的花不是开得挺美的吗？不如你就带这花回去好了。"

香筠有些犹豫，"可是现在陶婕好正受皇上宠爱，我怕娘娘会迁怒到这花来了。"她不是没见过皇后为陶婕好受宠而恨得咬牙切齿的样子。

"这你就不会想了！"梅香摇摇手指，"当初陶婕好送花，本来就是在向皇后示好，如今皇后要是见了这花，只会想到就算是受宠的婕好，还是得对她这皇后敬重三分，又怎么会生气呢？"

香筠想了想，觉得不无道理，遂点了点头："你说得也对……好，那我就带这夹竹桃花回去。"

梅香见她听进自己的意见，脸上露出喜色，热情地道："我来帮你吧。多采一些，看上去才热闹！"

"好啊。那多谢你了！"香筠不疑有他，有人帮忙，她也乐得轻松。

等香筠拿着一大捧夹竹桃回到皇后寝宫时已近傍晚，皇后还是如她离开前那样闷闷不乐地歪在榻上，也不知在想些什么。她将剪回来的夹竹桃放到一边，走上去劝道："娘娘，你别一整天都闷在寝宫里，偶尔也出去走走，散散心啊！"

王皇后却看也不看她一眼，摆摆手，没精打采地道："我没心思出门。"

香筠见状，忍不住再劝，"娘娘，这太阳一晒啊，人的心情也会跟着开朗不少，说不准你整个人又可以像以往那般容光焕发了。"

王皇后却不为所动，眉头深锁，像是被什么事困扰着一般，听到香筠的劝解，心中更加烦躁，"你别再说了，退下吧！我想一个人静一静。"

香筠无奈，只得转身去拿起夹竹桃花，然后一小束一小束地插入殿中的花瓶里。

王皇后见她不说话了，不由抬头看了她一眼，却一下子看到她手中的夹竹桃花，不由一惊，喝道："住手！你在做什么？"

香筠被吓了一跳，差点把花瓶打翻，回头讪讪地回话："我只是在插花啊，娘娘……"

王皇后看着她手中的花，半晌没有言语，但神色却越来越阴沉，最后竟激动地坐起身，叫道："我不准你插这种花！我不准……"

香筠被吓住，又惊又惧，慌忙道："好好好，我拿起来，我通通拿起来……"她边说边将花瓶里的花都取了出来。

王皇后却不肯因此作罢，脸上露出愤怒而激动的情绪，竟然冲过去，一把抢过香筠手中的夹竹桃花，"你快去准备柴火来！快去！"

"娘娘，你要我准备柴火做什么呀？"香筠后退一步，害怕地问。

王皇后看着自己手里的夹竹桃花，眼中充满了怨恨和恐惧，几乎是歇斯底里地叫道："我要把这些，还有宫里的夹竹桃全部都烧掉！都烧掉！"

香筠被她反常的样子吓得脸色发白，脚步仓皇地跑了出去。

半个时辰之后，皇后寝宫里的几株夹竹桃被连根挖出，连着香筠剪回来的一起被堆在了院中央，跟一堆干柴架在一起。

"以后我的寝宫内都不准再种这种植物！"王皇后冷冷地道，然后上前亲自点燃了柴堆。

香筠连忙应是，想到她之前的激烈反应，虽然不明白是怎么回事，心里还是有些后怕。

火苗窜起，吞噬着干燥的木柴以及仍然青枝绿叶艳花的夹竹桃，看上去异常的妖艳。片刻之后，湿木燃烧所发出的浓烟越来越浓，渐渐笼罩了整个院子。

王皇后吸入浓烟，虽然捂住嘴低着头不停地咳嗽，但却一步也不肯离开。香筠也被烟呛得眼泪直流，忙扶住皇后，想劝她离开。

"娘娘，咳咳，娘娘咱们进去吧……咳咳……"

王皇后抬头，想要说什么，却突然看到浓烟中出现了一个满头是血、披头散发、浑身湿淋淋的女人幻影。她惊叫一声，踉跄后退。

"娘娘！"香筠疑惑地想要上前。

王皇后没有理她，只是惊恐地看着眼前不远处，甩了甩头，发现浓烟中的女人又变成了陶筑的样子。陶筑冷笑着，伸手想要掐她。

"想知道我是谁吗？想知道我是谁吗……"

耳边反复响着陶筑凄厉的问话，王皇后连连后退，"不要！不要！"恍惚中，她似乎感到一只被水浸泡得浮肿苍白还流着血水的手缓缓摸上她的背，她的脸……又冰又温的感觉让她整个人背脊发凉，毛骨悚然，放声尖叫起来。

香筠被吓得一哆嗦，硬着头皮上前想要拉住她，却见她突然跪倒在地，一个劲儿地猛磕头，又哭又叫，状似疯狂。

香筠只觉浑身汗毛直立，身体一阵阵地发冷。

皇后这是……疯了吗？

第二十九章

很快整个宫里都知道,王皇后疯了,见人叫着不要杀她,不是她之类的话,又是砸东西又是下跪叩头的。李治为此大发雷霆之怒,以服侍不周为由严惩了皇后寝宫的一干人。看了多少大夫也没效果,直到袁天罡去了一趟,喂了她一服药丸,她才勉强恢复清明。

很快整个宫里都知道，王皇后疯了，见人叫着不要杀她，不是她之类的话，又是砸东西又是下跪叩头的。李治为此大发雷霆之怒，以服侍不周为由严惩了皇后寝宫的一干人。看了多少大夫也没效果，直到袁天罡去了一趟，喂了她一服药丸，她才勉强恢复清明。

自此，后宫突然平静下来，无人再轻举妄动，显出了前所未有的平和局面。八月中秋就是在这种氛围内到来的，帝王亲自主持的祭月庆典上，陶筑以一曲天女散花舞艺惊全场，在此后很长一段时间都成为整个长安城乃至整个大唐权贵阶层津津乐道的话题，世人皆以能亲眼目睹陶婕妤之舞为荣。当然，这种荣耀在庆典后只会属于一个人，那就是帝王李治。

陶婕妤荣宠日盛，别说神智时而清醒时而迷糊的王皇后和早已失了宠的萧淑妃，便是怀有龙胎曾让皇上一度迷恋不已甚至不惜为之与众大臣较劲的武媚娘也再没了往日的风光。

"你说这男人啊，见一个就喜欢一个，究竟哪一份才是他的真心呢？"

武媚娘坐在梳妆台前，柳儿轻轻地为她梳着发。因为怀孕进补的关系，她的发丝比以往更乌黑光泽，令柳儿爱不释手。

"皇上不过是图一时新鲜，等娘娘生下皇子，还怕皇上的心不回到娘娘身上吗？"柳儿手脚利落地挽了一个时兴的发髻，考虑到她怀有身孕，并没有用太过繁复沉重的装饰，只是顺着发髻根处簪了几朵粉紫色的晚香玉，看上去既清雅又香气盈人。

武媚娘看了看镜子，觉得很喜欢，对于柳儿劝慰的话却不是很放在心上。以陶筑的美貌和聪慧讨喜，要皇上对她生厌并不是一件容易的事，加上那两人像现在这般如胶似漆，只怕用不了多久，陶筑便会怀上龙子，到那时自己还凭借什么可与人争。

由柳儿搀扶着慢慢起身，她一边轻抚着自己日渐增大的肚子一边往外走去。

她虽然明白这一点，但如今整个宫里，能与陶筑相争的就只剩下她了，不知有多少人在等着她出手。她又怎能如那些人的愿。

"早膳娘娘想吃什么，我去尚食局吩咐一声。"将她扶到殿外院子里走动了一会儿，柳儿问。

怀孕的女子嗜睡，此时日头已经爬过了宫殿的屋顶，将院中花草上的露珠蒸得七七八八。

随着肚子的增大，武媚娘害喜的症状不再如初时那么严重，倒是时常觉得饥饿，按她的话说，就像是怎么都吃不饱一样，嘴里一刻也离不了东西。

"才过了中秋，还有胡饼吧，你去拿些胡饼来，我爱吃那个。"

柳儿"哦"了一声，想了想，又道："那个太干，我再要点粥汤吧。"

武媚娘点了点头，柳儿便要扶她回房。

"我自己一个人在这里走走，你去便是。"她摇头，成日不是吃就是睡，骨头都要起锈了。

"那娘娘小心别摔着了。"柳儿嘱咐，末了不放心，又叫了一个小宫女在旁边看着，这才抽身去尚食局。

武媚娘又走了一会儿，才让人在殿前檐下设了坐席，又放了枕垫等物，然后靠坐上前，歪在那里一边享受着早晨清润的空气，一边想着下一步棋该如何落的问题。

她当然不会如那些人所愿与陶筑斗得两败俱伤，被渔翁得利，但也不会坐以待毙。只是目前，缺少一个契机而已。

殷浩进来时，便见她这一副懒懒散散的样子，不由有些好笑。

"这大早上的还有些寒意，怎么就这样坐着？"他责备道。

看见他终于肯露面了，武媚娘没好气地白了他一眼，又撑着下巴看着院子里半开的秋菊，继续沉思。

见她像是生气又像是没生气，殷浩有些摸不着头脑，但无论怎样，她的身体还是最重要的，因此对旁边的宫女道："你进去拿件披风来……"

"好了。不用麻烦，我进去还不行吗。"武媚娘嗔道。原本怪他也总在陶筑那里，想跟他生一会儿气，让他急急，但想到他如今也没多少空闲，别气没生完，人就得离开了，那不是更让人生气。

"那我扶你进去。"殷浩立即殷勤地上前。

这一回武媚娘没有拒绝,一边往里走,一边问:"你今儿怎么得空了?"

"祭月庆典都过了,陶婕妤那里用不着我时时候着,还是按皇上的吩咐,得空才去。"殷浩解释,事实上他为此事也极为烦恼,本来内教坊的事便占去了他很多时间,如今陶苋又占了他剩余的时间,害得他想来见一眼媚娘都要想方设法才行。

"所以你现在是得空呢还是不得空?"武媚娘笑睨着他。

"来见昭仪是正经事,怎么能算空闲呢。"殷浩理直气壮地道。

知他还是一心为自己着想,武媚娘心情大好,这些日子一直困扰着她的孤寂无依感登时烟消云散,她脸上终于露出了毫不作伪的灿烂笑容。

殷浩就在明月殿跟武媚娘一起用了早膳,听她说起陶苋跟王皇后之间的恩怨,差一点没惊得掉下下巴。

"陶苋和皇后娘娘竟然有这样的过去?媚娘,这话可不能说着玩啊。"他担忧地道。

武媚娘没好气地白了他一眼,"这是陶苋亲口跟我说的,还能有假?"竟然以为她在造谣,要不是没时间,真想好好教训教训他,让他着急一下才好。

"可她为什么告诉你这个?"殷浩还是觉得不可思议。事实上,以他耿直的心性,实在无法想象一个女人这样恶毒。

"这后宫处处危机四伏,陶苋今日虽得荣宠,毕竟在宫中待得还不够久,此时个个的眼睛都盯着她,哪个不羡慕嫉妒?哪个不想把她拉下来?她想要找王皇后报仇,就必须得有人帮她。可眼下除了我,又有谁帮得了她?"武媚娘笑嘻嘻地道,看上去像只狡猾的小狐狸。

殷浩看着觉得又好气又好笑,又说不出的喜欢,却不忘劝道:"皇后有朝中一干重臣支持,你在这关键时期还是小心些好,别惹火烧身。"

武媚娘自然知道他所指的关键时间是她怀有身孕这事,后宫危机重重,她能不能平安诞下龙子都是问题。

"皇后如此蛇蝎心肠,就算我不去招惹她,她也不会放过我。"她轻叹口气,"我倒不会傻得让人抓住把柄,不过是顺水推舟而已。如今她已有疯狂的征兆，那位子还能坐得稳吗？也不知有多少人正虎视眈眈地盯着呢……"

听她思虑周密，殷浩这才算放下心来。

"袁天罡一直与萧淑妃站在一方，此次却出手救了皇后，这里面真让人捉摸不透。"武媚娘又道，"皇后若因疯病被废，最可能接替她的不就是萧淑妃吗？"

这里面弯弯绕绕，殷浩听得头都大了，只好道："媚娘，你怀着身子，还是别思虑太重了。"

看他苦着脸的样子，武媚娘莞尔一笑。

"好啦。我不想，不过你得帮我做一件事。"

听到她有吩咐，殷浩立即精神一振，拍着胸脯道："什么事，你说吧。别说一件，就是十件百件我也为你做来。"

"哪有那么多事啊。"武媚娘被他逗得眉眼间皆是笑意，"你就是去帮我查查，上次打探陶苊来历的都是些什么人。"

"你的意思……"殷浩一愣，有点摸不清她的想法。

"你尽管去就好。等有了结果，我再告诉你我的猜测。"武媚娘漫不经心地道，语罢，不再说这些费脑筋的事，专心地进起食来。

对于她的话，殷浩自然不会拒绝，当下匆匆吃完手上的胡饼，又两口灌下粥，便告辞离开。

"娘娘，我要去一趟清和坊拿点心。上回里面的伙计告诉我，穆尚食又想了新的花样呢。"柳儿突然道。

"那敢情好。"武媚娘眼睛一亮，"你这就去吧，晚了别让人抢光了。"

"是。"柳儿大声应了，拿好钱袋和提篮，就要往外跑。

"早去早回，可不准贪玩，要馋着我肚子里的宝宝了，可饶不了你！"武媚娘微微扬高声音，对轻快得像出笼的鸟儿一样的丫头喊道，眼中满是笑意。

"知道了，娘娘！"柳儿大声地应了，转眼便跑得不见了人影。

"这丫头……"武媚娘无奈地笑叹，"怎么像是赶着去会情郎似的！"

殷浩出了明月殿，并没有回内教坊，而是直接去了尚食局。

葫芦正蹲在厨房里帮春喜烧火，殷浩走进去，一把揪住他的衣领，将他拽了起来。

"师父，你怎么来了？"葫芦吓了一跳，待看清是谁，忙赔着笑问。上次他自告奋勇代师父去给武昭仪解闷，结果闷没解成，反倒害武昭仪肚子疼。虽然让武昭仪肚子疼的并不是他，而是皇后娘娘送来的冰镇梅子，但是师父就是将一切错误都归在了他头上，见一回就揍他一回，打得他现在只要见到师父那张泛着油光的脸就心里发憷。

"你出来，我有事要问你。"殷浩一边道一边就拉着葫芦往外面拖。

葫芦不敢反抗，只能边往外退边跟春喜打招呼，"春喜姐，我出去一下啊……"

"哎，殷浩……"春喜回头看到殷浩的背影，想开口喊住他，两人已经出了门，气得她一把扔了勺子，破口大骂："殷浩，你这个没良心的，来了一句话不说就走！当我这里是酒馆，想来就来想走就走啊！"

她越骂越气，一把抓起菜刀，狠狠地剁在菜上，"我剁了你！我剁了你……"

已经走到尚食局外面的殷浩打了个寒战，心道这天是越来越冷了啊。

将葫芦扯到一个无人的角落，他这才正色道："葫芦，为师有要事交给你去办。"

见他终于又恢复了和颜悦色，葫芦立即精神起来，"师父，你尽管吩咐。为了师父，我葫芦是赴汤蹈火，在所不惜。"

听着这话，殷浩既觉得熟悉，又异常别扭，好一会儿才反应过来。他之前在媚娘面前也是这样信誓旦旦地保证，于是不由地感叹，自己教出来的徒弟，果然还是很像自己的。

拍了一下葫芦的脑袋，他没好气地道："别尽扯些没用的。你赶紧去帮我查一下，究竟是谁，一直在打探陶婕妤的消息？"

"啊？那么久的事儿了。我都快忘了那个人长什么模样了，哪里还找得到人？"葫芦噎住，张口结舌地道。他没想到师父会给他出这么一个难题。

"动动脑子，用点智慧！"殷浩伸指点了点他的头，然后幽幽地道："这事儿没别人做得了，为师只能交给你了，为师对你寄予厚望啊，葫芦，别让为师失望啊！"语罢，他深沉地拍了拍葫芦的肩，"赶紧去办吧，好孩子！"

"那……我试试吧。"葫芦苦着脸，无奈地道。就该知道，师父的脸色转晴得这样突然，准不会有好事。

然而，当第一场冬雪降临的时候，小葫芦还没能查出打探陶苋的人是谁，而后宫里却又发生了一次剧变。

陶苋在寝宫遭遇刺杀。

那一日晚上武媚娘还去找过陶苋，跟她提及正在让人查那个打探她的人，陶苋当时并不是很在意，因为她说那个给她换脸的道人已经死了，就算他们真的打探出点什么，也对她造不成威胁。

武媚娘当然不会跟她说，自己之所以让人去查，并不是为了她，而是想知道那个人是不是袁天罡。如果是，那么就可以证明袁天罡跟王皇后的关系绝对不一般。

从陶苋寝宫里出来，没走出多远，就遇到去寻她的殷浩。她身子越来越重，脾气也越来越不好，殷浩总是变着法的给她解闷逗她开心，见她大冷天的晚上出门，不放心就寻了过来。

两人还没说上几句话，就听到陶苋的寝宫里传来惊慌的尖叫。当时听出来是陶苋的声音，殷浩率先跑了过去查看情况，武媚娘因为身子不便跑得慢，柳儿则顾着搀扶她，两人便落在了后面。

就在两人快要跑到陶苋寝宫门外时，一个黑影突然闪出，一指点在武媚娘身上，她眼前一黑，便不省人事了。

再醒来，却是在自己的寝宫里，已是次日清晨。殷浩正等在外面。从他口中她得知有刺客想要刺杀陶苋，因为他进去挡了一下，陶苋得以逃出寝宫，等到羽林军赶来，刺客逃逸，他才突然反应过来自己竟然丢下了怀着身孕的武媚娘，出来时又没见到她，登时惊得魂飞魄散。等心急火燎地找到明月殿，见她安然无恙地躺在自己的榻上睡着了，这才放下心来。

究竟自己是怎么回到明月殿的，殷浩显然是不知道的。武媚娘连追问清楚都没来得及，就得到羽林军在御花园的小树林里找到陶苋尸体的消息。

陶苋死了。她还是死了！不仅是武媚娘，便是殷浩也被震得呆愣住。

刺客没有捉拿到，凶手追查不出来，皇上悲恸过度晕厥过去……宫里又是一片混乱。羽林军的戒备空前的森严，三步一小岗，五步一大岗，不定时地巡逻，严查各宫，一副誓要将令他们颜面扫地的贼人捉拿归案的样子。这个时期，即便是殷浩也不能在宫里随意走动，更不用说日日来看武媚娘了。而醒过来的李治连着三日都待在陶苋的寝宫里，既不早朝，也不见任何人。三日后，他开始早朝，却仍然不见各宫嫔妃，显然心中已认定，陶苋会死，与嫔妃间的争宠有关。

武媚娘对陶苋之死说不上有多难过，只是兔死狐悲，物伤其类。连皇上最宠爱的妃嫔都敢刺杀，却连一点线索也没留下，她们这些被皇上几乎快遗忘掉的女人更谈何保障。

自陶苋死后，雪就没停过，绵绵密密，簌簌地打在宫殿的屋顶上，空寂而悲凉。这一日，武媚娘披着陶苋赠给她的狐皮披风，在院子里面朝着陶苋寝宫的方向点了香烛，以酒遥祭她的亡灵。

"陶苋，你我在这宫中能够相逢，也是缘分一场。你放心，这笔债我自会为你讨回。这杯酒敬你，愿你过了奈何桥，能忘了今生的仇怨，来生做个平凡人家的女儿，过平静安乐的日子。"

祝祷完毕，她缓缓将杯中酒洒在雪地上，目光落向浩渺的苍穹，带着淡淡的忧伤。

也不知站了多久，柳儿走过来，劝道："娘娘，天气冷，回去吧。"

武媚娘状似未闻，就在柳儿欲待再劝的时候，她终于收回了目光，一言不发地往殿内走去。殿中燃着火盆，温暖如春。

柳儿为她拍了拍身上的雪粉，然后解下披风，方才扶她到暖榻上坐下。

"那晚究竟发生了什么事？我是怎么回到寝宫的？"武媚娘突然开口，目光如利箭般射向柳儿。

"我、我……"柳儿不觉打了个哆嗦，下意识地想要说不知道。

武媚娘已经喝了出来，"别跟我说不知道！柳儿，别让我失去对你的信任。"这个问题她之前曾经问过一遍，柳儿的回答是不知道，当时她没时间深究，此时再问，显然已经将这事反复想了多遍，看出了其中的问题所在。

那人突然袭击她，却不伤她，目的显然是不想她进入陶苋的寝宫。感觉得出，他是想要保护她，但为何却不出手救陶苋？难道他和那杀陶苋的人是一伙的？尽管知道对方对她没有恶意，但这些疑问仍搅得她寝食难安。

柳儿嘴一扁，看上去就要哭出来了。

武媚娘别开头，冷着脸不去看她可怜兮兮的样子，以免自己心软。柳儿对她怎么样，她自然是知道的，但是她不喜欢被瞒着。

"可是……可是泰常大哥不让我说……"柳儿委屈得眼泪花在眼眶里打起转来，抽抽噎噎地道。

"泰常？"武媚娘蹙眉，觉得这名字很熟悉，却一时又想不起是谁来。泰常虽然与她有过几面之缘，但毕竟没有更近一步地接触，所以她的印象不是很深。

柳儿见她不说话，以为她还在生气，权衡了一下，最终还是决定将事实和盘托出。

"就是泰常大哥啊，他说那里不安全，所以点了你睡穴，把你送回了寝宫。"

武媚娘忍住抓头的冲动，又问："泰常是谁？"

柳儿蓦然瞪大眼睛，惊讶地问："娘娘你不记得了？泰常大哥是南昌王的侍卫啊，上次吐蕃的事，他还帮过忙呢。"

经她一提，武媚娘眼前蓦然浮现出一张面无表情的脸，恍然大悟，又想到上次自己在冷宫里，也是他来送的信，脸色登时和缓许多。

"陶婕妤是他杀的吗？"顿了下，她又问。

这一回，柳儿的眼睛里已经不是惊讶，而改为控诉和怨怪了。"娘娘，你怎么能这么想，泰常大哥才不会做这种事。"

见她这样维护那个男子，武媚娘眼中露出兴味的光芒，嘴里却道："那为何他不出手救陶婕妤？"凭直觉，她知道这个人的身手是相当厉害的。所以，他只将自己送回，却不管陶芄的死活，这仍让她有些奇怪。不由得去想，陶芄的死是不是跟南昌王有关。虽然南昌王现在并不在长安。

"哦。"听到她的怀疑，柳儿这才明白之前的那个问题由来为何，伸手擦去眼中的泪水，才嘟着嘴道："我也问了啊。泰常大哥说，那跟他没关系，他只负责保护娘娘你。"

武媚娘愕然，任她怎么想也想不到答案竟然是这个。然而，心里终究还是感激的。在那样的情况下，若自己真的闯了进去，难保被别人顺手来上一掌一刀，就算保住小命，只怕孩子也是留不住的。殷浩虽然一心一意地对她好，但莽莽撞撞的，那时只顾着去查看情况，却没想到她有可能会遇到危险。她当然不会怪他，但一比较起来，自然对只一心护着她的泰常更有好感。

"他……是南昌王派他来保护我的么？"沉默了下，她开口问，突然想起南昌王走前让殷浩带给自己的话，一丝极微妙的亲切感油然而生。

柳儿"嗯嗯"连声，重重地点头。

武媚娘一扫连日来无所依靠的感觉，唇角浮起了淡淡的笑。

过了元旦，进入春二月，一切都生机待发，李治却还沉浸在陶筑之死的悲痛之中，无法振作起来。后宫没有人再敢蹦跶，也蹦跶不起来，因为再没有人受宠。就是在这样死气沉沉却又隐含生机的氛围下，武媚娘生产了。随着那一双龙凤胎的呱呱落地，人们的脸上再次带上了喜色。

李治缓过了神，每日都待在明月殿中，看着那一双天真无邪的稚子，脸上的笑容越来越多。母凭子贵，武媚娘再次被已心身疲惫的李治接纳，成为自陶筑死后，后宫里第一个能够靠近他的女人。自然，这会引来多少妒嫉和仇恨的目光那就不知道了，也不被她放在心上，要得到一样东西，必然是要付出其他东西来交换的。

在给孩子洗三朝的那天，李治收到了南昌王的消息，诸酋安抚顺利，他不日将返回长安，阿史南将与他同回长安朝见。

接二连三的好消息终于让李治展颜，彻底从沉重的打击中振作起来，后宫表面上恢复了一片祥和。

李宇凡被一阵乒里乓啷的声音惊醒，还以为是进贼了，顺手拿过床边的台灯架悄然下了床，正想将耳朵贴在门上就听到外面传来大刚的叫声。

"啊，媚娘，那个不能碰！有电的……"

他脸一黑，一把拉开卧室的门，就看到大刚穿着李冰荷收藏的唐朝古服，像个老妈子一样追在同样古服打扮的李冰荷身后这样不能那样也不能的。

有那么一瞬间，他几乎以为自己又穿越了，又或者是殷浩和武媚娘穿越了。如果大刚的头发不是那么短，口音不是那么现代的话。

见到他开门，大刚和李冰荷齐齐望过来。在看到他手中高举着台灯架一副傻愣愣的样子时，大刚先是一愣，而后立即冲了过来，一把抓住他的手，如释重负地道："你终于醒了，我快不行了！"

"王爷，你回京了？"武媚娘则是眼前一亮，脸上露出欣喜的神色。

"你们这演的是哪一出啊？"李宇凡愕然问。

"哎，别提了。你姐一回来，就喊着这不是她寝宫，喊着身上的衣服奇怪。这不是咱们以前排练时用的古装吗，她一看就高兴地抢过去换上了，还逼我也换上！按医生说的，为了不让她情绪太激动，我就只能把自己当成殷浩，一直哄着她了。"大刚一脸想捶胸顿足的表情，巴啦巴啦就是一通抱怨。

"这样她就好了？"李宇凡仍然没从震惊中缓过神来。

"暂时还行。我也不想这样，可总比让她情绪太激动，被护士打镇静剂的好啊。人家说镇静剂打多了，人要变傻的！"大刚摊手，一脸的无奈。

"明白明白，辛苦你了，大刚。"李宇凡拍了拍他的肩，同情地道，而后赫然想起自己该问的不是这个，手刷地一下收了回来，"啊，不是……我想问的是你搞什么，怎么把她接出院了？"

"你以为我想啊。"大刚苦笑，"还不是你姐在医院里闹，要见皇上，要找柳儿，还说什么一定是萧淑妃在这里囚禁她，无论如何一定要回寝宫！我能有什么办法，只能承认我就是那个什么殷浩，然后把她带回你家了！"

李宇凡一脸囧然，就听大刚继续抱怨，"你看，这一穿上这衣服，坏了，她就喊着我给她讲故事听，我已经讲了一百个故事了。我已经不行了，怎么都想不出来了！你来讲！"

李宇凡点了两下头，又点了两下头，忍不住感慨："一百个故事……我还是第一次知道你原来这么能讲。"

"那我能有什么办法，你睡得跟死猪一样，我们回来连午饭都解决了，却怎么都吵不醒你……"大刚一脸的怨妇样。

李宇凡伸手推开他那张都快贴到自己眼睛上的大脸，走向站在电视机边正一脸迷茫地看着自己的李冰荷："姐，武昭仪……"他觉得自己要错乱了。

李冰荷一扫疑惑的表情，露出灿烂的笑容："王爷！这个地方虽然奇怪，但有你们两个在，本宫就放心多了。"

李宇凡心中一震，突然想起那日武媚娘找他去寝宫说过的那个梦，心里异常的不安。

"屋子里待的好闷啊，不如我们去御花园走走？"李冰荷又道，眼巴巴地看着两人。

"御花园？"大刚满脑子疑问，默默地看向李宇凡，几乎要泪流满面。"这让我去哪儿找个御花园啊？"

李宇凡忙回身将他拉到一旁，压低声音道："小点儿声，顺着点我姐，千万别让她太激动。"想了想，又道："就带她去小区中央公园里转转吧。"

"穿着这身衣服吗？"大刚没好气地道，"今天去拿外卖时，都已经被人家当变态了！"

虽是这样说，但他还是转过脸，小心翼翼地与李冰荷商量："媚娘，咱们能换了衣服再去御花园吗？"

李冰荷连考虑都不用，直接摇头否决，"不要，那些奇装异服我穿不惯。对了，王爷，你怎么不换回常服？"

"那个，嗯……"李宇凡无奈地对大刚笑笑，决定跳过这个问题，"大刚，靠你了，就当为我姐牺牲一下了。"

"好吧。"大刚叹气。除了依着她，还能怎么样呢。

"你先带我姐去，我在家里再查查资料想想办法，总这样下去也不行……"李宇凡想到自己占据梦里那位南昌王的身体，已经能控制入梦的时间，他害怕武媚娘突然对这边也感兴趣，跟他一样可就麻烦了。

看他神色凝重，大刚不再多说，点了下头，便对李冰荷道："媚娘，走，我带你去外面走走。"他想，也不是没人穿汉服的，他穿唐服也没啥吧？

"太好了！"李冰荷脸上露出开怀的笑，却又发现李宇凡似乎无意出去，不由问："咦，王爷你不去吗？"

李宇凡忙赔笑道："你们去吧，武昭仪，我还有点公务要处理。"

"那王爷你忙！"李冰荷笑得温柔贤淑，然后以唐朝宫廷女子所特有的优雅步子跟在大刚身后走了出去。

目送他们离开，李宇凡呼出口气，眉头却没解开，返身走到窗边，一边看着楼下，一边拨通了李冰荷主治医师的电话。

五分钟后，他挂断了电话，开始进入厨房做晚饭。

"如果她身体恢复得好，脑中的瘀血也会一点点被吸收。不过要多观察，记住，每隔三天，必须来医院做一次检查。"

脑海中回响着医生的嘱咐，却对她以另一种人格醒来没有任何解释以及解决办法。看来，他还得靠自己了。

大刚带着冰荷穿着古装走在小区的中央公园里，回头率百分之百。被人指着点着，怪异惊奇的眼神瞟着，大刚觉得自己慢慢就适应了。看来适应力这东西，他还是很强大的。

"殷浩，御花园为何变成了这样，这么小？"李冰荷奇怪地问，面对周遭的眼光反而不以为然。泱泱大唐有容乃大，胡汉一家，她自然不会与这些人一般见识。

"哎，你就将就着看吧。"大刚无精打采。

李冰荷好奇地看着周遭的一切，如同一个初生的婴儿那般，觉得什么都有趣。然后，她的目光落在远处广告牌上的女明星身上，眼睛一亮，伸手指着兴奋地道："这个画师真是技法高超，竟能画得如此出神入化，栩栩如生。"

"是的，昭仪娘娘！"看着路过的人因为这句话而看过来的古怪眼神，大刚无奈地应。

"咦，你怎么叫我昭仪娘娘？生气了吗？"李冰荷收回目光，不安地看向大刚。

大刚抚额，然后赶紧振作精神，赔笑道："没有没有，走，媚娘，我们去那边看看。"

见他恢复常态，李冰荷这才放下心来。这时一个小女孩拿着一个棉花糖，一边舔着一边从他们身边经过。

李冰荷不由惊讶地睁大了眼，扯了扯大刚的衣袖，道："殷浩，那不是棉花吗？为何这孩子竟在吃？"

大刚已经麻木了，只好耐心地解释："那个叫棉花糖，能吃，是……是西域来的东西，甜的。"

"真的能吃吗？"李冰荷眼中露出期待渴望的神色。

大刚看到她这一副眼馋的样子，心中一软，带着她来到卖棉花糖的小贩车前，给她买了一支。面对着小贩疑惑而奇怪的目光，他不好意思地红了脸，讪讪地解释："拍戏，嗯，我是拍戏的。"看来他的适应力还不够强悍啊。

看着棉花糖在木签上一点点缠绕,像云雾般越来越多,李冰荷惊讶地道:"好神奇啊!"

大刚接过缠好的棉花糖递给李冰荷,转身付钱的时候,她已经小心翼翼地舔了一口,然后眼睛一亮,又咬了一口,糖丝在嘴里化开,甜入心扉。

"这西域来的东西真好吃!"她赞道,弯眸笑了起来。

大刚看她笑得开心,也不由跟着笑了。

两人慢悠悠地继续往前走,一个用许多盆不同颜色的花摆成的心形图案出现在前面,李冰荷"啊"地一声叫了起来,伸手一把拉住大刚的手,跑了过去。

大刚一愣,低头看着两人紧紧握在一起的手,半响反应不过来。

"殷浩,这些花真美!"李冰荷欢快的声音在耳边响起。

大刚的目光由两人相交的手慢慢移到她明媚的笑脸上,然后又移回手上,忽然长舒了一口气。突然觉得其实她是媚娘也不错,这个世界里她只认识他和宇凡,她还会拉住他的手,不再是那个对他不闻不问的冰雪美人李冰荷了。他可以照顾着她,可以讲故事给她听,可以陪她一起玩耍,让她开心。这样,不就够了吗?

第三十章

　　回到王府，南昌王无力地躺到榻上，抬起手臂挡着自己的眼睛，脑子里如同走马灯一样，曾经看过的历史，已经发生了的事轮流替换上来，让他隐隐约约感觉到命运似乎并非无迹可循，然而让人感到可怕的却是，你明明知道事情会如何发展，却偏偏改变不了，只能眼睁睁看着它往那个方向走。

我胡汉三又回来啦！远远看到那雄伟的城墙以及高大的城门，南昌王只差没仰天狂笑着喊出这几个字。

此次百越之行，差点没磨掉他一层皮。水土不服，潮湿闷热，虫蛇横行，只把他折腾得叫苦连天，为了维护王爷的威严，还得不露声色，但是一场大病却是免不了的。亏得当地人说他去时已过了最湿热的夏季，否则只怕真得交待在那里了。当然也有美好的记忆，那些奇风异俗，以及当地人的豪爽好客，这些也给他留下了深刻的印象，离开时还有些不舍。

不过在看到长安城的那一刻，他差点没热泪盈眶，这才知道自己有多想念这座城市，想念这里的人。看来在不知不觉中，他真将这里当成了他的家。好吧，这里也确实是南昌王的家。

就在他百感交集的时候，一骑白骏从城门口飞驰而来，近了，看清策马而来的竟然是泰常。显然是泰常收到了他近日将返回的信，所以特地来迎接的。

南昌王一声呼啸，胯下马儿撒开蹄迎了上去，就在两骑错身而过的时候，他大叫一声泰常，突然纵身从马背上跃起，落到泰常的马上，给了他一个热情的拥抱。

泰常不得不勒停马儿，在原地打了两个转，两人分开双双落地。

"王爷！"泰常脸上带着笑意，显然也很高兴。

半年不见，他还是老样子，一点也没变。终于见到了熟悉的人，南昌王高兴不已，又给了他肩膀一拳。

"王爷可好？"泰常问。

"好。"南昌王答。

简单的两句话后，两人相视一笑，然后安静地等着使节团以及阿史南等人跟上。将阿史南送到四方馆，南昌王又进宫见了皇上，方才回王府。

泰常早已命人备好热水，一回到王府，南昌王便泡了个舒服的澡。出来时，天色已暗，案上摆着热气腾腾的晚膳。

南昌王并没有急着进膳，而是从自己带回的一堆东西里挑出了一个狭长的造型古朴的金丝楠木盒子，然后扔给泰常。

"给你的，看看，喜不喜欢。"他笑吟吟地道。

泰常一怔，显然很意外，眼中闪过一抹不知名的情绪。他低下头，揭开盖子，发现里面竟然躺着一杆通体乌黑的长枪，枪杆拆卸成三截并排放在里面。

他眼睛一亮，不等南昌王发话，自己在屋内的坐席上跪坐下来，然后将长枪组装起来，枪杆与枪杆之间是以螺旋的形势拧在一起，异常牢靠，并不会因为是由三段连接起来而显得松脱。他骨节分明的手指慢慢抚过冰冷的枪身，泛着寒意的枪头，而后手腕一抖，舞了一个枪花。随着枪身的颤动，一股龙吟般的啸身若隐若现。

泰常目露奇光，蓦然提枪走到了外面，施展开身法，圈点扎挑穿……只见银光闪闪寒星点点中，一道龙吟般的啸声随着招式的变化如潮水般时涨时落，直听得人气血沸腾。

南昌王看得目瞪口呆，几乎屏住了呼吸，直到泰常如雷霆倏敛般静止，然后倒提枪大步向他走过来，脸上泛着红晕，眼睛亮晶晶的，他才想起大大地喘了两口气。

泰常没有道谢，只是对着他深深行了一礼，然后便将枪拆卸下来装进盒子里背在了背上。

"王爷，请进膳！"他又恢复了一贯的冷面。

南昌王看出他很喜欢这枪，心里很高兴，脸上便始终笑眯眯的，"你也没吃，跟我一道吧。"一个人吃饭其实挺没意思的。虽然跟泰常一起吃，与独自一个人吃几乎没两样，但总是多了一分人气，比旁边杵着一个人看自己吃来得好。

"是。"泰常没有拒绝。又或者说，他几乎不会拒绝他的一切要求。

食不言寝不语，两人沉默地吃完一顿饭，直到南昌王撑着一身因为旅途奔波快要散架的骨头趴在床上，让泰常给他按摩几下的时候，才慢慢被告知他离开后发生的事情。

"没想到王皇后竟然这么恶毒。"听到陶苪与王皇后的恩怨时,南昌王如是感慨,眼睛却已经重得快要睁不开了。

然而当他听到陶苪之死,以及泰常见死不救后,登时清醒过来,下巴差点没掉落在地。好一会儿才想到问:"你怎么不出手救她一救?"怎么说也是个弱女子吧,虽然心机深沉。

"不相干。"泰常淡淡道。

南昌王张了张嘴,没说出话来。确实,这样的性格才是泰常,要是他真同情心泛滥,见一个救一个,才会让人觉得惊悚。

"她不是孩子,既然选择了这条路,就该承受相应的后果。"见他没出声,泰常难得地解释了一句。

南昌王"嗯"了一声,想到武媚娘,想到自己,还有殷浩,其实何尝不是一样。陶苪如果不想复仇,不想争夺皇后之位,那么她完全可以平平安安地过完一生,而如今她既然走上了这一条路,会有这样的结果并不意外。怎么说王皇后都当了多年的皇后,朝廷内外的势力盘根错节,又岂是没有任何背景只能依恃皇帝宠爱的陶苪所能对抗的。

"那丹药的成分已经查出来,里面有一种药物叫毒蠊精,能止痛,但也能形成依赖,不仅不能起治疗作用,反而能令疼痛发作越来越频繁。"泰常继续汇报了查了很久的事。

"可有作证之人?我明天就去禀报皇上。"若不是泰常的手仍按在背上,南昌王只怕已经弹跳起来了。

"有。"泰常沉默了一下,又道:"只怕皇上听不进去。"

南昌王也冷静了下来,好一会儿才缓缓道:"总得告诉他一声。"

果然,正如泰常所预料的那样,李治听到南昌王的话,并没有太大的反应,只是说一声知道了,让南昌王莫再管此事,便责令其退下,甚至于连证人证据也没有追问。之后,他还是在头痛时照常服用那个丹药。南昌王不得不猜想,也许李治早已察觉到了,只是已经没有办法阻止自己不去用。毕竟,能暂时缓解头痛的诱惑实在太大了。

从尚食局出来,南昌王心情不是太好。这时一个小内监跑了来,说教坊使请他去尚食局一趟。他勉强振作精神,带着抬礼物的侍卫往尚食局而去。

刚一进尚食局，殷浩，葫芦和春喜就迎了上来，每个人脸上都笑盈盈的，让他心中阴云终于散开。

"我回来了！"他朗声笑道，然后张开双臂轮流拥抱殷浩和葫芦，到了春喜，却顿了一下。

"王爷，我都不怕，你怕什么？"春喜笑道，说着，她主动上前跟南昌王抱了一下。

众人会心地大笑起来。

"王爷回来，可真让人开心。"殷浩笑道。

"我可做了一大桌子好菜，等着王爷你呢！"春喜也跟着道。

"太好了，哈哈。对了，我给你们带了礼物。"南昌王笑了两声，一拍手，侍卫抬进来一个大箱子。

葫芦看傻了眼，叫道："哇，这么多礼物？王爷，要不你空了就多出使几趟，我们也好多拿点礼物啊。"

殷浩敲了葫芦脑袋一下，训道："怎么说话呢？没大没小的。"

葫芦做了个鬼脸，然后飞快地躲开。众人又笑了起来。

"殷浩，我刚从皇上那儿回来，皇上说要封武昭仪为宸妃，并为两个皇子办一场百日喜典，你内教坊少不了又要忙着排演了。"南昌王甩开不愉快的事，捡好事说。

果然，殷浩一听就乐了，作势撩了撩了衣袖，一副准备大展拳脚的样子，"嘿，为媚娘办的庆典，再累，那都是我殷浩的福。"

春喜垂下眼，神色微黯，但很快又挂上了笑脸，催促道："走吧，走吧，快进去吃吧，菜都要凉了！"

南昌王看了她一眼，欲伸手安抚地拍拍她的肩，却又觉得不妥，于是作罢，只当他什么也没看到。果然，要练就泰常那一身只视可视之物的功夫，并不是一件容易的事。

热热闹闹地吃了一顿饭，南昌王想去看一眼武媚娘的孩子，便拉上了殷浩同行。当两人走进明月殿的时候，武媚娘正一边一个推着摇篮，轻声细语地跟孩子们在说着什么，脸上是满满的慈爱与温柔，那一幕看上去温馨得让人心中发软。两人都不由屏息站住，不想破坏掉这美好的气氛。

无意间抬头看到他们，武媚娘温柔一笑，"王爷，殷大哥，你们来了？

昨晚就听皇上说王爷你已经回来了,媚娘正打算找个时间给王爷洗尘呢。"一边说,她一边站起身,让乳娘接替自己的位置。

"王爷说要来看看两个小皇子,我就陪他来了。"殷浩笑道。

南昌王有些不好意思,"昨儿回来已经晚了,所以没来打扰昭仪……"说到此,他突然顿了一下,笑道:"不知皇上是否已经下旨,以后只怕要改口了?"

武媚娘"嗯"了一声,点头道:"皇上早上下的旨。说起来还要多谢王爷在皇上面前为媚娘美言,以及照顾。"

听到照顾二字,南昌王一怔,立即明白她已经知道泰常在暗中保护她的事,当下一笑,也不否认。"宸妃不必客气,说起来咱们还是有些渊源的。"说着,不等她发问,人已经走到摇篮边,低头看两个长得粉雕玉琢的孩子。

殷浩和武媚娘对望一眼,皆在想这渊源二字是指什么,正当殷浩想问的时候,南昌王又说话了。

"宸妃,有件事情,我希望你一定记得。孩子满周岁前,千万不要离开他们,最好是能够寸步不离地守着他们,好吗?"

一旁的柳儿一愣,不解他为何如此认真叮咛。武媚娘一愕之后,取笑道:"看王爷你对两个孩子紧张成这样,好像王爷你才是孩子的娘……"虽然是这样说,她心里却是高兴的。有南昌王相护,两个孩子一生的路总要平顺些。

南昌王叹息,"我不是开玩笑,答应我,一定要好好看住孩子。"历史的真相究竟是什么,能不能改变,这些他就算在这里待了这么长时间,也还是没一点把握。他只想,希望这两个可爱的孩子平平安安地长大。

见他如此郑重,武媚娘也不由严肃起来,"王爷放心,这两个孩子,就是我的心头肉,我一定会好好看住他们的。我还想这几天和皇上一起去护国寺上个香,保佑他们平安。"

南昌王点了点头。殷浩有些迷惑地看着他,觉得他这一日尽在打哑谜。

因为李治的态度,南昌王一气之下,本不想再理会。但过了两天,气消了,回想起这人对自己极好,又忍不住思索起要怎么样才能令其重视丹药危害之事,又或者先找到一个更好的治疗头痛的办法。

想到就做，他立即令泰常在民间搜罗医术高明者。至于袁天罡的丹药，却暂时想不到妥善的办法。

大约是去外走了一圈，有些疲累，他如今每天只在皇宫与王府两头行走，除此以外，哪里也不想去。

这日，刚从太妃那里说话出来，眼看着天阴沉沉的，似乎要下雨，他没有立即出宫，而是转去了内教坊。前脚刚踏进教坊，雨就落了下来。

殷浩正在指导歌舞乐伎排练节目，南昌王示意他继续，自己就靠在一旁看。

没过多久，殷浩便示意众人自己练习，然后抽身走了过来。

"王爷来得倒巧，春喜送来几样点心，我还没开始吃呢。"他笑到，然后领着南昌王回了自己的屋子。

"那丫头对你真是有心。"南昌王感叹。

殷浩尴尬地笑了一声，没有继续这个话题。将点心拿出来摆在案上，有的还热腾腾的，散发出诱人的香味。他又亲自去烧了茶，端过来，两人一边饮茶吃点心，一边闲聊。

不意外，殷浩也提到了陶茋的事，言语中大有惋惜之意。

"她真是个天生的舞者。"回想起来，陶茋也是个可怜人。

"凶手是谁找到了吗？"南昌王感兴趣的是这个。泰常说是职业的杀手，幕后主使最大的可能是袁天罡，但尚拿不到确凿的证据。如今，他对于袁天罡的立场分外的好奇，为什么这人会如此热衷于宫闱争斗？

殷浩摇头，"陶婕妤没有家人，无人为她出头，而皇上则是太过悲痛，不敢去想她，而旁人更不敢在他面前提及与她相关的事，所以追查凶手之事，被拖延了下来。"说着，他站起身，走到窗前，看着外面的雨幕。"王爷，你说，人间之事，若是能像这窗外的树一般，一场雨就能洗刷干净，那该多好？"

因他一番话，南昌王也不由心生惆怅，叹道："是啊。可人间之事，又怎会如此简单呢……"

"师父，师父……"小葫芦头上搭着一件衣裳，冒雨跑了进来，在地板上带出一道水迹。

"你怎么来了？"殷浩觉得奇怪。

"春喜姐让我来问问你中午想吃什么。"葫芦一边抖着身上的水,一边气喘吁吁地道。

"多大的事儿,值得你淋着雨来……"殷浩扔给了他一条干帕子,又去自己的箱子里翻找小一点的衣服。

"这雨下得太急了!"小葫芦一边拿干帕子擦着,一边随口道:"我刚才路上看到宸妃娘娘和皇上往护国寺方向去的时候,还一点雨都没有呢!"

正说着,外面突然响起一声闷雷,直震得人心胆俱颤。南昌王本来还漫不经心地听着师徒俩闲话,闻言突然想起一事,忙问葫芦:"那宸妃他们有没有随身带着孩子?"

殷浩找到衣服,扔给小葫芦,插话道:"不会的,这是习俗,孩子要满三岁才能进庙。他们肯定不会把孩子带在身边。"

"嗯,师父说得对。"师徒俩难得意见一致。

南昌王心中一凛,转头看向殷浩,肃容道:"快跟我去宸妃的寝宫。"

"啊?怎么了?"殷浩看了一眼外面的雨,茫然问,"媚娘又不在,去干吗?"

"我不是跟媚娘说过嘛,孩子在未满周岁前,绝对不能离开他们!她怎么不听我的?"南昌王心中焦虑地道,差点没在原地团团打转了。

殷浩本来没什么,但看到他的神色,也不由跟着紧张起来,"王爷,到底是……"

"别问那么多了,快跟我走!晚了,就怕来不及了!"南昌王仓皇打断他,说着,拉着人就往外跑,连伞都没来得及拿。

小葫芦刚脱下湿衣,见两人这样跑去,不由一阵糊涂。

南昌王和殷浩匆匆跑到明月殿,刚到门外,便听见里面传出一声惊恐的尖叫,两人心中一震,对视一眼,狂奔了进去。

大殿内无人,又冲进内室,只见乳娘站在婴儿床前,浑身哆嗦着,脸青唇白,一副快要晕厥的样子。

"怎么回事?"殷浩问。

南昌王注意到乳娘的目光一直盯着床上的孩子,一股不祥的感觉瞬间笼罩全身,让他手脚有些冰冷,竟有些提不起力气走过去。

见到两人,乳娘指着床上,颤抖着声音道:"小公主她!她……"话未说完，人已晕了过去。

殷浩惊得冲上前，就见小公主双眼紧闭，脸色发青，脖子上有明显的手指印。他只觉脑子一懵，什么也不能想，只是抖着手伸到小公主的鼻子下面。

没了……没气息了……他蓦然瞪大眼，脑子里反复响着的就是这几个字。

南昌王走到近处，只看得一眼，便别开了脸去，脑子里一团混乱。历史果然还是不能改变的吗……

就在这时，外面传来武媚娘与李治说笑的声音。南昌王和殷浩对视一眼，心惊不已，乳娘正好悠悠醒转，听到声音，直吓得浑身哆嗦，连起来都不必，直接跪在了那里。

武媚娘与李治走进来，看到两人在，都露出惊讶之色。

"王爷、教坊使，你们怎么在这儿？"武媚娘问，又扫过地上的乳娘，疑惑："这是？"

殷浩颤抖着唇，想开口，却说不出话来。乳娘已经失声哭了出来，"奴婢该死，小公主她，她……"

武媚娘身体一颤，强作镇定地走上前，殷浩下意识地一挡，想要拦住她。

"你让开！"武媚娘厉声喝道，一把推开他，走到了床边。

南昌王抿紧唇，背过了身去。

李治有些迷惑，正要也走过去，就见武媚娘娇躯一阵颤抖，然后缓缓地伸出了手，探向女儿的鼻子。他脸色剧变，突然挪不动腿了。

"不……不会的！"只听武媚娘低语，慢慢俯身抱起了小公主，轻轻地摇了摇，又拍了几下，哄道："萍儿，醒醒，娘回来了……"

南昌王的手倏然握紧，殷浩眼睛酸胀，喉咙发哽，好一会儿才勉强开口，"媚娘，小公主她已经……已经……"

"闭嘴！"武媚娘凌厉的目光一扫殷浩，又低下头去摇自己的孩子，"萍儿，萍儿，小懒猪，别睡了……再不醒，娘就只带哥哥去玩哦……"说到哥哥，她身体一僵，慌忙放下女儿，又去看儿子。

小皇子脸红扑扑的，正安静地睡着，可以看见裹着他的柔软布料随着呼吸微微颤动着。

武媚娘回过头，终于将目光看向乳娘，眼中射出怨毒的光芒，然后，蓦然扑了过去，抓住她的衣襟用力地摇晃捶打。

"你做了什么？你到底做了什么？你把我的孩子还给我，你把我的孩子还给我！"

"对不起，娘娘，奴婢……"奶娘惊慌地哭了起来，不闪不躲，由着武媚娘捶打。

武媚娘却突然推开了她，然后冲到站在原地半晌没动弹的李治面前，扑通一声跪了下来，抱住他的腿，嚎了出来。

"皇上，萍儿……我们的萍儿没了……没了……"她如同一只失去孩子的母狼一样嚎得凄厉，因为哭不出来，反而让人更加心酸。

李治抬起手，迟迟无法落下，而嚎声却戛然而止，竟是因为太过悲痛，武媚娘一口气没提上来，晕了过去。

李治终于回过神来，一把抱起软倒在他腿边的武媚娘，惊慌地叫道："御医！快宣御医！"

原本呆站着的众人这才反应过来，立即上前搀扶的搀扶，倒水的倒水，乱成一团。李治将武媚娘放到榻上，目光从女儿小小的身体上扫过，然后落到仍跪在地上的乳娘身上。

"该死的奴才！你竟敢加害小公主。来人啊！把她给我拖出去，斩了！"他悲怒交集，颤抖着手指着奶娘，大喝道。

奶娘一抖，吓得连连叩头。"皇上饶命！皇上饶命！不是奴婢做的！不是奴婢做的！"

几个侍卫冲了进来，正要去拉乳娘，一直沉默的南昌王身形一晃，挡在了他们前面。

"皇兄，小公主的死，应与乳娘无关。我和殷浩进来的时候，就听到乳娘大喊一声，应该是她当时刚刚发现小公主……如果是她杀的，肯定不会是这样的反应！"

"好，那你告诉朕，到底是谁杀了萍儿！"李治气得胸口急剧起伏，显然在竭力压制怒火。

南昌王沉吟了一下，方道："臣弟觉得应该先看看，今天有什么人来过。"说着,转向乳娘,问:"说,刚才究竟是怎么回事?"

乳娘见有生机,不敢迟疑,急忙道:"回王爷,奴婢之前一直看着皇子、公主。因为皇子的尿布没了,奴婢就抱着皇子去后面的净衣房取。当时小公主睡着了,奴婢就给她盖好,没有惊扰她。可是,等到奴婢再进到内房,就发现,就发现小公主她已经……"说着,她又对着李治猛磕头,"皇上饶命!皇上饶命!"

南昌王皱眉,又问:"今天都有什么人来过这里?"

乳娘先是身子一凝,而后蓦然失声叫了出来,"皇后娘娘!是皇后娘娘!奴婢从净衣房回来,就看到皇后娘娘已经坐在寝宫大厅里了!"

李治一惊,怒喝道:"传王皇后!叫她立刻给朕过来!"

南昌王眉宇深锁,为这如影随形无论如何努力也无法改变的命运。

王皇后来时,武媚娘已经被太医救醒了。她终于哭了出来,此时正被李治搂在怀里,哭得撕心裂肺。

李治为了方便问话,让武媚娘呆在内室,由柳儿陪着。自己则跟南昌王还有殷浩走了出去。

"皇上为何这么着急唤臣妾过来?"王皇后似乎不知道发生了什么,只觉气氛奇怪至极,还能听到里面传出隐隐的悲哭之声。

李治冷哼一声,怒颜道:"你还敢装模作样?你难道真的不知道朕为什么会叫你过来?"

"皇上……"王皇后脸上一片茫然。

"皇后,你太让朕失望了!你平日争风吃醋也就罢了,但萍儿是无辜的,你怎么忍心下手杀害这么一个尚未满百日的孩子?她可是朕的女儿!"李治打断她,痛心疾首地道。

"什么?萍儿死了?"王皇后震惊,好一会儿才想到辩解:"皇上为什么要说是臣妾杀了她?臣妾怎么可能做这样的事!"

"你不要否认了!萍儿死前,唯一来过媚娘寝宫的,就是你!"李治对她彻底失去了耐性。

"难道就因为这样,皇上就怀疑臣妾?为何皇上不去仔细想想,臣妾又有什么理由要害死武宸妃的孩子?"王皇后摇头,眼中有着不敢置信。不明白夫妻多年,他对自己竟然这般不信任。不相信倒也罢了,单凭一句话便断定自己是凶手,这便是一个陌生的人也不该犯的错啊。

"理由还不简单,不就是因为武宸妃诞下这一对绝世仅有的龙凤胎,得到皇上荣宠。姐姐担心自己的忠儿太子之位不保,就决定狠下杀手了!"萧淑妃的声音在门外响起。

众人顺声看去,就见萧淑妃身后跟着梅香,走了进来。

"哼,荒谬!担心太子之位不保,本宫又为何会对小公主下手?"对于这个劲敌,王皇后完全不假辞色。

"那就要问姐姐自己,妹妹我可就不知道了。难道是因为两个孩子长得太像,姐姐认错了人?"萧淑妃从容不迫地道。她是来打落水狗的,自然不用跟着急。

听到这句话,跪着的乳娘突然身体一震,想起一事来,"回皇上,奴婢当时急着去给皇子殿下换尿布,的确拿错了绣着"弘"字的原本是皇子殿下的被单给小公主盖上了!"

众人皆是一惊,望向王皇后。萧淑妃尖声笑了起来,"姐姐,这回,你还有什么话好说?"

王皇后气得浑身发抖,厉声喝道:"萧淑妃!你少在这里兴风作浪!你可有亲眼看见是本宫对小公主下手?"

萧淑妃妩媚一笑,不急不忙地道:"当时只有姐姐一个人在武宸妃寝宫下手,连乳娘都不在,妹妹我又怎么可能看见?"

突然意识到没必要跟完全不相干的她胡搅蛮缠,把自己陷进劣势,王皇后转头看向李治,问心无愧地道:"皇上,臣妾是带着忠儿来宸妃寝宫看孩子,但臣妾见寝宫无人,就一直在大厅等着,直到乳娘回来啊!不信,你大可问忠儿与香筠,本宫根本连萍儿的面都没见到!"

谁知她不理萧淑妃,萧淑妃却不肯放过她。

"姐姐,忠儿是你孩子,香筠又是你的人,他们会说实话吗?"萧淑妃的语气中满含讥讽,说着,也看向李治,"请皇上明察!请皇上一定要替武宸妃做主!"

被她一语惊醒,李治怒视着王皇后,严厉地问:"皇后,你还有什么话说?"

就在这时,面色苍黄,披头散发的武媚娘突然从内室疯狂地冲了出来,一副失心疯的样子,她冷冷瞪着王皇后,又指向萧淑妃,厉声道:"就是你们!就是你们!害死了我的孩子!我的萍儿!皇上,快!快!快把她们抓起来!"

南昌王和殷浩都不由站了起来,紧张地看着她。

李治还未有所反应,她又道:"好,皇上你不抓,我来抓,我来替我的女儿报仇!"说着,就往王皇后冲去。

王皇后一惊,往后连退了几步,害怕地叫道:"别过来,你别过来!"一边躲着武媚娘,她一边乞求地望向李治,"皇上!臣妾真的没有杀害小公主啊!这分明是有人要陷害臣妾,请皇上明察啊!"

李治大怒,拍案而起,喝道:"事实都摆在眼前,你还敢狡辩?来人,把王皇后押下去,打入天牢,等候发落!"

语音方落,几个侍卫冲了进来,架起王皇后便往外走,王皇后一边挣扎,一边绝望地喊着冤屈:"皇上!皇上!不是臣妾做的,臣妾冤枉啊,皇上!"

李治别开脸,不再看她。武媚娘恨恨地看着越来越远的王皇后,又转头瞪着萧淑妃。萧淑妃被她瞪得心中发虚,转过头去。

南昌王低着头,不知在想什么。唯独殷浩,看着被拖走的王皇后,脸上有着一抹疑虑。

发生了这么一起事,离开明月殿后,南昌王和殷浩都有些心不在焉,两人也没什么心思再一起喝酒聊天,于是各回各的地方。

回到王府,南昌王无力地躺到榻上,抬起手臂挡着自己的眼睛,脑子里如同走马灯一样,曾经看过的历史,已经发生了的事轮流替换上来,让他隐隐约约感觉到命运似乎并非无迹可循,然而让人感到可怕的却是,你明明知道事情会如何发展,却偏偏改变不了,只能眼睁睁看着它往那个方向走。

"小公主不是皇后杀的。"他突然开口,对着一个悄无声息走进来的人道。虽然没有放下挡着眼的手臂,对方也没有应声,但仅凭屋内突然多出的体热以及熟悉的气味,便能推断出是泰常来了,而且可以肯定的是,他之前有剧烈运动过,不是耍过枪,便是骑过马。

"但会是谁下此毒手?连一个刚出生的婴儿都不放过?"他继续道。说着，突然又笑了一下，梦呓般道："以前看过一个故事，说孩子的母亲为了陷害另一个比她地位高的女人，亲手杀了自己的孩子，然后嫁祸于人。怎么可能，虎毒尚且不食子，何况她还那么爱自己的孩子……"

"死因是什么？"泰常终于开口。他的声音一如既往的冷静，仿佛没有任何事情能影响到他似的。

南昌王沉默了一下，方咬牙道："被活活掐死的。"

"可比对过指痕？"泰常问。

南昌王倏地放下手，从榻上坐了起来。泰常正垂手站在榻边，身躯随时都挺得笔直。

"可让人验过？"

"宸妃寝宫里的人可全都审问过？"

"每个妃嫔所用熏香与涂抹的香脂皆不同，孩子身上有没有沾染上？"

一连串的问题，让南昌王的脑子越来越清晰，他也不多言，跳下床拉着泰常就要往外走。

"王爷欲带属下去何处？"泰常心中如明镜般亮堂，却仍开口问出。

"去找皇上，让他把这个案子交给你审。"南昌王理所当然地道。他自己思绪很乱，脑子里全是宿命之类的东西，无法理智思考，不敢接这个案子。但若是泰常的话，他完全相信他有能力追查出凶手。

泰常由着他拖着自己，并不抗拒，但嘴里却缓缓道："王爷，这是后宫争斗，王爷不该卷进去。"

"可那是一个孩子！泰常你怎能如此冷血？"南昌王怒道，心里再次感到了一股无法言喻的憋屈，更生气他的无动于衷。

泰常顿了一下，示意人去牵马过来，然后依然平静地道："王爷若让我去查，我自会去查。"

南昌王突然意识到自己刚才说了什么，登时后悔不已，正想开口道歉，就听他继续道："武媚现在不会想知道真正的凶手。眼前是扳倒王皇后的最佳机会，王爷这时去掺上一脚，为皇后洗脱罪嫌，她绝不会感激你。"

"不会的……"南昌王摇头，他看得出武媚娘是真的爱着自己的孩子，也是真的伤心欲绝，又怎么可能不想找出真凶给自己的孩子报仇。虽然是这样想，但当马僮将马牵过来时，他却并没有立即骑上去。

泰常接过马，然后挥退了马僮，又道："萧淑妃已失圣宠，皇后若去，以后武媚独大，又真会放过真凶？"

南昌王颓然地垂下肩膀，良久，方才脸皮发臊地道："对不起。"那一刻他真觉得自己像个白眼狼，别人一心一意为他着想，反倒还被他骂冷血。

看他的样子显然是想通了，泰常松了口气，眼中浮起淡淡的笑意。

"此乃人之常情，王爷不必自责。"对于那并不能算得上斥责的话他并不是很在意，但是心里却有了底，知道自家这个王爷心是很软的，所以以后行事，还是尽量要顾念着他的想法才行。

南昌王这里是想明白了，但殷浩却越想越不对劲，最终忍耐不住，跑到了南昌王府上。

"王爷，我怎么觉得事情不止这样简单呢。"一见到南昌王，殷浩劈头就道。

南昌王眨了一下眼，然后缓缓道："怎么说？"一边说，一边示意泰常去让人准备酒菜。殷浩性子直，对任何事都有着不撞南墙不死心的劲头，而且立场跟他又不同，泰常那一番话，殷浩是绝不会信的。所以南昌王并不打算用语言说服他不去管这件事。

"我总觉得，这事情另有蹊跷。王皇后权倾后宫，要是想杀一个人，哪有自己亲自动手的道理，还冒着被别人发现的风险啊，这也太不合常理了。再说，我看她回皇上话时的表情，看上去的确是不知道小公主被杀之事！"殷浩将自己心中的怀疑说出。

南昌王故作一愣，然后露出思索的样子，"当真？"

"我也不能断定，王爷，不如你去跟皇上说说，让他再彻查此事吧。"殷浩认真地道。

南昌王顿了一下，心想自己刚才差点就去了，嘴里却道："放心吧，我想皇兄也不会那么轻易做决断的，毕竟一个是亲生女儿，一个是发妻啊。哎！真是左右为难啊！"

殷浩也长叹一声，眼中有着无尽的忧虑，"媚娘现在一定也很难过吧。"

"我早已嘱咐过她，她却……"南昌王低喃，想到此，还是有些生气。

"王爷你说什么？"殷浩没听清他的话，疑惑地问。

"我说,时间不早了,你在我这儿吃过晚膳再回去。"南昌王轻咳一声,若无其事地将话题转移。

"我没胃口……"殷浩情绪低落地道。

"那我陪你喝酒。"南昌王知道此次之事,除了武媚娘和李治外,最难过的怕就是殷浩了,于是拍了拍他的肩,安慰道:"放心,早晚会查出真凶。"时间的问题罢了。

殷浩吐出一口气,点了点头。

此时,泰常来回报,酒菜已备好,置于暖阁中。此时虽已是春三月,天气却还是有些寒,所以暖阁还在启用。

南昌王笑眯眯地拉着殷浩走了过去,心里却在想着,要不要到皇上面前探探口风,只要不强出头应该没关系吧。想到此,他不由自主瞟了眼泰常,泰常立即有所感应,疑惑地回看过来,而后眼中浮起洞悉的光芒。

要不要这么敏锐啊?南昌王苦笑。

第三十一章

殷浩不相信王皇后是凶手,怕累及无辜,竟想到要去向武媚娘求情,还拉上了南昌王一起。南昌王知他不撞南墙不回头的脾气,只好相随。或者他也想看看,武媚娘究竟是怎么想的。

武媚娘坐在床上,头发蓬乱,面无血色,目光呆滞,看上去憔悴不堪。在她旁边的桌案上放着一些饭菜,没有动过的痕迹。

南昌王和殷浩进去时看到的就是这样一副情景,心里一下子也变得酸楚起来。

"王爷、教坊使,你们快劝劝娘娘,让她吃点东西吧,自从出了事情,娘娘就滴水未进了!"柳儿红着眼睛道。

殷浩别过头抹了下眼睛,然后走上前,端起一碗饭,心疼地道:"媚娘,你还是先吃点东西吧。你本来身子就有些虚弱,这样下去,可怎么办?"

武媚娘呆呆地,并没有理他,目光没有焦点地落在墙对面,仿佛穿透了墙看着外面不知名的某个世界。

殷浩把碗递到她面前,她却一点反应也没有,也许连他们来了都不知道。

"媚娘,你节哀,小公主已经去了,你为她也要振作起来!"殷浩声音哽咽地道。

听到小公主三个字,武媚娘身体一震,突然就号啕起来。

"萍儿,我的萍儿……把我的女儿还给我,还给我……"

"娘娘……"柳儿看到她这个样子,也不忍地抹起眼泪,抽泣起来,走过去想要安抚她,却被她凶狠地拍开了手。

"走开!我要血债血偿,为我的萍儿报仇!我要杀萍儿的人死无全尸!挫骨扬灰!啊……"武媚娘咬牙切齿地说着,最后竟尖声叫了起来,声音充满了凄楚和悲凉。

南昌王惊愕地看着这一幕,然后一把扯着同样惊慌不安的殷浩走了出去。

"王爷?"到了外面厅中,殷浩才缓过神来。

"我这就去找皇上,让他彻查真凶。你回内教坊等我,宸妃她情绪不稳,你别进去刺激她。"南昌王冷静地道。那一刻,他觉得自己似乎有了点泰常的风范。

殷浩此时也惶然无主,闻言只知愣愣地点头听从。于是出了明月殿,两人便分道扬镳。

"十五弟,你觉得王皇后暗杀小公主一事另有蹊跷?"御书房中,李治正在批阅奏折,听明南昌王的来意,不由有些愕然。

南昌王点头,"回皇兄,我后来问过那乳娘,她说她回媚娘寝宫的时候,王皇后还在那里陪着忠儿和小皇子玩了一会儿,这才走的。如果王皇后真是凶手,她应该不至于大胆至此,故意留下自己的罪证!"

闻言,李治露出深思的神色,良久,道:"十五弟所说,虽不无道理。但目前也没有别的人有嫌疑,最有可能下手的,仍是王皇后。朕总不能让这么大的事情,变成一宗悬案吧……"

难道不经过仔细查证就轻易断定皇后是凶手,这便是小事了?南昌王心中冒出这个念头,还没来得及说话,柳儿扶着虚弱不堪的武媚娘走了进来。

李治连忙迎上,关心地问:"媚娘怎么来了?"看到她憔悴的脸,他不由心疼至极。

"皇上!臣妾吃不下,睡不着,一闭上眼睛,眼前就全都是萍儿的样子。臣妾还做了一个梦,梦到萍儿对臣妾说……"武媚娘抓住李治的手,凄然倾诉。

"说什么?"李治被她阴森的语气弄得有些惊慌。

"梦到萍儿对臣妾说,母亲,孩儿死得好惨啊,你要帮我报仇啊!你要帮我报仇啊!"武媚娘颤抖着身体,泪如雨下,哀求道:"皇上,冤有头债有主,请下旨斩了王皇后!为我们的女儿报仇啊!"

李治见她一副痛断肚肠的样子,忙伸手将她拥入怀里,拍着她的背,安慰道:"好,媚娘,你放心,朕这就下旨,斩了皇后!"

武媚娘埋在他怀里,放声大哭,"萍儿,我苦命的女儿啊……娘对不起你……"

她的哭声惨烈至极,让李治的心也跟着揪成了一团,只知轻轻地拍着她。不料下一刻,哭声突然消寂,低头一看,人竟是悲伤过度,晕了过去,急得他赶紧喊道:"快,快传御医!"

王公公赶紧应声跑了出去。

南昌王看着这一幕,抹了把冷汗,悄悄退了出去。

泰常说得果然没错,武媚娘当真已下了决定要杀王皇后。

茫然走在皇宫廊道上,南昌王看看眼前层层的楼宇殿堂,不由有些迷茫。姐姐一直想知道武则天是不是真的亲手杀了自己的孩子,如今看到这样的发展,是否能算了了心愿?

孩子是谁杀的,无论是不是武媚娘,他都一点也不想知道了。

离内教坊还有一段距离,发现殷浩竟然在门口站着,像是一尊望夫石一样正朝自己这边张望着。

好吧,这个比喻实在太不伦不类了。南昌王抬手抹了把冷汗,苦中作乐。

殷浩老远看到他,立即跑了过来,如今已是三春,衣服都穿得薄了,因此能清晰地看到他身上肥肉的颤动。这样的他显得异常憨厚可爱,南昌王眼睛一弯,心情突然好了起来。

"王爷,你已经跟皇上说了觉得王皇后不是凶手?"还没跑到近前,殷浩已开口发问。

"是啊。本想让皇上多花点时间好好调查这件事,没想到媚娘突然冲了进来,强令皇上立斩皇后。"南昌王无奈地摊手。

殷浩皱眉,想想又释然,叹了口气,"哎,别怪媚娘,换作是谁,这时也……哎!"

南昌王没有回答。

"哎呀,你们,哎……不得了了!"春喜的叫声突然从后面响起。

两人回头,就见春喜正从走廊的一头匆匆地跑了过来,一脸的惊色。

"怎么了春喜?"殷浩心中一紧,怕武媚娘有事,忙问道。

"王皇后的娘亲……呼哧呼哧……得皇上特赦去牢里……呼哧呼哧……探监,结果……竟然在大牢里自尽了……"春喜一边跑,还一边回答,差点没背过气去。

"怎么会这样?"南昌王皱眉。

春喜已来到两人近前,累得蹲在地上直喘,好一会儿才道:"听太监们说,是为了以死谢罪,让皇上赦免王皇后呢!"说到这儿,她脸上露出伤感的神色,"哎,母女情深啊……"

"啊?"殷浩动容,"难道,皇后真是无辜的?"

南昌王垂下眼,心中升起一抹疑惑。

为了谢罪,不是应该自尽在皇上或者武媚娘面前吗?为何是在皇后面前?

思及此,他打了个哆嗦,不敢继续往深处想,只怕会挖出让自己更无法接受的东西。

虽然王皇后的母亲以死谢罪,想以此请求皇上赦免王皇后,但是在武媚娘坚决不肯让步的情况下,皇上还是下了处斩王皇后的圣旨。

殷浩不相信王皇后是凶手,怕累及无辜,竟想到要去向武媚娘求情,还拉上了南昌王一起。南昌王知他不撞南墙不回头的脾气,只好相随。或者他也想看看,武媚娘究竟是怎么想的。

武媚娘仍坐在床上,看上去苍白而虚弱,难怪李治不忍心违逆她。不过此时,她看上去比前几次精神好了许多,见到两人进来,脸上竟然带上了淡淡的笑。

"媚娘,怎么样,你好点了吗?"即便心中有事,殷浩最关心的还是她。

"王爷、殷浩,你们听说了吗,皇上已经下旨,要杀王皇后那个贱人了!"武媚娘眼中闪烁着兴奋的光芒,急切地道,一副想将好消息跟自己朋友分享的样子。

见她这个样子,南昌王实在不想说出来意,但却被殷浩拐了一下,只好硬着头皮道:"我们来就是想和你说这个。"

"嗯,媚娘,你能不能劝皇上先不要杀她?你要理智一些,不要被仇恨蒙蔽了眼睛。"殷浩接着道。

武媚娘仿佛被人兜头泼了一盆冷水,眼中的兴奋顿时消失无踪。她不敢置信地看着殷浩,突然冷笑起来,"殷浩,你知道你在说什么吗?你是不是疯了?你来竟是想要让我去跟皇上求情,放过那个杀死我女儿的人?殷浩啊殷浩,你真令我心寒!"

早猜到她会是这个反应,南昌王还是觉得有些不自在,后退一步,恨不得把自己当成隐形人。

殷浩却与他相反,着急地上前一步,解释道:"媚娘,你听我讲!我们怀疑真凶或许不是皇后……"

武媚娘一把捂住耳朵,闭着眼睛直摇头,"我不要听!我不要听!"

"媚娘!如果她不是真凶,杀了她也没用啊!"见她这个样子,殷浩心中难过,控制不住大声吼道。

听到此话,武媚娘赫地睁开眼睛,怨毒地道:"殷浩,你真的不知道凶手是谁吗?后宫就这么大,杀萍儿的,不是王皇后,就是萧淑妃!我今天要让皇上先杀了王皇后,我明天还要想尽办法杀了萧淑妃!我要杀光她们,为我的萍儿报仇!"

南昌王静静地听着她说出这一番话,心中赫然明白,虽然这一段时间她看上去神情恍惚呆滞,其实心里比谁都清楚。

殷浩震惊地看着武媚娘,不敢置信,"媚娘!我不敢相信,你现在怎么变成了这样一个女人!"

"我现在什么样?"武媚娘冷笑,"你是想要说我不辨是非,黑白颠倒,蛇蝎心肠吗?那你说对了!我只想杀了她们,我白天在想,我晚上也在想,我走路在想,我吃饭也在想,甚至我睡觉的时候,我都在想,到底要怎么杀了她们!都是她们逼我的,都是她们逼着我一步一步走到了这悬崖边上!"

南昌王见形势不对,正想上前调解。武媚娘却突然嘶声大喊起来,把他们使劲往外面推:"走!你们都走!我不想看见你们!"

柳儿慌忙帮着劝道:"教坊使、王爷,你们还是先走吧!柳儿求你们了!"

南昌王和殷浩无奈,只好先行离开。

两人一走,武媚娘登时无力地瘫坐在床,茫然无措地问:"柳儿,我的弘儿呢,弘儿呢?"

柳儿忙到屋角抱来弘儿交到她手上,"娘娘,皇子殿下在这儿。"

武媚娘一把接过弘儿,紧紧抱在怀里,脸贴着孩子嫩嫩的小脸,悲伤地低语:"弘儿,我的好弘儿,娘现在只有你了……"

柳儿一声哽咽,慌忙用手捂住了嘴,将哭声咽下。

走出明月殿，没有人说话，在宫门与内教坊的分岔路口上，殷浩冲南昌王一抱拳，便直接回了教坊。南昌王跟在他后面走了两步，又停下，叹了口气，回身往宫外而去。

"没有人是无辜的。"泰常听罢两人这一日的遭遇，淡淡道。

"泰常？"南昌王觉得他这一句含义似乎很多，却不知确切地指什么。

"皇后的母亲死得蹊跷。"泰常回视南昌王，一字一句肯定地道。"武媚既身在那个位置，要过平安顺遂的日子不可能，殷浩很天真。"

南昌王黯淡下目光，而后突然振作起来，坚定地道："我会护送她走下去。"

这是他第一次表明自己的态度。泰常眼中露出讶色，却没问原因，更没反对。

皇后是次日斩首。李治心性仁和，加上与皇后结发多年，要下这个决定，也是经过了一番的煎熬。因此第二天从早上开始，他便一直处于一种极度悲痛的情绪中，甚至因此而导致了头疾发作。

"快，国师给的丹药……朕的头好痛，啊……好痛啊……"他一把抓住来扶他的王公公，只觉头痛欲裂，眼前一阵阵地发黑。

王公公颤抖着手慌忙打开随身的药盒，取出一粒丹药喂进李治嘴里，又给他喂了水服下。过了一会儿，李治方才觉得好点，突然想起那日南昌王对自己说的话，不由一阵苦笑。若是他知道头疾发作有多痛苦，只要能得片刻的缓解，哪怕明知是鸩毒恐怕也甘愿饮下吧。

"老奴伺候皇上回寝宫歇息会儿吧？"王公公担忧地道。

李治正闭眼按揉着两侧太阳穴，闻言，摆了摆手，低沉地道："不必了，明和，你陪着朕很多年了。"

"是啊，皇上，自打你还是太子的时候，老奴就一直陪伴左右了。"王公公一边回答，一边上前接替他给他按揉太阳穴。

李治郁郁地吐出一长口气，脸上浮起悲凉的神色，"朕第一次觉得如此愧疚，身为一国之君，竟然连自己的后宫都管不好！让妃子们斗来斗去，还害死了无辜的性命，到最后，连皇后都要被砍头，朕真是没用啊！"

"皇上！"王公公不知该如何劝慰，只能怆然低唤。

李治睁开眼，目光黯淡地看向窗子，低声问："现在是什么时辰了？"

"回皇上，快到午时了。"

李治一声长叹，郁郁地道："淑孝应该已经在刑场上了……"

王公公一愣，答不出话来。就在这时，外面突然传来隐隐约约的乐声。

李治浑身一震，喃喃问："外头，怎么会有乐声？"

王公公侧耳倾听了半晌，他耳朵不好，半天才听到，想了想，道："回皇上，是这样的，御书房这儿离内教坊花园不远，那里的乐师有时会在花园练习演奏，许是他们不知道皇上今儿个在御书房，才会不小心打扰了皇上……奴才这就去骂骂他们，让他们停止奏乐！"说着，他转身就要走出去。

"慢！"李治开口叫住了他。

"皇上还有何吩咐？"

"这音乐……好耳熟……"李治一边仔细分辨，一边道，接着一愣，想了起来，"这，这不是秦王破阵乐吗？朕真没想到……此时居然还能听到这首曲子……"说着，他的眼里慢慢泛起了泪光。

王公公恍然，赔笑道："奴才听出来了，皇上，这是当年先皇在世，你还只是晋王，尚未被封为太子之时……"

"对，当时朕为了替父皇祝寿，便在淑孝陪伴下，将大唐原本的军歌破阵乐改成了这首秦王破阵乐，辅以歌舞，以歌颂父皇辉煌的战功……"李治陷入了回忆，脸上渐渐浮起笑意，想来那时的记忆也是温馨而美好的。然而，很快那笑意便消失无踪，一滴泪从他眼角滑了下来，滑落脸颊。他抬起袖子，频频拭着眼角，哽咽低语，"淑孝，陪朕一路走来，你也不容易啊……"

说着，他突然转头看向王公公，仍然泛红的眼睛露出坚定的神色。

"明和，传朕旨意，王氏淑孝，罪不至死，将其摘去后冠，打入冷宫，终生不得踏出一步！"

南昌王匆匆走进内教坊，拿起殷浩面前的一碗茶水，咕嘟嘟就喝了下去。殷浩疑惑地看着他。

"皇上没杀王皇后！"南昌王笑道。想到这小子为了王皇后之死如此郁悴，在得到这个消息时他立即快马加鞭赶来报信了。

"什么？不是都去刑场了吗？"殷浩惊得站起了身。

"谁知道？"南昌王耸了耸肩，"大概是龙心难测吧。最后一分钟的时候，皇上又收回成命了！"

"最后一分钟？分钟是什么东西？"殷浩迷惑不解。

南昌王发现自己失口，尴尬地挠挠头，"哎呀，别管了，反正就是最后的时候。"

殷浩点点头，心中松了口气，但是想到武媚娘，又愁上心来，"哎，也不知道媚娘知道了之后，会怎么想？"

"我已经差人去叫柳儿来问话了，应该也差不多要到了。"南昌王道，也有些担忧。甩了甩头，他拿起壶又添满杯，正想再喝。柳儿慌慌张张地跑了进来。

"王爷、教坊使。"

殷浩一步抢前，抓住她，急问："怎么回事？"

"是……是宸妃娘娘……"柳儿喘息着道，"她听到王皇后没死，只被打入冷宫，已经气得快要疯了！娘娘刚才还拿了剪刀，说要自己去杀了王皇后，幸好被奴婢制止了。娘娘现在连奴婢都赶出来了，奴婢真是担心死了。"

"啊？"殷浩惊呼，放开她转身就要往外面跑，却被南昌王一把抓住。

"你干什么？"

"我去看看她。"殷浩想要甩掉南昌王的手，但那手如铁箍一般，根本甩不掉。

"你以为她现在会想看到你？"南昌王冷声道。

殷浩僵住，颓然垮下肩。是啊，昨日他们才大吵了一架，又被赶出来，而且还为的是皇后的事，如今去，别说进不去，只怕就是进去了，也不过是更加刺激她罢了。

"放心。她很坚强，会没事的。"南昌王叹口气，拍了下他的肩，然后转向柳儿，"柳儿，你回去守着她，别让她做傻事。我会再派几个侍卫看着，你有事只管叫就行了。"

柳儿答应一声，又匆匆离开了。

"我也走了，去安排一些事。"南昌王又拍了拍殷浩的肩，道。

殷浩奄奄地点了下头，勉强提起精神想送，南昌王伸手制止了他，"不用。"说着，大步而去。

殷浩抬起眼，看着他顾长的身影消失在教坊大门口，呆站了许久，而后突然撒腿往外面跑去。无论如何，他还是想要去看看她才行，否则这颗心实在放不下。

南昌王派来的侍卫已经守在了明月殿的外面，并未拦阻殷浩。

殷浩走进院子，发现柳儿还跟几个小宫女、太监一起蹲在外面，殿门紧闭，里面安静得像是没有人一样。

"教坊使，你怎么又来了？"见到他，柳儿惊讶地站起身，迎了上来。

"我来看看媚娘……她怎么样了？"殷浩问，目光却直往大殿的方向看。

"宸妃娘娘在里面，她开始还在哭闹，现在没声音……大概是歇下了。"柳儿不安地道。

"我……我去看看她。"殷浩犹豫了下，还是往大殿走去。柳儿跟在他身后。

伸手拍了拍殿门，四周很安静，拍门声便显得异常空洞惊人，"媚娘，开门，我……"殷浩尽量放柔了声音。然而，话还没说完，就被里面一声哐当瓷器落地的清脆声音打断，接着是武媚娘尖厉的叫喊。

"滚！我不想见到你！"

殷浩脸色一白，颤抖着唇，好一会儿，又拍了两下门。这次更好，连话都没来得及说，便被武媚娘怨恨的怒骂声阻止了。

"你现在如愿了！她不用死了，杀我孩子的凶手死不了，你还来干什么？还要我去给谁求情？殷浩，你滚……滚得远远的，就当我武媚娘从没认识过你！"

砰的一声，有东西扔在殿门上，然后里面又是一阵叮了哐啷砸东西的声音。

柳儿被吓得发抖，赶紧往外推殷浩，求道："教坊使，你先走吧，别再惹娘娘生气了！"

殷浩那么大吨位的一个人竟然被她一个小姑娘推得往外跟跄了几下才站稳，只见他点了点头，失魂落魄地往外走去。刚走出外面的大门，柳儿又追了出来。

"教坊使！"

177

殷浩茫然回身。

柳儿看着他的神情，心里一阵不忍，想了想，道："娘娘太伤心了，那些话不是有意的，你别放在心上。娘娘她……娘娘她只对最亲近的人才会这样发脾气！"

殷浩怔怔地看了她好一会儿，良久，那些字句才进入他的耳中。

"我明白。"他说，然后转过身，继续往前走。

柳儿叹了口气，收回目光，溜了一眼殿外看守的侍卫，发现没有泰常，不由一阵失落。自从南昌王从百越回来后，她便好久没见到泰常大哥了。

那日后，连着数天，殷浩都将自己关在屋子里，门都不出，一关就是一整天。葫芦劝也劝不听，逗也逗不笑，只差没把头发抓光。他去找武媚娘，结果连人都没见着，去找南昌王，南昌王又奉旨出京办事去了，不得已，只好去找春喜。

"你师父这么乐呵个人，怎么可能啊？"春喜乍闻殷浩如此消沉，不由大为惊讶。

"还不就是跟武宸妃吵架！后来师父再去找武宸妃，武宸妃都闭门不见了！春喜姐，你可知道我师父把武宸妃看得有多重，这么一来，你说我师父他能不伤心吗？"葫芦叹气道。

春喜听罢，二话不说，将手上的事交给葫芦，然后装了几碟刚做好的点心放进食盒，便拎着去了内教坊。

到了殷浩的门前，先是敲了两下，没有人应声，一推，推不开，显然是从里面栓上的。

春喜心中有数，也不气馁，就这样一边拍门，一边喊："殷浩，殷浩……"

好一会儿，门终于从里面打开了，殷浩苦着一张脸站在里面。春喜推开他走进去，然后将食盒放在桌子上，又从里面拿出点心。回身将殷浩拽到桌边，按着坐下。

"来，殷浩，快吃！这可是我特地给你做的点心！这个是百鸟朝凤，这个是出水芙蓉，这个是……"她满脸笑容，一边说，一边将点心往殷浩面前推。

"谢了,可我真的没什么胃口。"殷浩打断她,语气不冷不热。

春喜有一瞬间的尴尬,然后又恢复了正常,像兄弟一样拍着他的肩膀,大咧咧地道:"哎呀,好了,别担心了,不就是和武宸妃吵架的事吗!过段时间就好啦。"

"要真像你说的那么简单就好了。"殷浩情绪低落地道。

"哎呀,你们两个,从小玩到大的,你还不了解她吗?这段时间,她可是失去了孩子啊,你知道孩子对一个女人意味着什么吗?所以,你一定要多理解她啊!"春喜在另一边坐下,耐心劝道,心里却觉得自己可笑,明明喜欢他,却还要帮着他喜欢的人说话。

殷浩沉默了片刻,而后叹了口气。

"我也理解啊,可这么多年了,哪怕再争吵,总有个机会让我和她说清楚,从来没有让我吃过闭门羹……"说到此,他脸上露出痛苦的神色,"最让我伤心的是,媚娘那时候看我的眼神,似乎都已经把我当成敌人了,唉!"

春喜蹙眉,心脏仿佛被针刺了一下,却还要强作欢颜,"好啦,放心,肯定没事的,你们两个这么亲,哪会有隔夜仇啊……来来来,先吃些点心再说!"说着,她拿起一个点心,直直往殷浩嘴里塞去。

殷浩无奈,只好接过吃了。看着他吃点心的样子,春喜的心顿时又变得柔软得不得了。在这个人面前总是一忽儿伤一忽儿喜,她想,自己这一生终究还是栽在了他身上。

南昌王一回到王府就听到小葫芦为殷浩来找过自己的事,他连休息也没有,便带着一身风尘赶去了内教坊。

看到胡子拉喳一脸憔悴的殷浩,他并没有问原因。葫芦从尚食局捎了几坛酒过来,两个人就这样坐在月下,你一盏我一盏地对饮着。

过了一会儿,酒意渐上,殷浩终于长叹一口气,开口说话。

"哎……王爷,还好有你陪我喝酒。"

"兄弟嘛!"南昌王给他斟上,漫不经心地道。

殷浩又叹了口气,看着天上的一轮明月,道:"这几日,我真的越发想念起尚未进宫的那段日子,哎,媚娘进宫后,真的变了很多……"

南昌王已经微醺,一手撑着头,一手拿着碗往嘴边送,淡淡道:"人总是会变的……"

"要是我想要帮媚娘变回过去那个纯真善良的样子呢？"殷浩笑了一声，问。

南昌王摇头，"变了就是变了，有些东西是回不去的。你如果无法接受，想必只会和她渐行渐远……"

"可是眼睁睁看着媚娘变成另一个人，我却什么都做不了，这更教我痛心啊……媚娘已经不想见我了，但她这样下去，只会变得越来越孤独，我，我心疼她啊。"殷浩说着，仰头将盏中酒一口饮尽，酒水滑下他的下巴，仿若泪滴。

"你果然天真！"南昌王指着他笑，"若她还保有纯真善良，只怕……"只怕会被啃得尸骨无存。

但是这句话他没来得及说出来，就见柳儿一边哭一边跑了进来，两人一惊，起身迎了上去。

"柳儿！你……是不是媚娘出事了？"殷浩忐忑地问。

柳儿跪倒在地，除了摇头，便只是哭。花了好一会儿工夫，两人才从她嘴里得知原因。

却原来是武媚娘左思右想仍然不甘心，竟然想出让柳儿去上阳宫杀死王皇后的主意。柳儿到了上阳宫，无论如何也下不了手，心里害怕，不敢回去，于是跑到了内教坊来。

听罢，即便是南昌王的好脾气，也不由大怒，何况是殷浩。两人带着柳儿，直奔明月殿。

明月殿里，武媚娘正坐立不安地等着柳儿的消息，不时忧心地往外面张望着。

脚步声响，她心中一紧，正要迎上，却见进来的是殷浩与南昌王，柳儿跟在他们身后，脸色不由微变。

"你们怎么来了？"她心中发虚，语气越发冷漠。

"你这样是要害死柳儿，你觉得值得吗？"殷浩劈头就骂。

"你这样做，真的有些太自私了。"连南昌王都忍不住责备。

武媚娘心中一惊，知道他们已经知道了，不由有些着慌，就听殷浩继续道："媚娘，我原本以为你只是想为孩子报仇，所以变得那么强硬。谁知道是我看错了你,皇上都已经慈悲地放过了王皇后,你竟然还想要柳儿去杀她!你这样不等于让她去送死吗?你对得起柳儿无辜的父母家人吗?你以为只有你才有亲人吗?"

武媚娘被质问得无话可说,目光落在后面一直在哭的柳儿身上,柳儿哭着上前,扑通一下跪倒在地。

"娘娘,娘娘……对不起,奴婢下不了手!"

武媚娘咬牙,闭了闭眼,蓦然背转过身,"算了!"她握紧拳头,努力压抑心里的失望和愤恨,冷冷道:"王爷,教坊使,你们请吧!恕本宫不留客。"

殷浩与南昌王脸色也不好,闻言,甩袖而去。

武媚娘强撑的背脊一瞬间垮了下来,她无力地撑住面前的案桌,一手捂唇,掩住了到口的呜咽。

回到内教坊,两人连喝酒的心情都没有了。对坐在桌前,你望着我,我望着你,半晌无言。

一抹云彩飘过来,挡住了明朗的月亮,光线瞬间暗了下来。

"夜深了,王爷,你回去吧。改日再请你喝酒!"殷浩率先打破沉默。

"好。你也早些歇着!"南昌王也无心再待下去,起身拍了拍殷浩的肩膀,转身而去。

他离去后,殷浩又独自呆坐了一会儿,也回房瘫倒在了床上。他觉得很累,从来没有过的疲惫。如果再这样下去,他真怕自己会坚持不住。

南昌王走出宫门,一个人影牵着马悄无声息地跟了上来,他心情虽然郁闷,但仍忍不住想笑。

"泰常,你待在这里,就不怕执行宵禁的羽林军把你当贼人给抓了去?"

"他们认识属下。"泰常回答。

"哦?"南昌王微侧脸看向他。

"有同袍在里面。"泰常解释。

早已习惯他总会在不经意间曝出不为人知的一面。南昌王一笑,没再说话。

太累了,长途奔波的疲惫,对好兄弟的担忧以及武媚娘不计后果牺牲身边人的做法的失望……南昌王觉得他的脑子里仿佛绷着一根弦,让他害怕再增加一点情绪，就会断裂。所以，他连向泰常倾诉都没了心思。

　　好在泰常素来不是个多话的人，若非有事，并不会主动挑起话题。因此一路安静地回了王府，用热水消除一身疲乏，泰常又给他按摩了一会儿，消除了肌肉的紧绷。他原以为自己会睡不着，却不料按摩到一半时就睡着了，且得了一夜好梦。

　　次日晨起，竟一扫前夜的郁悴，心情突然就好了。

　　"睡眠好，心情自然会好。"泰常说。

　　"为什么那么差的心情会睡得好呢？"南昌王提出另一个疑问。

　　"点了静神催眠的熏香。"泰常给出答案。

　　于是，当南昌王进宫发现殷浩黑着两个眼圈，明显睡眠不好时，立即让泰常弄了几大盒那种点燃后据说有催眠效果的香饼给他送去。

第三十二章

　　李淳风疑惑地望向袁天罡，目光定在那个盒子上，心里有些犹豫。他不相信袁天罡能炼出长生药，不知该不该阻止李治。他身体向前动了一下，又看了眼李治，见其满面笑容，眉目间皆是跃跃欲试的兴奋，似乎已经等不及要吃那丹药。

第二日上早朝时，当众臣大小事情都上奏完毕的时候，李治突然宣布了一个让所有人都震惊的消息。

袁天罡给他炼制的长生药完成了。

"朕准备在大殿上服下该药，让满朝的文武百官，一同见证朕超脱人世的时刻！让全天下都知道，古往今来，朕是第一个超脱生死羁绊的皇帝！"

李治的话音刚落，一身朝服的袁天罡手里捧着一个外形华美的朱红色盒子庄重肃穆地从殿外走了进来。

李淳风疑惑地望向袁天罡，目光定在那个盒子上，心里有些犹豫。他不相信袁天罡能炼出长生药，不知该不该阻止李治。他身体向前动了一下，又看了眼李治，见其满面笑容，眉目间皆是跃跃欲试的兴奋，似乎已经等不及要吃那丹药。知他此时定然听不进任何劝阻，李淳风摇了摇头，又退了回去。

踟蹰间，袁天罡已到了龙座下。

南昌王皱眉看着，心想没听说这历史上有哪朝皇帝真正得到过长生不老药，不过若是他没记错的话，李治活的时日尚久，这长生不老药虽然没什么效果，但应该也不至于有害，让他吃了应该没什么事。

心中主意一定，他登时静下心来，耐心等着看那药丸的效果。在场文武诸臣也无人上前，显然都有各自的小心思。

王公公正要走下去，李治却拦住了他，亲自下了龙椅，走到袁天罡面前接过盒子。

"袁爱卿，你立下此等大功！朕要赐你十世公卿。只要朕一直统领这大唐江山，你的子孙就永世荣华富贵！"李治高兴地道。

"臣，叩谢天恩。"袁天罡脸上露出笑容，朗声谢恩。

李治再无心理会他，打开盒子，从里面拿出红色的丹药，仔细端详着，眼中浮起一抹贪婪之色。

"朕等了这么久，终于等到你了！"半晌，他叹道，而后将丹药放入嘴里，吃了下去。

有谄佞之臣立即跪下，高呼："感望吾皇千秋万世，永治大唐！吾皇万岁万岁万万岁！"其他人不得不也跟着跪了下去，一同叩拜高喊。

李治心中得意，大笑起来，然而没笑两声，脸上肌肉忽然抽搐了一下，眼前一黑，就这样直直地倒了下去。

众臣皆惊，纷纷拥上前，扶人的扶人，宣太医的宣太医。南昌王立即喝令羽林军拿下袁天罡，但是袁天罡却是一脸淡然的笑，不见丝毫惊慌。南昌王心中疑惑，不由自主地看了眼李淳风，发现他和自己一样，眼中满是不解。

将李治送回甘露殿，萧淑妃和武媚娘皆闻风而来，紧张地守在床边。

李淳风和南昌王站得较远，看着张太医给李治把脉。许久，张太医站了起来，武媚娘赶紧问："御医，皇上怎么样？"

张太医脸上一片迷惑，迟疑了下，道："皇上的脉象虽然有些虚弱，但似乎一切安好，看不出有什么问题。"

武媚娘皱紧秀眉，尚未说话，萧淑妃已经指着张太医的鼻子怒骂了起来："你们这帮庸医！皇上要是好好的，怎么会还没醒过来？"

她此话刚停，李治突然动了一下，武媚娘离开他最近，赶紧俯低声音叫道："皇上？"

萧淑妃听到，立即撇下无辜被骂的张太医，也凑了上去，正好看到李治睁开眼。

"皇上，你没事吧？"她急问。

李治动了一下，似乎想起来，两女连忙扶着他靠着床头坐了起来。

"水……水……"他喊。

王公公忙端上水。他接过，慢慢喝下，动作迟钝缓慢。喝完水后，他就呆呆地坐在那里，既不说话也不动，眼神迷离。

"皇上？皇上？"武媚娘心中觉得不妥，忍不住低声唤道。

"媚娘？怎么了？"好一会儿，李治才回答她，声音木然空洞。

李淳风见此情状，觉得有异，伸手拉了下南昌王，两人悄然退出了甘露殿。

"太史令，你有没有觉得我皇兄的样子有点儿怪啊？怎么反应看起来有些迟钝呢？"站在殿前廊上，南昌王满腹的疑惑。

"老夫也觉得皇上有些异样。"李淳风沉吟道。

"那你说，皇兄怎么会突然变成这个样子？会不会跟袁天罡的长生不老药有关？"南昌王思索了一下，指出导致李治如此状况最有可能的原因。

"老夫现在还不能断定，但据老夫所知，并未有人练成过长生不老药。"李淳风摸着胡须，目光落在远处层层的殿宇上，若有所思。

"哦？那袁天罡给我皇兄吃的是？"南昌王问。他自然不相信是长生药，但这药对人体会有什么影响呢，怎么把人都给吃傻了？别是救不回来可就麻烦了。

"王爷稍安勿躁，为今之计，老夫还是想先去问问袁天罡，看看他葫芦里究竟卖的什么药……哦，对了，他人现在何处？"李淳风赫然想起此事，转过身问。

"本王已经下令暂时将他关押在皇宫天牢，听候发落。事不宜迟，本王跟太史令一起去问问那袁天罡。"南昌王脑海里浮起袁天罡被抓时的镇静神态，心里一阵不舒服。

"不，还是让老夫一个人去吧，袁天罡生性多疑，人去多了，只怕更问不到什么真相。"李淳风摇头。

南昌眉头一皱，也不多做无谓的计较，点头道："既然如此，那就有劳太史令走一趟了，本王去内教坊等你的消息。"

李淳风点头，先行一步。南昌王看了眼殿内的情况，发现武媚娘和萧淑妃都围在李治身边同他说着话，暂时像是没什么事了，于是也转身离开了。

南昌王走到内教坊，发现不止是殷浩，连葫芦和春喜都在。看来对于长生药的好奇，是每个人都有的啊。

他走到桌边翻起杯子，不急不忙地倒了一杯水喝下，三人已经紧张地凑了上来。

"王爷，到底那个长生不老药是真是假？"见他一直不说话，殷浩忍不住了,问出三人最想知道的问题。

南昌王并没有立即回答,笑眯眯地又喝了口水,直至感觉到三双眼中渐渐有凶光射出来时,才慢吞吞地道:"当然不可能是真的,你听说过哪个皇帝因为吃了长生不老药而长生不老吗?"

果不其然,三张脸上都流露出失望的神色。殷浩点了点头,做出一副看透世事的样子,评道:"古往今来的皇帝都追求长生,因为这才是权力的顶峰,千秋万世,一统天下,是每个皇帝的梦啊!秦皇汉武都不例外。但前后千年,倒从来没有听说过,谁得到了真正的长生不老药。"

师父的话,徒弟当然要附和,小葫芦听得连连点头,"对啊,那个袁天罡獐头鼠目的,就算有,也不可能是他做出来的啊!"

噗……南昌王一口水喷了出来,他第一次听说做药还跟长相有关。而且,袁天罡长得还是不错的,装起相来也颇有仙风道骨的感觉,虽然总不做好事,但跟獐头鼠目实在联系不起来啊。

春喜敲了小葫芦的头一下,问道:"那皇上现在怎么样了?"

提到这个问题,南昌王就不由皱眉,"皇上已经醒了,但样子似乎不大对劲,反应有点儿迟钝啊……"

话没说完,王公公手下的小太监小顺子匆匆跑了进来,一边跑还一边叫着王爷。

"什么事?"南昌王的心提了起来,他现在实在有点怕听到甘露殿那边传来的消息。

"王公公派奴才来请王爷,说国师已经从大牢里被放了出来,眼下正在给皇上做法事呢。"小顺子道。

"法事?什么法事?"南昌王怔了下,心里升起一股怪异的感觉。长生药加法事,真是绝配了!

"国师说长生不老药要做了法事后才能发挥真正的效力,你快随奴才一起去看看吧。"小顺子催促,神色有些焦急。

"好!"南昌王来了兴趣,转头对其他三人道:"殷浩,你们在这儿等我,本王倒要去看看这个袁天罡到底想搞什么鬼!"

说罢,带着小顺子走了,留下殷浩三人站在原地,满脸迷惑地面面相觑。

到了甘露殿，发现李淳风和王公公都站在外面，殿门紧闭着。路上已从小顺子口中得知萧淑妃和武媚娘都被送回了各自的寝宫，那么不用想也知道，殿内只有袁天罡和李治，可能……还有袁天罡的弟子阿光。

"王公公，怎么回事？"免了两人的礼，南昌王直接问道。

"回王爷，皇上方才忽然要传唤国师前来，于是老奴便让人将他从大牢里带了出来。国师一来便说长生不老药要连做七天法事后，才能真正发挥效力，皇上现在的呆顿状态，要等到那时候方能得到缓解，于是便命老奴叫了他的徒弟阿光前来，还命奴才们在殿外守候。皇上对国师言听计从，奴才们也不敢多嘴，只能照做，但老奴还是怕有什么不妥，所以特地让人去请了您和太史令前来啊……老奴所言句句属实……不敢有半点欺瞒。"王公公一脸惶恐地解释，说着就要跪下。

南昌王忙扶住他，没让他跪下去。"王公公不须如此，本王自然信你。"说着，转向李淳风，"太史令，此事你怎么看？"

李淳风摸了下胡须，神色沉静地道："王爷稍安勿躁，咱们且守在这里，静观其变。"

见从他嘴里掏不出东西来，南昌王也不着急，看了眼紧闭的殿门，眉梢微动，走到廊柱旁，曲起一条腿，双手环胸懒洋洋地靠了上去。

见他这毫无站相的姿势，李淳风轻咳了一声，扭过了脸。对方是王爷，说不得，那么只好眼不见为净了。

大约等了个把时辰，殿内传来响动，然后吱呀一声，门从里面拉开，袁天罡走了出来，后面跟着阿光。见到外面站着的人，他脸上扬起一抹毫不掩饰的讥笑，拱手道："呦，王爷，太史令，你们也来了，有礼了。"

南昌王看到他这样子，立即想到小葫芦说的獐头鼠目，心里又是不爽又是想笑，语气便不是很好，"袁天罡，你又搞什么花样，装神弄鬼的。"

"王爷，话可不能乱说，下官做这些可都是为了我大唐千秋万代，为了皇上万寿无疆啊。"袁天罡并没被他挑动怒气，一派道貌岸然地道。

"糊弄谁呢？"南昌王站直了身体，作势拍了拍身上并不存在的灰尘，语带不屑地道。

"王爷信不信就由不得下官了，今日的法事已经做完，王爷和太史令可以进去看皇上了，下官先告退。阿光，我们走。"袁天罡轻笑，语罢，不等南昌王等有所回应,就这样带着阿光堂而皇之地走了。

南昌王眯眼看着他的背影,嘀咕道:"吃错药了?心情这么好!"

摇了摇头,不再与之计较,回身发现李淳风和王公公已经进了殿,于是也跟着走了进去。

李治正坐在龙榻旁慢悠悠地喝水,眼神呆滞地看向前方。突然,有水从他唇边流了出来。王公公慌忙跑上去,接过杯子,拿起帕子给他擦拭,不忘谆谆叮嘱:"皇上,您慢着点儿喝。"

南昌王和李淳风对视一眼,心里都升起不妥当的感觉。

连着几天,袁天罡每晚都去给李治做法事。

也不知是因为熟知历史,还是觉得咎由自取,南昌王对于李治的情况实在担心不起来。一早就跟他提过丹药有问题了,他竟然还敢去吃那劳什子长生药,不得不说他勇气可嘉。

为了不想被人骂没心没肺,除了每日定时去皇宫看已近痴呆的李治外,南昌王都待在自己府里,连殷浩那里也不去了。只是让泰常派人监视着袁宅,看袁天罡到底在玩什么把戏。至于丹药的事,则全权交给了李淳风负责。

到了第四日晚上,李淳风突然亲自跑到了王府,举着一个竹简激动地对他说找到了。

"长生不老药,据我所知,这世上是没有的。我这几日查遍古书典籍,发现袁天罡给皇上服下的,不像长生不老药,倒像是夺人心魄、用来控制人意识的摄魂丹!"李淳风说。

"袁天罡倒真有可能炼成这摄魂丹!"他的眼中闪烁着灼灼智慧之光。

南昌王眼睛花了一下,然后与他商定明日一同去查看。

翌日,当他们去甘露殿的时候,只有王公公一个人在那里伺候,李治正面朝着内睡觉。

李淳风上前仔细查看,发现李治指甲发黑,后颈上有针扎过的痕迹,立时肯定了自己的猜测。当时什么也没说,只是嘱咐王公公小心照料皇上,然后便拉着南昌王去了内教坊。

殷浩和葫芦见两人来,立即迎了上去,"王爷、师父,怎么样,你们去看过皇上了吗?"

李淳风点头。南昌王则问道："太史令，你可曾确定？"

"回王爷，皇上指甲乌青，后颈上也有针刺的痕迹，这正是施用摄魂丹的印记！"李淳风神色凝重地道。

"果然如此。"南昌王并不意外。自从前一夜听到李淳风提到摄魂丹，他便感觉到十有八九是那玩意儿，加上方才看他神色有异，所以更加确定。

"袁天罡这个狗奴才！连皇上都敢害！快把他抓起来吧！"殷浩破口大骂道。

"我们没有确实的证据，不可轻举妄动，以免打草惊蛇。"李淳风摇头，不赞成这样鲁莽的行事。

"那怎么办啊？皇上是不是没救了？"小葫芦嚷了起来。

"吵什么吵，这不是想办法呢么！"殷浩斥道，目光却看向南昌王，等他拿主意。

"此事只怕还要仰仗太史令，摄魂丹的解法……"南昌王沉吟了一下，话未说完，柳儿走了进来。

殷浩一见，立即着紧地迎上前问："柳儿，是不是媚娘有什么事啊？"

"教坊使不必着急，娘娘很好。"柳儿笑道，说着转向南昌王，"王爷，娘娘请你过去一趟，说有事找你。"

南昌王怔了一下，瞟了眼脸色瞬间变得不太好看的殷浩，心里暗笑，嘴里已经应了："好，本王这就随你去。"然后对李淳风道："太史令，皇兄的事，劳你多费心，本王先行一步。"

"王爷请！"李淳风拱手。

看着南昌王与柳儿离开的背影，殷浩不高兴地嘀咕："媚娘无端端地找王爷去干吗？"

"哎呀！师傅你不会连王爷的醋也吃吧？"小葫芦瞪大眼，不可思议地叫道。

"就你多事！"殷浩没好气地欲拍他头，小葫芦早已学得精了，一缩身子，躲开了。殷浩哼了一声，不再理他，转头问李淳风："对了，师父，这摄魂丹，到底有没有办法破解？"

"暂时还没有应对之策，老夫需要再回去查找古书参详参详。"李淳风淡淡道。说着，摆了摆手，就这样走了。

殷浩呆了片刻，而后目光移向小葫芦，小葫芦一惊，叫了一声"我回尚食局帮忙"，然后撒腿跑了。

"臭小子，让我抓到有你好看的。"殷浩对着他的背影挥了挥拳头，发狠地嘀咕。

大约是因为李治的事转移了武媚娘的伤痛情绪，再次见面，她已不像前几次看到时那样歇斯底里，状若疯狂的样子，看人的眼神也不再冰冷敌视，温和了许多。

南昌王进去时，她已等在了门边，立即将人引到室内坐下，又让柳儿看茶。

"娘娘你找我何事？"南昌问。

见他似乎没有生自己气的意思，武媚娘松了口气，但仍道了歉，"昨日无状，还望王爷见谅！"

她能主动提起之前发生的事，显然心气已近平和，南昌王也有所放心，笑道："你想通便好，区区小事，毋须挂怀。"

武媚娘也一笑，但立即又愁上眉寰，忧心忡忡地道："王爷，我怀疑长生不老药这件事上，袁天罡另有阴谋……"

南昌王一怔，没想到她竟能看出，不由赞道："娘娘果然明慧！我和太史令这几日也正在暗查此事。"

武媚娘神色一紧，问："可有结果？"

南昌王点了点头，"正是。袁天罡给皇上吃的，并不是真的长生不老药，而是用来迷惑人心智的摄魂丹！"

武媚娘一惊，竟倾身一把抓住了南昌王的袖子，心急如焚："那怎么办？王爷，你一定要救皇上！"

刚失去女儿，如今连男人也出了事，又怎能不慌。南昌王能体谅她的心情，于是柔声安抚："娘娘放心，我们已经在想办法了。"

武媚娘这才发现自己的失态，慌忙收回手，顾不得尴尬，认真地道："有什么需要媚娘做的，王爷尽管吩咐媚娘，为了皇上，让媚娘做什么我都愿意。"

看得出她对李治是一片真心，南昌王心中叹了口气，想到殷浩，暗自摇了摇头,道:"暂时还没有,你就安心等着,有需要的话,我会跟你说的。"

得到承诺,武媚娘却还是有些惴惴不安,只是也不好逼得太紧,只能柔顺地"嗯"了一声,然后示意柳儿去尚食局安排酒菜,准备留南昌王用午膳。

南昌王慌忙拒绝,说还有事要办,武媚娘也不强留,将人送出了明月殿。回到屋内,看到空了一张小床,心里又是一阵悲痛难忍。

很快李淳风就传来了消息,说找到了化解摄魂丹的办法。南昌王连忙赶到李宅。虽然他并不是如何担心李治,但能早日解决此事,也是好的。

"古籍中记载,传说华胥古国曾流传下来一串名为血玉琉璃链的项链,拥有清心醒神的奇效!如果摄魂丹可以乱人心魄,那这血玉琉璃链或许就可以化解摄魂丹的药力!我已经派人查过,原本血玉琉璃链是南越国王供奉给皇上的供品,不知何时被一个小太监偷带出宫,卖给了宾州一个姓杨的玉器商人。"李淳风道。

南昌王垂眸沉吟了一下,道:"本王这就带人去宾州找血玉琉璃链。"

"王爷,我跟你一起去!"殷浩的声音从门边传来,原来他也接到了李淳风的消息,赶过来便听到这句话。

南昌王原本想一口拒绝,却突然想到他这一段时间心情不好,正好可以借此机会转移一下注意力兼散散心,于是点头答应了。

"那皇兄就劳太史令多费心了!"南昌王担心自己离开后袁天罡又出什么幺蛾子,叮嘱道。

"王爷放心。"李淳风应承了下来。

当下两人就此告辞,然后不敢有丝毫耽搁地上了路。

两人前脚刚走,小葫芦就带着春喜后脚来到了李淳风的府上。李淳风正在书房查阅着什么。见两人来,有些奇怪。

"葫芦,你师父刚走。"李淳风以为他们来是找殷浩的,所以直接道。

"啊,是吗?我们没遇上……"小葫芦挠了挠头,但并没有要离开的意思,而是不好意思地笑道:"是……其实我们是来找师公你的。"

李淳风见状,只好放下手中竹简,等他说明来意。

小葫芦张嘴,却又不知从何说起,于是闪开身道:"春喜姐,你自己说吧。"

春喜点了点头,走上前,从身上拿出一个黄色的画满奇怪图案的符,双手递至李淳风面前。

"太史令,你帮我看看这符是干吗用的。"

李淳风看她拿出符来,神色已是不对,待接过来看清上面的图案时,更是大惊失色。

"春喜,你这符,是从何处得来的?"

春喜见他神色凝重,也不由有些慌,急忙解释:"我昨儿夜里,为了给太妃做九花玉露糕,就去御花园里接露水。结果竟看到淑妃娘娘和她的婢女小蝶两个人鬼鬼祟祟地在树下面埋着什么,等她们一走,我就去挖出来看,就是这个符了!"顿了顿,她忍不住问:"太史令,你看这是什么符?"

李淳风闻言皱起了眉头,摇头道:"这可不是一般的符……"

见他总是不肯直说,小葫芦也耐不住了,催问道:"师公,这符到底是干吗的啊?"

李淳风低叹口气,想了想,还是说了出来:"此符名为婴灵符,正是有人被婴魂缠身之时,用来化解的符咒。"

春喜"啊"地一声叫了出来,打了个寒战,道:"这么恐怖啊?可是淑妃怎么会被婴魂缠身?"

李淳风没有说话,目光落在婴灵符上,反复地看着上面的字,只觉越看越熟悉,不由凝神思索。另外两人虽然心痒地想要知道答案,但却不敢打扰他,只好大眼瞪小眼地静静等着。

良久,李淳风轻呼一声,脸上露出恍然的神色,显然已经想出来了。

"这不是武宸妃被杀的公主殿下的八字么?"

春喜和小葫芦皆是一惊,同时想到了一个可能性。

"此事休要张扬!"将符还给春喜,为她小命着想,李淳风郑重地叮嘱了一句。两人点头答应,然后告辞离开。

回到尚食局,春喜左思右想,最终还是拿着符去了明月殿。

见春喜空着手并不是为送点心吃食而来,武媚娘有些疑惑,"春喜,可是有事?"

春喜拧着手指,欲言又止,但见到那双仍带着悲伤却充满耐心的眸子,终于下定决心开口："其实，我也不知道该不该来告诉你。"

武媚娘见她神情如此纠结，知必不是小事，自然而然严肃起来，语气却是温和中带着鼓励："发生什么事了？你但说无妨。"

春喜顿了一下，一咬牙将灵符拿了出来，递至武媚娘面前。

"这个，是我昨夜在御花园帮太妃娘娘接露水的时候，不小心看到淑妃娘娘埋下的。"

听到淑妃两字，武媚娘眉头一紧，伸手接过符看了一眼，而后目露惊讶之色，"这上面怎么会有萍儿的生辰八字？"想到萧淑妃必然不会有什么好心，她急问："春喜你快说，这是怎么回事？"

"我也觉得好奇，所以就去问了太史令李淳风，太史令说这是用来压惊的符咒。"既然开了头，后面的话也就顺畅了，春喜不再迟疑。

"压惊？"武媚娘心中隐隐地有了预感，于是更急切地想要证实。

"是，就是用来阻止婴灵缠身的符咒。"春喜肯定地点了点头，神色沉重地道。

一旁的柳儿也渐渐听出了苗头，不由惊呼出声，"娘娘这……"

武媚娘抬手打断了她，强忍着胸中翻腾的情绪，对春喜道："春喜，本宫知道这件事了，宫廷里最忌讳这种事，你记得，万不可向别人提起此事。"

"是，我知道了。"之前压在心口的沉重感觉终于散开，春喜松了口气。

"你下去吧。"武媚娘点头。

"娘娘，难道说淑妃娘娘她……"春喜一走，柳儿忍不住开口。

"柳儿，别乱说话！"武媚娘呵斥住她，淡淡道："说话是要讲证据的，这规矩你不是不懂。"

"是。"柳儿不敢再说。

"好了，本宫累了，你下去吧，我想一个人待会儿。"武媚娘虽然竭力控制，语气还是越来越冷。

柳儿心中生起惧意，忙应声匆匆走了出去。

直到屋内只剩下自己一个人，武媚娘才慢慢收紧手，将灵符揉成一团，眼里射出刻骨的恨意，几乎是从牙齿缝里迸出三个字。

"萧淑妃！"

三日后，南昌王与殷浩快马加鞭赶在七日法事的最后一晚回到长安，却是空手而归。

"我们找了一圈，才发现原来血玉琉璃链早已被袁天罡夺去了！"殷浩气愤地道。

李淳风看上去并不意外，淡淡道："看来，袁天罡阴谋布局，已经不是一天两天的事儿了。"

"血玉琉璃链必须要从他手里夺过来。"南昌王沉吟道，"但在此之前，一定要皇上不被他控制才行。"

李淳风摸着胡须点头，胸有成竹地道："担心你们在法事做完之前赶不回来，我已想好了拖延时间的办法。"

闻言，两人一闪长途奔波的疲惫，连忙追问。

待李淳风说明自己的计策，南昌王思索了一下，而后道："也许我们可以趁此机会，把链子骗过来。"

听他如此说，殷浩也不由急急开动起脑筋来，半晌一拍桌子，"有了！"

于是，如此如此，这般这般，三人互补遗漏，连夜订下了一计，又各自去按计安排。

待回到王府，南昌王只来得及洗了个澡，连觉也没睡，便去早朝了。刚走到太极殿外，小顺子便急急慌慌地跑了来，把他给请去了甘露殿。他心中一笑，知道计策开始实施了。

刚到甘露殿，就听见王公公正在那里大喊传太医，他迈步走了进去。

"王公公，这是怎么了？"

王公公一见他来到，如遇救星，忙迎上来，语气焦急却清晰地道："回王爷的话，皇上打昨晚睡下到现在一直都没醒，皇上平时这会儿都要早朝了，老奴怕……"

"哦？怎么会这样？"南昌王皱起眉头，一边问，一边往里面龙榻走去。

"这，奴才也不知道啊……"王公公跟在他后面，哭丧着脸回。

到了龙榻边，南昌王俯身看了眼沉睡不醒的李治，沉默了许久，就在王公公心里开始不安的时候，终于开口："别找那帮庸医了！皇兄这样，肯定跟吃了长生不老药有关，你速去传国师来！"

被这样一提醒，王公公登时觉得有理，忙喊小顺子去叫袁天罡。

一刻钟之后，袁天罡从外面匆匆而入，与他同来的还有听见风声的李淳风。

"国师，你快给看看吧，皇上他怎么了？"王公公着急上火地迎了过去。

袁天罡给南昌王见过礼，走到龙榻边，看到昏迷不醒的李治，眼中掠过一抹惊慌，沉肃着脸给他检查起来。

李淳风和南昌王对望一眼，走上前，"国师，皇上情况如何？"

南昌王则毫不客气地质问道："袁天罡，不会是你的长生不老药出了什么问题吧？"

袁天罡闻言一震，但很快又恢复镇静，淡淡回答："这些都是正常反应，王爷和太史令何必如此惊慌。"说着，头也不回地对在场所有人道："你们暂且回避一下！我要为皇上运气，助他醒来！"

南昌王和李淳风却不肯走，冷笑道："为什么不能当着我们的面？难道国师有什么事情藏着不能让我们知道吗？"

袁天罡心中烦躁，失去了耐性，冷喝道："王公公！"

王公公一惊，忙上前对两人哀求道："王爷，太史令，老奴求你们了，先出去吧！让国师赶紧救醒皇上，才是最要紧的！"

南昌王和李淳风哼了一声，不情不愿地甩袖而出。

等王公公也走了出去，袁天罡上前将门栓好，回到龙榻边，将李治扶坐起来。手抵着李治的背，输入内力，又从身上拿出银针，飞快地在他身上数处要穴上扎了一圈。一声轻哼，人终于醒转，只是仍迷迷糊糊的，一副不知人事的样子。

袁天罡已经有些慌乱。按理说，法事在昨日已经完成，李治表面上看去应当如正常人一般才对，摄魂丹更不可能令人昏迷，难道是药效出了问题？

心中觉得不妥，他抬手将银针刺入李治颈后穴位，问："李治，你还记得，我让你做什么吗？"

"两天之后，传皇位给袁天罡。两天之后，传皇位给袁天罡……"李治语气空洞木然，一遍又一遍地重复着相同的话。

见状，袁天罡释然一笑，正想收针，砰地一声，门被砸开，南昌王和李淳风带着一队手持兵刃的羽林军冲了进来，将他团团围住。

"袁天罡！你欺君犯上，用邪术蛊惑当朝皇帝，其罪当诛！给我拿下，押入天牢！"

袁天罡虽是一惊，却并不反抗，由得羽林军将他押下。临去前，他对着南昌王语带讥讽地道："王爷以为拿下我，便能令他恢复吗？可笑啊可笑！"语罢，狂笑而去。

李淳风皱眉，看向南昌王，"王爷，大牢那边都安排好了么？"

"过几日必见结果。"南昌王一笑，微微颔首。不得不说，袁天罡临去前的狂态让他心中很不舒服。

袁天罡的心理承受度和反应都与常人不同，他真的会中计吗？昨夜定计以来，南昌王首次产生了怀疑。

第三十三章

南昌王的功夫其实较袁天罡相差无几，以前对上过数次，没一次占到过便宜。此时虽然知道自己与他缠斗于计划无益，但也不是想脱身就能脱身的，只好打起精神与他过招。

连着三日，既无人提审袁天罡，也无人来向他拷问索要解救李治的办法，甚至连狱卒都不跟他说一句话，仿佛他已经被遗忘在了某个与世界无关的时空。牢中的其他犯人也都是吃饭的时候吃饭，睡觉的时候睡觉，不会多蹦出一个声音来。整个牢房中，只有狱卒送饭进来时开锁的响声，沉重的脚步声，以及犯人吃饭小解睡觉翻身的声音，空寂安静得诡异，诡异得让人心中发毛。

袁天罡第一日尚悠然自若，第二日开始不时望向牢门，期待着人来提审自己，第三日他终于坐立不安起来。

就在这一天傍晚，已过了送晚饭的时间，狱卒还没来。这是入狱三天以来死气沉沉的气氛中第一次出现的异常，他并没有觉得高兴，反而升起了一股不祥的感觉。勉强压下心中的烦躁，盘腿坐在破席上打坐。

哐当一声，牢房外面的大门被打开了。他睁眼看去，发现狱卒那死灰的衣裳后面多出了一抹绿色。片刻后，那抹绿色从狱卒的背后走了出来，竟然是尚食局的春喜。

春喜拎着一个食盒走到他牢房的外面，然后蹲下，从里面端出一盘盘精美的菜肴，送进牢栏内，摆在他面前。

"国师，皇上命尚食局特地做这顿饭给你，请你好好享用！"春喜说，最后拿出一壶酒，也递了进去。

"皇上说国师虽犯下蛊惑君王这等大罪，但念在国师也曾立下不少功劳，所以还特地赐了这壶酒给你。希望你喝了这壶酒好上路。"

春喜淡淡说完，不等袁天罡问话，便起身走了。

皇上醒了？袁天罡被她话中所透露的讯息震住，片刻后才回过神，看着面前丰盛的酒菜，眼中浮起一抹惊疑不定的神色。就在这时，对面牢笼里一直安静的犯人突然对着狱卒喊了起来。

"为什么只有他吃那么好的饭菜!快点,给老子弄一份!酒,老子也要一壶酒!"

狱卒本来正要离开,听到喧闹,手中锁链哐啷一声狠狠砸在牢柱上,暴喝一声闭嘴。等那犯人被吓得安静下来,才回头看了眼袁天罡,讥讽地笑道:"真到给你吃的时候,你就不会想要了!这是什么酒,你也敢喝?这可是上路前的黄泉酒,喝过今朝,下次再喝,可就是忌日的时候别人洒在你坟前的了!"说着,就要离开。

袁天罡被他突如其来的发作吓了一跳,而后才蓦然反应过来,越想越慌,突然起身冲到牢门前,对着那个快要走出去的狱卒喊道:"狱卒大哥,麻烦过来一下!"

那狱卒对他算是比较客气,没有喝骂,只是有些不耐烦,"什么事啊,国师?"说着,慢腾腾地走了过来。

袁天罡从身上拿下一块随身的上好玉佩,塞到狱卒手中。"这是我一点心意,麻烦你帮我把我的徒弟阿光带来!"

既没收下也没推开那玉佩,但狱卒的神色明显和缓了许多,回道:"不行啊,国师,王爷下令不准任何人来看你,恕小的无能为力。"

"狱卒大哥,我明天就要上路了,难道让徒弟来,交代一下我的身后事也不行么?"袁天罡低声下气地恳求。

"这……"那狱卒看了眼放到手上的玉佩,有些迟疑。

袁天罡将狱卒的手合上,低声道:"麻烦你了!"

狱卒点了点头,将玉佩揣入怀里,转身走了。

更打二鼓,牢门再次被打开,阿光跟在狱卒后面走了进来。

"别太久啊,不然上面要是怪罪下来,我可担待不起!"狱卒将阿光引到袁天罡的牢笼前,叮嘱了两句便离开了。

袁天罡看着狱卒走远,确认周围再没别人,这才让阿光附耳,小声地问:"皇上是否已经清醒?"

阿光摇了下头,就在袁天罡要松口气的时候,阿光说出的话却让他一口气卡在喉咙里不上不下。

"徒儿不知。这几日皇宫戒严,外面的人混不进去,里面的消息也传不出来。但是今天又早朝了。"顿了顿，仿似怕师父不明白，阿光又补充道："前两天据说皇上偶感风寒，都没早朝。"

袁天罡脸色发白，唇颤抖了半晌，才又问："血玉琉璃链是不是被他们夺走了？"

阿光眼中露出疑惑的光芒，"没有啊，师父！我早上还有查看过，还是老样子。"

"这几日都没有人去府里搜查吗？"袁天罡皱眉问。按理，若他们知道破解摄魂丹需要血玉琉璃链，必然会想尽办法去寻找，不可能查不到那链子在自己那里。那么他已入狱，他的家如何得以逃过被搜之厄？

阿光茫然摇头，"没有人来过。"

袁天罡一惊，突然有些弄不清他们是另外找到了破解摄魂丹之法，还是被别的事耽搁了暂缓查抄袁宅，又或者是在虚张声势，混淆视听。

努力压制住心中的慌乱，他思索了片刻，而后毅然道："你现在立即回去，收拾好紧要的东西，找个地方躲起来。"覆巢之下无完卵，若李治真的醒了，等缓过神，又怎会放过他的徒弟。

"师父，那你……"阿光担忧地道。

"你别管，我自有主张。"袁天罡打断了他，又喝道："快走！"

阿光眼中浮起泪光，但他素来不会违逆袁天罡的话，咬牙重重点了一下头，便转身走了。

袁天罡吐出一口气，返身回到破席上，盘腿坐了下去。

三鼓刚过，袁天罡突然惨叫一声，口吐鲜血萎顿在地。两个狱卒闻声跑了进来，看到倒在地上的人，大惊失色。

"你快进去看看。明天才处斩，别今天就死了，皇上怪罪下来，你我可担当不起。"那个收玉佩的狱卒急道。

锁住袁天罡那间牢房的门锁哐啷打开，一个狱卒走了进去，正要俯身察看，袁天罡突然一跃而起，五指箕张，直取狱卒的喉咙。

那狱卒一惊，惊惶失措地抬手一挡，大约是运气好，竟然刚好挡住了那一记杀着。袁天罡见错过了最佳时机，在门外狱卒示警前，先是一掌拍飞身旁的狱卒，而后纵身跃了出去。门外狱卒手中拿着铁链，扑了过来阻挡，却被他一脚踢开。几个起落,袁天罡已到了牢房大门处。接着门外传来呼喝之声,显然外面的人正与他对上。

只见那个进去查看差点丢掉小命的狱卒从墙根站了起来,拍了拍身上的灰,面无表情地走了出来,竟是泰常。另外一个狱卒走到对面的牢房前,打开门,放出里面那个之前叫嚣的犯人,却是殷浩。

殷浩对泰常摇了摇头,道:"那袁老贼果然狡猾,竟然不漏一丝口风,幸好王爷调整了计策!"

泰常点了下头,然后拍了下正在旁边把玩袁天罡那块玉佩的狱卒,言简意赅地道:"谢了!"

"去!"那狱卒一把推开他的手,吊儿郎当地往外晃去,"哥稀罕的是国师爷身上的东西,你谢个屁……下回有这种好事再来找哥啊!"他摇了摇手中玉佩,走了。

泰常眼中露出一丝笑意,回头看到殷浩正一脸惊讶地看着那狱卒离去的背影,不由轻咳了一声,道:"走吧。"

殷浩"嗯"了一声,两人并肩往外而去,看到那狱卒正蹲在外面桌边跟其他被袁天罡打得落花流水的人一起在那里呦五喝六地赌骰子,还是没忍住低声说了一句:"这人有点意思。"

泰常没说话,那人却在一片吵闹中突然抬起头看了殷浩一眼,那眼神如有实质,直把殷浩看出了一背冷汗,暗想这人好敏锐的耳朵。

两人出了天牢,骑马直奔袁宅。在那里,南昌王已布下了天罗地网。

袁天罡逃出天牢,直奔袁宅,他必须赶在自己逃狱的消息传到南昌王等人耳中前回府一趟,看看那样东西,若是还在,就带着离开此地一段时间,绝不留给李治。等王皇后绝了出冷宫的希望,自然便肯跟他走。

因为长安城执行宵禁,到处一片安静,只有巡逻的禁军不时经过,带走一些因各种原因流落在街上的人。他躲过几队巡逻,已到了他府宅所在的那条街。这条街如同以往一般静悄悄的,看不出有什么异常。他躲在暗处,目光如鹰枭般锐利地扫过各处可藏人的死角,直到确定无埋伏后,方才迅速地靠了过去,没有敲门,直接从墙头翻入。在花园的草木间藏了片刻,发现袁府一切正常,有一两间下人的屋子尚未熄灯,其中一间门突然打开,一个丫环端着盆出来，倒完水又走了进去，然后灯啪地一下熄了。一切都如平时一样。

他的心略略放下，径直闪向炼丹房。丹房的灯还亮着，里面有人叹息的声音，他透过缝隙看进去，发现是阿光。于是伸手去推门，门没栓，轻轻一推就开了。

阿光正坐在丹房的蒲团上发呆，身边放着一个布包袱，听到声音，一惊看了过来，喝道："谁？"待看清来人，脸上露出惊喜的神色，慌忙站起身迎了上来。

"师父，你被放回来了吗？"如果是这样，那么他是不是就不用离开了？

袁天罡回身将门关上，没有看他，而是径直走向丹炉。"我逃出来的，你准备一下，我们马上就离开。"

阿光大惊，但却没说什么，答应了一声。

袁天罡走到丹炉边，伸手到丹炉里面，拨开里面的灰，从下面摸出一根项链。灰烬掉落，项链显出其血红色耀眼的本色来。显然经历过无数次跟丹药一起炼制的过程，但对它并没有任何损害，反而愈见夺目。

"这东西怎么这么怪，敲也敲不烂，烧也烧不化的……"阿光嘀咕。

袁天罡冷哼一声，手捏紧了那血玉琉璃链，一副恨不得要将它捏碎的样子。事实上，自从他杀了姓宋的老头夺来这条链子之后，便想将之毁掉，然而用尽了办法，它却丝毫无损，让他恼怒不已。如今连逃命都不得不回来带上它，他真是受够了……

"走！"他将琉璃链放入怀中，对阿光低喝一声，转身往门边走去。

就在手按上门的那一瞬间，他心中突然生起不妥，停了下来。

"师父，怎么了？"阿光差点撞在他身上，奇怪地问。

袁天罡没有说话，回身一把掏出血玉琉璃链放到阿光手里，然后将他推到丹房后面的窗子旁，"你带着血玉琉璃链从这里走，出去后就别再回头了，走得越远越好，别让人抓住！"他宁可死，也不会把血玉琉璃链留给李治。

"师父，你不跟我一起走吗？"阿光不解，不是刚刚还要一同走的，怎么又变卦了？

"快走！"袁天罡没有解释，一把顶开窗户，推着阿光爬了出去。

刚放下窗子，门便被嘭地一下踢开了，南昌王带着一队羽林军出现在门口。原来袁天罡被关押的这几天，他一边让人潜进袁宅搜找血玉琉璃链，一边不动声色地将附近房屋的住民请到别处，然后埋下人马，随时注意着里面人的动向。阿光自然不会被放过，连他所得到的消息都是南昌王等人有心散播的。等到袁天罡中计越狱，回到袁宅之后，他们便迅速地包围住了整座宅子。

南昌王料到袁天罡必然是回来拿血玉璃琉链的，那东西也不知被藏在哪里，暗中连找了三天都没找到，否则也不必这么费事了。然而站在外面，眼看着袁天罡就要推门出来，却突然又退回去了。他心中觉得不妙，立即带人上前撞开门。

看到屋里只剩下袁天罡一人，阿光已不知去向，南昌王知道自己迟了一步，也不多说，一挥手，淡淡道："跑了一个，追！"整座宅子已被包围，原本不虞被人逃出，但过了这么久都没听到打斗的声音，也不知那阿光从何处逃的，目前只能解决了袁天罡，方才能慢慢搜查这屋子了。

他话音未落，袁天罡已先一步扑了过来，目标显而易见就是他，看样子是打算来个"擒贼擒王"。

南昌王一个倒仰避开他的攻击，同时双脚连踢直取对方下盘，眨眼之间，两人已战在了一起。他带来的禁卫见状，想要扑上相助，却又怕误伤，都只能团团围在外面，还有部分人开始在屋内寻找别的出口，另外有人则退出丹房，通知其他人阿光逃跑的消息。如果让阿光跑了，他们这趟就算白忙活了。

那袁天罡显然看出其他人投鼠忌器，因此只一味紧缠着南昌王，不让他脱身。

南昌王的功夫其实较袁天罡相差无几，以前对上过数次，没一次占到过便宜。此时虽然知道自己与他缠斗于计划无益，但也不是想脱身就能脱身的，只好打起精神与他过招。

就在两人战得难分难解的时候，殷浩的大嗓门突然传了进来，"嘿，你们这么多人怎么都站在旁边看，也不上前帮帮王爷，让开让开，我来……"随着他的说话声，一个大棍子凭空出现，往袁天罡身上敲去。

那袁天罡一个侧踢，南昌王扭身闪躲，转瞬间两人调换了一个位置，眼看着殷浩的大棒就要招呼上南昌王的脑袋，一个禁卫飞快出手抓住了。南昌王出了一身冷汗,心中一边大骂殷浩,一边抵挡袁天罡凌厉的攻势。

"教坊使,小心误伤王爷……"那个出手抓住棒子的禁卫低声劝道。

"这后面的窗子通着一条暗道!窗子上有土,人是从这里逃走的。"丹房后面一个禁卫的喊声同一时间传来。

殷浩精神一振,再顾不得南昌王,转身就往那边跑去,"快追!"

就在他跟在前面的禁卫后面想要爬过窗子的时候,门口的方向突然响起一声大喝,让他僵在了原地。

"住手!让开!否则我就杀了武宸妃!"

殷浩僵硬着身体回到丹房前面,入目的情景让他浑身血液几乎冻住。

只见原本已经逃出去的阿光竟然又回转了,此时正拿一把匕首抵在武媚娘的脖子上,一步步走进丹房。

南昌王和袁天罡已经停下了手,一个目露惊诧之色,不明白原该在皇宫里安安稳稳睡觉的武媚娘怎么落到了阿光的手上,一个则一脸怒色,为阿光的返回。

就在此时,禁卫军迅速上前,将南昌王与袁天罡隔开。

"让开,放我师父走,否则我就要了她的命!"阿光见状,怒目喝道,说着,匕首下压,划破了武媚娘的皮肤,血珠浸了出来。

殷浩心中一疼,忙喊道:"你别乱来!"说着,转头看向南昌王,目露哀求之色:"王爷……"

原来那些禁卫只听南昌王的命令,若南昌王不发话,就算武媚娘真的死在面前,他们只怕也不会动弹。

南昌王扫了眼周围,没发现泰常的身影,心中已有计较,一挥手道:"让袁天罡走!"说着,看向阿光,"她可是皇上最宠爱的妃子,你伤了她,小心株连九族!"

阿光没有理他,转向袁天罡道:"师父……"

"一起走!"袁天罡来到他身边,然后道:"让他们备马。"

"听到我师父的话没有,备马!"阿光见师父无事,心里安定下来,冲南昌王吼道。

这一次,南昌王并未答应,而是冷笑道:"一人换一人,你们两人中只能走一个。"

殷浩的目光一直盯着武媚娘颈间的匕首，早已紧张得双手冒汗，闻言一惊，不解地看向南昌王，不明白他为什么还要冒险讨价还价。

阿光显然脑子不太灵光，也没多想，直接就道："那师父你走，我留下。"

袁天罡叹了口气，看向南昌王，不屑地道："如今人在我们手中，由不得你们，废话少说，让开！"说着，在后面轻推了阿光一下，示意他往外走。

南昌王脸上露出无奈之色，转头吩咐道："去备马。"然后又大喝一声，"所有人都让开，让他们过去。"

阿光脸上露出喜色，挟着武媚娘一步一步往外面挪去，袁天罡负手跟在他后面，像是闲庭信步一样。殷浩则与其他禁军一样离他们一段距离，一步不离地跟着。

就在他们出了大门，快要到准备好的马前时，南昌王突然大声道："阿光，血玉琉璃链是不是在你身上？"

阿光正因为马上就能逃离而有所松懈，闻言下意识地回头，便是趁着这个空隙，武媚娘一口咬在他拿匕首的手上，同一时间，咻咻咻数支利箭从屋顶射向袁天罡。那箭射的角度极为刁钻，即便是袁天罡早有戒备，左肩和右腿还是中了招。

而那边阿光吃痛，手一松，武媚娘一挣脱离了他的挟持。阿光大怒，匕首一扬往她刺去。一切发生在电光火石之间，只有一直紧盯着他们又离他们最近的殷浩最先反应过来，身体一纵扑了过去，一把拉开武媚娘，自己却被阿光的匕首刺中胸口。这一缓冲的时间，跟在后面的禁卫也扑了过来，乱刀砍下，阿光倒在了血泊中。

袁天罡本来想伸手去拉阿光，带他上马，见状只能一咬牙，忍着箭伤，脚尖点地，跃上了不远处的马匹，一拍马臀，往巷口逃去。

泰常手持弩弓从屋顶死角上站起，跃下地来，率着一队禁军紧跟着追了上去。

殷浩捂住出血不止的胸口，上前从阿光身上摸出血玉琉璃链，交到被吓呆的武媚娘手中："媚娘，给！快拿去……救皇上……啊……"他的手上沾满鲜血，染得血玉琉璃链更加璀璨夺目。

南昌王本来想上前察看他的伤势，见状，顿了一下。

武媚娘接过血玉琉璃链，看着殷浩，红了眼圈，"傻子，你干吗要替我挡刀啊？"

血仍在从按着伤口的指缝间浸出，殷浩却忍着痛，脸上露出笑容，"因为你是我……最在乎的人啊。"

武媚娘望着殷浩，突然心头一酸，眼泪落了下来。

知不能再让他们继续对望下去了，南昌王走上前，对武媚娘道："娘娘，我们分头行动。我送殷浩回内教坊请御医，你带着血玉琉璃链去救皇上！"

武媚娘点了点头，又看了一眼，然后在一队禁卫的护送下回了皇宫。

有禁卫上前给殷浩暂时止了血，粗陋地包扎后，方才带他上马，由南昌王亲自送返内教坊。

殷浩的伤口很深，靠近左胸的位置，若再刺偏点，那么他也就交待了。

张太医给他处理好伤口，交待卧床静养后，便走了出来，闻讯而来等在外面的春喜立即带着一双哭得又红又肿的眼睛冲了进去。南昌王顿了一下，叫住太医，细问殷浩的情况以及需要注意的事项。

将太医送出内教坊，返身回来时，春喜正在给殷浩擦脸。

烛光下，春喜微弯着腰，动作轻柔至极，美丽的小脸上是无法掩饰的心疼。殷浩看着她明显哭过的眼睛，眼中有着难言的感激与怜惜。

再没眼色，南昌王也知道这种时候自己还是不要进去的好，于是转身决定回王府。

"王爷，袁天罡跳进了永安渠，让他逃了。我让人在沿渠搜找，是否要全城戒严搜查？"泰常无声无息地来到身边。

南昌王停下脚步，片刻后，淡淡道："不必。他如今只是一只丧家之犬，又有箭伤在身，翻不起大浪。血玉琉璃链已到手，咱们不必赶尽杀绝。"

"是。"对于他的决定，泰常一向没有异议，接着回报另外一个消息，"皇上已经清醒，御医说只需调养。"

"终于结束了。"南昌王点点头，长吁一口气，而后转头对着泰常一笑，"这次多亏了你，我放你几天假，你好好休息几天吧。"此次他们先以药迷晕李治，借机揭穿袁天罡的阴谋将他打入天牢，再故布疑阵，诱他越狱，找出血玉琉璃链，趁势夺之。一切安排得天衣无缝，只是必然要舍弃几个狱卒。

他过不去心里那道坎,不愿牺牲无辜之人,还是泰常主动提出假扮狱卒,又找了他几个旧时同袍来,保证不会出人命,方才解决了此事。

"谢王爷!"泰常拱手,微笑,神色间并无立了大功之后的骄矜之色。

"对了,武媚娘怎么会被阿光抓住?"这实在太天外奇谭了点,一个后宫妃嫔竟然半夜三更跑到宫外去,然后还被抓住。若不是南昌王知道她的心思,只怕真要以为她和袁天罡是一伙儿的。

"我在来时遇到被侍卫送回宫的柳儿,柳儿说'宸妃娘娘得知袁天罡越了狱,又知王爷在袁宅布下陷阱,欲引其入彀,以夺血玉琉璃链,想来看看能不能帮上忙,以尽微薄之力。没想到在路上阿光突然冒出来,然后他就把娘娘抓走了。'"泰常面无表情地将柳儿的话原封不动地重复了一遍。

看出泰常的不以为然,南昌王以手握拳抵着唇轻咳了一声,压住笑意道:"幸好她来了。要不让阿光逃走,要再找到还得费一番工夫。"说到这儿,他突然想起一事,问道:"你将袁天罡的宅子几乎翻了个遍,却找不到血玉琉璃链。你猜他放在哪里?"

"请王爷赐示!"泰常当然不会猜。对这件事,他是很有些郁闷的。

"在丹炉灰里。"南昌王道。他进屋时便发现丹炉边散着一些炉灰,立即明白过来,为什么泰常怎么都找不到了。以常人思维,宝物就算不珍而重之地收藏,也要好好保护才是,怎么可能放在可能会损毁它的地方。他们根本没想到,袁天罡其实是最想毁掉血玉琉璃链的那个人。

看到泰常脸上的神情由惊讶到恍然大悟再到懊恼不已,南昌王笑了起来,突然发现看他吃瘪其实很有趣。

房内,春喜发现殷浩目不转睛地看着她,脸不由微红,轻轻打了他一下,嗔道:"干吗这样看人家!"

殷浩吃痛,"哎哟"一声叫了出来,"疼死我了!"

春喜被吓住,慌忙给他揉了揉自己打的地方,焦急地问:"是不是碰到伤口了?"

殷浩见她急成这样,憋不住笑了起来,"逗你的!"

春喜又气又急,在殷浩身上直捶。殷浩想躲,却突然抽了口冷气,痛得说不出话来,好一会儿才幽幽地道:"这回真碰到伤口了。"

春喜僵住，默默地收回手，却又忍不住摇头骂他："活该！要我说啊，你就是个大笨猪！你逞什么能啊？这回好了，那刀的位置要是再偏一点伤到心肺，我看你现在还笑得出来？"

"哎呀！我说春喜姐，你能不咒我吗？还嫌我伤得太轻啊？"殷浩苦笑。

春喜哼了一声，回身端过汤，"来，喝点汤吧，这可是我好不容易煲出来的！"想到之前煲汤时听到他受伤的消息惊得魂飞魄散的感觉，她眼圈不由又是一红，回身用袖子偷偷抹去里面的酸涩感觉，这才用勺子舀起汤喂到殷浩嘴边。

殷浩心中一软，没敢拒绝，就这样就着她的手，一勺一勺地将汤喝下，嘴里还不停故作轻松地夸赞："春喜，你实在是太好了！谁要能娶到你，那可是三生的福分！"

春喜心里一甜，嘴上却没好气地道："就你嘴上抹了蜜！别废话了，快喝！"

这时，武媚娘带着柳儿走了进来。看到春喜正在喂殷浩喝汤，两人之间笼罩着一股说不出的温馨宁谧，她不由一愣，心里升起一股说不出的别扭感觉，仿佛是误闯了别人的禁地，又像是自己的东西被人夺走了。一时不知该上前，还是就这样转身离开。

殷浩首先看到了她，脸上立时露出愉悦的笑容："媚娘，你来了？"

武媚娘不再犹豫，点了点头，笑着走上前。

"殷大哥，你怎么样？伤口还痛吗？"她的目光在他胸口上扫过，见包扎妥当，显然御医已经来过了。

她靠得太近，春喜不得不站起身，退到一边。

"没事，好多了。御医说刚好没有伤到脏器，养几天就会好了。"殷浩大咧咧地道，虽是这样说，他却没敢逞强，仍躺着没动。目光突然瞟到她被缠上白巾的脖子，立即紧张起来，担忧地问："你的伤怎么样了？"

"我没事，只是破了点皮。"武媚娘脸上露出放心的表情，笑道："皇上一直在念叨，说改日要办大宴，谢谢你和王爷的舍命相救呢。"

"办大宴？"殷浩大笑，"那还不得我去忙了。我可是教坊使，这些事儿都归我管啊！"

闻言，武媚娘也不由一笑。春喜见两人言笑晏晏，突然觉得有些尴尬，仿佛自己是那个多余出来的人，深吸一口气，她对着武媚娘行了一礼，"娘娘，奴婢先退下了。你们慢慢聊。"

武媚娘却抬手拦住春喜，温柔地道："春喜姑娘，你别走。本宫也没有什么太过特别的事，只是来看看殷大哥伤势如何，既然他情况还好，那本宫也就放心了。"说着，转向殷浩，"殷大哥，你好好休息，我还要回宫去照顾弘儿。先走一步了。"

"啊？这就走了？"殷浩脸上露出明显的失望。

武媚娘却毫不犹豫地"嗯"了一声，对春喜道："春喜姑娘，照顾殷浩的事情，就有劳你了。"虽然不舍，但她更清楚有的东西是她不该留恋的。

说完，她转身便带着柳儿头也不回地走了。

春喜送她离开后，回头看到殷浩脸上恋恋不舍的表情，心中不由五味杂陈。

数日后，已痊愈的李治在御书房召见南昌王，南昌王路遇同样被召见的李淳风，于是两人并肩前往。

李治正在专心地练习书法，王公公见两人到来，正要禀报，就被李治抬手打断了。两人只好在旁静等。

随着他笔走龙蛇，片刻后，一个大大的仁字出现在雪白的宣纸上，墨汁饱满，泛着柔润的光泽。

李治吁出一口气，放下笔，抬头笑着看向两人："十五弟，李爱卿，你们看看，朕这字写得如何？"

闻言，两人皆上前一步，仔细端详。半响，南昌王首先开口："皇兄，观你这字，虬然有力，气蕴神足，看来身体已经恢复了不少啊。"

李治颇为得意，拍着南昌王的肩，笑道："真不愧是朕一手看大的弟弟，从一个字都能看出这么多。不过朕这几日清心善养，身体确是一日比一日好了。"说着，他转向李淳风，问："李爱卿，你看呢？"

李淳风摸着胡须，做出一副得道高人的样子，微笑道："皇上，《韩非子·解老》一篇中说，仁者，谓其中心欣然爱人也。《礼记·经解》中更说，上下相亲谓之仁。皇上大病初愈、大患方除之时，先写下这仁字，实是意义非凡。看来，仁心仁政，才是皇上真正想做的事啊！所谓仁者无敌，皇上亲政爱民，此举必得万民拥戴，是为一代仁君啊！"

一番话说得南昌王目瞪口呆，暗道这老小子拍马屁的功力真是越来越深厚了啊。

李治却听得极是喜欢，大笑起来，"知朕者，莫过于李爱卿啊！"说着，一手一个拉着两人走到席上坐下，王公公忙为三人奉上茶。

"十五弟，袁天罡找到了吗？"李治端起茶喝了一口，突然问。

南昌王心中一紧，面色不动，平静地摇头："没有。"总不能告诉他自己其实没用心去捉人吧。

"立刻全国缉拿他。朕虽要施行仁政，但这个乱臣贼子，竟敢欺骗朕那么久，朕不能轻饶于他！"李治目光一凛，冷声道。

"是，皇兄。我一定尽力去办。"南昌王恭敬地应。既然皇上如此下令，他遵旨就是。

"嗯，你们救驾有功，朕都会有所封赏！"李治点了点头，大约是心情舒畅，说着又哈哈笑了起来。

南昌王和李淳风连忙起身谢恩。

"对了，媚娘此次功劳也不小，王公公，传话下去，让媚娘一个时辰后去御花园，朕要和她好好喝一杯。"李治又道。

王公公领命而去。

李淳风和南昌王见他对为夺血玉琉璃链而重伤在床的殷浩提也不提，眼中都不由露出惊疑不定的神色，暗忖难道殷浩与武媚娘走得太近，已经引起了他的反感吗？

而让他们为之担忧的殷浩，这段时间却因为伤势整日百无聊赖地躺在床上，脑子里除了武媚娘还是武媚娘，虽然他在人情事故上比较迟钝，但仍在很早的时候就隐隐感觉到了她的变化，只是一直没太放在心上而已。仔细回想，这种变化是自从武顺死后开始的，直到在处置王皇后一事上两人出现明显的分歧，他才不得不正视这一点。如今他对她的心意仍然不变，但却开始有些害怕，害怕她会变得越来越让他陌生，害怕他对她曾经至死不渝的感情总有一天会被消磨殆尽……

无声地叹了口气，他努力挥开那日两人争执的场景，觉得口有些渴，于是勉强撑起身，想要倒水喝，却不小心扯到伤口，疼得他按住胸口侧倚在桌上，好一会儿都缓不过气来。

春喜正拎着食盒进来，正好看到，慌忙放下食盒上前扶他靠在床头，不高兴地责备道："你不好好在床上躺着，起来做什么啊，不知道自己伤得很重吗，怎么样，有没有事啊？"

"没事，没事，我只是有点儿渴，想起来倒杯水喝，哪知自己还是那么没用。"殷浩见她着急，赶紧解释。

"葫芦呢？他怎么不在这儿好好伺候师父，想喝水还要自己倒。"春喜脸上神色微霁。

"我让他去睡了，这几天他一直守着我，也够累的了，让他歇着吧。"殷浩叹气。

春喜没有再说什么，转身倒了杯水，小心地喂他喝下。

"对了，春喜，这么晚了，你不休息，上我这儿来有事吗？"解了口渴，伤处的疼痛也缓解了，殷浩这才想到要问。

春喜一笑，道："我呀，我看你最近没怎么吃东西，所以做了点可口的小点心来给你尝尝。"说着，返身去拎过食盒，揭开盖子，现出里面几样精致的点心来。

"哇，这么晚你现做那么多点心啊？"殷浩惊讶，眼睛亮晶晶的，一脸垂涎欲滴的样子。

春喜被他这样子逗笑了，拈起点心递给他，"是啊，你吃吃看，看喜欢哪种，我回头再做给你吃。"

殷浩看看点心，又抬头看着春喜，眼中流露出感动的神色，"谢谢你，春喜！"

"哎呀，客气什么，来。"春喜被他看得不好意思，故意粗鲁地道，同时将手中点心又往他面前递近了些许。

殷浩不再迟疑，伸手接过，然后一口一口吃下。春喜看着他吃东西的样子，脸上露出开心的笑。

"春喜姐，什么事儿那么开心，说给我听听。"殷浩正好抬头看到，好奇地问。

"哪有啊……我只是……只是想起了我的梦想而已。"春喜脸微红，结结巴巴地道。她当然不能说，她开心是因为看到他在吃她亲手做的东西。这个理由，实在羞死人了。

"什么梦想？"殷浩茫然不觉她小女孩的心思，大咧咧地问。

提到梦想，春喜脸上羞涩微敛，眼中浮起憧憬的光芒："我啊，想有一天能把我干娘所有做点心的手艺都学会了，然后那个时候我也到了出宫的年纪，我就回乡去开一间点心坊，做各种各样的点心给人们吃，当然还要给我喜欢的人吃。"最后一点，其实也算是实现了吧。她微笑着想，心里甜甜的。

"好想法！"殷浩赞道，"好，要是真有那一天，我殷浩就也辞官还乡，别的干不了，我就在你隔壁开一个磨坊，每天磨最新鲜的面粉给你做点心，好吧？"他最向往的不就是这样的日子？只可惜媚娘不想要。想到武媚娘，殷浩神色微黯。

"真的？"春喜闻言露出惊喜的神色。

"我……"见她这样认真，殷浩却迟疑了。媚娘不肯离开这里，他就不敢再给别人承诺。

"就知道你舍不得离宫，吃你的点心吧！"春喜心中微冷，脸上却没显出来，而是故作没好气地道。

殷浩"唔唔"两声，赶紧拿点心塞住了自己的嘴巴，生怕再说出什么不可收拾的话来。

第三十四章

　　答应了南昌王,殷浩这一日便有些心神不定,连晚上都辗转反侧,也不知是太过激动还是因为情怯,又或者是其他原因。好不容易熬到天亮,却又不好一大早跑过去,只能耐着性子,找各种理由一直磨蹭到下午才终于鼓起勇气往明月殿走去。

自从李治清醒过来第一眼看到的是武媚娘，并得知她为了血玉琉璃链还差点死在阿光的刀下之后，便更加喜欢亲近她了。王皇后已入冷宫，萧淑妃地位早已不如以前，一时之间，武媚娘在后宫风光无两。然而，即便是如此，她心里还有两个疙瘩怎么也消除不掉，那就是萧淑妃和王皇后。她们不死，她心难安。

这日，她正陪李治在御花园对酌，不时耳鬓厮磨一番。一个修剪花草的宫女突然进入他们的视线中，李治原本高昂的兴致登时消去了不少，眼中露出关切的神色。武媚娘顺着他的目光看去，一股不悦立时浮上心间。

"明和，那不是皇后身边的婢女香筠吗？"他问。

王公公定睛一看，而后躬身回答："回皇上，正是香筠。"

"她怎么在这里修整园林？"李治皱眉问。

"回皇上，皇后进了上阳宫后，香筠就被差派到尚舍局了，跟其他几个婢女，一起管着这御花园的花草。"王公公倒是尽职得很，什么消息都知道，被问到时没有回答不出的。

李治看着香筠，叹了口气："毕竟是皇后的人，朕，哎……差她去伺候太妃吧，别太辛苦了……"他能做的也只有这点了。

王公公应了一声是，然后招来了小太监，低声吩咐下去。

武媚娘冷眼看着这一切，心里暗怒，饮下一口酒，假作不经意地道："皇上对姐姐真是情深意重，连她身边的人受点劳累，都会于心不忍？"顿了一下，一字一字几乎是咬着牙道："皇上果然是重情之人啊！"

李治被勾起了心思，并没察觉到她在说反话，无奈地叹了口气："哎，媚娘，淑孝杀了我们的孩子，你不怪朕没有杀她，朕已经很感激了。"

"皇上宅心仁厚，对姐姐又是一往情深，杀了她，皇上不会开心。而天下人也都会觉得皇上背弃皇后，有损皇上声威。对媚娘来说，皇上就是天，只要皇上能够开心，天高气朗，媚娘才会真的开心。"武媚娘使劲咽下心里那个怒气，温柔地笑道。

闻言，李治终于将目光落回了她身上，感动地道："媚娘，你果真这样想？"

"当然了，难道皇上不信媚娘吗？"武媚娘面上娇嗔，心里却一片冷然。

李治笑着摇了摇头，举起杯子，"信。我的媚娘蕙质兰心，宽容仁爱，众妃嫔中，你是最大气的一个，朕独爱你这一株。来，朕再敬你一杯。"

武媚娘一笑，举杯与他对饮而下，然而放下杯子时，瞟向香筠的目光里却充满了愤恨。

又耐着性子陪着李治喝了一会儿，便以他如今大病初愈，不宜久坐的由头将他劝回去休息了。

一回到寝宫，武媚娘就怒气冲冲地推倒了放花钵的木架子，拿起花瓶恨恨地砸在地上。

"气死本宫了！"发泄过后，她双手撑在案上，胸口急剧起伏，怒声道。

柳儿被她吓坏了，这会儿才敢凑上前，惊恐地问："娘娘，娘娘你这是怎么了？刚才在御花园不是还好好的。"自从上次被驱使去杀皇后失败后，虽然武媚娘并没任何责罚，但是柳儿却越来越怕她。

"别说了！"武媚娘恶狠狠地望着柳儿，喝斥道。

柳儿不敢再说话，赶紧低头去收拾摔碎的花瓶等物。

只听武媚娘冷哼一声，自言自语道："哼，本宫今天才发现，原来王皇后在皇上心目中，竟还有如此地位。若是哪一天皇上心念一动，把她从冷宫里放出来，还得了吗？王淑孝，本宫让你永远离不开上阳宫！"

蹲在地上的柳儿身体一僵，脸上浮起恐惧的神色。

南昌王进宫给太妃请过安，又去看了皇上。皇上正在御花园陪李忠练字，他陪他们说了一会儿话，见到武媚娘端着甜汤来，便借故告辞了。武媚娘的心思他不是不知道，但大约是早已熟悉历史，又或者是他已经适应了宫廷生活，因此并没像殷浩反应那样大。他只知道自己一定会助她达成心愿，以及护她平安。不为别的，只为李冰荷。不得不说，殷浩在宫廷中生活了十多年，还能保持那样单纯的想法，实在是一个奇迹。

出了御花园，他径直往内教坊而去。到了教坊门口，发现殷浩正被春喜扶着在院子里走动，他也没立即出声打扰他们，而是双手抱胸懒懒地靠在门边，兴致盎然地看着。

"多走走，再配着我给你做的骨头汤，才会好得快！"春喜叨念着。

殷浩神色有些尴尬，显然还是不习惯跟她这样亲近，不知是第几次求道："哎，算了，春喜，你别扶我了，你看，我都没事了！要是被别人看到，还不引起误会啊。"

春喜终于恼了，一把扔下他，骂道："好心没好报！没心肝的货！不让管算了！"说着，转身就要走。

殷浩见她生气，心中过意不去，赶紧故意脚下一拌，摔倒在地上。"哎哟，好疼啊！"

南昌王差点没笑出来，心道这个殷浩哄女孩子真有一套，难怪武媚娘虽然不能接受他，但还是喜欢跟他在一起呢。

春喜吓了一跳，赶紧回头，却见殷浩正坐在地上笑眯眯地看着她。

"嘿嘿，我就知道春喜对我最好了！"他嬉皮笑脸地道。

春喜愣住，而后俏脸唰地一下红了，扑过去就往他身上捶，"你骗我啊！我打死你！"

殷浩被打得左躲右闪，却还是忍不住哈哈地笑着。

南昌王实在看不下去这么肉麻的戏了，干咳一声，懒洋洋地道："哟，看来我来的不是时候啊。还是一会儿再来吧！"说着，假意转身要走。

"哎呀，王爷！"春喜娇嗔的声音从背后传来，南昌王笑着回头，看她的脸已经羞得通红，看上去娇艳无比。不由暗叹殷浩好福气，可惜不知惜福，非要去追水中月镜中花。

"我去尚食局给你拿骨头汤去。"春喜被他灼灼的目光看得更加忸怩起来，对着殷浩说了一句，而后紧张地跑了。

南昌王看了眼她落荒而逃的背影，这才走了进去，拉起仍坐在地上的殷浩，笑道："好啊，你小子，艳福不浅啊！"

殷浩一惊，赶紧撇清："王爷，你可别乱说啊，我们没什么的，我只当春喜是朋友，是兄弟！"

听到这一句，南昌王差点没给他一巴掌，有把人家女孩子当兄弟的吗？

"可你知道春喜的心思吗?"他声音微冷。

殷浩脸上掠过一丝伤感,低声道:"我又不是木头人,自然明白的。"

"你知道就好。"对于此事,南昌王不打算多说,话题一转,道:"对了,我刚在御花园和皇兄、忠儿在一起,这个忠儿真是天生当太子的料,真是不错。哎……宸妃当时也在啊。"

"媚娘……"殷浩微一迟疑,方问道:"她最近怎么样?她……好不好?"

南昌王无奈地叹了口气,拿这个兄弟的感情实在没辙,"你也能走动了,既然惦记就自己去看看她吧,给她报个平安,上次你受伤的时候,人家不是特地来看过你吗?"

殷浩沉默了一下,方才点头。

"明天我就去看她。"

答应了南昌王,殷浩这一日便有些心神不定,连晚上都辗转反侧,也不知是太过激动还是因为情怯,又或者是其他原因。好不容易熬到天亮,却又不好一大早跑过去,只能耐着性子,找各种理由一直磨蹭到下午才终于鼓起勇气往明月殿走去。

刚到明月殿外,便见一个内监从里面走出来。那内监跟他打了声招呼,便匆匆走了,看上去一脸的愁容。殷浩只是觉得他很眼熟,一时也想不起是谁,直到走进明月殿才赫然想起,那人不正是看守上阳宫的刘公公吗,当初武媚娘在上阳宫里时,他们没少打交道。

刘公公来媚娘这里做什么?他心里纳闷着,人已走到殿门处。

柳儿不在,武媚娘正坐在厅内,面对着一桌酒菜在思索着什么。殷浩见到她因沉思而显得异常静美的脸,心里一阵激动,前些日子的不快瞬间被抛到了九霄云外。

"媚娘!"他开口喊了一声,然后走了进去。

武媚娘似乎被吓了一跳,身体一震,方才抬起头来,看到他,有些讶异:"殷浩,你怎么来了?"

这话怎么听着有些不对劲啊,像是并不想见到他似的。殷浩心里浮起这个念头,但很快又被他撇开,暗骂自己小气,笑道:"我就是来给你报平安的,你看,我都完全好了。"

武媚娘似乎现在才从自己的思绪中缓过神来，忙站起身连声道："好了就好，好了就好，你伤刚好，快坐吧。"

殷浩"嗯"了声，自己找了位置坐下，看着桌上的酒菜，随口问："怎么满桌的食物啊，谁来过吗？"

"哦，没什么人来，只是上阳宫刘公公的妹妹来探亲，我对这丫头很是喜欢，所以让她来我这儿住两天。"武媚娘微微一笑，神色有些敷衍，显然并不想谈论这个话题。

殷浩却没看出来，笑道："这样啊，难怪我刚看到上阳宫的刘公公从你这儿走呢。"

武媚娘似乎惊了一下，但随即又恢复如常，自己解释道："是啊，柳儿带着那丫头去逛御花园，刘公公便先回去当差了。其实你不来，我也刚好想再去看看你的。"

听到此话，殷浩立即高兴起来，眉梢眼角皆是欢悦之意，嘴里却仍客套道："媚娘有心了。"也不知怎么的，总是没办法像以前那样随意了。

"说什么呢，你可是我从小到大最好的哥哥，这次你受了那么重的伤也是为了救皇上，要是你有个什么闪失，我怎么跟你故去的婆婆交代啊！"武媚娘企图表现得轻松，但出口的话却有些生硬，让她感到一阵尴尬。

"为皇上分忧解劳是我们做臣子的分内的事情。"于是殷浩只好继续客套。但于他来说，能与武媚娘这样好好坐在一起说会儿话已经很好了，并没有觉得两人的相处方式有什么不妥当。

武媚娘接不下去话，沉默了一会儿，才又道："对了，上次我去看你的时候，尚食局的春喜一直在照顾你，我看得出她是真心对你的。"她现在突然觉得疑惑，他们之间的生分究竟是因为殷浩阻止她杀王皇后，还是因为春喜。

"媚娘你别开我玩笑了。"殷浩被吓了一跳，赶紧道。他想解释自己跟春喜没什么，却又突然发觉不知该以什么立场跟她解释，只好作罢。

武媚娘微微一笑，低声劝道："我没跟你开玩笑啊，这丫头很好，你要好好珍惜啊。"说不嫉妒是假的，但是自己没办法给他想要的，又怎能阻止他得到幸福。

也不知为什么，听到这句话，殷浩并没有想象中的难受，反而心里升起一股细微的羞涩。摸了摸头,他不好意思地笑了。

回到内教坊时,殷浩心情很好,竟然还哼起了小曲儿。南昌王突然从大门一旁跳了出来,吓了他一大跳。

"哎哟,王爷,我这伤还没好透呢,你也不怕给我吓散架了?"殷浩拍着被吓得呼呼跳的心口,佯装埋怨道。

"嘿!你这小子!"南昌王拍了一下他的肩膀,"怎么样啦,和媚娘聊的如何?"虽然是这样问,但其实从殷浩的反应他已经猜到了结果。

"挺好的,感觉媚娘又变回以前的样子了。"果然,殷浩笑得有些傻。

"那太好了,走,我们喝几杯!"南昌王也高兴起来,一把搭在他的肩膀上,往他房间走去。"对了,你这儿还有酒没?"

"前次小葫芦带来的一品酿还有一坛。"

"有下酒菜没?"

"春喜送的点心还有一些。"

"啧,你小子真是好福气。"

"王爷福气更好。"

"嘿,你还知道回嘴了啊?我福气哪有你好,又没人惦记我。"

"王爷英俊潇洒风流倜傥,想要什么样的美人没有?"

"只能看有什么用,又不能吃……"

两人有一搭没一搭地说着无聊的话,在桌上摆开了酒盏,点心碟子,又斟满了酒,开始痛饮起来。

沉默地对饮了两盏,酒醉愁肠,殷浩突然叹了口气,"真没想到一夕之间发生了这么多事,堂堂国师也会被全国通缉,高高在上的皇后竟然也被打入了冷宫。"

"明天的事,谁能知道呢。昨天的事,我们也无法改变啊。这世间的事情,总是这样。人拥有的,都是最渺小的力量。"南昌王摆了摆手,跟着哲理起来。

"王爷说得很有道理,来,干!"殷浩一笑,不再提这话题。

一盏饮下,他突然想起一事,随口提道:"对了,今天去媚娘那儿,我还碰到上阳宫的刘公公。你知道吗,媚娘真是好客,她说跟刘公公的妹妹一见如故,安排她来宫里住几天呢。"

南昌王本是笑吟吟地半趴在桌上,一副懒态,一听殷浩这话,初时还没反应,又饮了一盏,方才回过味来,赫地一下坐起,倒把殷浩吓了一跳。

"无端端地接刘公公的妹妹来宫里住?媚娘为什么对刘公公那么好啊?"

殷浩被他的反应弄得有些不安,"这我也不知道啊。"

刘公公……上阳宫……历史上的王皇后,就是在冷宫被武媚娘害死的啊。南昌王眨了眨泛上酒意的眼睛,记起这一起事件来。

"走,我们去上阳宫!"他突然站了起来,一把拉着殷浩就往外拖。

"这么晚了,去上阳宫做什么?"殷浩一脸的莫名其妙。

南昌王没有回答他,直到走到上阳宫外,他才有些清醒过来,不明白自己来这里干什么,难道是为了证实历史吗?还是突然大发善心想救王皇后?

小陈子正站在上阳宫外,见到南昌王和殷浩过来,一脸的紧张,拦住了他们。

"王、王爷……你们不能进去!"他结结巴巴地道。

南昌王看着一看便知有鬼的小陈子,眼中情绪数度变换,直看得小陈子双腿发软,快要跪下的时候,他突然转身。"回去吧。"说着,就要走。

然而这次殷浩却拉住了他,"王爷,我们进去看看皇后。"殷浩似乎也察觉到了什么,突然固执起来。

就在这时,刘公公走了出来,恭敬却疏离地道:"王爷,您这是要去哪儿啊?"

南昌王迟疑着没开口,殷浩却已道:"刘公公,我们想进去看看皇后。"

"咱们上阳宫里刚出了点事儿,两位最好还是不要进去了!"刘公公冷漠地道。

南昌王突然怒了,冷喝道:"哼,本王要做什么,轮得到你一个太监说三道四?再敢拦着本王,小心本王对你不客气了!"语罢,与殷浩直接走了进去。

刘公公脸色一变,却不敢拦阻,眼睁睁看着两人走了进去。小陈子却早已吓得瘫软在地,裤裆里一片湿热。

两人进到上阳宫,花费了一段时间才找到皇后的屋子,竟然是当初武媚娘住的地方。想到当初皇后为了让武媚娘出冷宫所做的一切,如今看来不由让人觉得讽刺。

殷浩大概也是忆起了那些过往，竟然比南昌王更心急，一把推开房门，然后僵住。

屋内，一帛雪白的素绢自梁上垂下，上面赫然悬挂着曾经后宫中地位最高的女人。

那一刻，不只是殷浩，便是南昌王也感到了一股无法言说的悲哀。

认真算起来，王皇后其实并没有怎么对不起武媚娘，即便是那个死去的孩子，也从春喜那里得到了证实，萧淑妃比王皇后的嫌疑更大。但是武媚娘却先是帮着陶苋将王皇后逼入绝境，后来又下毒手。且不管王皇后本性如何，武媚娘做下这样的事，实难不让人心寒。

南昌王即便一直从旁观历史的角度来看发生在武媚娘身上的一切事，之前也并不觉得如何，只觉得顺其自然便好。如今真正站在这个二度光临的冷宫里，看着自己曾笑着称呼九嫂的女人就这样如同一片飘零的落叶寂灭于这孤寒之地，想到自己曾经那样帮着一个与她处于同样境遇的女人出冷宫获宠爱，最终害她落到此等结局，垂在身旁的手不由有些颤抖。

然后迟缓地，他迈过门槛，走过去，抬起手将她抱了下来，然后放到床上。身后殷浩一声悲怒交集的大吼，一拳砸在门框上，蓦然转身就走。

南昌王轻轻抹上那双死不瞑目的眼睛，也回身走了出去。刘公公不知何时站在了门边，正惊惶不安地看着他。

"好好照料皇后，将她的死讯报给皇上知道。"南昌王没有看他，沉声道。

"是，王爷。"刘公公似乎抬手抹了下冷汗。

出了冷宫，南昌王往明月殿而去，殷浩应该过去了，只怕会闹出事来。没有怪刘公公，是因为太清楚，在这里面他也不过是一粒受威胁兼利诱的棋子而已。

刚一走进明月殿，便听到殷浩愤怒的说话声。

"媚娘，王皇后死在上阳宫了。"

"怎么姐姐会突然死了呢？"武媚娘的回答虚伪得可笑。在这之前她还恨不得食其肉饮其血，如今人死了，当抚掌称快才是，却又称呼起了姐姐，这样的态度转变连殷浩都骗不了。

"媚娘,你别装了!"殷浩吼了起来,声音中满是失望与悲伤。

南昌王抿紧唇,走了进去。

"我们已经扣押了刘公公,他已经承认了。是你主使他谋害王皇后,难道非要把刘公公叫来对质,你才肯承认吗?"他淡淡道。他其实并不想拿武媚娘如何,只是想让她亲口承认自己做过的事而已。

果然,武媚娘一诈便被诈了出来。

"是,是我做的,那又如何?她杀了我女儿,本来就该死,我只是一命偿一命而已!"她一愣,知道隐瞒不过,于是咬牙道。

殷浩看着她,摇了摇头,伤感地道:"媚娘,我白天来的时候,还以为你已经放下了心中的仇恨,可是没想到……"

"你知道她不是杀你女儿的凶手。"南昌王语气如冰一样冷漠。

武媚娘被他们一顿逼问质疑,一股说不出的委屈自心底升了起来,脸上露出豁出去的神色,大声道:"有些事情你们不知道,我也不想跟你们说太多,你们如果觉得我那么坏,我也没有办法。我就是一个恶毒的女人,我就是要置王淑孝于死地!那又怎样?"

这一番话如同烈火中泼了瓢油,殷浩只觉得胸中怒气喷薄而出,人一下子冲了上去,抬起手就要扇武媚娘,南昌王见状不妙,伸手抓住了他。

"殷浩,你冷静点。"

"一条人命都没了,你要我怎么冷静?"殷浩冲他吼道。

南昌王看了眼站在那里扬起下巴不退不惧,显然与殷浩扛上了的武媚娘,低叹一口气,对殷浩道:"你先跟我走吧。"说着,强行将他拉了出去。

武媚娘看着他们离去的身影,抿紧唇,眼中浮起一抹忧色。

南昌王将殷浩死拖活拽,一路拉到了走廊上,殷浩终于一把甩脱了他。

"王爷你拉我出来干吗?"他满腹怒气地道。

"你觉得你现在跟她说那些话,还有用吗?她现在为了报仇什么事情都做得出来了!"南昌王压低声音劝道。想到武媚娘,一股无力的感觉油然而生。

"可你知不知道,这件事如果让皇上知道了,她还有命吗?"殷浩大声道。他生气愤怒悲伤,哪一样不是为了武媚娘的安危担忧。

"你知道就好,那你刚才还在她寝宫大闹?"南昌王笑了一下,有些无奈。

"我……"殷浩一下子说不出话来。

"好了,你先冷静下来,我们回去再说。"知他清醒了,南昌王好声好气地道。说着,想去拉殷浩,却又被他一把甩开。

"走啊,你是不是还想回去闹啊?"南昌王的声音变得有些严厉起来。

殷浩哼了一声,负气地转身就走。

南昌王看着他的背影,眼中露出一抹担忧。

次日,李治得到王皇后在冷宫中自杀而亡的消息,头疾又发作了,直疼得他死去活来。好不容易缓和了一些,便立即招了南昌王入宫。

"淑孝是朕的发妻,朕和她毕竟曾经在一起那么久,共患难,同甘苦,只是这后宫深似海,谁也无法独善其身。其实朕再清楚不过,淑孝也只是这后宫争斗中的一个牺牲品罢了。所以,朕想把她安葬在皇陵的墓园里,将来也好陪伴在我左右……"他躺在床上,一脸悲伤地道。

"可是,皇兄……"南昌王露出一丝苦笑,心想皇后会落到这个下场,还不是因为你没给她与地位相当的荣宠,使得她成了后宫争斗的牺牲品,如今说这些又有什么用。

李治摇了摇手,打断他,"朕知道你想说什么。她毕竟是废后的身份,如今死的又这样不体面,依我大唐律法,她是不能葬入皇陵的……所以朕才特意找你来,你一定要帮朕这个忙。朕不便去送她一程,你就代为兄去吧,趁着入夜无人知晓,就轻轻静静地把她葬进皇陵吧……"说着,他竟流下泪来。

南昌王莫名地也是一酸,一拱手,郑重地答应了。"臣弟明白,皇兄放心,臣弟这就去办。"

李治点了点头,似乎了却了一件心事,挥手让南昌王退下了。

走出甘露殿,南昌王定了定心神,吐出一口郁气,然后抬腿往内教坊走去。昨日看着殷浩回了内教坊他便离开了,也不知那小子有没有事。

还没走进内教坊,便听到嘭嘭嘭的拍门声,还有春喜和葫芦的吵闹声。

"殷浩,你快给我把门打开!"

"春喜姐,我师父会不会死了啊?"

"死死死，死你个头啊！瞎说什么，殷浩，殷浩，你快开门！"

"你看，还是一点儿反应都没有。"

真是一对活宝，南昌王摇头，走了进去，问道："出什么事了？"

小葫芦一见他来，大喜道："王爷你来了，真是太好了，我和春喜姐敲门敲了很久，我师父在里面一点反应都没有，我担心他死了！"

南昌王觉得葫芦这小子说话真是一点不知忌讳，没好气地挥了挥手，道："你们让开！"说着，一脚踹向紧闭的门，门发出一声巨响，终于打开。

三人走进屋内，发现殷浩躺在床上，眼睛一直看着屋顶，面无表情，对于三人的破门闯入似无所觉。

葫芦走过去摸他的额头，担心地问："师父，你没事吧，你还好吧？"

殷浩打掉葫芦的手，却不说话。

春喜拿手在他面前晃了晃，他竟是连眼睛都不眨一下。

"喂，这是吃什么了，怎么人都痴呆了啊？"她奇怪地道。

南昌王抚额，觉得额角隐隐发痛，暗忖只怕用不了多久，自己也会变得跟他们一样无厘头。

"春喜，殷浩整天没吃东西了，你跟葫芦去尚食局煮点粥给他喝吧。"他叹气道，决定先打发两个容易影响人忧郁情绪的人。

"可是殷浩他……"春喜有些迟疑。

"放心，有我在，没事的，你们快去吧。"你们要在，人准好不了。

对于南昌王，春喜和小葫芦还是相当信任的，于是答应着去了。他们一走，南昌王便走过去在床边坐下。

"还在生我的气啊？"

殷浩没给面子，仍然默不作声。

"那，你不理我，我也要说，我今天来找你呢，是想跟你说，皇上感念王皇后跟他往日的情分，所以想让我秘密地将王皇后的遗体安葬在皇陵，他不便出面，所以派我去办这件事。我呢，很想今晚你跟我一起去办好这件事。"南昌王不急不气，像在说一件云淡风轻的事。

"不去。"殷浩终于有了反应，虽然反应够冷硬。

"去不去呢，就随你，反正我觉得这是我们能为王皇后做的最后一件事了。我本来以为你很愿意去做，好好安葬亡者为武媚娘赎罪呢。"南昌王耸了耸肩,一副毫不在意的样子。

殷浩腾地一下,坐了起来。

"什么时候去?"

"哇,你还是不是人啊,重色轻友到这个地步?我求你半天你就一副要死不活的样子,一说起武媚娘整个人都蹦跶起来!"南昌王故作不满地嚷道,心里却笑了起来。

"到底去不去?"殷浩皱眉,没心情说笑。

"去!等你喝了粥,我们就走。"南昌王也不再打趣他,正色道。目光落向门外,发现天色已晚,时候倒正是差不多。

殷浩沉默地下了床,端起盆子到院子里打水洗脸。

南昌王原本轻松的神色却渐渐变得沉重起来,他几乎能够预见到殷浩与武媚娘两人的关系以后会越走越远。

夜色沉重,一片黑暗中,几点亮光慢慢地由远而近。

南昌王和殷浩手中拎着灯笼走在前面,身后是六个抬着棺材的王府侍卫,泰常跟另一个侍卫秦虎走在最后压阵。没有人交谈,气氛压抑得令人窒息。

一片密林出现在前方。要至皇陵,要出长安城,还要经过林木茂密的山野之地,路并不好走。

刚进入树林,一个抬棺的侍卫不小心绊在一块石头上,踉跄了一下,其他几个受他影响,整个棺材都颠了一下才稳住。

"你们小心点!"南昌王回头叮嘱。

抬棺侍卫忙停下,调整好肩上的抬杆,才继续前行,这一来便更加小心地注意地上。

殷浩看着棺材,突然叹了口气,"哎,王爷你看,统领东宫,母仪天下,身为后宫三千嫔妃之首的皇后,死后却也不风光。连下葬进皇陵,都得这样偷偷摸摸的。你说,媚娘她们到底在争些什么,争来争去有什么意思?"

"这已经是皇上仁慈了,起码不让她做孤魂野鬼,人死之后,肉身皮囊能有一个依靠,已经很好了。"南昌王淡淡道。

"真不明白她们干吗都挤破头地想进宫?在宫外,没有明争暗斗,没有你死我活,找一处绿水青山、山明水净的地方,相夫教子,平淡却幸福地过一世不好吗？让我说，连宫外的天，都比宫里的蓝！"殷浩有感而发。他想到自己的梦想，如今似乎越来越远了。

每个人想要的东西都不一样。南昌王想，正要说话，前面突然传来一声响动，下一刻，泰常和秦虎已经闪身挡在了他们前面。

两人一怔，南昌王抬手示意抬棺侍卫停下，然后一边扒开面前的泰常，一边问："什么事？"说话时，已看到前面不远处的阴影里站着一个人。

深更半夜站在这荒郊野外，南昌王只觉浑身汗毛倒立，肚子上似乎有人在吹气一样，凉飕飕的。

泰常还没回答，那人已走出阴影，现出面容来，竟是当初负伤逃走的袁天罡。

南昌王觉得有些诧异，按理袁天罡现在是躲他都来不及，怎么会主动出现在他们面前，有诈啊有诈！

"袁天罡，你想做什么？"他这边在胡思乱想，那边殷浩已经紧张地喝了出来。

那袁天罡又往前走了两步，泰常和秦虎唰地一下拔出了佩刀。

"你们不要紧张，我，只是想看淑孝最后一眼。"袁天罡赶紧开口，表明自己没有敌意。

南昌王看着他眼里透露出的浓烈的悲伤和深情，心中仿佛有一个结突然打开了，以前没想通的事一下子明了起来。

想了想，他对抬棺的侍卫道："你们把棺材放下，除泰常，其他人都退到林外去，注意周围情况。"

众侍卫应喏，等他们将棺材放到地上，秦虎将佩刀还入鞘中，跟着一起出了林子，把守着来路。

袁天罡走上前，推开棺盖，看着里面仍保持着生前容貌的王皇后，红了眼眶。强忍着眼泪，他低语："淑孝，你看你多天真，我说带你离开你都不走，竟然相信那个软弱的皇帝能救你。真是可笑！"

说着，他突然跪倒在地，对着南昌王一拜。南昌王一惊，差点跳开。

"王爷，我袁天罡这辈子从没求过人，现在求你们让我把淑孝带走！袁某答应你们，此生再不涉足中原！"袁天罡声泪俱下地道，说着，又叩了一个头。

南昌王受不了别人跟他来这一套，侧眼看到殷浩悲悯的目光，摇了摇头，道："你起来说话。"

袁天罡迟疑了一下，才缓缓站起来，不过一瞬之间，他似乎苍老了许多，连素来挺得笔直的背脊都佝偻了起来。

"王皇后怎么也算我嫂子，我怎能单凭你随便两句话就把她的尸身让你带走？"南昌王道。

听得出他语气颇为松动。袁天罡原本没抱太大希望，只想着若被拒绝，就劫尸，大不了跟淑孝死在一起。如今闻言，精神不由一振。

"若王爷愿意，可否听袁某说一段往事？"

南昌王与殷浩对望一眼，眼中皆露出好奇古怪之色，同时又觉得世事无常莫过于此，以前何曾想过，有一日竟然能与死敌袁天罡平心静气地站在一起，听他细说往事。

第三十五章

　　一旁的萧淑妃脸上露出微笑，眼中是志在必得的神色。李治没想到他们竟然也是为此而来，不用想也是与萧淑妃通过气的，否则怎会如此之巧。面对这样气势汹汹的逼压，他有些招架不住，但也不想点头答应，只好僵持着。

第五章

"多年前，当我还未得到皇上重用时，在坊间论相维生，算是个颇有名气的相士。有回遇到一名恶人上门，他八字不知，但我见他煞气外露，便断言此人日后必定横死街头。没想这恶人却以为是我技艺不精，随口敷衍，便砸了我的摊子，还凶性大发要伤我性命。当时我尚未习武，更难与之相抗，只好负伤逃去……"袁天罡挨着棺材而站，娓娓说起自己与王皇后那不为人知的过往。

南昌王背后靠着一棵树，听到此，他不由看了一眼泰常。记得当初泰常去查袁天罡是查到了这一段的，他们当时推测袁天罡是想助王皇后报王家救命之恩，如今看来内情并不是那么简单。

"我像只负伤野兔，躲避猎人追捕，但刀伤见骨，血流不止，我再也难动半分，只好躲入一户民宅。却遇见了那名叫做淑孝的女子，她的善良与聪慧救了我，让我逃过恶人索命。"

原来竟然是王皇后救了他！南昌王恍然大悟。

"经过淑孝几天的照顾，我总算保住一命，多日相处之下，我渐渐爱上她的温柔贤淑，但那个时候我身份低微，配不上她。于是我遍访名师，学习技艺，努力让自己变强，希望有朝一日功成名就，能够回来答谢她的救命之恩，甚至迎娶她为妻，相知相守共度一生……"袁天罡低下头深情地看向棺内静静躺着的王皇后，手温柔地抚过她的脸。这么多年了，直到这个时候他才能如此靠近她，碰触她！

"可惜的是，待我归来之时，淑孝却已经嫁给了晋王，后来又成了太子妃、皇后……我和她之间的距离越来越远，越来越远……让我怎么都赶不上。"说到此，一滴水珠从袁天罡低垂的脸上滑下，落在王皇的脸上，然后又是一滴……

"所以，你……"殷浩心中突然一痛，仿佛从他和王皇后身上看到了自己和媚娘的影子,张口想帮他接下去,却又停下。

袁天罡一声长叹,仰头看向被树枝遮挡住的夜空,苦涩道:"所以我留在朝中,千方百计地保护她,甚至不惜与跟她敌对的萧淑妃合作。我想她失宠,然后跟我走……我预测出武媚娘会危害到她的性命,所以千方百计地想为她铲除掉这个女人。陶苪想杀她,我便先杀了陶苪。她想要皇后的位置,我便不惜花费所有精力炼出摄魂丹,布下局,只为取皇帝而代之……"

南昌王终于明白他为什么总掺和到后宫女人的争斗里去了,想了想,忍不住问:"皇后她对你是否……"

"她什么都不知道!"袁天罡打断他,突然弯腰将王皇后的尸体从棺中抱出。南昌王看到,却并未阻止。

"她并不知道我的心事,她甚至已经忘了当初伸手救过的人,只把我当成一个普通的朝中大臣而已,甚至是防着我,恨着我的。直到陶苪出现,她被吓疯,我才得以接近她。"说到此,袁天罡的声音突然变得极其温柔,对着王皇后道:"你真傻,我说带你走,你偏不肯,还指着那个你全心全意对待的懦夫将你救出冷宫。如今你终于看明白了吧。"

该知道的差不多也都知道了,南昌王不忍再看,挥了挥手,道:"你走吧。"

"多谢!"袁天罡抱着王皇后的尸体,对着南昌王深深地鞠了一躬,然后转身便走。走了两步,他突然又停下,头也不回地道:"王爷,恕袁某多嘴,你……还是防着武宸妃的好!"说着,再不停留,大步而去。

"王爷,我送他一程。"一直静默的泰常突然道,不待南昌王回答,人已追了上去。

南昌王见叫之不及,只好由得他去。看向殷浩,在灯笼并不明亮的光线映照下,胖子的眼眶似乎有些发红,大约是被触动了心思。袁天罡对王皇后的一腔深情,比之殷浩对武媚娘实有过之而无不及。

"王皇后有一个人如此待她,这一生也算不枉了。"他唏嘘不已。

殷浩没有说话。两人合力将棺材盖上,然后等泰常回来,便将待卫招了进来,继续上路前往皇陵。

也许抬棺的人会觉得棺材比之前轻了。但,那又如何呢?

虽然殷浩为了给武媚娘赎罪而去送了王皇后一程，但他终究冷了心肠，不再变着法儿去明月殿逗人开心。一个是宠冠后宫的宸妃娘娘，一个是当朝的教坊使，从此见面如陌路人。

"宸妃娘娘。"

"教坊使。"

"内教坊还有事，失陪了。"

"请便！"

背与背相对，渐行渐远。

"师父，这是怎么了？怎么你和武宸妃变得那么生疏啊？"一向说话不着五六的小葫芦都看了出来，开始为自己的师父发起急来。

"问那么多干吗？做你该做的事去。"殷浩一扫往日的嘻笑乐观，脸上一片冷漠。

"葫芦，你师父怎么了？"春喜问。

"我也不知道啊。在走廊碰到武宸妃，师父跟她两个人身上都跟绑了冰块一样，冷冰冰的。真是奇怪了！"

低沉落寞的琴声从屋内传出，春喜站在门外，看着那个背对着她在操琴的男人，仿佛那琴声在他身上笼了一层孤寂悲凉，看得人心疼心伤。还记得那一日，当时还是才人的武媚娘为了讨好皇上，让殷浩教琵琶。他也是这样坐在落着细雨的庭院中，五指轮弹，落寞地奏着月下曲，与坐在檐下的武媚娘隔雨对望。只是那一曲哀而不伤，惆怅中还隐含着期待，如今却只剩下满满的无助与绝望。

这不是殷浩。不是那个无论处于什么样的境地中都保持着乐观与激情的殷浩。不是她想见到的殷浩……

轻咳一声，她迈步走了进去，打断那让人黯然神伤的琴声。

"殷浩，你平日弹的曲子，听了都让人很开心振奋，怎么今天的曲子这么悲伤啊？"

琴声戛然而止，殷浩沉默了片刻，回头，淡淡一笑。

"不过是随便乱弹的。"

春喜看着他强作的笑颜，垂下眼故作不经意地道："哎，这深宫啊就是这样的，别看娘娘们一个个表面风风光光，实则活得比谁都艰难。而且最近宫里接二连三发生了这么多事，谁的心情都不会好到哪儿去的。"

"春喜，别劝我了，我都明白，我只是越来越不想看到这些后宫的尔虞我诈了。其实比起现在的生活，我更羡慕你的梦想啊，能够放下一切，到宫外去，做点自己喜欢的事，跟自己心爱的人平平淡淡地过一辈子，未尝不是一种幸福。"殷浩明白她的苦心，叹了口气，怏怏不乐地道。

那你可愿意跟我一道？春喜怔怔看着他，突然很想问。

东市的天仙楼一向是达官贵人喜欢来的地方，二楼的雅间虽然不大，但布置得华丽而雅致，更胜在空间独立，隔音性良好，是私聚闲会的好地方。

楼临湖池，碧波荡漾，柳笼碧烟，令人心旷神怡。

已须发皆白的潘守义正坐在里面，亲执壶杓，慢慢地煮着茶汤。

门响两下，管家引着背脊已现佝偻之态的褚遂良走了进来。潘守义忙起身，将其迎入座中，又亲自为他盛了一盏热茶。

"褚相，府上近来可好？"他亲切地寒暄。

"托潘尚书福，都还好。"褚遂良呵呵地笑道，端着茶盏喝了一口，而后赞道："潘尚书煮茶的功夫越见精进啊。"

潘守义哈哈一笑，心安理得地受了这个赞赏，两人又闲聊了几句，他才道出邀褚遂良来的真正目的。

"实不相瞒，找褚相来，是因为朝中武宸妃之事。"

"武媚娘？"褚遂良一怔，放下茶盏。

"对。"潘守义摸了把花白的胡子，道："这武媚娘出身卑微，目无廉耻，本是前朝才人，却又媚惑当今圣上，深得荣宠，今日已晋升为四妃之一。如今王皇后死讯已传，想必这武媚娘一定会用尽办法博得这皇后之位。若武媚娘成功坐上皇后之位，一定会借机废太子李忠，而让皇上立她的儿子李弘为新太子！若是当真如此，我大唐岂不要落入武氏家族手中？"

褚遂良一震，没想到会是这件事，沉吟了一下，他方道："我与尚书果然志同道合，这几日我也一直在思考这个事情。我们绝不能让武媚娘得逞！"

"太好了！"潘守义喜道，"得褚相支持，我等的胜算又大了许多！"

"潘尚书莫非已经有了计策？"褚遂良眼中精光一闪，问。

潘守义点了点头，并不隐瞒，"为今之计，唯有我等力推萧淑妃，让她坐上皇后之位！"

褚遂良端起茶盏慢慢地喝了一口，然后放下，垂着眼思索半天，而后方道："潘尚书言之有理！萧淑妃乃是兰陵萧氏之女，名门望族之后。她做皇后，无可非议。只是，只是流水有意，落花无意，就怕我们在这边空想，那萧淑妃却没有做皇后的念头……"

他本是试探口风，那潘守义却是爽快，直接承认道："褚相请放心。萧淑妃已经写信给在下，就是为了促进我等尽快行事！"

原来如此。褚遂良食指在面前桌上敲了一下，若有所思地道："你我二人力量虽强，却还不足以撼动皇上。我们一定要拉拢群臣，共同劝谏皇上！老夫就不信，这皇上能为了一个女人，置满朝文武于不顾？"

潘守义大笑，举盏，"褚相所说，正是我潘守义的想法。来，在下以茶代酒，敬褚相一杯。望我们灭武立萧之事，能够顺利解决！"

褚遂良微微一笑，端起了茶盏。

数日后，南昌王府的书房里。听罢泰常的回报，南昌王蓦地站起身。

"我去内教坊一趟。"

走了两步，他又回头，问："泰常，你那日送袁天罡，问出什么了？"以泰常的性格，不会无缘无故地去做一件事，尤其是一件他们看起来很突兀的事。他猜想，必然是跟袁天罡所说的最后一句话有关。

"回王爷，袁天罡说关于《推背图》之事，当初他在皇上面前所说，并无一句是胡乱捏造。"

"那你回来后为什么不告诉我？"南昌王想到也是此事，不过好奇的是泰常的态度。

"属下以为，王爷对此事心如明鉴。"泰常想了想，斟词酌句地道。如若不明白，当初为何会为李君羡之事那般郁郁不安。

南昌王一笑，没有否认，转身走了。

快马加鞭，入宫，进内教坊。

殷浩正坐在屋里发呆，南昌王匆匆走进去，做出一副惶急之态。"不好了！"

殷浩收回散逸的心神，疑惑地看向他："怎么了王爷？"

南昌王叹了口气，忧心忡忡地道："我得到消息，潘守义和褚遂良两位辅国大臣已经集结了一批反对武媚娘的大臣，准备劝谏皇上立萧淑妃为皇后！"

殷浩听罢，却没有以往的激动跟紧张，神色淡淡地道："随便啊，谁当皇后，跟我又有什么关系？"

"怎么没关系？"南昌王一副恨不得敲开那死硬脑瓜子的样子，"淑妃当了皇后，你以为宸妃的日子会好过吗？"

殷浩转过头去，负气道："我只是个小小的教坊史，只负责后宫日常的娱乐事宜。皇上无论决定册立谁做皇后，那都是皇上自己的决定。我这么一个卑微的小官，哪里管得了那么多。即便我想管，我也管不起啊！"

南昌王被他这一副要死不活不阴不阳的态度惹恼，指着他，骂道："你……殷浩你装什么糊涂！"

"那王爷就当我是真糊涂吧！反正这事，我不想管，爱谁管谁管吧！我还有事儿，王爷请自便吧。"殷浩一点也不客气地道。说着，站起身走了，把南昌王一个人丢在屋里。

南昌王看着他的背影，有些无奈。怎么以前就没看出殷浩这样偏执呢，当初为了救武媚娘还去求李淳风，不也明知要以无辜之人性命相换？如今却受不了武媚娘在宫廷斗争中手染血腥。自己虽然也不赞成武媚娘的做法，甚至觉得她过于狠辣，但却知这是必然的结果，所以事情过了便不再放于心上。不管如何，为了冰荷，助武媚娘得到皇后之位是必然要做的事。

想到此，南昌王起身离开殷浩的房间，出了内教坊，往明月殿而去。

"本王得到消息，潘守义与褚遂良两位辅国大臣已在集结众臣，想要劝谏皇上，让萧淑妃称后。"接过武媚娘亲自斟上的茶，南昌王省去废话，直接道明来意。

武媚娘还没收回的手一抖，带动茶盏，茶水溅了两滴出来。

"媚娘失礼！"她忙道歉，面色有些不好。"媚娘在这深宫，人轻言微，并不想与谁为敌，只是想保护好自己和孩子。"说到此，她眼中露出悲哀之色。

南昌王沉默地喝着茶。他虽然有意相助，但也不必上赶着去嚷嚷要帮人得到皇后之位，总得人家有意愿才行啊。

"王爷，殷浩知道此事吗？"武媚娘沉不住气，问。

"他……"南昌王迟疑了一下，决定说一个善意的谎言："我这几日忙于奔波，还没有去找过他。"

武媚娘一直注意着他神情的变化，虽然心中了然，却还是点了点头。"如果王爷看到他，替我带声好。"

南昌王眼看着他们俩变成如今这样，心里也不好受，便应得仓促，"好，见到他我一定跟他讲。"

"媚娘谢过王爷。"武媚娘脸上露出笑容。

"萧妃若为后，这后宫之中必无我容身之处。还请王爷相助！"顿了一下，她缓缓开口。虽然是求助，但神色间却无卑微之态。

南昌王叹了口气，"我会想办法。"说着，放下茶盏，站起身，"我还有些事务在身，先告辞了。"

武媚娘忙站起身，亲自将他送到了门外。

回到殿内，她的目光落在案上摆放得有些凌乱的茶盏上，正在出神，宫人来报，皇上传她去甘露殿。她收拾起混乱的心思，叫来柳儿，坐至镜台前，开始梳妆。

李治正在御书房里批阅奏折，准备赶紧弄完，好去与武媚娘相会。这时，萧淑妃却走了进来。

"朕还忙着呢，淑妃若有事，晚点再来吧。"他停下批阅的动作，有些不耐烦。

萧淑妃脸色微变，但很快又笑道："臣妾只是想给皇上看看刚绣好的锦绣，不会耽误太久的。"

李治无奈，只好点头。"那呈上来吧。"

萧淑妃露出欣喜之色，一挥手，跟在她身后的小蝶捧着一幅锦绣送至李治面前，然后摊开。自从陶苁死后，小蝶便被萧淑妃要了去，代替了原该是梅香的位置。这也直接证实了陶苁当初的猜测。

那是一幅色彩绚丽的百鸟图，百鸟绣得栩栩如生，如欲脱卷飞出。

李治看到，一扫之前的勉强，连连赞叹。

"淑妃，没想到你的针法进步如此神速，这百鸟绣的真是栩栩如生。"

萧淑妃忙笑道:"多谢皇上夸奖。"

李治又细细品赏了一会儿,突然觉得有些不对劲,不由道:"明和,你看,这图好像有些怪异。百鸟纷乱,不成气候啊。"

王公公本来也好奇地伸头在看,闻言,下意识地道:"皇上,应该是因为这百鸟之中无凤凰可朝所致。"

"对!"李治恍然拍案,然后奇怪地看向萧淑妃,问:"淑妃,凤凰呢?"

萧淑妃脸上露出笑意,"皇上圣明!其实臣妾并非无端刺绣,而是盼望皇上能看出这锦绣内的深意。"

李治被她的一番话弄得一头雾水,疑惑地道:"没有凤凰,就是你的用意?"

"正是。皇上,这后宫嫔妃三千、宫人无数,不正如这百鸟一般吗?如今,王皇后已殁,后位无主,众人无典范可遵守,各自乱飞,毫无章法可言。"

闻言,李治心中若有所悟,挑眉道:"你的意思是,希望朕能另立新后?"

"是。"萧淑妃毫不怯缩,上前一步跪下,"姐姐虽然尸骨未寒,但我大唐没有国母,只怕会遗笑四方诸国。又因近日许多妃子暗自拉拢宫人,想扩展势力,臣妾实在忧虑,这才斗胆进言,还请皇上恕罪。"

李治被她一番看似大义凛然的话压得无法反驳,愣在那里半晌,连让她起来都忘记了。

"启禀皇上,潘守义、褚遂良多位大臣在殿外求见!"正在这时,守在外面的小顺子走了进来禀报。

李治得已下台,对萧淑妃道:"你先起来。此事容后再议。"然后对小太监道:"宣。"

小太监应声而出,片刻,潘守义一众七八人走了进来,跪拜罢,站于殿下。

"你们见朕何事?"李治看着一下子来这么多人,有些奇怪。

"回皇上,先后既废,后宫不可一日无首,请皇上早立新后。"潘守义拱手道出来意,而后接着又道:"臣等以为,淑妃娘娘才德兼具,是宜后位。"

李治脸色一变,尚未发话,褚遂良也上前道:"淑妃娘娘出身高贵,为皇后不二人选。"

"请皇上立淑妃娘娘为皇后！"潘褚两人对望一眼，同声道。

"请皇上立淑妃娘娘为皇后！"同来大臣联声齐口。

一旁的萧淑妃脸上露出微笑，眼中是志在必得的神色。李治没想到他们竟然也是为此而来，不用想也是与萧淑妃通过气的，否则怎会如此之巧。面对这样气势汹汹的逼压，他有些招架不住，但也不想点头答应，只好僵持着。

王公公见他皱着眉，一脸的苦恼，立即见机道："老奴知道诸位大臣是好意，但皇上头风宿疾已犯，还请大臣们体谅啊……"

众人露出狐疑之色，李治却被提醒，连忙以手按额，装出一副痛苦难耐的样子，叫道："哎呀，朕的头，真的好痛……众位爱卿先回去吧，待朕明日缓解宿疾，自然会有所定夺……明和，摆驾回寝宫！"

语罢，扔下萧淑妃以及一众大臣面面相觑，在王公公的搀扶下逃也似的离开了御书房。

武媚娘和柳儿到甘露殿的时候，只看到王公公，不由有些奇怪。

"王公公，皇上呢？今日午后，皇上特意召我来，怎么不见身影？"

王公公苦着脸，摇头叹息，"两个时辰前，淑妃娘娘带着潘守义、褚遂良等大臣，前来敦请皇上立后。皇上被逼急了，头痛的旧疾又犯了，正在内房里头休息呢。"原本是假装的，没想到一回来，竟真的犯了。看来以后这种事还是不能随意假装啊。

武媚娘露出不敢置信的神色，"什么？萧淑妃居然如此大胆？"

"是啊，老奴看了都觉得不可思议。"王公公有些无奈，"唉……宸妃娘娘，今晚皇上应该不需要您侍寝了，娘娘还是请回吧！"

武媚娘担忧地看了眼房内，想了想，请求道："王公公，本宫实在忧心皇上是否龙体安康。能否通报一声，让本宫探望皇上？"

"这……"王公公面有难色，看了眼内房，似乎不愿。他一心为李治着想，害怕武媚娘进去也拿后位之事烦李治，害他头痛更加严重。

"明和，让媚娘进来吧。"这时，里面传来李治的声音。

王公公无奈，只好恭敬地请武媚娘进去。

武媚娘走进里面，看到李治正面色苍白地半躺在床上，一脸的痛苦。她心中怜惜，走上前柔声问："皇上……你的头还疼得厉害吗？"

"朕本来是装的，但回来以后，朕越想越头疼，哎……"李治苦笑叹气。

"媚娘承蒙皇上恩宠，却不能替皇上分忧解劳，实在愧疚。"武媚娘伸出手轻柔地给他按压太阳穴，脸上露出愧色。

"不！朕是现在见了你，才忘了病痛啊！"李治不舍她自责，抬手握住她的手，真诚地道。

"皇上……"武媚娘眼中露出感动之色。

"媚娘，朕觉得你和淑妃各有优点，实在无法贸然抉择后位所属。但淑妃联合朝臣逼迫朕，实在是……"李治缓缓道出自己以前所虑，而经萧淑妃这么一闹，如今心里的那杆秤已越来越偏向武媚娘。

武媚娘抽出手，伸指轻轻点住李治的唇，摇头道："皇上，臣妾能不能当皇后都没关系，只盼你龙体安康，一直陪伴我和弘儿，如此而已。"

李治又抓住她的手，将她带入怀中，满眼的温柔与不舍。于他来说，能有一个女人不为后位，将他放在心上，这才是最珍贵的。

当众臣逼皇上立萧淑妃为后的时候，南昌王正在太妃那里，闻言差点没跳起来，心道这些人真是胆大包天。知道太妃对武媚娘不是很待见，所以他并没敢在那里谈论此事，又耐着性子陪她喝了一会儿茶，才离开。

他走后，太妃叹了口气，便去了佛堂。亲生儿子心里做什么打算，她如何不知。大约是见识过真正的贤后，在她眼中，萧淑妃的品性也并不够坐上那个位置。她活不了几年了，那些事她懒得掺和，他想折腾就去折腾吧。

南昌王出了仁寿宫，想了想，决定再去内教坊晃晃。

苍凉忧伤的笛声从内教坊花园中传出来，不用猜也知道是谁会奏这样哀怨的曲子。南昌王顺着笛声找了过去，就见殷浩正靠坐在一株古柏下，横吹竹笛，神色消沉。见到他二度来访，殷浩放下笛子。

"王爷，你若是来找我喝酒聊天，我殷浩随时奉陪。但你如果是来说武媚娘的事情，那就请回吧，恕不远送。"他仍然保持着之前的冷硬态度。

南昌王"啧"了一声，摇头道："殷浩啊殷浩，你说什么呢？我跟你说，下午的时候，潘守义、褚遂良他们已经跟淑妃一起去御书房找过皇上。你知不知道，淑妃可能很快就要当皇后了！"

殷浩无所谓地一笑，"那最好啊，人走得越高，敌人越多，高处不胜寒的。谁当皇后都好，只要不是媚娘就行了。"接着眼一沉，"不当皇后，或许她杀的人会少一点。"

"那到时就是她被杀了！"南昌王嗤笑。

殷浩脸色一变，正想说什么，柳儿匆匆跑了进来。

"王爷，宸妃娘娘找你有要事商议！"给两人行完礼，柳儿道。

"我这就过去。"南昌王猜想必然是因为下午之事，当下也不停留，就要跟柳儿一同前往。临走之前，丢下一句话："对了，宸妃让我代她向你问好。"

殷浩闻言，不由一愕。待回过神想要问话，南昌王已走远了。

武媚娘正心急如焚地在寝宫里走来走去，南昌王一进来，她便迎了上去，开口便道："下午淑妃带着群臣去御书房找皇上的事，王爷想必已经知道了？"

南昌王点头，"嗯，我正在想应对的办法。"

"王爷，本宫已经想到了一个好办法。"武媚娘道。

"哦？"南昌王一怔，他没想到武媚娘如此急智，"宸妃有何良计？"

"既然我们现在的朝中势力不如淑妃，切不可以硬碰硬，正面迎敌。我在想，或许我们可以用一个缓兵之计，拖住皇上，让皇上迟点再做立后的决定。"武媚娘和盘托出自己的计划。如今她只有南昌王可以依靠了，所以不敢藏着掖着冒失去他支持的危险。

"拖住皇上？"南昌王一脸愿闻其详的样子。

"嗯，这样一来，虽然我当不成皇后，但她淑妃也别妄想。只要将这时间向后拖，我们就可以趁此时机，在朝中大肆拉拢自己的势力了。"

南昌王听得连连点头，而后想到具体情况，又摇头，"要拉拢势力，谈何容易。那些一品大员，除了明哲保身维持中立的几个人，其他的都已经被潘守义和褚遂良笼络了。"

"我知道。但我想王爷帮我去拉拢的人，却并非他们。"看南昌王赞同自己的计划，武媚娘神色放松下来，笑道。

"哦？"

"本宫想王爷先帮我去联系那些朝中四品、五品的大臣,这批大臣数量颇多,如果能够联合一气,他们的影响力也不容小觑。"武媚娘眼中浮起睿智的光芒。

南昌王心中一动,觉得此计大为可行,那些四五品的官员只怕也愿意趁此机会巴结上未来的皇后,立下举荐之功,到时自然大有好处。想明白此点,他沉吟道:"有道理。不过,只靠这些官员的力量,我怕他们拖不住皇兄啊?"

"这个王爷不必担心,要拖住皇上立后,本宫自有妙计。咱们现在拉拢这些官员,只是为了日后争后位之时,他们能够成为本宫强有力的后盾,可以跟潘守义、褚遂良那帮老匹夫抗衡才好。"武媚娘胸有成竹地道。

"妙计!本王这就去办,告辞!"既然计划已定,南昌王也不再拖延,当下告辞离开去安排。

武媚娘松了一口气,然后也转身去准备实施自己的拖延之计。

翌日早朝罢,李治换下朝服,便去了明月殿。连他自己也不明白,为什么与武媚娘相处的时日越久,对她的喜爱越甚,似乎永远也不会腻一样。想到马上就要见到她,他竟然如同一个毛头小子一样,兴奋不已。

走进明月殿,阻止了宫女通传,他悄然无声地走了进去,想看自己不在的时候,她都在做些什么。这纯粹是出于一种对心爱之人的好奇心,并无其他意思在其中。

武媚娘正坐在书案之前,凝神写着什么。她神情专注,秀眉轻蹙,似乎在思索。李治从来没看到过她这一面,只觉得比平时其他表情更动人,让他恨不得上前将人揽进怀里好好轻怜蜜爱一番。

"媚娘,如此雅兴,在写些什么?"他走了过去,开口道。

"啊……"武媚娘仿佛被吓了一跳,抬头看到他,忙将刚写的东西折了起来,羞赧地笑道:"没什么,没什么。皇上,你怎么来了?"

李治被她这个举动勾起了好奇心,走上前趁武媚娘不备,一把抢走了她手中的纸。

"哎呀,皇上……"武媚娘不依,想上前抢回来。

"让朕看看。"李治举高手,不给她,退后一步笑道。

武媚娘无奈，只能眼睁睁看着他展开那张纸，轻轻念出上面所写的内容。

"上苑桃花朝日明，兰闺艳妾动春情。井上新桃偷面色，檐边嫩柳学身轻。花中来去看舞蝶，树上长短听啼莺。林下何须远借问，出众风流旧有名。"他念罢，身体一震，抬头看着俏脸通红的武媚娘，"这，这不是母后写的《春游曲》吗？"

武媚娘不好意思地点了点头。

"媚娘，你怎么想起来写这首诗？"李治好奇地问。

武媚娘定了定神，眼中露出崇敬的神色，柔声道："长孙皇后德才兼备，是后宫所有妃嫔学习的榜样。她一生受先皇爱戴，也是媚娘最为欣羡的对象。"

李治听着，脸上露出若有所思的神色，并未接话。

武媚娘继续道："其实媚娘现在就很幸福了，所以才会时时想起长孙皇后。有皇上，有弘儿，在这后宫之中，媚娘实在已经是非常满足了。"

李治看着她，叹了口气，"哎，要是个个都像你这般想，那朕就轻松多了。也不会被他们逼的整日头痛了。"

闻言，武媚娘立即露出关切的神色，"皇上，现在头还痛吗，你坐好，让臣妾为皇上揉一揉吧。"

李治一笑，当真坐下，任那柔软细腻的手指按压着太阳穴，闭眼叹道："嗯，还是媚娘好啊。"

武媚娘脸上露出微笑，状似随意闲聊一样，道："皇上，臣妾心里知道，你是因为对淑孝姐姐思念未了，所以才不想那么早立后的，对不对？"

李治叹了口气，没有回答。

"皇上，先皇在长孙皇后去世后的十三年里都没有立后，皇上又何必急在一时呢？"武媚娘柔声道。

"不是朕急，是那群大臣们急！"李治终于开口，说着冷哼一声，不悦地道："立后之事，他们可比朕急多了。"

"那群大臣们也真是的，当年可都是辅佐过先皇的人，怎么会不知道长孙皇后之事，为何不以此为鉴呢？"武媚娘附和。

听她此言，李治像是想起了什么，睁了眼，"是啊，当年父皇思念母后，不顾那些大臣阻拦,把我和姐姐放在身边抚养,无论如何就是不让朕回东宫啊。不只如此,父皇还特地修了祭奠母后的精舍、层塔,公开祭拜呢。哎,说起这些事,就让朕想起父皇和母后啊……"忆起往事,他不由有些动情。

武媚娘见时机成熟,趁机谏道:"淑孝姐姐也很幸福啊,能得到皇上的思慕。皇上,如果那些大臣再逼你立后,何不用先皇的事情来反驳他们呢?料想他们也不敢再多托词。"

李治闻言大觉有理,点头道:"媚娘所言极是!好,下次他们再说,朕就这么回他们!"想到可以暂时丢开那些大臣的烦扰,他心情立即好了起来,握住武媚娘的手,心中满是温柔。"媚娘,还是你善解人意啊。"

武媚娘脸上露出开心的笑,倾身从背后抱住了他。

第三十六章

　　正当众人诧异时，武媚娘一身华丽的官妆，在柳儿的扶持下慢慢走了出来。她容色娇媚，又是精心打扮过的，这里大多数人以前都没机会见到她，此时不由被她的艳色所慑，宴厅里一片安静。

当潘守义等人再次入御书房追问立后之事时，李治并不再像上次那般烦恼，而是冷了脸，斩钉截铁地道："你们不用说了，朕已经决定，暂不立后！"

诸臣大惊，而后潘守义与褚遂良对视一眼，带头跪了下来，众臣相随。

"皇上！国不可一日无君，后宫也不可一日无主啊！"潘守义痛心疾首地大喊。

"皇上！若不及时立后，只怕后宫将会大乱，辱我大唐威名啊！"褚遂良也苦口婆心地劝谏。

李治冷冷地看着他们，一挥手，止住了下面的声音，质问道："别说了！先皇在我母后去世后的十三年里都没有立后，后宫又如何乱了？难道先皇可以，朕现在为了去世的王皇后，就不行吗？"

潘守义正想插言，却听他继续道："枉你们都是辅佐过我父皇的人，难道就不明白父皇对母后的深情吗？还是说你们觉得朕就不能像父皇一样吗？"

众人面面相觑，无话回答。

李治一摆手，下了结论："这件事就这么定了！朕心意已决，你们退下吧！"语罢，背转身去，摆出一副不愿再听任何谏语的姿态。

没想到他态度突然变得这样强硬，潘守义与褚遂良对视，不知该如何是好。王公公见状，适时上前，道："潘尚书，褚丞相，你们还是先退下吧。"

潘守义和褚遂良叹了口气，只好引着众大臣一起走出御书房。

受了这么久闷气，终于扳回一局。李治转过身，看着众臣离去，脸上露出得意之色，长舒了一口气。

自从那日南昌王留下那么一句话，就一直忙得团团转，再没来过内教坊。殷浩却更加消沉了，一时想着武媚娘的狠辣，一时又想着她请南昌王代问自己好，心里时而冰冷，时而又柔软，直折磨得他成日待在自己屋子里，食不下寝不安。

小葫芦见他这种症状比以前更厉害了，心里害怕起来，赶紧趁下早朝时把李淳风拖了过来。

"葫芦，到底什么事啊，这么急着叫我来。"李淳风一脸莫名。葫芦只管拉他来，也不解释原因，实在让他摸不着头脑。

"哎呀，师公，你待会儿看到我师傅的样子就知道了！"小葫芦还是没说，实在是，他觉得他师父现在的情况根本是用言语无法描述的。

李淳风无奈，不再追问。到了殷浩门前，小葫芦一把推开门，指了指里面道："师公，你自己看吧。"

大白天的，屋子里却一团阴暗，窗子都被布蒙了起来。殷浩就闷闷不乐地坐在那一团阴暗中，见到李淳风来，也只是无精打采地打了个招呼。

"殷浩，你这是怎么了？"李淳风一愣，走了进去。

小葫芦趁机过去将挡住窗子的衣服帷布等物都扯了下来，让他下巴差点掉落地上的是，在一个窗子上竟还挂着一只带着脚丫子臭的长布靴。这布靴做什么用的？他嫌弃地用两根指头拈着，手臂伸得直直地打量思索着。

屋子里一下子光亮起来，殷浩不适地伸手遮挡了一下眼，怒喝道："葫芦！"

葫芦被吓得一哆嗦，手中靴子啪地一下掉在了地上。一缩身，他躲到了李淳风的身后。

李淳风坐到了殷浩的对面，看着他眼里布着血丝，面色灰暗，胡茬子冒得乱七八糟，不由大皱眉头。殷浩被他打量得不自在起来，想起他之前的问话，这才回道："师父，我没什么。"

"说吧，有什么问题？或许师父能帮你。"李淳风叹气，这么多年来，这还是他第一次看到自己这个整日嘻嘻哈哈的徒儿这副鬼样子，让人想要不担心都难。

殷浩低下脑袋，沉默着。就在李淳风以为他不想说的时候，却见他又抬起了头，一副难以理解的样子道："师父，我真不明白，为什么王爷一定要帮媚娘。他就没有发现吗，随着媚娘地位一点点地提升，她也变得越来越多！她甚至，甚至做出，哎……如果让媚娘当上皇后，我真不敢想象她会变成什么样子！"

原来是为了这事。也是，除了武媚娘，还有谁能让他这样。李淳风不懂这些小儿女的感情，只能拍了拍他的肩膀，干巴巴地劝道："天命难违，若是武媚娘注定有此命数，任谁也阻拦不了她。你看开点吧。"

殷浩无法释怀，摇头道："我不懂什么天命，我只想媚娘好好的。唉……好好的！"

"你还好意思说不懂命数！"一提到这个，李淳风就生气，完全忘记了自己的初衷，数落道："当初叫你好好学易经命理，你就偏偏不喜欢，整天去弄什么丝竹管弦的东西……哎，算了，不懂也好，懂了，以你的性格怕是要徒增更多烦恼了。"如此一说，他突然就想通了。至于自己的衣钵，看来只好另外再找人传承。

"师父，我……"殷浩试图为自己辩解。

李淳风打断了他，无可奈何地道："行啦，你也会说好好的，你师父我也想你好好的！你爹临终前把你托付给我，你老是这个样子，为师都不知道将来下去怎么跟你爹交代！为师还有事，先走了，你好好想想吧。"

听他提到自己早逝的父亲，殷浩突然有些伤感，反射地道："师父你会长命百岁的。"说着，又陷进了自己的思绪中。

李淳风见他还是一副心不在焉的样子，心里虽然担忧，却也没办法，只是拍了拍他的肩，然后走了出去。

葫芦追了上来，叫道："师公，师公，我师父他没事儿吧？"

"你师父这个人就是这样，死脑筋，一头栽进去，就是撞到玄武门也不会回头的。"李淳风叹气。

"那怎么办呢，师公？"葫芦眼巴巴地看着他，希望他能给出解决的办法。

"没事儿，过几天等事情过去，他就好了。这个徒弟啊，我最清楚不过了。葫芦，你好好照顾你师父……对了，去尚食局让春喜给他做点儿好吃的。老夫先走了，有事儿就来太史府找我。"李淳风有些头痛，摆了摆手，便背起手走了。

葫芦看着李淳风胖胖的背影，将他的话又想了两遍，脸上不由露出苦色。

"师公,师父他已经过了不止几个几天了啊!"

正当萧淑妃与潘守义等人为李治不肯立后而发愁的时候,南昌王突然在府中设下诗宴,宴请三品以下五品以上的朝臣若干。

是时,有庄晋南、钟衍、苏玉淳、冯铭章、孔佑仪等十数人与宴。当众人就席之后,南昌王举起杯,道:"各位同僚今日莅临,令寒舍蓬荜生辉,本王在此先敬诸位一杯!"

庄晋南隐然为众人之首,闻言,也举起杯子,率先道:"王爷客气了,今日大伙儿有幸到王爷府上,来参加如此风雅的诗宴,都得感谢王爷啊!"

他话音一落,群臣纷纷附和,都举起酒杯来敬南昌王。

"哪里哪里!其实各位同僚有所不知,今日诗宴,本王只是出借场地跟名义而已,并不是真正的主人!"南昌王饮下一杯,笑道。

此言一出,众人脸上皆露出疑惑之色。事实上,南昌王的这次邀约本来就突然,让他们有受宠若惊的感觉,如今更是如坠迷雾之中。

"那么敢问王爷,今日真正的主人是谁呢?"钟衍是急脾气,不耐烦猜谜,开口就问。

南昌王一笑,也不卖关子,说:"宸妃娘娘。"

正当众人诧异时,武媚娘一身华丽的宫妆,在柳儿的扶持下慢慢走了出来。她容色娇媚,又是精心打扮过的,这里大多数人以前都没机会见到她,此时不由被她的艳色所慑,宴厅里一片安静。最终还是几个年纪比较大的先反应过来,慌忙起身行礼。其他才如梦初醒,纷纷站了起来。

"众位卿家免礼。请坐!"武媚娘坐上南昌王身边特意给她安排的主位,坦然受了他们的礼。

待众人再次就座之后,南昌王为她一一介绍了在场之人,武媚娘举杯敬酒。

"诸位卿家都是国之栋梁,请容本宫敬各位一杯!"

众臣慌忙回敬,心里皆忐忑不已。有消息灵通者,则隐约猜到了此次诗宴的真实意图,开始寻思起自己应有的立场。

酒过一轮,有侍卫抬上一个精致的大花瓶,放于酒席中央。正当众人莫名所以的时候,武媚娘拔下头上一支发簪,道:"这里有一支发簪,等会儿各位卿家轮番投掷,哪位卿家若是没能将发簪投入到花瓶中,那么就得喝一杯酒、吟一首诗……规则就是如此而已,非常简单,希望今晚各位能够乘兴而来、尽兴而归!"

众人一听,都大叫有趣,开始轮流投掷起来。就算没投中的,即兴作诗也不是难题,一时倒也气氛热烈。但是他们中有明白的,却知道宸妃让他们来绝不是来投簪子玩的,只是保持清醒,耐心地等着。

轮到南昌王的时候,他一投之下,簪子打在花瓶边沿上,当地一声,落在了地上。他一脸的错愕。

"王爷,你没能投中,要罚酒!"柳儿娇脆的声音在宴厅中显得异常突出,让人想忽略都忽略不了。

南昌王无奈站起,拿着酒杯一饮而尽,然后就想坐下。

"哎,王爷,还要吟诗呢!"武媚娘笑吟吟地提醒。

"吟诗啊……"南昌王见脱不过,不由摸了下额头,似乎有些苦恼。

"满朝文武都知道,南昌王才高八斗,王爷你就莫要推辞了!"庄晋南笑道。

"是啊,王爷,请!"钟衍也附和。众人纷纷起哄。

"好,那我就来一首!"南昌王一副豁出去的样子,然后愁眉苦脸地想了半天才道:"这几日总是看着烛火心有所感,本王就作一首《咏灯》吧。"

众人叫好。

"一点分明值万金,开时惟怕冷风侵。来人若肯勤拨挑,敢向尊前不尽心。"南昌王咳了一声,缓缓吟来。

宴厅里突然一片安静,落针可闻。众臣面面相觑,皆听出这诗里有更深一层的意思,一时谁也不愿先开口。

良久,钟衍打破沉默,赞道:"好诗啊!"显然,他心里已做出了决定。

"没想到王爷虽然谦称自己不谙诗词,却竟能做出这等好诗!"苏玉淳接着道。他要知道这是剽窃后人的诗词,就知道南昌王不是谦虚了。

"是啊!这诗里的含意深远,实在是令人感动啊!"冯铭章也附和道。

南昌王与武媚娘见已有人开头应和,一直悬着的心终于慢慢地落回了原位。南昌王笑了,决定开诚布公:"其实本王这诗的深意,想必各位同僚已经再清楚不过了!今日约诸位来此,也正是为了此事!"说着,他伸手一指武媚娘，道："宸妃娘娘容姿端丽、雍容大度，相信如有诸位同僚之助，定能成为咱们大唐辅佐皇上，母仪天下之人！只要各位同僚能够如本王诗中所说，着力护住灯火，莫让冷风侵袭，他日事成之时，娘娘必有厚报。"

听到他此话，武媚娘微微一笑。

"宸妃娘娘，在微臣心目中，您就是最该当咱们大唐皇后的人选！请容微臣先向您敬一杯！"庄晋南之前失了先机，此时不敢迟疑，起身第一个敬武媚娘，也表明了自己的态度。

"敬宸妃娘娘……不！应该改口叫武后娘娘才对……"苏玉淳不甘落后，奉承道。

其他人也都赶紧附和，并无一人异议或保持中立。

南昌王和武媚娘对视一眼，松了一口气。

宴罢，南昌王亲自护送武媚娘回宫，一路无事。

回到明月殿，武媚娘邀请南昌王坐下喝茶，南昌王以疲惫为由拒绝了。

"多谢王爷相助，要不是王爷，这次萧淑妃一定会在潘守义等人的力挺之下当上皇后，那本宫也就永无翻身之日了。"武媚娘又将他送到门边，谢道。

"举手之劳罢了。"南昌王淡然一笑。对于武媚娘来说，就算没有自己，她应当也会坐上皇后的位置，只是时间早晚的问题罢了。他如今极力相助，其实就是想加快这个进程而已。

"不然。王爷举手之劳，却是媚娘的再造之恩。"武媚娘眼中露出真诚的感激，说着，深深地弯下了腰。

"宸妃娘娘不需如此。"南昌王忙将她扶起，顿了一下，又道："你只需要记得你曾做过的那个梦，便算是还了我的恩情了。"

"王爷……"武媚娘不解。

南昌王没等她问，摆了摆手，走了出去。

武媚娘怔怔地看着他离去，莫名的，他一提到梦，她就确定是指那个梦。那个里面有殷浩，有他，还有自己的奇怪的梦。在那里面，他们告诉她，她叫李冰荷。为什么要记住？她却想不明白。

南昌王走出明月殿，发现殷浩一脸低沉地坐在外面走廊上。

"殷浩？"南昌王有些诧异。好像好久没见到他了。

"王爷，你为什么要帮她做那么多事？你大可以选择袖手旁观啊！"殷浩冷冷地质问。

"哎，殷浩……你自己也听你师父说过了，天命是无法更改的，如果你不顺应天命，硬要去改变，反而会发生更不好的事情啊！"南昌王没想到他会问这个问题，一愕这下，胡乱道。要是让殷浩知道他真正的目的，还不得恨死他。

哪知殷浩闻言，却突然大怒，吼道："天命！天命！什么天命？我不懂，我也不相信！"

南昌王看着他一副困兽挣扎的样子，不由摇了摇头，劝道："殷浩，你冷静点。我知道你很难接受宸妃的改变，但这些时日下来，你也该明白一件事，那就是这宫里的环境逼得她不得不变，她再也回不去当初与你相处时的样子……"

殷浩猛摇头，拒绝承认这个事实："我不相信！她只要自己想变回从前那样，就一定可以做到！王爷，我真是看错你了！以后，再也不要说我是你朋友！"吼完，他转身就走。

看着他愤怒的背影，南昌王眼中浮起一抹伤感。

"殷浩，让她一个人苦苦挣扎，就是真的为她着想吗……"

他长吐出一口气，目光望向星罗棋布的天空。

姐，你究竟要看到什么时候才肯醒？

星空下，南昌王与泰常背靠着背坐在马场上喝着酒。之前，两人又打了一场，这一回泰常对他耍赖的打法已有所警惕，因此等他发泄过后，两人都没受什么伤。

"泰常，我是不是做错了？"南昌王对着明亮的星子举坛，嘴里却是在问背后的人。

泰常看着天上，抱起酒坛喝了一口。

"若是错了，王爷你会放弃吗？"他不答反问。

南昌王一怔，而后苦笑，"不会。"所以，这个问题根本没必要问。

"凡人行事，各有其图。孰对孰错，以什么来评判？"泰常淡淡道。

"殷浩为了自己的梦想,就执著地认定武媚应当是原来的样子才会快乐,殊不知,自己的行为正在造成她的痛苦。他连她都不懂,却口口声声说是为她好。他怨责王爷不该帮武媚,将她推得越来越高,可是他什么时候去想过王爷这样做的原因?"于泰常来说,自然是偏向于他家王爷的。王爷对也是对,不对也是,嗯……不对,不过他会竭力使之变成对。

"泰常你知道我图的什么?"南昌王仰头灌了一口酒,迷茫地问。

"梦醒。"泰常连考虑都不用。

"对,梦醒,哈哈哈哈……"南昌王突然大笑起来,而后笑声又突然低落下去,带着些许沙哑,"我什么都没跟你说,可是你却能明白。我将实情告诉他,他却不相信……朋友究竟是什么?说不要就能不要的吗?"

"我跟在王爷身边的时间比较长。"泰常实事求是。因为时间长,所以能分辨出两位王爷的不同之处,也能从细节以及片纸只字上猜测出一个人的来历身份。

南昌王头往后仰,靠在了泰常的肩上。"其实……"他喃喃道,"我现在也不是那么想要醒了。我舍不得母妃,不放心你们……"他已经完全融入了这里,怕自己离开后身边的人再被南昌王本尊伤害。有伤痛有喜悦,有留恋有不舍,这个时空,已经给了他归属感。

泰常没有说话,抓住酒坛,反手碰了南昌王的酒坛一下,然后又是不急不慢地喝着。

殷浩没有回内教坊,而是径直奔向尚食局,一进去就大声地嚷嚷:"春喜姐!春喜姐!"短短一段时日,与最爱的女人决裂,与最好的兄弟决裂,他觉得自己整个心腔子疼得都要炸开了。

春喜从里面走了出来,看到他有些奇怪,"殷浩,你这是怎么了?"

"别问了,有没有酒啊,给我来点儿!"殷浩摇头,面无表情。

"唉,好吧,一看就知道你心情不好。得了,我陪你喝吧!"春喜也知道他这一阵子不正常,但见他能想到来尚食局,心中也是欢喜的,当下返身进去拿酒。

殷浩自顾自在院子里坐下,看着满天星斗发呆。不多时,春喜拎出一壶酒,又端了两个酒碗和几碟下酒菜。

"来，放开来喝吧……"

春喜话还没说完，殷浩已一把抢过酒坛，捧起来就灌。春喜被吓住，赶紧拦住他。

"哎，用碗，用碗！我陪你喝！"一边说，她一边硬从他手中抢下酒坛，然后斟满两碗。

于是你一碗我一碗的，没有人说话，不一会儿，就空了两个酒坛。殷浩醉醺醺地拿起一个酒坛，想倒酒，里面却已经空了。

"酒，酒呢？没酒了！春喜！"他已醉得不省人事，嘴里嘟囔着，头一歪，靠在春喜的肩上便睡死了过去。

春喜僵着身体没有动，脸渐渐如同火烧一般，心口直跳，越来越大声。

"媚娘……媚娘……"殷浩含糊地喊。

春喜一愣，眼神黯淡下来。

殷浩做了一个梦。一个很长很美的梦。

梦里他和媚娘都回到了小时候。他做苦工挣了几文钱，买了两个包子。他和媚娘分吃了一个，然后把另一个留给婆婆，却在路上遇到了一伙孩子想抢他们的包子。他把包子抱在怀里，媚娘却拿起棍子打跑了那群孩子……

梦里，媚娘还是那么勇敢善良。梦里，包子很香。梦里，棍子打在身上也不会疼，不像他现在这么疼！

茫然睁开眼，殷浩目无焦距地看着屋顶上，慢慢回味着梦里的一切。嘴里似乎还残留着那包子的香味，唇角似乎还残存着那时的欢乐，然后，随着意识的回笼，那香味与欢乐全被苦涩替代。

一个翻身，他猛地爬了起来，头一阵裂痛，忙抬手揉了两下，这才注意到这里是自己的内教坊房间。

"咦，我不是去找春喜喝酒了吗？怎么会在自己房间？"他奇怪地自语。正想着自己是不是在做梦，春喜走了进来。

"殷浩，你醒了啊？"

"我不是去你那儿喝酒吗？怎么在这儿？"殷浩迟钝地下了床，一脸迷茫。

"你醉得跟个熊似的，我就把你给背回来了！"春喜一脸的埋怨，眼中却隐含笑意。

"你把我背回来的？"殷浩一愣，看了眼春喜那小身板，突然发觉不敢去想象这一幕。

"是啊！可累死我了，你比我们尚食局养的猪还重！"春喜点头，似乎并不觉得自己做了多么了不起的事。

这一回，殷浩是彻彻底底地呆住了。

春喜终于忍不住哈哈大笑起来，道出实情，"逗你啦！你那么重，十个我都背不动！是我找尚食局的人把你抬回来的！"

殷浩松了口气。连他也不知道，自己为什么要松口气。

"怎么样，胃在疼了吧？我给你煮了粥，现在去端给你。"春喜笑意不减，语气里却满是关切。

"谢谢你，春喜。"殷浩突然觉得自己有些对不起她。顿了一下，又小心翼翼地问："春喜，我昨晚，还好吧？没做什么蠢事吧？"以前他也喝醉过，记得葫芦说他酒品不太好。

"蠢事？一边说梦话一边吐算不算？"春喜偏头，笑问。

殷浩不好意思地挠着头，没敢接话。

"大半夜地一直在喊人家武宸妃的名字，那么喜欢人家，还闹什么别扭啊，真是的……"春喜心中泛酸，嘀咕道，而后甩甩头，"哎，不管了，我去端粥了！"说着，走了出去。

殷浩脸上浮起歉意，而后，突然想起什么，忙去洗漱，打算过一会儿出趟门。

殷浩还是决定去一趟明月殿。那个梦让他回忆起过往，他和媚娘在一起，终究有过很多快乐，如果就这样放任她不管，他做不到。

武媚娘听到殷浩来了，突然有些不安，不知该以什么态度去面对他，表情变来变去，终于，她还是停在了冷淡上面。殷浩在柳儿的引领下走进来，两人对望，突然产生了一种似乎很久没见过的生疏感。明明，在路上也会碰到的啊。

"教坊使稀客啊，很久没来本宫这里了，有什么事吗？"武媚娘语气淡淡地道。

"没什么,我只是昨晚做了个梦,梦到我们还在乡下的儿时,早上醒来,突然觉得那么重的友情,就这么淡了,不免有些伤感。就过来看看你。"殷浩被她的话刺得心脏一缩,突然发觉,原来以前为不能与她在一起所承受的悲伤与痛楚竟是带着甜蜜和期待的,如今却像是裹着冰碴。

武媚娘听到他的话,心里一阵酸软,面色微缓,低声道:"殷浩……"

"可是媚娘,你现在身为四妃之一,已经是万人之上了,还有什么不满足的吗?你就不能从那些血雨腥风里逃出来,好好过几日平静的生活吗?"殷浩没等她说话,继续道。

武媚娘一听,眼神瞬间又变得犀利起来,"由得了我吗?我……"她话说到一半,突然心口如针刺般猛地一痛,脸色不由一白,抬手紧紧捂住心脏所在的位置,痛叫出声。

殷浩还没反应过来是怎么一回事,就见她猛然喷出一口鲜血,倒在了地上。

"媚娘!"他大惊,赶紧上前去扶她。

柳儿也赶紧冲了过来,嘴里惊慌失措地喊着娘娘。

看武媚娘疼得满头大汗,浑身直抽搐。殷浩慌了,一边让柳儿去叫御医,一边将她抱到了床上。

然而等御医来到,却怎么也查不出原因。就在他急得不知该怎么办的时候,武媚娘突然又好了,但因为之前疼痛消耗体力太多,疼痛一去说了几句话便沉沉地睡了过去。那个时候从柳儿口中殷浩才知道,这已经不是武媚娘第一次发作了,而且每次都是正午的时候。

觉得这事有些诡异,他让人去请了李淳风过来。但没想到,南昌王也来了。因为昨日才说过要跟他绝交,所以看到他时,殷浩有些尴尬,错开了眼,直接走向李淳风。南昌王却仍然一脸温和的笑,似乎什么事也没发生过一样。

"殷浩,武宸妃现在如何了?"李淳风没注意到他们之间的异样,问。

"就午时疼了一会儿,这会儿又好了。媚娘说她疼起来的时候,就像有一万根针扎在她心口上。但一过去,就又好好的了。"殷浩脸上浮起焦虑心疼的神色。

"御医怎么说?"

"御医们轮流诊查过，却都查不出任何问题。可我亲眼看着媚娘痛得吐出血来，师父，你说会不会是别的什么问题？"殷浩说出心里的担忧。

李淳风皱眉思索着，过了一会儿，问："她都是什么时候心口会痛？"

"我问过了，说是这几日痛的时间很相似，都是午时前后！"

"午时乃是尚阳之时，阳盛阴衰，易行咒法。"李淳风沉吟道，而后神色一凛，脱口道："难道是……厌胜？"

"厌胜之术？在宫中，这可是要杀头的！"殷浩一惊。

"为师要先去看看武宸妃。"在没见过人之前，李淳风没有肯定。

"厌胜是什么？"南昌王听得一头雾水，对于古代这些诡秘之术，他其实完全不了解。

"厌胜就是用邪毒咒法害人，下人们一般都戏称'扎小人'。"殷浩下意识地回答，等说完，才突然反应过来自己是在回答南昌王，不由抬头看过去。却见他脸上笑吟吟的，并未在跟自己生气，不由脸一红，突然就释然了。

"殷浩，还在生我的气啊？"南昌王笑道。昨日与泰常打过一架，又不着五六地闲聊过后，大概是发泄出了心里的郁积，他突然就不气了。如今回想起来，泰常似乎也没说什么宽慰他的话啊。

"不气了。"殷浩摇头，也笑了起来。他的脾气其实很像小孩子，性格也像。

两人这边一笑泯恩仇，那边李淳风已经检查出来了。也不说话，直接拉着两人出了明月殿。直到回到内教坊殷浩的房中，他又察看了周围一番，发现没有人，这才关上门。

南昌王和殷浩早被他弄得神经紧张，连大气都不敢喘。

"师父，怎么了？"殷浩受不了这种气氛，开口问。

"是厌胜。"李淳风压低声音，面色凝重地道。

"真的吗？师父，这可是大事，不能错的。"殷浩大惊，手有些发抖。

"为师方才探视武宸妃，只见她眉间一股浊气缭绕，加之她脉象正常，却日日午时心痛难止，种种离奇之处，都是有人对她施行厌胜之术的征兆……"李淳风眉宇紧锁，显然对这个东西深恶痛绝。

"太史令，如果真是厌胜，有没有什么解救之法？"南昌王生活在现代，对这些邪术感受不深，反应不像两人那么强烈。

"厌胜之力,都集中在那个施术的布偶上,唯有找到那个布偶,才能破解。否则,根本没有办法!"李淳风耐心地解释。

"宫里这么大!就算是皇上下令整个去搜,一时半会儿也找不出来啊!要是再这么下去,我看没几天,媚娘她就……"殷浩急得团团转。

"殷浩,你别急。你跟为师回府一趟,为师拿个符给你。这能压制一时,暂保武宸妃平安。"李淳风被他晃得头晕,赶紧按住他,安抚道。

"师父,我就知道你行!走,我们快去拿吧!"殷浩这才露出笑脸,一边拍马屁,一边拉着李淳风就往外走。

南昌王仍站在原地,皱眉思索。如果真是如此阴毒的厌胜之术,施术之人,又会是谁?

他的脑海中自然而然地浮现出一张秀美无双的脸。

殷浩从李淳风那里拿到符,便匆匆去了明月殿。柳儿见他又来了,心里奇怪,之前连着好些天都不出现一次,如今一来,一天又来几次。

"教坊使,你来了?"她起身相迎。

"媚娘醒了吗?"殷浩眼睛直往内房探看,嘴里问道。

"娘娘还在睡着……"柳儿有些为难。

殷浩急得直挠头,"这,我,我有急事找她……"

柳儿嘟起了嘴,心想娘娘身子不舒服,怎么能打扰呢。她正想开口拒绝,就听到里面传出武媚娘的声音。

"柳儿,是教坊使吗?"

不等柳儿答话,殷浩抢先道:"媚娘,是我!"

"柳儿,请教坊使进来吧。"武媚娘道。

"是,娘娘……"柳儿有些不情愿,但还是应了,然后看向殷浩,不高兴地道:"教坊使,你请!"

殷浩的心思都在武媚娘身上,并没注意到小丫头的不悦,急急走进内房。武媚娘已经坐了起来,倚着床榻。殷浩突然想起,自小公主死后,他来见武媚娘多时都看在她在榻上,不由一阵心疼。

"殷大哥,什么事这么着急?"武媚娘问。

殷浩走过去,从怀中摸出一个香囊递给她。

"这是……"武媚娘并未立即接,疑惑地问。

"媚娘,这个香囊,你贴身带着,里面有我师父请的符,可以暂时保你不受邪毒侵害。"殷浩郑重其事地道。

"什么邪毒侵害?"武媚娘一怔,脑子里隐约闪过一个念头。

殷浩有些迟疑,不知该不该将事情真相告诉她,若是告诉了,会不会吓到她。

武媚娘见他这样,眼神突然变得凌厉起来,"殷浩,快说,到底怎么回事?是不是太史令来看过,发现了什么端倪?"

殷浩见瞒不过,重重点了下头,道:"嗯,师父说,可能是有人对你使了厌胜之术!"

武媚娘一惊,语气变得急促起来,"所以我才每日午时心口痛?有没有查出来是谁?有没有办法破解?"

不忍让她惊急害怕,殷浩温声安抚道:"你先别着急,究竟是谁做的,王爷已经去查了。因为我师父说不找到那个施术的布偶,就很难破解。"

听到两人的对答,柳儿突然心中一动,插嘴道:"是一个布偶吗?"

殷浩和武媚娘同时转头看向她,眼中有着疑惑。柳儿胆子小,被看得一缩,才又道:"娘娘,奴婢白天为你从尚食局端药回来时,经过走廊,不小心撞到了节儿皇子,看到他手上拿着一个布偶……"

殷浩和武媚娘闻言同时失色,殷浩急问:"柳儿,那布偶上面有没有媚娘的生辰八字?"

柳儿迷茫地摇了摇头,回忆道:"奴婢只看到那布偶上有字,还没来得及看清楚,就被淑妃娘娘抢走了。"

武媚娘脸色剧变,腾地坐直了身子,拍了下床,厉声道:"萧淑妃!错不了的,一定是她!"

"媚娘……"殷浩担心地看向她。

"殷大哥,你看见了,后宫里头就是这样,我不犯人,别人就会来害我了!"武媚娘冷笑了一下,满脸苦涩。

"我们去告诉皇上!让他把萧淑妃……"殷浩咬了下牙,主动提出。

武媚娘摇头,淡淡道:"没用的,殷大哥,你没有证据,淑妃完全可以矢口否认。"

"柳儿可以作证啊!"殷浩理直气壮地道。

"单凭一个奴婢的话,你觉得能斗得过萧淑妃吗?"武媚娘眼中露出不可思议,似乎这时她才发现,自己一直觉得可以依靠的殷大哥如此幼稚。

殷浩被她说得一怔,不知该如何回话。武媚娘低下头,似乎在思索着什么。

殷浩突然觉得自己越来越看不懂她了。将符交给柳儿,他默默地退了出去。

第三十七章

南昌王心里突然升起一阵厌烦,又不想表现得太明显,只好转开了头,不料竟看到柳儿正以一种惊愕加不可思议的表情看着武媚娘,心情突然就好了。看来,武媚娘这一番虚伪的言辞,连单纯的柳儿都无法说服啊。

柳儿熬好晚上的药，端进去的时候，武媚娘正对着殷浩送过来的那个装符的香囊发着呆。

"娘娘，药煎好了，可以喝了……"她走过去，放轻声音，害怕惊到武媚娘。

媚娘伸手接过药，喝下一口，却苦得皱紧了眉头，于是又推开了它。

"太苦了，不喝了！"

"娘娘，不行啊！你这几日无端吐血伤了元气，太医说一定要喝的，肯定有用。"柳儿细声细语地劝着。虽然皇后之事后她始终怕着武媚娘，但这并不妨碍她忠心于她。

"太史令给的符，也不敢说保证我没事，这帮庸医的药，又能起什么效果！"武媚娘摇了摇头，道。

"可是娘娘，你还是再喝点吧。"柳儿锲而不舍地劝道。她觉得娘娘这话不大对，那些太医可不是庸医，而是大唐最好的大夫呢。

武媚娘没有理她，语气倏然一转，愤慨地道："可恶！那个萧淑妃果然想要本宫的命！"

"真没想到淑妃娘娘的心肠竟然如此狠毒，宁可犯了宫规，也要用厌胜之术来杀害娘娘你啊……"柳儿被她转开注意力，也愤愤不平地道。

"哼！这回她犯的可是死罪，本宫绝对不会就这样轻易算了！即便不是来害我，这厌胜之术也是连老祖宗都禁止的阴毒之术，这样的女人陪在皇上身边，万一她想要害皇上，皇上根本无法防备。一想到这儿，本宫简直就无法安睡！"武媚娘咬牙道。

"可是眼下我们没有证据，无法定她的罪，这可怎么办？"柳儿也跟着着急起来。

"没有证据又怎么样，既然她敢做，本宫自有办法让她认罪！"武媚娘不屑地一笑，冷冷道。

"娘娘想怎么做？"柳儿好奇地问。

"证据找不到，本宫就替她做一个证据。本宫要让她百口莫辩，死路一条！"武媚娘缓缓道，眼中射出一抹精光。

过了两日，南昌王那边查找施厌胜之术之人尚无进展，李治突然在承庆殿举办家宴。虽说是家宴，但其实与宴的也就是他、武媚娘、萧淑妃以及淑妃的儿子李素节。

这还是自陶婕好死后第一次举办家宴，李治坐在正中，总觉得少了点什么，看了看坐于一左一右的武媚娘和萧淑妃，这才想起少了王皇后，由王皇后又想起陶婕好，不由一阵伤感。殿心虽然歌舞正盛，却丝毫不能让他开怀。

一曲舞罢，他勉强振作精神道："这几日天气燥热，朕便叮咛尚食局煮了些清心润肺的冰糖莲子汤，一起尝尝吧。"心情不好，也许是天气太热吧，他如此对自己说。

萧淑妃发现武媚娘总在看她，不由有些心虚，主动道："看样子，妹妹身体都痊愈了吧？"

"托姐姐的福，已经好多了。"武媚娘面色温和，说出的话却阴阳怪气，只有当事人才能听懂其中的讽意。

李治还以为她们相处和乐，心情稍好。就在此时，武媚娘看了眼柳儿，柳儿颔首，她立即手一颤，将冰糖莲子汤碰倒，瓷碗摔在地上，发出清脆的碎裂声。武媚娘突然伸手捂住胸口，做出一副疼痛难当的样子。

"啊，好疼！好疼啊！"她痛苦地呻吟。

众人面色齐变，李治紧张地走到她身边，扶住她关切地问："媚娘，你怎么了？"

"皇上，又是像上次那样，心口上好像有人用根针不断在戳似的……"武媚娘疼得蜷在他怀里，虚弱地道。

萧淑妃大惊失色，愣愣地看着眼前一幕，显然弄不懂发生了什么事。

"怎么会这样？快，来人啊！快宣御医！"李治着急地大喊。

殿上众人顿时乱成一团，有往外跑的，有收拾地上碎瓷以及移开宴席的，有想上前帮着扶武媚娘的，在这一片慌乱中，柳儿悄悄挪动脚步，把小布偶丢到了李素节脚下。

"娘，她怎么了？"李素节不明白地看着眼前的一切，拽了拽萧淑妃的裙子，问。

"别多话！"萧淑妃呵斥道。

李素节委屈地哦了一声，低下头去，突然看到脚下的布偶，不由开心地捡了起来。

"嘿嘿，这不是那个布娃娃吗？为什么她身上还扎着一根针？"

王公公站得较近，闻言瞥了一眼，而后身体一震，慌忙跑了过去，"皇子殿下！这可不能玩儿啊！你这是从哪儿拿来的啊？"当他看清那布偶的时候，不由转头惊慌地喊李治，"皇上，你看这……"

李治疑惑地望去，也是一惊。萧淑妃更是惊讶，但还来不及阻拦李素节，李素节就已经脱口而出，"这布娃娃是娘的啊！"

萧淑妃脸色剧变，气急败坏地一把打掉李素节手中的布偶："节儿，别乱说！娘怎么可能会有这种东西！"

李治面色凝重，将武媚娘交给柳儿，然后站起身，大步走了过去。王公公忙俯身捡起布偶，递给他。他拿起端详，只见布偶上写着武媚娘的名字和八字，心口处还扎着一根针，不由大怒。

"来人！把淑妃抓起来！"

殿外侍卫闻言冲了进来，一把架起萧淑妃。萧淑妃拼命反抗挣扎，嘴里大喊："冤枉啊！皇上！那布偶不是我的！"

李治却不理会淑妃，径直拉过节儿，俯身问他话："节儿，你告诉父皇，这布娃娃到底是从哪里拿来的？"

李素节被突如其来的一幕吓坏了，惊恐地看了看萧淑妃，怯怯地道："儿臣说了，父皇就会放了母后吗？"

"你先说给父皇听，好吗？"李治温和地道。

萧淑妃吓得连叫节儿。

"这布娃娃是儿臣在娘亲床下捡到的。"李素节迟疑了一下，然后道。

李治浑身一震，站直身，怒不可遏："淑妃！你还有什么话说？"

萧淑妃见事情已经败露，不由放弃了挣扎，却又突然想起什么，摇头喃喃道："不可能啊！不对啊！这布偶我明明已经烧掉了！"语罢，突然惊觉自己说漏了嘴，不由惊恐地看向李治。

李治勃然大怒，厉喝道："将她打入天牢，听候发落！"

萧淑妃施用厌胜被下狱之事一经传开，满朝文武震动，潘守义等人连夜想要进宫见李治，李治拒见。直到次日早朝，他们又连名上奏，力保萧淑妃，直把李治气得暴跳如雷。后连着数日，萧淑妃之子李素节又至御书房，哭闹哀求放了母妃，李治又急又怒，又悲又伤，心力交瘁，终于晕了过去。

武媚娘得知李治晕倒，匆匆赶到甘露殿，就见王公公正焦急地守在内室门口，忙走过去，压低声音问："王公公，到底怎么回事？"

"娘娘你来了。"王公公满腹忧心地见了礼，叹道："唉，还不是节儿皇子，一早就来找皇上，替淑妃娘娘求情！皇上不同意，他就哭了整个早上！"

"啊？"武媚娘一惊，突然发现自己遗漏了这个潜在的威胁。

"是啊，皇上怎么劝他都不听。这几天皇上本来心情就不好，这一急啊，头晕的旧病就犯了！御医才刚走，让皇上多休息。"王公公只道她疑惑，不疑有他地继续道。

"那孩子呢？"武媚娘看了看四周，问。

"老奴已经让人把孩子送回去了。"

武媚娘若有所思地点了点头，道："嗯，本宫进去看看皇上。"

王公公忙将她引进内室。室内，李治正躺在榻上，闭眼假寐，直到武媚娘轻柔地唤了声皇上，他才睁开眼，动了下身子，想要坐起来。武媚娘见状，慌忙上前相扶。

"哎，朕为人父皇，却连个孩子的心愿都满足不了，朕真是没用啊。"李治叹了口气，满心郁结。

武媚娘心里一紧，不安地问："难不成皇上为了节儿皇子，竟想饶过淑妃？"

李治摇了摇头，一脸为难却又不甘的样子，"厌胜死罪是祖宗定下的规矩，朕又怎么敢违反呢？"

武媚娘听得暗自咬牙，就在这时，外面突然传来一片吵闹之声。凝神一听，却是李素节在外面吵着要见父皇，王公公以及几个小内监在拦阻。

武媚娘回过神,发现李治满脸的心疼不舍,怕他一时心软答应李素节的哀求,忙站起身道:"皇上,你好好休息,臣妾出去看看。"

李治点头,武媚娘走了出去。

"大胆,你们走开!我要见父皇,父皇,父皇!"李素节被几个小太监挡在门外,正一边哭闹挣扎,一边叫喊着。

武媚娘眼中闪过一丝狠意,走上前,将李素节抱进了怀里。

"节儿乖,别哭了。"压下心中厌恶,她放柔语气,哄道。

"娘娘,父皇他为什么不见我?"李素节还小,并不知正是眼前之人害自己母妃被抓,被温柔地抱住,便不由自主想要依赖,于是不再挣扎,哭着问。

"你父皇身体不舒服,做儿臣的要懂事。否则,惹怒你父皇,那可谁都担待不起!"武媚娘轻言细语地哄着。只有她自己才知道,抱着这个害了自己女儿之人的孩子,她要怎么压制才能控制住自己满腔的恨意。

"我要娘亲,我要娘亲!"李素节无助地趴在武媚娘怀里,呜呜地哭个不停。

武媚娘佯装心疼地抚摸着他的小脑袋,就这样哄着抱着。李治披衣起床,看到这一幕,放心之余,也不由心疼地落下泪来。

好不容易哄着将李素节送回寝宫,交给看养他的乳母,武媚娘便直接回了明月殿,思虑良久,做了个决定,而后立即派人传信给南昌王,让他前来。

"听柳儿说,娘娘有些为难之处要与本王相商?"南昌王素来不喜欢绕弯子,一来便开口问道。

"本宫为难不要紧,现在皇上左右为难,才是最重要的。我也是个母亲,其实看到节儿哭,我心里也很难受。淑妃狠毒,竟用厌胜之术来害我,事情到了今天这步,已经无可挽回了。"武媚娘叹道。

南昌王瞳孔微微一缩,很快又恢复如常,附和地叹了口气:"是啊,皇兄为难死了。他的确想过赦免淑妃,但老祖宗定下的厌胜死罪,连他都不敢违逆啊!"

武媚娘这一番话,若是换成殷浩,定然会毫不犹疑地相信她,甚至可能要为她的善良而欢喜感动。但南昌王不是殷浩,他知道萧淑妃下狱,最高兴的人除了武媚娘不会再有其他。因此她突然说出这样的话,只怕心里已有所打算。

武媚娘正偷眼察看南昌王的反应,见他果真一脸无奈,于是试探地道:"其实我虽然恨淑妃,但也觉得她罪不至死。我更不愿见皇上如此为难!"

南昌王心里突然升起一阵厌烦,又不想表现得太明显,只好转开了头,不料竟看到柳儿正以一种惊愕加不可思议的表情看着武媚娘,心情突然就好了。看来,武媚娘这一番虚伪的言辞,连单纯的柳儿都无法说服啊。轻咳一声,他不打算接这个烫手山芋,"本王一时半刻也想不到什么好办法。"她若非心有定计,又怎会找他来。

"我这倒是有一个不是办法的办法,但不知当说不当说。"果然,他话音一落,武媚娘立即接道。而后似乎又觉得自己太过心急,脸上闪过一抹尴尬的神色,见他没注意到,这才坦然。

"娘娘但说无妨。"南昌王懒懒地道。

"立后!"武媚娘轻轻说了两个字。

"立后?"南昌王目光一凌,突然想畅声大笑。原来是为了这个。何苦给他绕这么多弯子,他又不是不助她。

"是。"武媚娘斩钉截铁地道。

"对啊!只要皇帝立新后,就要大赦天下,到时候淑妃就可逃脱死罪了!"一拍桌子,南昌王露出一副恍然大悟的表情。如果此次事成,武媚娘登上了皇后之位,以后便没人能威胁到她了,那么冰荷是不是也该醒了?想到此,他竟是比武媚娘还要迫不及待一些。

"是的,王爷,可若要成事,潘守义那帮大臣一定又会倾力阻挠,你一定要帮我。"见他赞成,武媚娘放下心来,点头道出请他来的用意。

"放心吧!我这就去跟皇兄说。"南昌王点头,不再迟疑,站起了身欲走。

武媚娘拦住了他,"不,还是我自己去吧!"

"为什么?"南昌王有一瞬间的疑惑。

"王爷,人言可畏,媚娘不想在这宫廷中落下结党营私的口实。"武媚娘解释。

"娘娘所言甚是,那本王就恭候佳音了。"南昌王一笑,并不坚持。

待南昌王一走,柳儿按捺不住了,见武媚娘心情似乎很好,于是小心翼翼地问出梗在心中的疑惑。

"娘娘,你真的想救淑妃啊?"

"你说呢?"武媚娘挑眉看了她一眼,笑问。

"奴婢不知道。"柳儿摇头。

"哼,本宫救了淑妃之后,皇上只会更加宠爱本宫。到那时,本宫已经当上皇后,萧淑妃死或不死,对本宫来说都已经不存在任何威胁了!"武媚娘在柳儿面前向来不遮掩自己的真实用意,毕竟,她很多事都要依靠这个贴身侍女去办,要真遮掩起来,不得累死。"让她就这么死了岂不是太便宜她?本宫要她活着,看着本宫风光无限,看着本宫集万千宠爱于一身!本宫要她活着,却比死更难过!"后面一段话,她几乎是咬牙切齿说出来的,可见对萧淑妃的恨意有多深。

柳儿听得打了个寒颤,却放下心来。这样才是她所认识的宸妃娘娘,之前在南昌王面前的那个,才让她觉得不踏实。

"对了,柳儿,你帮本宫安排节儿去见他的娘亲淑妃。好人做到底,必须要让人信服才行。"武媚娘突然想起一事,吩咐道。

柳儿忙点头应是,然后转身匆匆去安排了。

武媚娘垂下眼,不知想到了什么,脸色变得有些阴冷。而后倏地站起,往甘露殿而去。

到甘露殿的时候,李治正在见潘守义以及褚遂良两位大臣,武媚娘便没直接进去,而是在偏殿等候。从端茶伺水的小内监口中得知,这两位大臣在殿外跪了两个时辰,李治无奈才召见他们,想也知道他们是为何事而来。

让在旁伺候的宫女内监都退了下去,看左右无人,武媚娘将耳朵贴在墙上,察听隔壁大殿的说话。隔着一道墙,传过来的声音已含糊不明,但仍能隐约听出在说什么。

"老臣恳……皇上三思,饶了萧……王皇后刚……不久,皇上不能再杀一个贵……否则这事情传出去,黎民百姓也会以为皇上是个暴……"

"是……皇上,还请皇上饶过萧……一命,以示吾皇有好……之德……"

武媚娘直听得银牙暗咬,指甲愤恨地抠着墙壁。

"你们……"李治的声音响起,她忙收敛心思,屏气凝神倾听。

"……还不……道朕怎么想的……天大地大,也大不过祖……法!后宫之……用厌胜是何等罪状,你们……为辅国大臣,难道还不……好了,你们不要……下去吧!"

听到此,知那边谈话就要结束,武媚娘赶紧坐回原位。心中想着李治刚才那一番话,看似毫无转折余地,但实际上也显露出他的不情愿。如此,倒于她之计大有助益。既然他谨守祖法,又想救萧淑妃,那么若能按祖法规矩救出萧淑妃,他自然没有不答应的道理。

正想着,王公公来传,说李治让她过去。

走至正殿,李治正一脸烦闷地按着额头,她见过礼,然后上前替换下他的手,一边为他轻轻按揉,一边故作不知地问:"皇上,褚相为何而来?"

"还不就是淑妃的事儿,要朕饶过淑妃!如果有办法,朕早就做了啊!"李治仰头靠在她怀里,闭着眼,喃喃道,语气中充满无奈。

"皇上,臣妾倒有个两全其美的办法,可以救淑妃一命,又不违背祖宗先法……"武媚娘停下了一会儿,仿佛是在思索,而后开口道。

李治一听,赫然睁眼直起身,回头振奋地追问,"爱妃有何良策?"

"大赦天下!"武媚娘果断地说出四个字。

"可一时之间,哪里有借口让朕大赦天下啊!"李治皱眉,思索起来。

"立后。"武媚娘淡淡道。

"立后?"李治有一瞬间的惊讶。

"对,皇上后宫无主,立后无可厚非,却正可以借此机会大赦天下!到时候淑妃就能逃脱死罪了。"武媚娘没提立谁为后,但纵眼整个后宫,还有谁比她更有资格?何况,为了补偿她,皇上只怕也要将这个后位给她。

李治听罢,沉吟半晌,半信半疑地问:"媚娘,你真的不怪淑妃么?"

"臣妾也身为人母,看到节儿皇子那么伤心,臣妾真的很难过。淑妃固然应受惩罚,却实在罪不至死。为了节儿,为了皇上,臣妾也就没有什么怨言了。"武媚娘微笑,作出一副雍容大度的样子。

李治听得脸上露出欣慰的笑容,点头道:"媚娘,你的提议,不失为一个两全其美的好办法!好,朕明日早朝便告知众臣,立你为后。"

武媚娘强压下心中的狂喜,脸上露出担忧之色。

李治看到,不由问:"媚娘,还在担心什么?"

武媚娘深吸口气，一副忐忑不安的样子，"臣妾只是怕到时候那帮大臣又要说媚娘迷惑了皇上，一心想着要当皇后了。"

李治大笑，起身将她拥进怀里，"媚娘的心意，朕明白就好。"

武媚娘将脸埋在他胸前，唇角浮起一抹得逞的笑。

次日早朝，李治刚一提出要立武媚娘为后，以借此大赦天下，免萧淑妃死罪。文武群臣登时哗然，两派大臣争得不可开交。

"皇上，万万不可立宸妃为皇后！宸妃是前朝才人，如若本朝为后，于祖宗礼法不合啊！"潘守义第一个跳出来，极力阻止。

"臣等都是为了我大唐！立后之事，还请皇上三思啊！"褚遂良立刻附议。

"臣却觉得，皇上借立后赦免淑妃，乃是大善之举，祖宗在上，见吾皇仁德，也会保佑我大唐平安兴盛啊！"南昌王和武媚娘之前布下的棋终于开始发挥作用，庄晋南成为第一个赞成的人。

"对啊，两位辅国口口声声为我大唐，为何要阻挠皇上如此仁德之举？"钟衍也开了口。接下来，支持武氏一派纷纷上前进言，赞成立武氏为后，歌颂皇上仁德。

褚遂良见状不妙，厉喝钟衍："钟衍你不过是一个四品小元，也敢在这庙堂之上与本官讲仁德道义？"

钟衍脸气得通红，正欲反唇相讥，庄晋南一笑，上前道："褚相，难道在你心中，这仁德道义，也要分个品级不成？"

"你！"褚遂良哑口无言。

南昌王抬头看了一眼李治，发现他又开始揉额头了，暗叫不好，忙开口道："诸位虽政见不同，但都是为我大唐着想。不过，还请诸位冷静冷静吧。这立后之事，实是我皇兄的家事，不要说你们，就连本王都没有资格过问！所以我想，我们还是听皇上的意思吧……"

李治一听，点了点头，趁机站了起来，做了决定。

"朕心意已决，即日册封武宸妃为皇后。立后之日，大赦天下。犯妇萧淑妃免死罪，除去淑妃称号，贬为庶民，终生监禁于上阳宫！就这样办吧。谁敢再忤逆朕，就别怪朕不顾情面了！"

潘守义与褚遂良听得一惊，褚遂良还想说话，却被潘守义拉住了。庄晋南、钟衍等人与南昌王相视一笑。

走出太极殿，南昌王长吁一口气，心想这回该结束了吧。

李宇凡感觉到自己的脸一阵一阵地生疼，耳边还有啪啪的响声，他不堪其扰，挥手拨开那干扰源，终于睁开了眼。习惯性地一阵恍惚，然后看见一张大脸几乎要贴在自己脸上，被惊得赫地一声坐了起来。

嘭！毫无意外，两个大头撞在了一起，发出令人呲牙的响声。

两声哀号，一个捂住头倒回床上，一个歪倒在另一边打滚。

"大刚，你干吗啊，不会是觊觎我的美色，想要偷袭……"李宇凡痛得哀哀地叫，却还不忘调戏人。

"你姐不见了！"大刚痛得热泪盈眶，大叫着打断他不着调的话。

"你说什么？"李宇凡噌地一下坐了起来，顾不得头疼，就开始往身上套衣服。

"你姐起来后说要喝什么木瓜银耳羹，你们家什么都没有，我就让她坐在沙发上等着，我去买，可我回来之后就发现客厅没人，再一看厨房、书房、她房间都没人，我就想会不会是出去了，这不就赶紧叫你来了么。"大刚也跟着爬了起来，哭丧着脸道。

"姐，你这又是唱哪出啊！"李宇凡仰天一声长嚎，然后拉着大刚就往外跑，"走走，赶紧找去，她穿着那身衣服，身上又没钱，走不了多远！"

两人找遍了小区的中心花园，附近商场店铺，逢人便问有没有见过一个穿着古装的女人。然而寻遍了大街小巷，也没找到人，急得他们差点报警。然而等他们又疲惫又担忧地回到住处时，却见到李冰荷正靠着大门坐在地上，垂着头，已经睡着了。

两人又惊又喜，嚎叫着扑了上去。李冰荷被他们吵醒，睁开眼，神情迷蒙。"王爷，殷浩，你们终于回来了。"

两人扶起她，大刚激动得几乎要抹眼泪了，"冰……媚娘，你去哪儿了这是，可把我和宇……王爷急死了。"

"我坐在屋子里等你闷得慌，就想去御花园走走，岂料那些穿着怪异衣服的番邦人竟然对我指指点点，后来还有一群番邦的孩子竟然追着我跑，我一时不知所措，情急之下赶忙躲到了一处茂密的花丛中去，待那些孩子散去，我才走出来，逛御花园的兴致没了，我就回来了。岂料这寝宫的门无论如何都打不开，我只好坐在这里等你们回来。"李冰荷缓缓道，她无法理解自己现在所遭遇的一切，那种与周围一切格格不入的感觉让她很害怕。

李宇凡和殷浩听得一阵心疼，慌忙将她劝进屋里，心里则做下决定，以后决不让她独自出门。

"媚娘，折腾了一天饿了吧，我这就去给你炖木瓜银耳羹啊，你等等。"大刚将李冰荷扶到沙发上坐下，然后道。

"我这会儿不想吃木瓜银耳了，殷浩，我想吃春喜做的汤圆。"李冰荷放松下来，撒娇道。

"春喜？汤圆？"大刚疑惑地看向李宇凡。

"啊，想吃汤圆啊，行，本王立刻让尚食局为你准备，宸妃娘娘，你也累了，先回内房休息会儿，等传晚膳的时候，我再叫你。"李宇凡赶紧道。

"也好，那就有劳王爷了。"李冰荷点头，然后起身进了房间。

李宇凡和大刚看着她进屋关上门，登时一起瘫坐在了地上，头仰后长舒一口气。

"这一天天的……"李宇凡想大喊，又不敢出声，只能挥舞着两个拳头，做出大喊的样子，"啊啊啊啊……"

"行了，哥们，没事就是万幸。"大刚拍了拍他的肩，安慰道。

"你还说，还不都是你惹的祸？"李宇凡埋怨道。

"我？"大刚莫名其妙，但并没往心上去，"唉，得，都是我的错行了吧，话说回来，那个春喜又是谁啊？"

"还不就是在我梦里喜欢你的那个傻丫头！"李宇凡想到春喜，不由有些想叹气。

"喜欢我？"大刚瞪大眼，有些不敢相信。

"恩，傻了吧，你这样的都有人喜欢，真是怪了。"李宇凡没好气地道。

"哎，那……那个小丫头漂不漂亮啊？"大刚乐了，挠了挠头，有些不好意思地问。

"问这干吗，你不是向来标榜从身体到灵魂都是属于我姐一个人的吗？"李宇凡斜睨着他，打趣。

"那是必须的！我郭大刚这辈子只对李冰荷一个人忠诚！"大刚一听，立即捂住胸口，正色道。

"切，这还差不多。"李宇凡站起身，往厨房走去。

大刚连忙跟上，哎哎地喊："你倒是告诉我那女孩美不美啊？"

"想知道？"李宇凡回头。

大刚点头如捣蒜。

"就——不——告——诉——你！"李宇凡拖长声音，得意洋洋地笑了。

大刚气得点着他说了一连串你。李宇凡大笑，一拍他的肩膀，"赶紧的，伺候武媚娘老佛爷给她煮汤圆去！"

大刚见从他嘴里挖不出什么了，无奈地走了进去，开始烧水。

当雪白的汤圆翻滚在水上的时候，他突然想起一事，问道："对了，你现在梦到哪儿了？"

"武则天已经当皇后了！"李宇凡撇撇嘴，身体一歪，靠在了厨房的门框上。

"啊？这么快啊，都当上皇后了。"大刚回头，有些惊讶。

"是啊，看来这个梦就快要结束了，可我姐现在还是这个样子，我都不知道该怎么办了！"李宇凡皱眉，心中升起一股无力的感觉。

"你别急，武则天做了皇后不是还得活好几十年吗，慢慢来，会好的。"大刚安慰他。

"几十年！"李宇凡惊呼，一拍额头，大叫："天啊！这要到什么时候才是个头儿啊！"

"嘘，你小声点儿……"大刚被吓一跳，赶紧扑上来捂住他的嘴，又指了指李冰荷的房间。

李宇凡唔唔了两声表示明白，他才放开手。两人对看一眼，都有些发愁。

"武氏门著勋庸，地华缨黻，往以才行，选入后庭，誉重椒闱，德光兰掖。朕昔在储贰，特荷先慈，常得侍从，弗离朝夕。宫壶之内，恒自饬躬；嫔嫱之间，未尝迕目。圣情鉴悉，每垂赏叹，遂以武氏赐朕，事同政君，可立为皇后……"

一道圣旨下达，武媚娘终于成为了大唐皇后，从此后宫之中再无人能与其争锋。一时之间，明月殿送礼之人络绎不绝。

南昌王觉得自己能做的也做得差不多了，以后的事只能顺其自然，总不能提前让武媚娘登上帝位吧。这根本是短期内不可能达到的事嘛！而且以他如今的身份，真要那么做，那简直就是背祖忘宗了。他也不想再混迹在这宫廷朝堂之上了，等过了这段时间，便禀了母妃，四处游历去。事实上，他跟殷浩是同类的人，并不喜欢这样尔虞我诈的生活。

晃悠着，他又来到了内教坊。厌胜一事之后，殷浩和武媚娘表面上似乎已经和好，然而谁都知道这只是暂时的，他们之间已经有了巨大的裂痕，目前不过是依靠着两人过去的感情勉强维系而已。随着武媚娘的地位晋升，行事作风的改变，他们再也不可能回到以前那样两小无猜、一个提供保护一个只需依赖的相处模式。

走进内教坊，殷浩正在擦拭一张古琴，南昌王负着手慢悠悠地走过去。

"殷浩，皇上已经下旨册封武媚娘为皇后了！"

"哦，是吗？"殷浩头也不抬，继续擦着琴，神色木然。

"喂，别这样啊。走，跟我去恭喜恭喜她。"南昌王微微俯下身，笑眯眯地道。没有办法，无论是大刚还是殷浩，他都喜欢没事撩拨两下。

"你愿意去就自己去，拉上我干吗？"殷浩没好气地道。

"殷浩你别这么孩子气行不行？武媚娘可是你的知己！"南昌王啪地一下，将手按在了琴上，发出两三下杂乱的嗡嗡声。

"知己？哼……反正你今天说什么我都不去！"殷浩冷哼一声，拨开那只碍眼的手，闷闷地道。

"好！不去就不去，本王自己去。"南昌王站直了身体，然后幽幽丢下一句，"殷浩，你真不是男人！"说着，转身就要走开。

"你等等，你刚说什么？"殷浩赫地抬起头，恼怒地叫住了他。

"说你不是男人，怎么样？"南昌王转回身，慢悠悠地道。

"你……我……我……你……"殷浩气得说不出话来。

南昌王挑眉，眼中射出挑衅的光芒。

"好。我去！"殷浩将琴放下，腾地站了起来，率先往屋外走去。男人尊严遭到质疑，这是决不容许的。

南昌王看着他的背影,唇角浮起一抹得逞的笑。

两人走进明月殿,柳儿正在那里清点礼物,武媚娘坐在旁边看着,一脸的志得意满。见到两人进来,她忙站起身。

"恭喜皇后娘娘!"南昌王笑吟吟地拱手。

武媚娘脸上是掩不住的笑意,对着南昌王欠身一礼,"媚娘今日,多亏王爷,王爷请受媚娘一拜!"

南昌王慌忙扶起她,连声道:"不敢当!不敢当!"

殷浩在一旁闷闷地不说话,武媚娘见状,心中掠过一丝阴郁,问:"殷浩,难道你不为我高兴吗?"

殷浩深吸一口气,摇了摇头,道:"没有,我没有不高兴。我看着你进宫,又看着你经过那么多的风风雨雨,终于坐上这皇后宝座,我很开心。我只是希望,你当了皇后之后,能够真的母仪天下,不要再被仇恨蒙蔽了眼睛。媚娘,王皇后已经不在了,萧淑妃也进了冷宫,现在的你已经没有敌人了。你一定要好好的,好好的……"

武媚娘没想到他会说出这么一番话来,心中既有感慨,也有些许不悦,一时之间竟是复杂难言。

南昌王看着他们,突然发现,原来他们之间早已被一大条鸿沟隔开。一个在殿堂之上,一个在殿堂之下,再也没可能站在一起。

第三十八章

　　殷浩觉得一切都可以平静下来了。他想,若是一直这样下去,他还是能守在媚娘身边的。哪怕两人之间的距离已经很遥远,哪怕她再也不会像以往那样依赖他。只是,他也不得不承认,他的心里空了那么一块。

殷浩觉得一切都可以平静下来了。他想，若是一直这样下去，他还是能守在媚娘身边的。哪怕两人之间的距离已经很遥远，哪怕她再也不会像以往那样依赖他。只是，他也不得不承认，他的心里空了那么一块。其实空了一块也没什么，还是一样能与人嘻笑逗闹，还是一样能拨弹拉唱。只不过是空了一块而已。

殷浩双手作枕躺在内教坊花园的草地上，耳边响着纺织娘的叫声，眼睛一眨也不眨地看着黑色的苍穹，满天的繁星密密匝匝，看得久了，似乎下一刻就会像雨一样落下来。殷浩突然觉得就像这样，什么也不想，挺好！

星子……真的掉下来了！殷浩看见突然飘浮在眼前的闪烁光点，扑腾一下坐了起来，绿莹莹的光点一下子散开，飞入花草丛中。

"哎呀，你把我的流萤儿都吓跑了！"身后传来春喜顿足抱怨的声音。

殷浩回头，这才发现春喜手里拎着一个木葫芦站在后面，不知来了多久。

"春喜，你怎么来了？"他疑惑。

"我不能来啊？"春喜没好气地走到他身边，坐下，拍了拍木葫芦，遗憾地道："可惜了，我抓了一夜的流萤儿，还没看清楚，就被你这家伙吓跑了！"

"你怎么在我头上放呢，我还以为是天上的星辰掉下来了，吓得我这小心肝啊扑通扑通的……"殷浩摸着心口，夸张地道，然后一个后仰，又倒了下去。目光落在满天繁星上，喃喃道："要是天上的星子真能掉下来多好！"

春喜刚被他逗得扑哧笑出来，就听到后面这句话，突然听懂了他的言外之意，眼神微黯，也跟着躺了下来。

"我很久没看天上了……"她低语。没看星星，没看日升日落，没好好赏一回月……这些年在宫里，忙得已忘记抬头往上看一眼。

"我也是。今天的星星好多,记忆里只有童年时在我家茅屋外的空地上才能看到这么多的星星。"殷浩叹道。

"哎,你小时候看星星是不是跟皇后娘娘一起啊?"春喜随口问道。

"是啊,那个时候我跟媚娘经常会跑到山顶上去看星星,为了赶蚊子,我还给她用草编了小扇子呢,呵呵,想想那些无忧无虑的日子,真的很开心啊!唉,不过这种日子以后应该再也不会有了吧。"忆起儿时,殷浩的唇角浮起一抹暖暖的笑意。

"怎么会呢?"春喜觉得有些嫉妒,但随即想到现在是自己在陪他看星星,又高兴起来。

"人家已经是皇后娘娘了,你以为是我们这些人高攀得起的吗?"殷浩自嘲道。

听出那嘲讽中的悲伤,春喜侧转身体,一手支起头来,一只手拍了拍他的胸脯,爽快地道:"没事,以后你想看星星,本姑娘随时奉陪!"

殷浩目光下移,看着她真诚而认真的小脸,不由笑了。

殷浩越来越喜欢往尚食局跑,因为葫芦和春喜都在那里,因为跟单纯的他们在一起不累,什么都不必想。明月殿,已经不太去了。南昌王府,也是一样。

这天,春喜要出宫采买,殷浩便托她去同乐药堂拿自己一早让掌柜从乡下带的东西。等处理完内教坊的事后,他便去尚食局,春喜还没回来,葫芦正拿着一根生萝卜在啃。师徒俩便有一搭没一搭地互相挤兑着,等着春喜。

葫芦的一根萝卜还没啃完,春喜一手拎着个大篮子一手拎着食材回来了。

"春喜姐回来了!"葫芦嘴甜,喊了一声。结果遭来春喜的一个白眼。

"还不快来接把手!"

葫芦"哎"了一声,一扔萝卜,就跑了上去。

"这个葫芦啊,就是没眼力劲儿!懒习惯了,他这眼睛里啊看不到活儿。"殷浩在旁笑嘻嘻地说风凉话。

"就你有眼力劲儿,也没见你过来帮我拿啊!你这篮子破东西沉!"春喜没好气地道。

殷浩笑了笑，赶忙走上前帮着拿东西。结果篮子一入手，登时叫唤了起来："哎哟哟，怎么这么沉啊！这方掌柜真是实诚，一带带了这么多来，春喜姐，辛苦你了啊！"

春喜"哼"了一声，双手腾空，人登时轻松了，一边大摇大摆地往厨房走去，一边道："殷浩我可告诉你，方掌柜说这些山货很新鲜，煮粥炖汤都是上品，好朋友呢就要讲见面分一半，你这篮子东西等会儿一半要留在尚食局，全当我帮你跑腿的路费了啊！"

"啊？"殷浩惊愕地张大嘴，又尴尬又着急起来，"别，别啊，这是，这是……"

"这是什么？"春喜听他吞吞吐吐，不由回头瞪了过来。

"这是我特地给媚娘准备的。"为了保住东西，殷浩只好老老实实地承认。

"呦，谁前些日子说人家当了皇后了，咱们高攀不起了的。"春喜闻言皱起眉来，心里一阵不舒服，嘴里便不阴不阳地翻起旧账来。

殷浩理亏，不敢看春喜，低头不语。

春喜见他这个样子，又不忍心了，但也不想就这样放过他，佯装生气地回头继续走。

殷浩放好东西，赶忙狗腿地跑过来给春喜倒水。"春喜姐，喝水，喝水。"

葫芦没理会他们俩之间不时冒出的小矛盾，在那里闷头翻着春喜食材包里面的好吃的。春喜喝着水突然想起什么，随口说道："对了，今天在同乐堂你们猜我碰到谁了？"

"谁啊？"这一回殷浩和小葫芦倒是齐声。

"柳儿！"春喜放下杯子。

"柳儿？她出宫去做什么？"殷浩疑惑地问。

"好像是去买药吧。"春喜猜测。

"买药？"殷浩像只鹦鹉一样重复着。

"对啊，我光顾着看牌匾，不小心撞到了她，把她的药都撞散了。"春喜点头。

殷浩眉微微皱了起来，没有说话，似乎在思索什么。

"好奇怪哦，宫里用药不是都要找御医从太医院拿吗？"葫芦插话。

"对啊，我当时也觉得奇怪，可是柳儿看起来很匆忙的样子，没说两句话就走了。"春喜对这事印象深刻。

听着两人的对答，殷浩突然想到什么，面色严肃起来。"有病不找御医，难道媚娘有什么难言之隐？"说到这儿，他一惊，"她会不会是出什么事了？春喜，你知不知道柳儿买的什么药啊？"

春喜摇了摇头，"不知道啊，她又没跟我说。"看他一说到武媚娘就紧张成这个样子，她突然有些后悔提起这事。

"哎呀师父，想知道，你去问问方掌柜不就得了么？"葫芦一边啃着春喜带回来的葱油饼，一边含混地叫道。

"就你知道！吃你的饼吧！"殷浩瞪了他一眼，喝道。

"难道我又说错了？"葫芦无奈，蹲一边默默地啃饼去了。谁让人是师父呢！

殷浩没理他，沉吟了片刻，心中有了决定。

同乐药堂里，方掌柜正在记账，殷浩拎着两坛酒走了进来。看到他，方掌柜放下笔，迎了上去。

"哎呀，这不是殷兄弟吗？"殷浩与他论交，并没以官职相告，只当一闲散人。

"方掌柜别来无恙啊？近来生意可好？"殷浩本想拱手为礼，却发现两只手都拿着东西，只好免了，笑道。

"托你的福，一切都好。对了，山货不是已经托春喜姑娘带回去了嘛，怎么还劳烦你又跑一趟呢，是不是家里带来的东西有什么问题？"方掌柜摸不清他的来意，做生意的人自然而然想到的便是自己的货是不是出了问题。

"非也，非也。收了你这么多新鲜的山货，殷某特来道谢的，三十年的杏花汾酒，聊表心意。"殷浩大笑，将手中两坛酒放至柜台上。

"殷兄弟客气了，来来来，请坐！"方掌柜放下心来，热情地道。

殷浩也不客气，在店内设的方席上坐下，方掌柜让人奉上茶，又亲自斟上。

"对了，殷某前来，还有一事想问问方掌柜。"殷浩端起茶喝了一口，方道出真正来意。

方掌柜也陪着坐了下来，闻言，笑道："殷兄弟但说无妨。"

"是这样的，早上春喜来帮我拿东西的时候，有没有一个小姑娘来买过药啊。"殷浩一边说，一边比划出了柳儿的大致样貌特征，"大约这么高，眼睛长得大大的，很秀丽的丫头，哦，对了，还跟春喜撞在一块儿了。"

方掌柜认真思索了一下，眼中一亮，"你这么一说，我还真想起来了。"说着，咋舌道："这姑娘买的药可奇怪啊！"

殷浩闻言心中一紧，有些担心地问："奇怪在何处？"

"她啊，买了很多川浆草啊！"方掌柜道。

"川浆草？做什么用的？"殷浩追问。

"这个川浆草可不是一般的草药，吃多了可是会让人变哑巴的！我还特地多嘱咐了那个姑娘几句呢！"

殷浩愕然，隐隐感到有些不安，后来方掌柜又说了些什么，他都没听进去，匆匆起身告了辞。直到回到内教坊，那一番话都还萦绕在他耳边，让他不得不去思索这件事所泄露出的意思。

殷浩一边有一下没一下地拨弄着胡琴，心思却不在上面，以至于弹出来的曲子成了扰人的噪音。不时有人装作不经意地经过教习房，往里面探看了一下，然后又缩了回去，躲得远远的。

南昌王拎着一坛酒走进内教坊，听到那胡琴声差点没捂住耳朵，问对他行礼的乐工，"你们来新人了？"

"这……"那乐工张了张嘴，一副难以启齿的样子。他都不好意思说那是他们的头儿拉出来的东西。

一看他这表情，南昌王就明白了，心里不由纳闷。前一段时间是怨曲，难道现在又要改拉锯子的声音了？这不是折磨人嘛。

挥了挥手，让那乐工自去忙，他循声走到教习房。殷浩太过入神，竟没发现他的到来。

"想什么呢，想得那么出神？"南昌王放下酒，蹲在他面前，出声道。

殷浩吓了一跳，待看清来人，不由叹了口气："我是在担心媚娘。"

"啊？又怎么了？"南昌王皱眉，心想这事还没消停的时候是吧，咋就不让人省心呢。

"我也不清楚,今天柳儿出宫去城里的同乐堂买了很多川浆草回来……"殷浩说出原因。

"不就出宫买点药吗?"南昌王不以为然地道,觉得他有点杯弓蛇影了。

"我去问过,同乐堂的掌柜说,那个川浆草有让人致哑的作用,我,唉,我担心媚娘又要做什么害人的事儿啊……"殷浩越想越觉得这个可能性很大。

"不可能,不可能的……听我的,肯定没事的,别胡思乱想了啊!来,喝点酒,我特意带了上好的桂花酿来的!这小酒落肚,心就宽了!"南昌王一听觉得不妙,赶紧转移话题。殷浩这么一说,他自然而然就想到进了冷宫的萧淑妃,历史上不是有一个什么……醉骨吗,到目前为止似乎还没出现。这要让殷浩知道了,那事情就大了。

教习房没有酒盏,他只好抠开封泥,然后递给殷浩,准备就这样就着坛子喝。说实话,萧淑妃太过恶毒,他并不想插手此事。谁也不知道以李治的性格,会不会有一天又念起旧情,将她从冷宫里放出来,所以,萧淑妃——武媚娘是绝不可能放过她的。何况还有几条命落在她手上。想到月下美人一事,以及如今仍住在王府失去爱女的瞎女彩云,他的眼神不由一冷。

殷浩接过酒坛,却仍是心事重重的样子,想了想,还是放下了酒坛。"王爷,我这心安不下来,不如你陪我去媚娘那边看看……"

南昌王收摄心神,一笑,摇头叹道:"你啊你,好吧,为了让你安心喝酒,我就陪你去看看。"他太清楚,殷浩根本阻止不了武媚娘。

然而,人算不如天算,两人刚走出内教坊,迎面便来了一个内监。却是王公公身前得用之人,来请南昌王去御书房,说百越来了使者,想见他。

"看来我得去一趟了。"南昌王对殷浩道,一脸的抱歉,"你先去皇后那里,我办完事后再去找你们。"

殷浩无奈,只能点头答应。

南昌王匆匆走了。

殷浩在原地发了一会儿呆,想了想,还是往明月殿走去。刚走到殿外的廊道,就见柳儿送着刘公公走了出来,他下意识地闪身躲在了暗处。

"你且记得,这药一定要中火熬满两个时辰方才有效,可别耽误了娘娘的大事。"柳儿指着刘公公手里的药包轻声交代。

"柳儿姑娘放心。"刘公公应。

柳儿点头，返身走了回去。

刘公公看着手里的药包，叹了口气，喃喃念了两句造孽，便匆匆往殷浩这边走来。殷浩缩了缩身体，藏得更隐蔽了一些。直到刘公公走过去一段距离后，他才闪身出来，远远地跟在后面。到了上阳宫，见小陈子迎了出来，他慌忙又藏了起来。

刘公公看了看左右没人，便将手中药包交给了小陈子，又嘱咐了两句。隔得并不远，能够听清他们的交谈。

"你去熬药。可千万别忘记了煮满两个时辰！晚上皇后娘娘要过来，到时候拿不到药汤，你可小心保不住这颗小脑袋！"

直到小陈子连连保证一定办好，刘公公才略略放下心来。

看着两人离开，又过了好一会儿，确定没人了，殷浩才从暗处走出来，一脸的凝重。

回到内教坊，他越想越不对，眼看着天都要黑了，南昌王都还没来，他连找一个商量的人都没有。正在这时，小葫芦来给他送晚膳了，他忙让小葫芦去御书房打听一下南昌王什么时候能过来。

小葫芦走后，他晚膳也没吃，就在屋内焦急地走来走去。直到天完全黑下来，小葫芦才气喘吁吁地跑回来。

"怎么样？王爷回来了么？"没等小葫芦歇口气，他匆匆迎上去，劈头就问。

"没有啊师父，御书房的公公说，皇上议事完后，又和王爷一起跟百越使者移驾承庆殿了，皇上设宴要为使者接风啊，怕是要到子夜才能结束。"小葫芦回道。

"什么？这节骨眼儿上，王爷怎么还歌舞升平去了呢！"殷浩急道。

"师父，到底什么事那么十万火急啊？"小葫芦不解，有什么比邦国之交还急呢。

"哎呀，算了，等不了了，葫芦，你在这儿守着，王爷一回来，就让他赶紧去上阳宫找我！"殷浩心急如焚，决定不再等下去，就怕去晚了会来不及。

"上阳宫？大晚上的去那儿干嘛？"小葫芦奇怪地问。

"想活久点儿就少问！我先走了！"殷浩丢下一句恐吓的话，就急忙走了，留小葫芦一个人在那儿发愣，反复思索这句话的含义。

然而等殷浩火急燎地赶到上阳宫时，发现宫外守着许多太监，他想直闯，却被不客气地拦住了。任他施尽手段，也无法越雷池一步。

萧淑妃正躺在床上睡着，突然被开门的声音惊醒。

"谁！"她刚喝问出声，便看见凤敌武媚娘走了进来，后面跟着四个太监。小陈子掌好灯，便退下了。

突然而来的亮光让萧淑妃不由自主地挡了下眼睛，然后缓缓坐了起来。昏黄的油灯下，武媚娘一身盛装，在这寒酸破陋的冷宫里显得异常突兀。

"你来干什么？"萧淑妃心中升起不安，色厉内荏地喝道。

武媚娘没有理会她，只是在房中踱着步子，左右打量着，然后微微笑道："姐姐，怎么样，在这里待得还舒服吗？当年本宫也在这里住过，对了，全都是拜姐姐所赐，姐姐还记得吗？或许姐姐已经不记得了，但本宫却是终身难忘啊……这里晚上很冷，还有鬼叫呢！哎哟，要在这里待一辈子，想想就害怕啊！姐姐，你不怕吗？"

萧淑妃听得浑身发寒，不由自主抬手环抱住自己，却不服输地瞪着武媚娘，骂道："武媚娘！你别假惺惺了！你这个贱人，我来这里还不都是你害的！"

武媚娘脸微微一变，立即有三个太监冲了上去，两个抓住萧淑妃，另一个开始掌嘴。

冷冷看着萧淑妃被打得头发散乱，面肿唇破，武媚娘冷笑道："你骂啊，你怎么不骂了？本宫当年说过，总有一天要踩着你的头，爬到你无法企及的位子！现在你相信了吧？"

萧淑妃无法回答，眼睛却一直狠狠瞪着她，里面射出怨毒的光芒。

武媚娘抬手示意掌嘴太监停下，便听到萧淑妃破口大骂："武媚娘，你这个狐狸精迷惑了那么多人，皇上竟然也相信你！"

"你这样说，是在嫉妒本宫吗？"闻言，武媚娘不仅不怒，反而妩媚一笑,语气轻柔地问。

萧淑妃啐了一口,"呸!我嫉妒谁,也不会嫉妒你这个肮脏的狐狸精!"

武媚娘使了一个眼色,那掌嘴太监立即啪啪连着几下,直打得萧淑妃嘴角流出血来,一滴滴落在她的胸口。

"我肮脏?到底是谁手上染满了肮脏的血?萧淑妃,你不要以为你背后做过的那些事情就没有人知道!你折磨我姐姐,最后还杀了她,你以为我会放过你吗?"武媚娘捏紧拳头,开始慢慢说起萧淑妃的罪状来。

"你胡说!我才没有,我没有!"萧淑妃大叫。

武媚娘不理她,咬牙继续道:"还有我的女儿——我的萍儿,也是你亲手杀的,对不对?"

冷冷看着萧淑妃布满惊恐的眼睛,武媚娘从怀里掏出春喜捡回来的婴灵符,狠狠砸在她的脸上,一字一字地道:"老天有眼,让本宫找到你埋在御花园中的这道符!"

"不怕告诉你,本宫明知道皇后是无辜的,本宫就是故意的!在这后宫里,少一个像王皇后这样的对手,对本宫来说,很重要。唯有这样,才能心无旁骛地对付你!"武媚娘脸上浮起一抹狠戾的神色。

"武媚娘,你好深的心计啊!"萧淑妃打了个寒战,这时才明白自己面对的是怎么样的一个对手,但已经晚了。

武媚娘冷笑起来,凑近她,俯在她耳边轻声道:"还有啊,王皇后,她根本不是自杀……是本宫,送了她一程……"

"武媚娘,你不是人!你简直就是一个妖魔!"萧淑妃一脸的惊骇,大骂道。

"骂吧,骂吧,我看你还能骂多久!"武媚娘面色阴冷,站直身,一挥手,始终跟在身后的那个太监端着一碗药汤走了上去,就要给萧淑妃灌下去。

萧淑妃拼命挣扎着,不肯喝,终究抵不过四人之力,被捏着鼻子给灌了下去。即使被呛得直咳嗽,也没人手软一下。

"武媚娘!我就算变成厉鬼,也不会放过你的!你这个贱人,贱人!"她一缓过气,便声嘶力竭地骂了起来。"武媚娘,有种你杀了我!你杀了我!"

"杀了你?"武媚娘淡淡一笑,语气却森寒无比,"单单杀你一次怎么解得了本宫的心头之恨？你死一万次，都不足以平复姐姐和萍儿的亡灵！"

萧淑妃一个哆嗦，正待再骂，突觉喉咙一阵烧灼般的疼痛，竟然无法再发出声来。她想要伸手去摸脖子，但手仍被两个太监架着，只能惊恐地看着武媚娘。

武媚娘突然大笑起来，"说不出话了对吗？这碗药，就是用来毒哑你的。本宫不会这么轻易地杀了你。本宫会砍断你的双手双脚，把你泡进酒缸里，醉你的骨，酥你的筋，让你日日夜夜生不如死地看着我享受你永远也碰不到的富贵荣华！即便皇上来到你的面前，你也没有办法告诉他，就是本宫把你变成这副样子的，哈哈哈，哈哈哈哈！"说着，看了眼那四个宫监，淡淡抛下一句动手，便转身走了出去。

身后传来萧淑妃嘶哑凄厉的惨叫声。

武媚娘从屋中出来，心情并没有如表现出来的那样畅快，相反还很阴郁。就算她将萧淑妃千刀万剐，姐姐和萍儿都不可能再复生了。没了王皇后，没了萧淑妃，从此之后，这后宫中便要寂寞许多啊！

她莫名地一阵伤感，抬头突然发现殷浩被守门的宫监挡在外面，正冷冷地看着自己。她一惊，心里升起些微的惶恐。

屋内，萧淑妃嘶哑的惨叫还在继续，然后慢慢微弱下去。两人静静对视着，谁也没说话。

"娘娘，老奴该死，老奴拦不住教坊使，他……"一旁，刘公公颤巍巍地跪下，叩头告罪。

武媚娘抬手打断了他，"起来吧。"说着，她慢慢往外面走去，面色淡然。

"殷浩，你怎么会来？"她开口问，心里对自己身边的人越来越不满，竟然连办这么点事都泄露出风声，看来是该好好调教调教了。

"我没有猜错，你果然是要害萧淑妃！"殷浩手脚冰冷，恨恨地看着武媚娘，怒声道。

"我的姐姐和女儿都是被萧淑妃害死的。一命抵两命，这是便宜她了！"武媚娘缓缓道，说到后面，语气中已满是恨意。看来，果然还是不够解恨哪！

"你乱说！媚娘，我真是看错你了！我真没想到，你竟会变成这个样子!"殷浩不相信,对她既失望又愤怒。

武媚娘摇摇头,不再试图让他相信,淡淡道:"殷浩,念在我们多年的情分,你就当做什么也没看见吧。"说着,与他擦身而过,走出了上阳宫。

"媚娘!我不能让你这么做!"殷浩突然冲着她的背影大叫,然后甩开拦着他的太监,便想往房里冲,但很快又被抓住了。

"跟你们说,我要去皇上面前参你们一本,让你们个个都人头落地!"殷浩气得直跳脚,威胁着眼前这些助纣为虐的太监。

那些人无动于衷,仍然紧紧地抓着他。刘公公无奈地道:"教坊使,大家都是身不由己,还望你多包涵啊。我们不敢得罪你,可更不敢得罪皇后娘娘啊!"要真有选择,他们又怎会想做这种伤天害理的事。

殷浩眼见无法冲进去,愤怒得浑身发抖,指着刘公公等太监,却是气得一句话也说不出来,最终愤愤地转身跑了出去。

"媚娘!你站住!"他喊住已走到上阳宫外的武媚娘。

武媚娘一顿,转过身来,静静地看着他。

殷浩跑到她面前,怒气冲冲地指着她骂道:"你这样做,你对得起你的良心吗?你还有没有人性?"

武媚娘脸色一沉,冷冷地道:"我对不起我的良心,我没有人性,别人不知道,难道你殷浩也不知道吗!我姐姐是怎么死的?你忘得了,我忘不了!还有萍儿,你知道吗?害死萍儿的真凶根本就不是王皇后,而是萧淑妃!"被逼着再次重复那些仇恨,她的情绪也渐渐激动起来。

"什么,萧淑妃……"殷浩错愕,没想到事情的真相竟然是这样。

"我忍了那么久,我不会放过她的!告诉你,我会砍断萧淑妃的双手双脚,毒哑了她,把她泡在酒里,让她生不如死!"武媚娘恨恨地说下去,仿佛多说一遍,就能多减轻一分心里因为仇恨而生的痛苦。

殷浩听她说得恶毒,心中怒到极点,蓦然上前一个巴掌打在她脸上。

"你竟敢打我?"武媚娘捂住痛得发麻的脸,惊愕地看着殷浩。

"对!你现在贵为皇后娘娘,想杀谁就杀谁!臣打了皇后娘娘,皇后娘娘也把臣杀了吧!"殷浩怒目圆睁,毫不退让地与她对视。

"你别逼我!"武媚娘脸上终于浮起怒气。

看到她这个样子,殷浩并不畏惧,重提一个以前曾无数次提过的问题:

"媚娘，我最后一次问你，你愿不愿意离开皇宫？"这个皇宫，已经将他那个单纯善良的媚娘吃了，他无法再忍受下去。

"离开？哼，我走到今天这一步，付出了多少？姐姐，萍儿，多少条性命才搭成了我走上这皇后之位的路？你觉得我会这么轻易地放弃吗？"武媚娘不可思议地看着他。

殷浩摇了摇头，"媚娘，你真的变了……"说着，语气倏然一转，狠狠地道："媚娘，你若是不肯放弃皇后之位，我就把你的所作所为全都告诉皇上！"

"你敢！"武媚娘一惊。

殷浩脸上露出苍凉的笑，"命都不要了，还有什么敢不敢？媚娘，念在我们这么多年的交情，我再给你三天时间考虑，你好好想想吧。"语罢，毅然转身离去。

媚娘心中升起一股惶恐，想要叫住他，却不知该怎么说，只能眼睁睁看着他越走越远。

南昌王宴席中途找了个借口离场，先去了一趟明月殿，柳儿说殷浩没去，武媚娘也不在。他便又赶到内教坊，从小葫芦口中得知殷浩去了上阳宫，登时知道坏了。果不其然，等他匆匆赶到上阳宫，正好遇到怒气冲冲出来的殷浩，怎么喊都不理。再看到上阳宫门口站着一身盛装的武媚娘，也是一脸愤怒地瞪着自己，他觉得还是不要上去触霉头比较好。但是放着可能看到了什么的殷浩不管也是不行，于是，又巴巴地追回了内教坊。

"殷浩！你站住！你跟皇后到底怎么了？"看着前面离得不远的人，南昌王追得脾气也上来了。

殷浩倒是站住了，但沉着脸，并不说话。

"说啊！"南昌王走了过去，推了他一把。

"好，我说！"殷浩一脸愤怒，"淑妃已经遭了媚娘的毒手了！"

"什么？"南昌王一惊，没想到事情已经发生了。"你没拦住她？"他不是一早就赶过去了吗，武媚娘总不能当着他的面做吧。

"拦住？她身边一堆手下，我怎么拦？"殷浩怒声道，直到现在他的手还在发抖，气的。

南昌王看着他怒火难平的样子，不由叹了口气，"殷浩，算了，有些事情，或许真的就是天意。"历史，难道真的是无法改变的？但为什么，他所经历过的一些事历史上却无记载？

"天意，去你的天意！你别跟我说这些乱七八糟的话，我听不懂！我已经告诉她了，如果三天之后，她还不放弃皇后之位逃出皇宫，我就把她杀王皇后和酷刑对待淑妃的事告诉皇上！"殷浩现在一听到天意两个字就忍不住要暴跳如雷，声音都拔高了两分。

"别傻了，殷浩。难道王皇后和淑妃身上就没有背着人命吗？这个后宫，没有一个人是干干净净的！"南昌王一愣，突然发现殷浩总是在追着一个连他自己也知道不可能的梦，但是他偏偏还追得这么认真。

"我不管。媚娘以前不是这样的。都是你们，你们这些人让她变成这样的！都是这个皇宫害了她！不行，我现在就去告诉皇上，让皇上把媚娘贬为庶民，送出宫去！"殷浩现在已经气得不分青红皂白了，越说越怒，当真就要转身往外走。

南昌王赶紧一把抓住了他，"殷浩，你冷静点！"

"你少管我！"殷浩一把推开他，没有控制力气，直推得他一个踉跄。

南昌王被这样一推，也火了，大声喝道："好，你去！你去！你去吧！你有胆就去找皇上，但我告诉你，你可听清楚了，皇上绝对不会饶过武媚娘。只要你让皇上知道这些事，那今天就是她的死期！哼！你自己做决定！"说罢，拂袖而去。

殷浩被这一番话震慑，有些不知所措，迟疑地看着南昌王的背影，半响，脚下一个踉跄，往后退了一步，失魂落魄地呆靠在檐柱上，然后缓缓滑坐在地。

听到吵闹声出来的葫芦静静看着他，没敢出声。然后，悄然出了内教坊，撒腿往尚食局跑去。

殷浩坐在那里，想起与武媚娘的往事，那些一起欢笑，一起喝酒的画面，越想越难过，不由埋头痛哭起来。忽然，一只手搭在了他的肩上，耳边传来春喜轻轻的喊声。

"殷浩……"

殷浩抬起头来看向春喜，眼中还在源源不绝地滑下泪水。春喜看得心痛，却故作轻松地道："哎哟，怎么都成这样了，不是葫芦告诉我，我都不知道，你干吗跟王爷吵架啊？"

"眼看着儿时一起长大的好朋友，一步步走到今天，手上染了那么多血，害了那么多人，春喜，我心里真的很难过。你说她这样，真的值得吗？"面对着春喜，殷浩不知不觉便将心里的痛苦倒了出来。

春喜蹲下身，挨着他坐下。

"殷浩，虽然很多事情我都不清楚到底是怎么回事，但我知道，在这宫里面，很多事情都是身不由己，很多事情，你我都是没有能力去阻止的。"她语气里是难得的温柔。

殷浩抬手抹去眼泪，眼中有着浓浓的迷惘，"春喜，连你也这样说……难道这些事我们真的无法改变吗？"

春喜点头。

"其实我已经想好了，明天一早我就离开皇宫了……"殷浩突然道。

春喜惊讶地侧脸看向他，"你要走？"

"对，待在宫里，看到她们争得你死我活，但我又无力阻止，索性就别看了，倒落得清静。尤其是我不想再看着媚娘杀人了，她已经杀了王皇后，杀了萧淑妃，我真不知道还有多少人会死在她手下……"殷浩落寞地道。

"你出了宫能去哪儿啊？"春喜没有说劝他留下的话。事实上，若说南昌王是最了解殷浩的人，那么春喜便是那个最懂他的人。

"我以前在近郊买了几亩地，搁置很久了。以后我就去耕田种地，不问世事，多好啊！再不用看到人和人之间那些残酷污秽的斗争了。"殷浩脸上渐渐露出微笑。原来放下，也不是不能。

"等我出宫的时候，就去找你。"春喜拍了拍他的肩。

"好。"

南昌王回到王府，越想越觉得不舒服。倒不是因为殷浩，殷浩的脾气南昌王是知道的，跟他正经生不起气来，而是为了那个四肢被斩泡在酒坛里的萧淑妃。

虽然他知道历史是这样，也觉得那女人罪有应得，但是失去权势付出性命也就算了,却不该被这样折磨。他不知道倒也罢了,但既然知道,就没办法继续冷眼看着。何况,做这件事的人还有可能是他姐姐的化身。

好吧,找了这么多理由,其实就是想说,他打算把这件事给了结掉。

"泰常。"他喊。

一直静默站在旁边看他皱眉思索的泰常上前一步,走进他的视线中。

"你去上阳宫,找到萧淑妃……她应该在一个……酒坛子里。"南昌王发现说出这一句话竟然有些困难,顿了下,又道:"杀了她。"

看到泰常眼中露出一抹讶色,显然不明白一向心慈手软的他怎么会想要杀人了。南昌王咽了口唾沫,又摇头:"不。先别杀她,你先问她想不想死……如果不想,那就算了。"

泰常的眉梢控制不住地动了一下,但并没问原因,应下之后便闪身走了出去。

南昌王并没有就寝,而是呆坐在灯下,等着他回报。

一个时辰之后,泰常悄无声息地走了进来。南昌王抬起眼,有些急迫却又有些怯缩地看向他。

"她不肯死。"泰常摇了摇头,回答。在看到萧淑妃的那一刻,连见惯杀戮的他都不由毛骨悚然,终于明白王爷为什么会做这样的决定了。只是没想到都那个样子了,萧淑妃还不肯死,不由得他不意外。显然她心中还有着让她不肯死的念想,只是那些却不是他能帮的。

南昌王莫名地松了口气,终于站了起来。但因为一直保持着同一个姿势,腿竟然麻了,差点摔倒,还是泰常眼疾手快扶住了他。

"谢谢。泰常。"他笑了。是为这一扶之义,也不只是为这一扶之义。

第三十九章

翌日一早，殷浩上了个辞官的折子，未等李治批复，便离开了皇宫。除了春喜，谁也不知道。他事前连小葫芦和李淳风都没告诉。

　　他背着一个包袱来到长安城郊三十几里地的小村落，在靠近村头的一间看上去久无人住的茅屋前停下，看着屋前蓬蒿满地，不由叹了口气。推开门，屋里桌案床榻上皆布满了灰尘，他放下包袱，开始收拾起来。

　　"这不是殷浩吗？"身后传来一声诧异的询问。

　　殷浩转头，看到一个四十来岁的农夫扛着锄头卷着裤腿站在外面，正往里面张望。原来竟是一个认识的，叫张青，是村子里的人。

　　"哎，张哥。好久不见。"殷浩笑着打招呼。

　　"真是殷浩啊，哎呀，你这是来小住？"张青脸上露出惊喜的神色，热情而亲切。

　　"不，辞官还乡，住下不走了。"殷浩走了出来，跟他寒暄起来。屋里全是灰尘，也不好让人进去。

　　"哦，你看买了这地和房子都没来住过，咱们看着地空着可惜，还在上面种了些菜蔬呢，真是对不住啊！"张青一脸的不好意思。

　　"嗨，没事儿，你种了多少粮食，我都要了，反正我在这里也是要吃饭的。"殷浩连忙道。

　　"那敢情好！我家里还有事儿，先走了啊，哪天请你喝酒。"张青笑眯眯地挥了挥手，话还没说完，人已经走出一大段距离了。

　　殷浩应了一声，看着他走远，然后转回屋内，吹干净胡床上的灰尘，坐了下来，低着头发呆。

　　良久，他叹口气，又站了起来，开始收拾房间。

　　武媚娘做了一个梦。梦里，殷浩将李治带到了被泡在酒坛里的萧淑妃面前,揭破了她杀王皇后,药哑萧淑妃并斩断其四肢泡入酒坛的事。

梦醒,她惊出了一身冷汗,连忙差人去召殷浩到明月殿。等差去的人回来,她才知道,殷浩走了。听到这个消息的时候,她感到的不是失落,而是说不出的惊恐。她立即到李治那里去探听情况,得知殷浩还没将她的事说出来后,松气之余,开始宣召平日与殷浩走得近的人到明月殿,打听他的去向。然而,无论是葫芦、李淳风,还是南昌王都不知道。

她又召来了春喜,春喜也说不知道。只是,她却看出了春喜有所隐瞒。不过她并未逼问春喜,还是怎么来的怎么给放回去了。

然而在第二天,尚食局的金尚食被下了狱,原因是金尚食意图毒害皇后。

南昌王知道这件事时正准备入宫迎太妃去城外别庄避暑。他刚骑上马,春喜就跑了来,一副惊慌失措的样子。

"我干娘被抓了!王爷你一定要救救她!"

"他们说皇后娘娘中毒了,是我干娘下的毒!可我干娘肯定不会做这样的事啊!"

对于金尚食,南昌王印象是相当深刻的。那样一个睿智爽利的妇人,怎么可能会做这种事?皇后中毒又怎会赖在她身上?难道说又是一起皇宫争斗?

南昌王脑子里浮起一连串疑问,看到春喜急得都快跪下了,忙使人扶起她,然后吩咐泰常在府里等他,便策马而去。

一路无阻,在御书房见到了李治,得知事情起因是武媚娘食了金尚食所做的点心中了毒,李治一心要严惩。不得已只好从李治那里讨了查办此案的差使,便立即带着已回到尚食局的春喜去狱中探看金尚食。

金尚食盘腿坐在牢笼中,正靠着墙头一点一点地打磕睡,并不见被囚的惶恐与狼狈。直到狱卒打开门,春喜冲了进去,一把抱住她哭出声来,她才无奈地睁开眼,拍着春喜的背,没好气地道:"干娘又没死,哭啥?"

南昌王挥退狱卒,让他去帮自己看着,不准人进来。

"干娘,委屈你了,你没事吧?"春喜仍然紧紧抱着金尚食,心疼得直抹眼泪。

"你看我像有事的样子吗?老娘平日好吃好喝地供着这些兔崽子,你当是白给的?"金尚食曲指敲了一下干女儿的头,半真半假地道:"常在宫中走,哪有不沾臭。你给我学着点。"

春喜这才破涕为笑,却仍撒娇地不肯放开手。金尚食不再理她,看向站在牢门外等着她娘俩说话的南昌王:"王爷,不会这次又是你来办吧?咱们还真有缘分啊!"

南昌王一笑,问:"正是。金尚食难道就不怕吗?"

"我何惧之有?"金尚食翻了个白眼,"这几日我根本连点心都没做过,哪来的机会下毒?难道单凭一句话就想要问罪于本尚食吗?这大唐自先皇以来还没开过这样的先例吧。"

南昌王觉得这妇人心理素质真不是一般的好,与她隐含精光的眼睛相对,他竟有些招架不住,于是只好往下问去:"那你可有与人结怨?"

金尚食唔了一声,顺了顺自己的鬓发,淡淡地道:"那自然是有的。不过有胆敢借着毒害皇后娘娘这样拙劣手法来陷害我的,却是没有。"

"平时皇后的点心由什么人负责做?"南昌王问。

"我。"这一次金尚食还没回答,春喜就站了起来。

"由谁人负责送?"

"如果柳儿姑娘没来取,就是我亲自送去。皇后娘娘在吃食上很注意,从来不吃别人送去的东西……"春喜说到这里,突然顿住,显然想到了此事的古怪之处。

连一向镇定自若的金尚食也首次变了脸色,一把拽住春喜的手,厉声问:"你是不是在什么事上得罪了皇后?"

"我,没,没啊……"春喜被吓了一跳,赶忙撇清。

南昌王心中一动,见金尚食显然知道得不会更多,于是道:"金尚食放心,此事本王一定会查明。春喜,走吧,本王还有话问你。"说着,领着春喜走了。

回到尚食局,坐在大厅中,南昌王目光严厉地看着春喜。

"今日尚食局都做了哪些点心,送了哪些到皇后那里?是谁送的?"他一口气问了三个问题。

"每日都会做一咸一甜两种点心。若是皇上娘娘们有吩咐,还会另外做。每天都是下午申时左右送去,之前如果有人想吃的话,会各自派自己宫里的人来取。"显然春喜明白了南昌王问话的用意,仔细地一一道来,越说她越觉得蹊跷,"今天还没开始送,柳儿姑娘也并没来取过。"

这样一来,南昌王已经明白事情的关键在哪里了。

"她到底又在玩什么花样?"摸了摸扳指,他微眯了眼,思索起来。"真不叫人省心哪!"

春喜忐忑地看着他的神情,忍不住开口求道:"王爷,你一定要给我干娘做主,她根本是被陷害的啊!"

南昌王被喊回神,淡淡看了她一眼,起身,"本王既然接下了此事,自然会办妥当。本王去皇后那里一趟。你在这里好好想想,究竟哪里得罪了她!"没说是金尚食得罪武媚娘,是因为金尚食虽然看着脾气火爆,为人其实十分精明谨慎,决不会轻易招惹到皇后。因此,会连累到她的,自然只有春喜。

"我没有啊……"春喜有些委屈。

南昌王却不理她,甩袖走了。

走进明月殿,柳儿迎了出来。

"柳儿,你今天去尚食局取点心了?"一边往里走,南昌王一边状似不经意地问。

"没……"柳儿脱口而出,说了一字才觉不妥,眼神便有些闪烁起来。

南昌王看在眼里,却只是一笑,不再追问。

武媚娘正抱着弘儿在那里逗着,见到南昌王进来,也不看坐,笑问:"王爷怎么来了?"

南昌王负手站在那里,微笑:"闻说娘娘中了毒,危及性命,所以小王特来看望。如今看来,皇后却是好了?"不过几个时辰的工夫,就能一点事也没有了,看来御医的医术越来越高明了啊。

"多谢王爷关心,本宫确实已经好了。"武媚娘毫无愧色地道。

"那就好,那就好!"南昌王打了个哈哈,"小王奉旨严查此案,定然会给皇兄和娘娘一个交代,绝不放过那意图陷害无辜之人。"

武媚娘脸色微变,语气冷了下来,"本宫不明白,王爷的意思是?"

"小王没别的意思。不过据小王所知,今日还没到尚食局送点心的时候,那么娘娘所吃点心可是由柳儿姑娘去取的？"南昌王漫不经心地道，目光若有意似无意地瞟了眼柳儿。

柳儿刷地一下白了脸，慌忙跪下，"娘娘冤枉，柳儿没有，柳儿不敢谋害娘娘……"

武媚娘冷冷地看着南昌王，南昌王依然微笑着，目光并不避让。突然，她笑了起来。

"王爷果然厉害。那本宫也不跟王爷绕弯子了。金尚食的确没有下毒，是本宫故意陷害她的！"

"哦？"南昌王挑眉，"不知那金尚食如何得罪了娘娘？若她对娘娘不敬，本王第一个饶不了她。"

"本宫谢过王爷。"武媚娘让柳儿起来，然后将弘儿交给了她，自己站了起来，"不过那金尚食并无得罪本宫之处。金尚食在牢里好好的，不会有事。本宫只是想知道殷浩究竟藏在哪里。春喜明明知道却不告诉本宫，本宫一时心急，才不得已出此下策，还请王爷海涵！"

"娘娘如何便确定春喜知道此事？若她不知，难道便要让金尚食无辜受死？娘娘想……"南昌王目光一凌，质问。

"不用说了！反正现在事情就是如此，春喜她知道，不告诉本宫，就是她的错！什么时候她想通了，告诉本宫殷浩究竟藏在哪里，本宫就放人！"武媚娘厉声喝断了他。

南昌王心生怒意，冷冷一笑，"这后位果然能让人气魄不凡啊！本王倒也想看看，我大唐的律例是不是用来做摆设的！"说着，拂袖而去。

武媚娘受此威胁，脸色变得铁青，一把挥掉了身旁的花瓶。

南昌王满腹怒气地走到尚食局，春喜正心思混乱地坐在原地，似乎自他离开后便没动过地方。

"春喜，你到底知不知道殷浩在哪里？"他走进去，劈头就问。

春喜惊了一跳，慌忙站起，想起他的问话，又坚定地摇了摇头。"我不知道，真的不知道！我只知道他要走，他死都不肯告诉我到底要去哪里？"

南昌王目光凌厉地看着她，语气却极为温和，慢慢地道："我问过皇后，她设计陷害金尚食入狱，只为用来逼你说出殷浩的下落。她认定你知道殷浩去了哪里,所以,如果一日找不到殷浩,她便决不会松口放金尚食出来。"

春喜目光变幻,最终还是否认了,无助地看着南昌王:"王爷,我真的什么都不知道,求你帮我救救干娘!"

南昌王倏然一笑,直笑得春喜心中发慌,方才淡淡地道:"春喜,我并不喜欢别人把我当傻瓜。"他倒不是一定要知道殷浩的下落,但若是被人求到,却还要被瞒着,这种感觉并不好。

"王爷……"春喜眼中露出凄惶之色,便是在这种时候,她也没松口。她答应过他,不将他的行踪告诉任何人的。

"罢了,金尚食之事我会尽力周旋,你自己……好自为之吧!"南昌不再理她,转身便走。

出了尚食局,他不再查下去。连武媚娘都已经承认了,还有什么可查的。不得不说,对于武媚娘如此行径,他是极度失望的。幸好她并不是他亲姐,否则他便不止是气愤了。

但是她为何会如此大费周章地想要知道殷浩的下落?难道是……

想到殷浩离开之前所发生的事,南昌王不由打了个寒战,不愿相信自己刚刚冒出来的那个念头。不会的,殷浩与她青梅竹马,感情又那么深厚,她怎会想对他下毒手?

甩了甩头,他将这个念头抛开。腿下却一夹马腹,急急返回王府。

"泰常,你快派人去找殷浩,找到他便让他走得远远的,永远都不要回来!"一见到泰常,他劈头就道。

泰常一怔,而后迅速反应过来,立即答应而去。

南昌王吁出一口气,一拳砸在旁边的柱子上,心中发狠。武媚娘,你要是敢滥杀无辜,我绝不饶你!

在那一刻,他已将历史彻底地抛在了脑后。

就在许多人为他的离去而烦恼不已的时候,殷浩却正躺在自己的草屋床上发呆。

屋子收拾得整整齐齐的,东西都备齐了,显然他确实已做好了在此久居的打算。

虽然已经离开了那个地方,没事的时候脑子还是总围着那里打转。毕竟那里有他最爱的女人,还有他的师父徒弟好友,不是说不想就能不想的。离得越远越久,便越容易想起他们的好来。也因此,在此地住了好多天,心理上竟还是有些不适应,做什么事都蔫蔫的。

敲门声响,殷浩还没回过神来答应,门就被推开了,惊得他一翻身爬了起来。看清来人,却是张青。

"怎么,还在想着宫里的事儿啊?"看到他郁郁寡欢的样子,张青笑了起来。

"没有啦……"殷浩挠头傻笑。

"要我说,都出来了,就都放下吧。人这一辈子事儿多了去了,要是不懂得放下,那可就累死自己了!"张青劝道,一副过来人的样子。

"的确,反正都不会回去了,想了也没用。"殷浩点头,神色却有些黯然。

"回宫里去干吗?你看咱们这儿多逍遥自在!走,喝酒去,给你缓缓神!"张青摆了摆手,上前拉住他就往外走。

"不去了,不去了,身体不太舒服……"殷浩赶紧推辞,这精神劲儿还没缓过来呢,哪里都不想去。

"我看你这身子骨硬朗着呢。快走吧!别跟个小娘们儿似的,走!"张青拍了他一把,然后不由分说,硬拉着他就走。

殷浩无奈,只好跟着往外走去,脸上却露出久违的笑容。

两人刚一出门,就听到后面有人在急喊着往这边追来,"二当家,二当家!"

张青无耐停了下来,摇头叹了口气,对殷浩道:"殷浩,你在这里等我。"说着,往来人走去。

殷浩站在原地,好奇地看着来人,那人瘦高瘦高的,跟个竹杆似的,然而惹眼之处却是他脸上带着煞气,给人不好惹的感觉。那人看着张青走过去,正想开口说话,就见张青一摆手,阻止了他:

"李兄,什么都不用说了。"

"不行啊,二当家,咱们青龙寨被黑风寨打得节节败退,现在连山头都快保不住了,大当家都急得一病不起,现在只有你才能救我们青龙寨,念在往日的情分上,你就回去帮帮我们吧。"那李兄却急赤火燎地,不管不顾一股脑倒出了来意。

"哎，李兄弟，不是兄弟不帮忙，你也知道自从那件事后张某已经决定不再过问江湖事，兄弟就别再为难在下了。张某现在只想跟妻子在这山野之间度过余生，平平安安就好。"张青神色却极为坚定，并不因为人情而左右为难。

"可是……"那李兄欲待再劝。

"李兄，你若再执意下去，可别怪做兄弟的无情了。"张青沉下了脸。

"好吧，二当家，既然你心意已决，小弟也不便再说什么，总之青龙寨的大门随时为你敞开，告辞。"李兄只好放弃，说着一抱拳。

张兄没有抱拳回礼，只是一笑，便转过了身，向殷浩走去。见他如此决绝，李兄叹口气，不再婆婆妈妈，果断地转向相反的方向，迅速离开了。

"张哥，什么事儿啊？严不严重？"殷浩随口问。

"没事，以前在山寨时的兄弟回来找我重出江湖。"张青也是随口道。

"山寨？张哥你以前是山寨的山大王啊？小弟真是有眼不识泰山了。"殷浩眼中露出惊异之色，没想到这小小的荒山野村也藏龙卧虎。

"嗨，好汉不提当年勇，落草为寇，也是情非得已，现在啊就是山野村夫一个。"张青被他的反应逗乐，哈哈笑了起来。

"张哥怎么不去帮帮你那兄弟？"殷浩忍不住问。江湖中人，不是最重义气吗？

"殷兄弟有所不知，我之所以和妻子到这乡野之地来，是因为前些年山寨互斗的时候，我那只有六岁的儿子不幸被人所杀，这成了我们夫妻二人最大的痛苦。自那以后，我就决定退出江湖，过平静的日子，不再让家人受到伤害。"张青脸上笑意微敛，淡淡道。

看他说得云淡风轻，殷浩却能想到当时他有多痛苦，心中不由歉然。

"原来如此，张哥对不住，提起你的伤心事。"

"没事儿，都是陈年往事了，不提也罢，我现在这样不是很好吗？"张青一笑，又恢复了之前的豪迈，拍了拍殷浩的肩膀，"所以说，无论以前怎么样，既然决定放下过去，便不要再三心二意了，否则纷扰永远都断不了！"

殷浩回想他方才的态度，终于明白，若他有丝毫犹豫，便怎么也脱不了身。思及此，点了点头，眼中露出坚定的神色。

一天之后，金尚食被放了出来。理由是皇后娘娘中毒与点心无关，那是一场误会。至于真实的原因，却只有武媚娘自己才清楚。

南昌王自然不相信武媚娘会如此轻易放弃，但既然人家示软了，他就不能不有所回应。亲自将金尚食送回尚食局，他却没进去，而是转向了明月殿。

武媚娘正在给孩子做衣服，柳儿在一边打着下手。见到他进来，柳儿忙站起身行礼。

"王爷来了，坐。柳儿，奉茶。"武媚娘仍坐在那里，手中不停地穿针引线，面色温柔。似乎两人并未发生过任何不快一样。

"我是特地来道谢的。娘娘大度，乃我大唐之福！"南昌王坐下，脸不红气不喘地拍起马屁来。

"王爷不必客气，本宫也是寻殷浩不着，一时心急，还请王爷别再怨本宫才好。"武媚娘一笑，一副自省过错的样子。

"怎会？"南昌王笑道。这时柳儿端着茶走了过来，奉至他的面前。

"这是家里托人带来家乡今年的新茶，王爷喝喝看。"武媚娘语气柔和地道。

南昌王端起茶来喝了一口，然后赞了几句。两人的那一桩不快，表面上看起来算是就此揭过了。

金尚食平安回来，春喜终于放下心来。想到南昌王帮了自己这么大一个忙，怎么都要表示一下谢意才行，虽然那日他离去前的眼神着实让她有些心虚。

左思右想，她最终决定做几样特别的点心明日一早送过去。当她走到御膳房外时，竟发现里面灯火通明，不由有些诧异，于是走了进去，发现里面几个人正忙碌地将做好的点心放进食盒。

"春桃，大晚上你们不睡觉在这儿干吗？"随手抓住一个掌膳，她奇怪地问。

"春喜姐，你以为我们不想睡啊，还不是皇后娘娘身边的柳儿姑娘来吩咐，说皇后娘娘要咱们做些点心，说是明天要带出宫去送人。"春桃一脸的无奈。

"带出宫送人？送什么人啊？"春喜心中升起不安的感觉。

"我们怎么知道……哎呀，春喜姐不跟你说了，我赶着拿点心送去皇后娘娘寝宫呢。"春桃急急忙忙地道。

春喜瞟了眼那些点心，发现都是殷浩喜欢吃的，心中疑虑更甚。想了想，忙伸手拦住盖好食盒便要往外走的春桃。

"哎哎，春桃，你忙了整晚别去了，我送去吧。"

"那可真是太好了，我都累死了，那春喜姐，就麻烦你送去给柳儿姑娘了。"春桃乐得轻松，也不推辞就将食盒交给了春喜。

春喜拎着食盒往明月殿走去，一路心事重重，不知道是不是皇后已经发现了殷浩在哪里。

柳儿站在明月殿大门外等着，见到春喜，忙接过她手中的点心盒子，道了谢便转身进去了。春喜往回走了两步，总觉得有些不对劲，正想着要不要回去的时候，就见两个小太监匆匆走进了明月殿，一副鬼鬼祟祟的样子。她心中一动，也跟了进去，躲在寝宫外面偷听。她只是一心留意里面的人说话，并未注意到，若大的寝宫竟无人走动，仿佛专门方便她偷听似的。

"皇后娘娘。"

"怎么样？砒霜都准备好了吗？"

"娘娘，你要的砒霜都在这里了。"

"好，明天去见殷浩的时候，记得把砒霜加在点心里，你们就说是春喜做给他吃的！殷浩一定不会有任何迟疑地吃下去！"

春喜听得心惊胆战，不敢再停留下去，急急离开了明月殿。

春喜走后，柳儿走进殿中，武媚娘正在喝茶。

"娘娘，春喜已经走了。"

武媚娘"嗯"了一声，打发走了两个太监，点心和砒霜却仍摆在原处，并未带走。

"娘娘，这个办法行得通么？"柳儿不是很确定地问。

"哼，快去叫我们的人盯紧春喜，她这会儿一定会连夜出宫通知殷浩的。"武媚娘冷哼一声，放下茶盏，淡淡道。

柳儿忙应声去了。

武媚娘看着眼前的烛火，眼神冰冷。南昌王，你别以为拥立过本宫，就能对本宫甩脸子。等本宫除掉殷浩，再来慢慢收拾你。

半个时辰之后，柳儿匆匆回转，脸上带着笑意。

"娘娘，果然不出所料，春喜已经连夜出宫去了，我们的人已经跟了上去。"

"很好，你有没有吩咐他们一定要留殷浩的活口？"武媚娘收回眼中的情绪，问。

"娘娘放心，奴婢已经吩咐下去，安排妥当，可是娘娘，柳儿不明白，为何你不在宫外除掉殷浩？"

"柳儿，你知道吗？殷浩毕竟是本宫最好的朋友，就算到最后他一定要死，也要死在本宫手上。"武媚娘冷冷看了她一眼，道。

"不过，娘娘，柳儿还有一件事想不明白。"柳儿被看得打了个寒战，但仍继续问道。

"说。"

"娘娘怎么知道春喜一定会中我们的计？"

"哼，尚食局能有多大，春喜又是掌膳，做点心需要很多时间，无论如何春喜都会发现的。而且，一个人如果心里有秘密，就会变得很敏感，那些点心都是殷浩爱吃的，春喜看到一定会想弄个明白。"武媚娘微微一笑，眼神却凌厉至极。

柳儿点头，看看时候不早，便服侍武媚娘睡下了。回到外间自己的睡榻上，她却辗转反侧无法入眠，最终披衣而起，用锦帕写了几个字，然后紧攥着出了明月殿，把它塞给了一个值守的羽林军，才又转身回去。

殷浩正与张青坐在自家门前收拾出来的小院子里喝酒。自昨日知道张青也是一个伤心人之后，殷浩便对他亲近了许多。今日便去打了酒来，回请。

夏天暑热，夜里睡不着，坐在院子里一边喝酒一边纳凉却是不错的选择。

两人你来我往地，也喝了有一会儿，但乡下酿制的米酒甜香有余，酒劲不足，两人不过当冷开水罢了，没有丝毫醉意。

"嘿,说来真是好笑,以前你做官,我做匪,真没想到咱们两个今天会在这儿把酒言欢,哈哈哈……"张青喝得痛快,高兴地道。

"是啊,这人世间的事儿还真是说不准啊,今天是朋友,明天就成了敌人。"殷浩喟叹,却触及了心事,不由一仰头将盏中酒全灌了下去。

就在他抓起酒坛要给两人斟满的时候,院门突然被嘭嘭敲响,还带着春喜的叫喊。

"殷浩,开门,殷浩!"

"春喜?"殷浩一震,看了眼天色,觉得奇怪,忙起身去把院门打开。

春喜匆匆闪了进来,然后又回身把门关好。

"春喜!这么晚,你怎么来了?"看着她急急慌慌的样子,殷浩心中纳闷。

"殷浩……"春喜正要开口,突然发现院子里还有人,不由迟疑了一下。

"这位是张哥,我的邻居,有什么事直说吧。"殷浩赶紧道。在他心中,只觉得事无不可对人言。

"殷浩,你先告诉我,你有没有让皇后娘娘知道你在哪儿?"春喜也顾不得许多了,紧声问道。

"没有啊,我谁也没说过。到底发生什么事了,春喜姐?"殷浩疑惑。

"我在宫里听到皇后娘娘说明天要太监们拿着加了砒霜的点心来害你啊!"春喜忙把自己偷听来的消息相告。

"你说什么?媚娘要杀我?"殷浩大惊,不敢置信。

"殷浩,你别这样,我也不知道是怎么回事,我只是偷听到皇后娘娘和太监们的对话,怕你有事,就赶忙连夜出宫来找你了。"春喜眼中满是担忧。

"媚娘要杀我!她竟然要杀我,她为什么要杀我?"殷浩无法接受这个事实,紧紧抓住春喜的双肩,就像是在质问心中的那个人一样。

"殷浩,你清醒点,我不知道皇后娘娘是怎么知道你的行踪的,总之你在宫外也要万事小心啊。"春喜被捏得发疼,却也没抱怨,只是再三叮嘱道。

殷浩却已听不进去。他满脑子都转着武媚娘要杀他的这个消息,无法回过神来。

"我想,你们大概是中计了!"张青突然开口。

"张大哥……"春喜疑惑地看向他。

"春喜姑娘，麻烦你把事情的经过仔细讲一遍给我听。"张青沉着地道。

"哦，是这样的，今晚我在尚食局看到厨娘们在做点心，然后……"春喜正在说事情经过，张青突然抬起手来，示意她噤声。

"有人来了。"他话音方落，四个黑衣人从低矮的院墙外跳了进来。

张青眉头一皱，站起身来。"你们先走，我来对付他们。"

四个黑衣人举刀向殷浩杀了过来，殷浩回过神，忙将春喜挡在身后，勉强抵抗着。张青伸手抓起酒坛砸向他们，紧跟着欺了上去，拦下了两个黑衣人。

殷浩带着春喜步步后退，被逼得手忙脚乱。他本来就不会武功，此时手上又没家伙，又怎么斗得过这些专职的杀手。眼看着一刀就要砍中他，春喜尖叫，下意识地扑了上去，用自己的背生生地挡住了那一刀。

"春喜！"殷浩大叫，抱住趴在他怀里的少女。

张青见状，拳脚尽展逼退缠着自己的两人，一个大步拦在了殷浩面前，挡住了另两个杀手。

"你快带春喜走，这里有我挡着！"一边抵挡，他一边对殷浩道。

"可是……"殷浩揽着奄奄一息的春喜跪在地上，有瞬间的迟疑。

"可是什么，快走啊！"张青大喝，一脚踢飞一个扑向殷浩的杀手，同时闪身让开砍过来的一刀，曲指抓住刀背，突然发力，竟硬生生地将刀从那人手上夺了过来，然后一个翻转，将刀拿在了手上，使得虎虎生风。

殷浩见状，一咬牙，对春喜道："春喜，你撑着点，我带你去看大夫！"说着，抱起春喜就往院外跑去。

那几个杀手被张青缠着，脱不开身去追，心中着急，手上招式便见凌乱，张青应付起来毫不吃力。

殷浩抱着春喜径直往村外跑，村子并不是直接与官道相连，而是一条并不好走的小径，还要穿过一大片密林。那个时候他突然恨自己为什么要在这样偏僻的地方买房买地，为什么要住在这种连大夫都找不到的地方。

一边跑，他一边不时低头去看春喜，害怕她睡过去就再也不醒来了，嘴里还不停地念叨着："春喜，你撑着点儿，别睡啊。"

在跑进树林之后，春喜喘了口气，睁开眼睛，"殷……浩……你放我……下来……我想……休息一下……"

殷浩停下来，抱着春喜靠着一棵树坐下。抬起粘湿的手，透过林隙间漏泻下来的月光，殷浩看到自己满手的鲜血，强忍住心里的恐惧，他将手收了起来。

"殷浩……我……不行了……你快，快走，别管我了……"春喜断断续续地道。

"说什么呢，我们休息一下，我马上带你去看大夫，你一定会没事的。"殷浩打断她。

春喜摇头，越过殷浩的头，看到密密的枝叶划出的天空上有一两点微弱的星子，唇角不由微微扬起。

"殷浩，你还记得……我们在尚食局的厨房一起看星星时的约定么？"

"记得，将来出宫了，你去开饼店，我就帮你磨面，咱们一起做生意，过平静的日子！"殷浩忙点头，眼睛一阵阵地酸胀，必须极力控制才没掉下泪来。

"真好，原来，你还记得……殷浩……其实，春喜，很喜欢，很喜欢你……"春喜脸上的笑容扩大，灿烂得让人不敢直视。

"我知道，我都知道，我……"殷浩的眼泪终于滑了下来。

春喜吃力地抬起手捂住殷浩的唇，笑着道："下辈子，娶我，好不好？"

"好，好……"殷浩连连点头，闷声应着。

春喜笑得欣慰，手从殷浩嘴上拿开，缓缓指向天上，"你看，今晚又有好多星星……"

殷浩抬头，看到的却只是一两粒星子，在明亮的月光下闪烁着微弱的光芒，心中不由大恸。

"是啊，好多星星……"

"殷浩，春喜以后，再也不能陪你看星星了……"春喜声音越来越微弱，突然一阵急喘，咳了两声，有血从她的唇角浸出，手缓缓落了下去。

"春喜，你……"殷浩低下头，看见春喜闭上了眼，不由大惊，"春喜！春喜！"

然而春喜再也没因为听到他的声音而惊喜地张开眼睛。

第四十章

两人又累又饿地回到病房,看着仍人事不知的李冰荷,一股说不出的无力感席卷全身。李宇凡走到床边坐下,握住李冰荷的手,半晌没有说话。大刚虽然饿得难受,却一点进食的欲望也没有,只是瘫坐在沙发里,木然看着白色的屋顶。

自春喜闭上眼睛后,殷浩便再也没动弹过,根本不在乎那些人是否会再追上来。他静静地抱着春喜,眼睛发直地看着不远处一枝手指粗的小树,似乎已没了魂魄。

张青找到他时,看到的便是这么一副情景。看样子,他怀里的姑娘应该已经气绝了。张青好说歹劝,他却一言不发,连眼珠都不转一下,又不准人碰春喜。

张青无奈,只好去帮他找了两个人来,又买了一副薄棺。然而殷浩却紧紧地抱着春喜不肯放下,让人根本没办法下葬。

"殷浩,你看清楚,这个姑娘为了救你死了,你这个样子,对得起她的一片心吗?"张青蹲下,摇着殷浩的肩膀道。

"春喜……死了……"殷浩木然站着,死气沉沉地喃喃自语。

张青看着难受,温和地道:"殷浩,做哥哥的知道你心里难受,但是你这样守着春喜姑娘也不是办法,让两位大哥帮忙,我们送春喜姑娘一程吧,啊?"说着,他想要伸手将春喜从殷浩怀里抱过来。

"你别碰她!"殷浩突然喝道。然后缓缓站起身,抱着春喜走向棺木。

那两人赶紧将棺盖打开,殷浩将春喜放了进去,伸手顺了顺春喜有些凌乱的鬓发,干涩的眼中又默默流下了泪,一滴滴落在春喜脸上。

"张大哥,春喜的后事,就拜托你帮我料理了。"他突然开口。

"那你这是要上哪儿?"张青不解。

"杀人偿命!我要回去找武媚娘!"殷浩一字一字,咬牙切齿地道。

张青脸上露出震惊之色,尚未来得及劝阻,殷浩已经远去。

春喜不见了!

距殷浩之后,宫里又发生一起大活人走失事件。

面对着金尚食和小葫芦的求助，南昌王觉得自己要焦头烂额了。在听说春喜是给武媚娘送点心后便没再回来，他更加暴躁起来。

泰常昨日半夜突然离开，他是今天早上才知道。如今，只能另外派人去找人。他自己又亲自去造访了一趟明月殿，武媚娘说没见过春喜，点心是柳儿接的。柳儿又说她接了点心便直接回殿了，并未注意到春喜的去向。好嘛，一下子所有人都撇清了干系。

刚回到王府，派去找人的侍卫便来回报，说春喜连夜出了宫。然后又有人来报，说春喜出了城。大晚上的又出宫又出城，春喜究竟想去哪里？

一边让侍卫们循着线索继续寻找，南昌王一边思索这里面透露出的不寻常讯息。

大晚上的皇后娘娘让人做点心，这个时代并无晚上吃宵夜的习惯，她这是拿去积食呢吧？春喜连夜出城，证明她想去的地方并不会太远。尚食局并没有要做什么特别的膳食需要连夜去城外备食材的，而且就算有，也不会让一个女子单独去。春喜的家不在城郊，所以排除回家的可能……

就在南昌王在这里想得头痛，却死活不肯往武媚娘身上扯的时候，管家领着一个让他十分意外的人走了进来。

"殷浩！"他跳了起来。

"王爷。"殷浩微笑，只是眼中怎么也掩藏不住悲伤。

"跑哪儿去了，可急死我们了！"南昌王走过去一拍他肩膀，开心地道。

"这不是之前老想不明白嘛，想明白了，就回来看你来了。"殷浩一摸脑袋，背书一样说着自己早已想好的话。

"你这小子！还以为你宫外日子过得舒服，再也不要兄弟了呢！"南昌王见到他太过高兴，竟然没察觉到他的异样。

"哪儿能啊，忘了谁也不能忘了王爷不是！"殷浩道。

两人相视一笑。南昌王突然想起春喜，神色微黯。

"怎么了，王爷？"殷浩注意到，下意识地关心。

"昨天夜里，春喜失踪了。"南昌王皱眉。

殷浩脸色一僵，而后又恢复正常，笑道："嗨，春喜……没事儿！"

"什么？你见到她了？"南昌王惊讶。

"我今天来找王爷就是为了这个事儿。春喜这傻丫头啊，看我走了，不想再在宫里待着就跑去找我了。她想啊她这一走,这尚食局肯定全乱套了啊,又怕金尚食着急,所以就让我快回来找王爷你帮忙带我进宫去给金尚食报个平安,另外啊,嘿,我想亲自去跟金尚食提亲。"殷浩微笑着道,说到后面,心口蓦然剧痛,忙转开脸。

"什么,什么,你等会儿,让本王消化一下,这事件演变得太快,本王有点儿跟不上趟了。春喜跑去找你了?"南昌王大吃一惊,觉得这事发展得也太出人意料了。

"啊。"殷浩回过脸,又是一脸正常。

"还有,你说提亲?"南昌王突然高兴起来,觉得殷浩终于开窍了,这样又少了两个人伤心。

"恩,我想好了,能得着一个像春喜丫头这样的姑娘不容易,我想当面跟金尚食提亲,把她许配给我,然后我们就远离宫廷,过平静的日子去。"殷浩认真地道,仿佛真有那么一回事。

"好小子,你能想通最好了。我这就带你去。记得喜酒别忘了我啊!"南昌王大喜,说着匆匆出去让人备马,那样子看着比当事人都急。

殷浩看着他的笑脸,心里突然升起一股强烈的冲动,想将事情全部告诉他。然而,话到嘴边,又强行咽了下去。不能说,说了就接近不了武媚娘了。

带着殷浩进了尚食局,金尚食正在为春喜之事急得嘴生燎泡。看到两人,有些诧异。

"王爷,这到底是怎么回事啊?怎么没找到春喜,你把殷浩给我找来了。"

"呵,你还是让这傻小子跟你说吧。"南昌王呵呵笑了起来。

殷浩看到金尚食,觉得恍如隔世,但又不想她老人家担心,忙笑道:"金尚食,你别急,春喜没事。"

"你见到她了?"金尚食微讶。

"恩,嗨,这丫头,昨天出宫找我去了,说什么也不肯再回来了,这不让我给你回来报个平安嘛。"殷浩将跟南昌王说过的话又照搬了出来。

"没事就好,没事就好,离开了……就离开吧,早就让她走,她非说要留下来陪我。这下想明白了,也好,殷浩啊,以后春喜就拜托你多照顾了。"金尚食放下一颗心来。虽然以她的精明应该会有所怀疑,但想到殷浩本来是离开的,如今特地回来说春喜的事,那丫头除了在他那儿,还能在哪儿?她怎么也没往更坏的方面去想。

"你放心吧。我会的。"殷浩承诺。

"你不是还有话跟金尚食说吗?说啊!"南昌王一拍他的背,催道。

"说什么?"金尚食疑惑。想不通除了春喜外,自己和殷浩还有什么话可说。

"我,我是来跟你提亲的,求你把春喜许配给我吧。"殷浩沉默了一下,毅然道。

金尚食先是一怔,而后脸上露出欣慰的笑。她还没开口说话,就见殷浩跪了下来,继续道:"殷浩以后就是个穷小子了,虽然什么都没有,但是,我一定会好好对春喜,陪她……陪她一辈子的。"说到后面,他的眼圈终于还是红了。

金尚食激动得连声说好。她没想到自己那傻闺女竟然真给她熬出了头,怎不叫她欢喜。

"干娘在上,请受殷浩三拜。"殷浩连着叩了三个头。

"快起来,快起来。"金尚食连忙将他扶了起来,以前怎么也看不顺眼的这张脸,如今却越看越觉不错。她伸手摘下手上的玉镯,交给殷浩。

"我不便出宫,也不想透露你们的行踪,既然离开就离开得干干脆脆,走得远远的。这个你交给春喜,就当是干娘的一点心意,以后两个人好好过日子。记得,没有什么比两个人平平安安在一起更重要的事情,嗯?"她谆谆嘱咐。

殷浩接过镯子,听到这一番语重心长的话,心口一酸,哽咽难言。"是……干娘……殷浩,记下了。"

"好了,亲也提了,父母也拜了,咱们也快离开吧。"见差不多了,南昌王催道。担心耽搁久了,殷浩被武媚娘察觉,到时只怕难以脱身。

"王爷,你在这儿等我一会儿,我想再去看看媚娘,毕竟这一走,今生怕是再无相见之日了。"殷浩却出乎他意料地道。

"可是,她……"南昌王一怔,想要劝。

"王爷什么都别说,殷浩都明白,放心吧,那么多年的朋友,她不会对我怎么样的。"殷浩打断他,态度坚定。

南昌王怕他不去，以后跟春喜在一起了还心心念念挂着那个女人，只好点头答应。

"我陪你去！"

"不……不必，王爷在此地等我。我有些话想私下跟媚娘说。"殷浩脱口拒绝，却又立即发觉自己的反应过于激烈，忙放缓了声音道。

南昌王无奈，只好同意，心想武媚娘总不至于那么狠毒吧。

"娘娘，侍卫来报说在尚食局看到殷浩。"明月殿中，羽林军统领正在向武媚娘禀报殷浩到来的消息。

"什么？为何不抓他来见本宫？"武媚娘一惊，站了起来。

"回娘娘，南昌王一直和殷浩在一起，末将等实在不便下手。"

"一群酒囊饭袋！你速带人去尚食局，就说本宫知道王爷和殷浩来了，想请他们过来一叙。"武媚娘怒斥。想到殷浩就在宫里，说不定就跑去见皇上了，让她怎么放心。

"是。娘娘。"羽林军统领正要转身出去，就看到殷浩正怒气冲冲地站在门外，不由怔了一下。

"殷浩！"武媚娘也看到了，心惊不已。

"不用你抓，我就在这儿！"殷浩怒喝道。

众侍卫就要冲上去拿下他，武媚娘伸手拦住了，"你们退下，柳儿你也退下。"直到大殿中只剩下两人，她才开口："殷浩……"她心中有愧，语气不由有些柔软。

"武媚娘！那些刺客都是你派去的对不对？"殷浩打断她，厉声质问。

"对。"武媚娘并不否认，眼神慢慢变得坚硬起来。

"我真的没想到，你竟然变得这么心狠手辣，丧心病狂！你知不知道春喜被他们杀了，春喜死了！"殷浩勃然大怒，指着她大骂。

武媚娘见他这个样子，眼神一转，变得固执而凌厉起来："死了？哼，不听本宫话的人，就该死！春喜明明知道你的下落，却妄自欺骗本宫，就算她不死，本宫又岂能饶过她！"

"武媚娘，你根本不是人！王皇后，萧淑妃，春喜，这么多条人命，你就不怕有报应吗？"殷浩摇头，眼中露出不敢置信的神色。

"报应？哈哈哈哈哈哈……"武媚娘突然大笑起来，"本宫现在是皇后，在这后宫里，本宫就是天，谁敢不听本宫的话，就该死！"

"武媚娘，你已经无可救药了！"殷浩声音一低，突然抽出藏在袖间的匕首，刺向正得意狂笑的武媚娘。

武媚娘大惊失色，慌忙躲闪，却仍被匕首划伤腹部，她惊叫出声。一直守在外面的侍卫闻声冲了进来，抓住殷浩，夺下了匕首。

"殷浩，你竟然要杀我？"武媚娘捂住受伤的腹部，不敢置信地道。

"对，我回来就是要给春喜报仇！"殷浩怒视着她，眼中充满了仇恨。

武媚娘失望地看着他，然后慢慢地走了过去。殷浩挣扎着想扑上去，却被侍卫抓住，动弹不得。

"殷浩，本来你走了，我没有想过找你回来。可是我每天都做噩梦，梦到你去皇上那里告状！我一想到皇上大怒说要问斩我的样子，我就寝食难安……"武媚娘低缓地道。

"你别再说了，我今天回来就是要跟你同归于尽的。"殷浩挣扎不脱，目眦欲裂。

"殷浩，是你逼我的！"武媚娘目光一凌，声音变得尖厉起来。

"武媚娘，有种的话，你就杀了我！"殷浩咆哮，仍然在不停地挣扎。

武媚娘一把抽出旁边侍卫的佩刀，眼中充满杀机，"今日我武媚娘欠你一条命，下辈子我一定好好补偿你……"

殷浩任命地闭上眼，心里浮起春喜的笑脸，突然松了口气。春喜，我来陪你了！

武媚娘一咬牙，挥刀斩向殷浩的脖颈。

就在这时，门被人一脚踹开，在尚食局久等殷浩不归而找来的南昌王走了进来，见到眼前的景象不由大惊失色，"姐！不要啊！"

然而已经晚了，武媚娘手起刀落，殷浩倒在地上，身下缓缓聚积成了一片血泊。

"殷浩！"李宇凡大叫一声，从床上弹坐而起。

急剧地喘了两口气，他突然想起了什么，连拖鞋也顾不得趿，就这样赤着脚跳下床跑了出去。

"殷浩，殷浩，大刚……"

然而找遍所有房间,都没看到两人的身影,他往门边冲去,却又蓦然停下,返回身找到电话,颤抖着拨了大刚的号码。

好一会儿,电话才接通,没等大刚说话,他张口就问:"大刚,你又带我姐上哪儿了?"

"宇凡,你可醒了,赶紧上医院来,你姐又昏迷了……"大刚焦急的声音从电话那头传来,没等他说完,李宇凡已挂断电话,匆匆往外跑去。结果跑了一半,又折了回来,却是忘了穿鞋。

等他心急火燎地赶到医院,大刚正在病房里着急地走来走去,李冰荷静静地躺在床上,沉睡着。

"宇凡,你可来了!"见到他推门而入,大刚微微松了口气。那种害怕担忧的感觉让人窒息,他一个人快要支撑不下来了。

"怎么回事儿,好好的,我姐怎么又晕倒了?"李宇凡连气都顾不得喘,问道。

"唉,我也不知道啊,开始的时候我带她到花园去散步还好好的,哪知道忽然间她就抓着我的胳膊说,殷浩,对不起,对不起,我也不想这样的!然后说着说着,就开始哭,哭着哭着,就昏倒了。可把我吓坏了!"大刚懊恼地抓着自己短短的头发,语带哭腔地道。

李宇凡冷静下来,沉思了片刻,低喃:"难道跟我的梦境有关?"

没等大刚追问,医生走了进来。接下来又是一番化验检查,拍片,CT……

一番折腾下来,已是晚上。值班医师看过检查结果,只说情况并未恶化,需要继续观察。

两人又累又饿地回到病房,看着仍人事不知的李冰荷,一股说不出的无力感席卷全身。李宇凡走到床边坐下,握住李冰荷的手,半晌没有说话。大刚虽然饿得难受,却一点进食的欲望也没有,只是瘫坐在沙发里,木然看着白色的屋顶。

怎么好好的,又昏迷了过去呢?他眼睛发涩,怎么也想不通。

"姐,在梦里,你杀了殷浩,是不是很后悔?不敢去面对他被你亲手杀死的事实?那么,如果殷浩不死,你是不是就能醒来了啊?"突然,李宇凡轻轻地问。

"什么？"他的话钻入耳中，大刚一扫之前的麻木，赫地站起身跑到床边，"你说在梦里你姐杀了殷浩？"

"嗯。"李宇凡没有看他，情绪低落地道："在梦里，武媚娘为了自己的将来，求殷浩成全她，殷浩那个多情种竟然真的同意了，于是武媚娘就亲手把殷浩给杀了。而这一刻刚好被赶到的我看到，一惊，就醒过来了。"

"哦，难怪呢，她跟我哭，还抓我胳膊说对不起，或许她是感受到你的梦境了。"大刚恍然大悟。

"唉，就算我再入梦，可能也起不了什么作用了，武媚娘都做了皇后，该死的，不该死的，都死了，这个梦做下去总有完结的一天，到时候要是连武媚娘都死了，我姐还没醒，可怎么办呢？"对梦，李宇凡完全丧失了信心。

"宇凡，你别急，冰荷之前不是醒过嘛，我想，你一直把梦做下去，冰荷一定会醒来的！"虽然心中也没抱多少希望，大刚仍然伸手按上他肩膀，劝慰。

"但愿如此吧。"李宇凡低语。

除了继续做下去，还能怎么办？不过，希望这一次，他能阻止悲剧的发生。

南昌王手一滑，从梦里醒了过来，发现自己仍在尚食局里，不由有片刻的怔忡。而后，突然反应过来，撒腿就往明月殿跑去。

金尚食看到他急急慌慌的，也不知发生了什么事，连喊两声都没喊住，只好作罢。

平时走惯的路径此时仿佛成倍增长了似的，怎么都跑不完，那个时候他突然后悔，后悔不该让泰常离开身边。若论速度，他与泰常相比，差得实在太远了。

胡思乱想中，明月殿终于出现在眼前，然而殿外羽林军密布，拦住了他。

"滚开！"南昌王心急如焚，一脚踢开挡住他的人，便往里闯。

众所皆知，无论是皇上还是皇后，对南昌王都是极为宠幸，此时这些羽林军虽然是奉皇后的令在此把守，却不敢真动南昌王一根汗毛。南昌王要往里硬闯，他们也是无可奈何的。

但即便是如此，南昌王仍花费了一些时间才得已走进去，院子里空无一人，就听见里面隐隐传出武媚娘的说话声。

"殷浩，本来你走了，我没有想过找你回来。可是我每天都做噩梦，梦到你去皇上那里告状！我一想到皇上大怒说要问斩我的样子，我就寝食难安……"

"你别再说了，我今天回来就是要跟你同归于尽的。"殷浩怒气勃然的声音打断了她。南昌王一喜，看来还来得及，赶紧加快速度跑了过去。

"殷浩，是你逼我的！"武媚娘尖厉的声音刺进耳膜，让他心中一紧，恨不得肋生双翅直接跳进两人中间。

"武媚娘，有种的话，你就杀了我！"

在殷浩毫不示软的话说出口的同时，南昌王已来到紧闭的殿门前，一脚踹向大门，心里同时大骂，死殷浩，嘴那么硬做什么！

大门洞开，武媚娘正一把抽出侍卫身上的刀，正要刺向被捉住的殷浩。南昌王大惊失色，脱口喊道："姐！不要啊！"

武媚娘身体一震，手停在空中，回头看向突然出现的他。

"娘娘，不要！"南昌王慌忙改口，一边说一边冲过去挡在了殷浩的面前。

武媚娘怔怔看着他，却又似并未将他看进眼中，而是陷入了某种难言的情绪中。脑海里浮现出许多片断，那些曾经的过往，一起开心嬉笑，喝酒的日子，儿时他背着腿受伤的她回家，一起荡秋千，一起吃包子，为救她奋不顾身，为给她解闷搞怪逗乐……

过往种种历历在目，她泪流满面，挣扎了许久，终于没能刺出那一刀。哐当一声，刀落在了地上。

"殷浩。要让媚娘放弃费尽千辛万苦得来的一切，媚娘做不到，杀了你，媚娘也做不到，你走吧。"她硬着声音道，语罢，背转过去。

"我不走，我要跟你同归于尽！"殷浩却兀自挣扎着，不肯离开。

"多谢娘娘手下留情！"南昌王松了口气，一把拽住殷浩就要往外拖。"走啊，殷浩！"

"我不走，我要杀了她！"殷浩拼命想挣脱他的拉拽，满脸的恨意。

"你疯了，殷浩，她是你最疼爱的媚娘啊！"南昌王的手如铁箍一般，又怎容他挣开，只是想要将他拽走，也并不容易，只好厉声提醒。

"不，早已经不是了……"殷浩赤红着眼吼回去，目光如火般烧向武媚娘，"她杀了春喜，她只是一个凶手，我要杀了她为春喜报仇！"

"春喜死了？"南昌王一愣，眼前浮现出那张爱笑娇俏的脸，有些不敢置信，手微松，而后在殷浩挣开又倏地握紧。

"是她！就是她杀的！你放开我，我要给春喜报仇……"殷浩的声音中带着一股像狼般的悲嗥声，充满了绝望与痛楚。

"你杀不了她的，跟我走吧，殷浩！"南昌王淡淡看了眼仍背对着他们的武媚娘，低沉了声音道。语罢，再由不得殷浩是否愿意，加大了力气往外拖去。

殷浩挣脱不了，眼看着就要被拉出门，他一边倒退挣扎一边不甘地冲着武媚娘大声吼道："武媚娘，这辈子，我再也不想看见你，你好自为之吧！"

就在两人走到院子里的时候，身后突然传来柳儿的惊呼。

"娘娘！"

南昌王回头，正好看到武媚娘晕倒在地。他顿了一下，并没有回去。

大刚把熬好的鸡汤倒入保温瓶，拧紧盖子，电话响了，他接起，片刻后脸上露出喜色，连说了两个好字便匆匆挂断电话。

飞车赶到医院，将车停在医院的存车棚里，连鸡汤也忘了拿，他撒开脚丫子就往脑外科跑。穿过长长的走廊，远远地就看见主治医师和一个上了年纪的医生拿着病历夹站在李冰荷的病房门口，看上去像是在讨论着什么。

"大夫，李冰荷没事儿了吧？"他走上前，紧张地问。

两个医生停下了讨论，主治医生笑道："是啊，李冰荷的意识已经完全恢复正常了，脑里的血块也吸收得很好，基本上没有什么问题了，只要多注意休息和调养，很快就能康复了。"

大刚喜得连手脚都不知要怎么放，只是连声道："这可真是太好了，谢谢大夫，谢谢，谢谢。"

"不用客气，李冰荷的治愈也算是医学上的一个奇迹了。这还多亏了你们家人朋友的努力。她能恢复，我们也很高兴啊。"主治医师的笑容很真诚。这样的奇迹出现在他的病人身上，对外界来说，这本身就意味着对他能力的一种肯定。

"是是，多亏了她弟弟的锲而不舍，对了，大夫，我能进去看看她吗？"大刚已经高兴得不知道自己在说什么了。

"可以，但是病人还是要多休息，注意点儿时间别太长。"主治医师道，在大刚答应之后，微微一点头，便与另一个老医师离开了。

大刚深吸口气，将门轻轻推开一条缝，发现病床上躺的是李宇凡，李冰荷却不知所踪。他一惊，将门完全推开，才发现李冰荷正背对着门站在窗边。

李冰荷听到门响，转过身来，神情冷漠。

大刚呆了一下，这才讷讷地问："冰荷！你醒啦！"

"嘘，小点儿声，宇凡还睡着呢！"见是他，李冰荷脸色微缓，伸指在唇边做了个轻声的动作。

大刚点了点头，放轻脚步走了进去，看了眼睡得正沉的李宇凡，疑惑地问："这小子怎么还不醒啊？"

"医生说他太累了，让他睡吧。"李冰荷眼中带上了一丝怜惜。

"冰荷，你真的清醒了啊，你不是什么武媚娘了吧？"大刚迟疑地问，眼中除了高兴外，还有隐隐的不安。

"不是啦，什么武媚娘啊？医生都告诉我了，说我昏迷一个多月了，这期间我还醒来过，可是我一点儿都不知道。我只记得我做了一个很长很长的梦，梦里我变成了武则天，从她还是才人的时候，一直做到她当了皇后，然后我就醒了。"李冰荷唇角带上了淡淡的笑容，看到大刚，她就不由得想起梦里的殷浩，突然之间有些明白他这几年对自己的感情了。

"醒了就好，醒了就好……"大刚见她果真是正常的，不由拍着胸口松了口气，"你不知道，宇凡担心死你了，为了想办法唤醒你，一直在做跟你刚才说的一样的梦，他在梦里就是那个南昌王啊！"

"是吗？"李冰荷惊讶地问，难怪当武媚娘时，总觉得南昌王对她的态度有种说不出的怪异。并不是爱慕，却又总是照顾她，为她解围，如今终于明白是什么原因了。

"是啊，现在终于好了，终于不用逛什么御花园，吃什么尚食局的汤圆了。"大刚笑道，说这话时，心里突然升起一股淡淡的失落。那个武媚娘，会拉着他的手，对他笑得明媚灿烂的武媚娘……再也不会出现了吧。

李冰荷闻言，想到那场景，不由得捂嘴直笑。"大刚，谢谢，真是难为你了！"

"哪儿的话啊！只要你们姐弟俩没事儿，我累点儿不算什么……"大刚被她笑得脸通红，不好意思地挠了挠头。而后突然想起一事，不由惊呼道："哎呀，对了，我给宇凡熬的鸡汤这一着急给落在车筐里了，我下去拿上来啊，你也喝点儿。"说着，往外就跑。

看着他匆匆忙忙的背影，李冰荷失笑，片刻后收回目光，看向床上的李宇凡，走过去摸了摸他的头，微笑低语："谢谢你，南昌王！"

南昌王拉着殷浩直出禁宫，正遇到一脸风尘仆仆赶过来的泰常。

"你什么时候回来的？"南昌王看着泰常点了因为悲伤无处宣泄而濒临崩溃的殷浩的睡穴，然后将他捞上马，问。

"方才。得知殷浩入了宫，追来的。"泰常平静地道。

南昌王心不在焉地哦了一声，骑上马走了一会儿才慢慢反应过来他话里透露出的讯息，赫然扭过头，"你找到他们了？"

泰常点头，"我从柳儿那里得到消息，皇后要杀殷浩，来不及通知王爷就赶了过去，但还是迟了……"

南昌王心口一紧，迟疑了下才缓缓问："春喜她……"

"我赶去时，他们正要为春喜下葬，殷浩已经离开了，我想他定然是要回宫。"泰常面无表情地陈述。

"是吗……春喜那丫头……"南昌王无力地垂下头，眼睛有些发涩，那么直率可爱的女孩子竟然就这样没了，还是武媚娘……他姐姐下的辣手！他这样帮着她护着她……是不是真的错了？

"她只是背上被砍了一刀，并不致命！"泰常的声音突然传进耳中。

南昌王蓦地抬起头，不敢置信地看向泰常，"什么？但是殷浩他……"

"他蠢。"泰常淡淡道，"春喜失血过多，喉咙里卡着痰和血块……"说到后面，几乎可以听到他磨牙的声音。事实上他很想拽着殷浩的衣襟破口大骂，问他为什么不给春喜止血，为什么不送到大夫那里去，要是自己再去晚一点，春喜就算不死，也该被活葬了。

南昌王听得脸色发黑,也想把正昏睡的人弄醒过来狠揍一顿,想了想,他还是有些不放心:"她受了那么重的伤,不会有事吗?"

泰常漫不经心地道:"袁天罡的药虽然不能起死回生,但救回一个只剩下一口气的人,还是勉强够用的。"

南昌王愕然,"袁天罡?你怎么会有他的药?"在他的记忆中,除了最后那一次,袁天罡都与他们是处于敌对的位置,怎么可能给泰常药。

泰常回看了他一眼,唇角扯出一个几乎算不上是笑的笑,缓缓道:"上次,他想要带走皇后的尸体,总得付出什么吧。"

南昌王先是有些诧异,接着眼睛越来越亮,而后狠狠一拳捶在泰常肩上,大笑道:"行啊,你小子!"这是自武媚娘杀了皇后之后,他笑得最欢畅的一次,同时心里也有了一个决定。

泰常看着他开怀的笑容,也微微地笑了。

次日,殷浩被送去了他该去的地方。

翌春二月,南昌王辞别太妃与圣上,与泰常一道出了长安,过他所向往的仗剑走江湖的生涯去了。

数十年后,东都洛阳。

武媚娘坐在自己寝宫里废寝忘食地捏塑着一个陶俑。一个老太监走了过来,低声劝道:"皇上,你已经好多天没好好休息过了,歇会儿吧!"

武媚娘如今已华发满鬓,闻言头也不抬,微笑道:"别说了,朕就快做好了。你下去吧。"

老太监无奈,只能退下。

为大周天子八十大寿而赶到洛阳庆贺的南昌王无声地站在武媚娘的寝宫外,默默地看着她已垂垂老矣的面容,以及注视着陶俑的双眼中所含的深浓思念,脑海中突然浮现出葫芦对他所说的话。

"师父和师母都挺好的,他们的春喜饼店在江南一带都开了好几家分店了。"

"对了王爷,师父前两日来信说,他二女儿要成亲了,还想请你去喝喜酒呢。"

他们两人,一个得到了自己最想要的东西,一个失去了自己最想要的东西，究竟谁更幸福呢？

"殷浩，今生朕对不起你，下辈子，下辈子，朕一定会好好补偿你的……"耳边传来武媚娘苍老的声音，南昌王收回心思，看到她正将脖子上戴着的血玉琉璃链拿下来，珍惜地放进陶俑之中，然后封了起来。

"不过，你也误会朕了，其实当年朕做的那些事，真的是为了天下黎民苍生着想，而不仅仅是为自己复仇。殷浩，若你还活着，你就多看看当今的天下，看看当今的百姓，朕没有食言，朕虽然碌碌一生，毁了自己的幸福，却终于给了他们一片干净幸福的晴天。这就够了，这就够了……"

看着武媚娘的手指温柔地抚摸过那跟年轻时的殷浩一模一样的陶俑，一滴泪掉落在上面，南昌王无声地叹了口气，转身悄然离开了。

李宇凡醒了过来，发现自己竟然躺在姐姐的病床上，病房里空无一人，不由有些慌，赶紧跳下床就要往外冲。

"姐！大刚……"

门被推开，李冰荷拿着插着鲜花的花瓶推门走了进来。

"叫什么，这儿是医院，你小声点儿！"

李宇凡呆了一下，而后大喜若狂，"姐，你醒了？"

"恩，是啊，劳王爷挂心了。"李冰荷一脸严肃地道。

"王爷？天啊！不是吧！"李宇凡再次呆住，一拍额头，"武则天都快挂了，我姐竟然还没醒！"

李冰荷失笑，上前敲了一下他的头，没好气地道："傻小子，逗你的！"

李宇凡错乱了，退后一步，上下打量着眼前之人，一脸的迷惑，"咦？你到底是姐姐还是武媚娘啊？"

"废话，除了你姐还有谁敢敲你？"李冰荷既无奈，又有些心疼，想也知道在这一个多月他失望了多少次，才会变成这样。

"真的！太好了！太好了！"李宇凡大喜，一把抱住她，又笑又跳，跟个孩子似的。

"哎，松开，松开，别没大没小的。"李冰荷高举着手中的花瓶，连连喊着，眼里却满含纵容的笑意。

李宇凡小心翼翼地放下李冰荷，动作轻柔得像是怕碰碎了她似的，然后又拿过她手中的花瓶放到桌上,回头问:"姐,你醒了,怎么不叫我呢?"

"医生说你太累了,让你多休息,我哪还忍心叫你啊。"李冰荷跟在他身后,一边给他理因睡觉而掖在里面的领子,一边柔声道。

"嘿嘿,就知道姐姐对我最好了!"李宇凡傻笑,突然觉得一切好像做梦一样。

"对了,大刚昨晚告诉我,你做了跟我一样的梦。"李冰荷问,然后推着他进了洗手间,"你去洗把脸,咱们就出院了。"

"哦。"李宇凡听话地走了进去,打开水龙头,就这样将水往脸上扑,突然想起她的问题,大声道:"是啊,以前还总抱怨双胞胎就这点不好,结果到头来还是这点儿特质才能唤醒你,想起来,真是万幸啊!哎,姐,你那个梦做到哪儿啊?"

"恩,就是武媚娘当了皇后,然后终于还是没忍心杀那个教坊史,让他走了,我就醒了,你呢?"李冰荷靠在洗手间门口,缓缓道。说起这个,她觉得心口似乎还残留着梦里的疼痛。

"我比你做得多,我梦到武则天到了迟暮之年,已经当了皇上。"李宇凡拿起帕子,一边擦脸一边道:"你知道吗?那个唐俑真的是她亲手照着殷浩的模样去做的,而且我还看见她一直戴在脖子上的血玉琉璃链,在雕塑完成后,亲手把它放进了唐俑里。"

"她为什么要把血玉琉璃链放到唐俑里面啊?"李冰荷奇道。

"因为血玉琉璃链上有殷浩的血啊,她大概是希望这条链子能够代替她永远陪伴在故人身边吧。"李宇凡搓好帕子,将它晾上,开始刷牙。

"原来是这样……"李冰荷微微出了神。

"姐,这次车祸……呼噜呼噜……那个唐俑破碎了以后……呼噜呼噜……大家在里面真的发现了血玉琉璃链……"李宇凡大约是太兴奋了,刷着牙都没停下说话。

"那现在这条链子在哪儿?"李冰荷失笑,于是等他把牙刷完了,才问。

"已经被送回陕西博物馆了。"擦干净嘴,李宇凡摸了摸下巴上冒出的胡茬,若有所思。梦里,自己可是一大把年纪呀,胡子长得那叫一个威严。现在光溜溜的,反倒有点不适应。

李冰荷沉吟了片刻,而后突然道:"那我要去找馆长。"

李宇凡一怔,回头,"干吗?"

"我要借回这条血玉琉璃链,再办一次展览,让所有人都知道关于这条链子的传说和这个故事!"李冰荷眼中有着淡淡的怀念以及激动。

这主意听上去不错。李宇凡习惯性地摸了下下巴,结果摸了个空。

结尾 ———

唐朝文物展在天海博物馆隆重开幕，第一日便吸引了上万游客。

展厅中原本应该摆放唐俑的位置如今变成了一条血红色的玉石项链，拂开历史的尘埃与岁月的沧桑，那项链焕发出夺人心魄的耀眼光芒。

"血玉琉璃链相传是上古时代华胥古国的神器，在唐高宗时代因为宫闱争斗而重新出现在宫廷中。据说在武则天登基为帝后曾亲手塑刻了一尊唐俑，这个唐俑的模样是照着一个对她一生来说都很重要的故人做的。而这条血玉琉璃链因为上面滴有此人的鲜血而被武则天珍而重之地收藏在身边，在唐俑雕塑完成后，将其封入其中，表达她无限的思念……"李宇凡从容不迫地讲解着。

也许是因为他俊美的微笑，也许是因为他沉稳轩昂的气度，也许是出于对中国历史上唯一的女帝的崇敬，原本喧闹的人群渐渐安静下来，人们竖耳倾听着这闻所未闻的历史秘辛。

李冰荷也站在人群中听他讲解，脸上浮起了赞许的微笑。自从车祸醒来以后，她便发现自己这个弟弟比以前成熟了许多，浑身上下隐隐散发出一股令人心折的气势。

血玉琉璃链的讲解结束，李宇凡引着人们往下一个展品而去，有的人仍徘徊在原地，回味着那个让人心生无限遗憾的故事。

李冰荷听到身后有人在叫她，回头，一身笔挺西装的大刚正抱着一大束花站在不远处，满脸拘谨却又隐含期待地看着她。

李冰荷抿唇一笑，走了过去。

李宇凡越过人群，看到两人并肩而去的身影，脸上露出了微笑。